OCT   2012

El Mago

El Mago

Los secretos del inmortal Nicolas Flamel

Michael Scott

Traducción de María Angulo Fernández

rocabolsillo

Título original: *The Magician*
© 2008 by Michael Scott

"This translation published by arrangement with Random House
Children's Books, a division of Random House Inc."

Primera edición en este formato: junio de 2012

© de la traducción: María Angulo Fernández
© de esta edición: Roca Editorial de Libros, S.L.
Av. Marquès de l'Argentera, 17, pral.
08003 Barcelona
info@rocabolsillo.com
www.rocabolsillo.com

© del diseño de cubierta: Mario Arturo
© de la fotografía de cubierta: Christophe Dessaigne

blackprint
A CPI COMPANY

Impreso por BLACK PRINT CPI IBÉRICA S.L.
Torre Bovera, 19-25
08740 Sant Andreu de la Barca (Barcelona)

ISBN: 978-84-92833-75-7
Depósito legal: B. 4.842-2012
Código IBIC: YFH

A Courtney y Piers
Hoc opus, hic labor est

Me estoy muriendo.

Y Perenelle, también.

El hechizo que nos ha mantenido en vida durante seis siglos está desvaneciéndose y ahora ambos envejecemos un año por cada día que pasa. Necesito el Códex, el Libro de Abraham el Mago, para evocar una vez más el conjuro de la inmortalidad; sin él, nos queda menos de un mes de vida.

Pero en el plazo de un mes se pueden lograr muchas cosas.

Mi querida Perenelle está en manos de Dee y sus oscuros maestros, que la tienen presa. Al final se han hecho con el Libro y saben que Perenelle y yo no sobreviviremos durante mucho más tiempo.

Pero no podrán dormir tranquilos.

Aún no tienen en su poder el Libro completo. Nosotros poseemos las dos últimas páginas y ya deben saber que Sophie y Josh Newman son los mellizos que describe el texto ancestral: mellizos de auras plateada y dorada, un hermano y una hermana con el poder para salvar el mundo… o destruirlo. Los poderes de la chica han sido Despertados y su formación se inició con nociones de magia básica aunque, lamentablemente, su hermano no ha corrido la misma suerte.

Ahora estamos en París, mi lugar de nacimiento, la ciudad donde descubrí el Códex y emprendí el largo camino de traducirlo. Ese viaje me condujo finalmente a descubrir la existencia de la Raza Inmemorial y el misterio de la piedra filosofal, además del secreto de la inmortalidad. Adoro esta ciudad. Esconde muchos secretos y alberga a más de un humano inmortal y algún Oscuro Inmemorial. Aquí encontraré la forma de Despertar los poderes de Josh y continuar la educación de Sophie.

Debo hacerlo.

Por su bien, y por la supervivencia de la raza humana.

Extracto del diario personal de Nicolas Flamel, alquimista.
Escrito el sábado 21 de junio en París, la ciudad de mi juventud.

SÁBADO, 2 de junio

Capítulo 1

La subasta no empezó hasta pasada la medianoche, cuando la cena de gala hubo acabado. Eran casi las cuatro de la madrugada y la subasta ya estaba a punto de llegar a su fin. La pantalla digital ubicada detrás del famoso subastador, un actor que había caracterizado a James Bond durante muchos años, mostraba una cifra que superaba el millón de euros.

—Lote número doscientos diez: un par de máscaras japonesas Kabuki de principios del siglo XIX.

Una ola de nerviosismo recorrió la concurrida sala de subastas. Con incrustaciones de jade sólido, las máscaras Kabuki eran el plato fuerte de la subasta y se esperaba que superaran el valor del medio millón de euros.

Al fondo de la sala, un hombre alto, delgado y con el pelo blanco rasurado estaba dispuesto a pagar el doble de esa cifra.

Nicolás Maquiavelo se mantenía alejado del resto del público, con los brazos cuidadosamente cruzados sobre el pecho para no arrugar su esmoquin de seda negro hecho a medida en una sastrería de Savile Row. Con su mirada gris vigilaba a los demás postores, analizándolos y evaluándolos. De hecho, sólo quería localizar a cinco de ellos: dos coleccionistas privados, como él, un miembro de la realeza europea, un actor norteamericano jubilado y un comerciante de antigüedades de origen canadiense. El resto del público estaba cansado o se había gastado el presupuesto inicial o no estaba dispuesto a pujar por esas máscaras de aspecto ligeramente turbador.

Maquiavelo sentía una gran pasión por las máscaras. Llevaba coleccionándolas mucho tiempo y ahora quería esta pareja para completar su colección de disfraces utilizados en obras de teatro japonesas. Estas máscaras habían salido por última vez a subasta en el año 1898 en Viena, pero un príncipe de la dinastía Romanov había logrado ofrecer la suma más alta. Maquiavelo esperó pacientemente; las máscaras volverían a salir al mercado cuando el príncipe y sus descendientes fallecieran. Maquiavelo sabía que aún estaría por ahí para comprarlas; era una de las muchas ventajas de ser inmortal.

—¿Empezamos la puja con un precio de salida de cien mil euros?

Maquiavelo alzó la mirada, atrajo la atención del subastador y asintió con la cabeza.

El subastador había estado esperando su puja y asintió a su vez a modo de respuesta.

—Monsieur Maquiavelo ofrece cien mil euros. Siempre ha sido uno de los patrocinadores más generosos de esta casa de subastas.

Unos tímidos aplausos recorrieron la sala mientras varias personas se volvían para contemplarlo y alzaban la copa en su honor. Nicolás se lo agradeció esbozando una sonrisa.

—¿Alguien da ciento diez mil euros? —preguntó el subastador.

Uno de los coleccionistas privados levantó la mano.

—¿Ciento veinte?

El subastador miró otra vez a Maquiavelo, quien, de inmediato, asintió.

Durante los siguientes tres minutos, una ráfaga de pujas subió el precio hasta doscientos cincuenta mil euros. Sólo quedaban tres pujadores interesados: Maquiavelo, el actor norteamericano y el canadiense.

Maquiavelo dibujó una extraña sonrisa; estaba a punto de ser recompensado por su paciencia y, finalmente, las máscaras iban a ser suyas. Pero la sonrisa se esfumó cuando Maquiavelo notó cómo su teléfono móvil, en el interior del bolsillo, vibraba. Durante un segundo tuvo la tentación de ignorarlo; había dado órdenes estrictas a todos sus hombres de no molestarlo a no ser que fuera completamente necesario. Además, sabía que sentían tanto pavor hacia él que jamás osarían llamarle si no fuera una emergencia. Metió la mano en el bolsillo, sacó un teléfono móvil ultradelgado y observó la pantalla.

El dibujo de una espada apareció en la pantalla LCD del teléfono.

La sonrisa de Maquiavelo desapareció. En ese instante supo que tampoco iba a poder comprar las máscaras Kabuki este siglo. Apoyándose sobre el talón, dio media vuelta y salió de la sala con el teléfono apoyado en la oreja. Detrás de él, el martillo del subastador golpeó el atril.

—Vendido por doscientos sesenta mil euros…

—Dime —contestó Maquiavelo en italiano, la lengua de su juventud.

Había interferencias. De repente, una voz con acento inglés respondió en el mismo idioma, utilizando un dialecto que se había extinguido en el continente europeo hacía más de cuatrocientos años.

—Necesito tu ayuda.

El hombre que se hallaba al otro lado de la línea no se identificó, aunque no era necesario; Maquiavelo sabía que se trataba del mago y nigromante inmortal doctor John Dee, uno de los hombres más poderosos y peligrosos del mundo.

Nicolás Maquiavelo salió del pequeño hotel situado en la Place du Tertre, una plaza adoquinada, y se detuvo para respirar el aire fresco nocturno.

—¿Qué puedo hacer por ti? —preguntó prudentemente. Detestaba a Dee y sabía que el sentimiento era mutuo, pero ambos servían a los Oscuros Inmemoriales y eso significaba que estaban obligados a trabajar juntos a lo largo de los siglos. Además, Maquiavelo envidiaba ligeramente a Dee, pues éste era más joven que él, y además lo aparentaba. Maquiavelo había nacido en Florencia en el año 1469, lo cual le hacía cincuenta y ocho años mayor que el mago inglés. La historia afirmaba que había muerto el mismo año que Dee había nacido, en 1527.

—Flamel ha vuelto a París.

Maquiavelo se enderezó.

—¿Cuándo?

—Justo ahora. Ha llegado a través de una puerta telúrica. No tengo la menor idea de adónde conduce. Scathach está con él…

Maquiavelo retorció los labios formando una horrible mueca. La última vez que había visto a la Guerrera, ésta le había empujado hacia una puerta que, en ese preciso instante, se cerró. Estuvo semanas sacándose astillas del pecho y de los hombros.

—También le acompañan dos niños humanos. Norteamericanos —informó Dee mientras su voz resonaba y se desvanecía entre la conexión trasatlántica—, mellizos —añadió.

—¿Puedes repetirlo? —preguntó Maquiavelo.

—Mellizos —repitió Dee— con auras de colores puros, dorado y plateado. Ya sabes lo que significa —agregó con brusquedad.

—Sí —murmuró Maquiavelo. Significaba problemas. Entonces dibujó una sonrisa apenas perceptible; también podía significar una oportunidad para él.

Se escucharon interferencias y después Dee prosiguió.

—Hécate Despertó los poderes de la chica antes de que la Diosa y su Mundo de Sombras fueran destruidos.

—Sin preparación, la chica no supone amenaza alguna —susurró Maquiavelo, intentando evaluar la situación. Inspiró profundamente y continuó—: excepto para ella misma y aquellos que la rodean.

—Flamel llevó a la chica a Ojai. Allí, la Bruja de Endor la instruyó en la Magia del Aire.

—Supongo que intentaste detenerla, ¿verdad? —La voz de Maquiavelo insinuaba regocijo.

—Lo intenté. Y fracasé —admitió Dee con amargura—. La chica ha adquirido algunos conocimientos pero carece de práctica.

—¿Qué quieres que haga? —preguntó Maquiavelo con cautela, aunque para entonces ya lo sabía de sobra.

—Encuentra a Flamel y a los mellizos —ordenó Dee—. Captúralos. Mata a Scathach, si puedes. Estoy a punto de salir de Ojai, pero tardaré entre catorce y quince horas en llegar a París.

—¿Qué ocurrió con la puerta telúrica? —preguntó Maquiavelo. Si una puerta telúrica conectaba Ojai y París, entonces, ¿por qué Dee no…?

—La Bruja de Endor la destruyó —reconoció furiosamente Dee—, y casi me mata. Tuve suerte y logré escapar sólo con un par de rasguños —añadió. Después, colgó el teléfono sin despedirse.

Nicolás Maquiavelo cerró cuidadosamente su teléfono móvil y se lo acercó al labio inferior con aire pensativo. Por alguna razón, dudaba de que Dee hubiera tenido suerte. Si la Bruja de Endor hubiera querido acabar con la vida del inglés, ni siquiera el legendario doctor Dee hubiera podido escapar. Maquiavelo se dio la vuelta y cruzó la plaza dirigiéndose hacia su chófer, quien le estaba esperando pacientemente con el coche. Si Flamel, Scathach y los mellizos norteamericanos habían venido a París a través de una puerta telúrica, entonces sólo había algunos lugares de la ciudad a los que podrían haber llegado. Debería ser relativamente sencillo encontrarlos y capturarlos.

Y si lo conseguía esa misma noche, tendría mucho tiempo para ocuparse de ellos antes de que Dee aterrizara en la capital francesa.

Maquiavelo sonrió; sólo necesitaba unas horas para que Nicolas le confesara todo lo que sabía. Más de medio milenio en este planeta le había enseñado a ser muy persuasivo.

Capítulo 2

osh Newman alargó la mano derecha y apoyó la palma sobre la piedra fría de un muro para recuperar fuerzas.

¿Qué acababa de ocurrir?

Un momento antes se encontraba en la tienda de la Bruja de Endor, en Ojai, California. Su hermana, Sophie, Scathach y el hombre que ahora conocía bien, Nicolas Flamel, habían estado en el interior del espejo, mirándole. En cuestión de segundos, Sophie había salido del cristal, le había agarrado de la mano y le había empujado hacia él. En ese instante, Josh cerró los ojos con fuerza y sintió que algo gélido le rozaba la piel y le erizaba el vello de la nuca. Cuando abrió los ojos, estaba en lo que, aparentemente, era un almacén minúsculo. Potes de pintura, escaleras amontonadas, piezas de cerámica hechas añicos y trapos manchados de pintura rodeaban un espejo mugriento, de aspecto corriente, colgado en una pared de piedra. Una bombilla de poca potencia desprendía un resplandor tenue que alumbraba la habitación.

—¿Qué ha ocurrido? —preguntó Josh con la voz entrecortada. Tragó saliva y lo intentó otra vez—: ¿Qué ha ocurrido? ¿Dónde estamos?

—Estamos en París —respondió Nicolas Flamel con

satisfacción mientras se sacudía el polvo de las manos en sus tejanos de color negro—. La ciudad que me vio crecer.

—¿París? —susurró Josh. Estuvo a punto de pronunciar la palabra «imposible», pero empezaba a comprender que esa palabra, ahora, carecía de todo significado—. ¿Cómo? —preguntó en voz alta—. ¿Sophie?

Miró a su hermana melliza, pero ésta se había acercado a la puerta de la habitación para escuchar atentamente. Entonces se volvió hacia Scathach, pero la guerrera pelirroja hizo un gesto de negación con la cabeza mientras se cubría la boca con las manos. Parecía que estuviera a punto de vomitar. Al fin, Josh se dirigió hacia el legendario alquimista, Nicolas Flamel.

—¿Cómo hemos llegado aquí?

—Este planeta es un entrelazado de líneas de poder invisibles denominadas líneas místicas o *cursus* —explicó Flamel mientras cruzaba los dedos índices—. Allí donde dos o más líneas místicas se cruzan, se halla una puerta telúrica. Este tipo de puertas es poco habitual hoy en día, pero en tiempos ancestrales la Raza Inmemorial las utilizaba para viajar de una punta del mundo a otra en cuestión de segundos, tal y como nosotros acabamos de hacer. La Bruja abrió la puerta telúrica en Ojai y hemos llegado aquí, a París.

Lo decía con tanta naturalidad que parecía una cuestión de hecho.

—Puertas telúricas: las odio —farfulló Scatty. Con esa luz lúgubre, su piel, pálida y llena de lunares, parecía verde—. ¿Alguna vez te has mareado? —preguntó.

Josh negó con la cabeza.

—Nunca.

Sophie, que seguía inclinada con la oreja apoyada en la puerta, se levantó y alzó la mirada.

—¡Mentiroso! Se marea hasta en una piscina —comentó mientras esbozaba una gran sonrisa. Después, volvió a acercarse a la gélida madera de la puerta.

—Mareada —refunfuñó Scatty—. Así me siento ahora mismo. O incluso peor.

Sophie giró la cabeza una vez más para mirar al Alquimista.

—¿Tienes idea de en qué parte de París estamos?

—Supongo que en algún lugar muy antiguo —respondió Flamel mientras se acercaba a la puerta. Al igual que Sophie, arrimó la oreja a la puerta e intentó escuchar.

Sophie dio un paso atrás.

—Yo no estoy tan segura —dijo vacilante.

—¿Por qué no? —preguntó Josh. Echó un vistazo a la habitación desordenada. Desde luego, parecía que formara parte de un edificio antiguo.

Sophie sacudió la cabeza.

—No lo sé… Me da la sensación de que no es tan antiguo.

Entonces alargó la mano, acarició la pared con la palma y, de inmediato, aproximó todo el cuerpo.

—¿Qué sucede? —murmuró Josh.

Sophie volvió a colocar la mano en la pared.

—Puedo escuchar voces, canciones y algo parecido a música de órgano.

Josh encogió los hombros.

—Yo no oigo nada.

Entonces se detuvo de forma inesperada, consciente de las diferencias que le distanciaban ahora de su hermana melliza. Hécate había Despertado el potencial mágico de Sophie de forma que todos sus sentidos se habían agudizado.

—Yo sí.

Sophie apartó la mano de la pared de piedra y los sonidos desfallecieron.

—Estás escuchando sonidos fantasma —explicó Flamel—. Son ruidos que absorbe el edificio, que guarda en su propia estructura.

—Es una iglesia —anunció Sophie decidida. Después, frunció el ceño y añadió—: Es una iglesia nueva… moderna, de finales del siglo XIX o principios del XX. Pero está construida sobre un lugar mucho más antiguo.

Flamel se detuvo ante la puerta de madera y miró por encima de su hombro. Con esa luz débil y tenue, sus rasgos cobraron de repente un aspecto más marcado y anguloso, más cadavérico, con los ojos sumidos en la sombra.

—Hay muchas iglesias en París —musitó—, aunque sólo hay una, o eso creo, que encaje con esa descripción.

Nicolas agarró el pomo de la puerta.

—Espera un segundo —se apresuró Josh—. ¿No crees que habrá algún tipo de alarma de seguridad?

—Oh, lo dudo —contestó Nicolas con tono confiado—. ¿Quién colocaría una alarma de seguridad en la despensa de una iglesia? —preguntó de forma burlesca mientras abría la puerta.

Instantáneamente, empezó a sonar una alarma. El ruido resonaba en las losas y muros de la iglesia mientras unas luces de seguridad estroboscópicas destellaban desde todas las esquinas. Scatty suspiró y murmuró algo en una antigua lengua celta.

—¿No fuiste tú quien me dijo una vez que esperara antes de realizar un movimiento, que mirara a mi alrededor antes de dar un paso y que observara detenidamente? —reclamó.

Nicolas sacudió la cabeza y aceptó el estúpido error.

—Supongo que me estoy haciendo viejo —respondió en el mismo idioma. Pero no había tiempo para disculpas—. ¡Vámonos! —gritó con la ensordecedora alarma de fondo y se dirigió hacia el pasillo. Sophie y Josh siguieron sus pasos y Scatty, en la retaguardia, avanzaba lentamente mientras refunfuñaba con cada paso que daba.

El pasillo, también de piedra y muy angosto, conducía a otra puerta de madera. Sin detenerse, Flamel empujó la segunda puerta y, de inmediato, otra alarma empezó a retumbar. Entonces giró hacia la izquierda, hacia un lugar abierto que desprendía un olor a incienso y a cera. Los candelabros arrojaban una luz dorada sobre las paredes y el suelo que, junto con las luces rojas de seguridad, descubrían un par de gigantescas puertas con la palabra SORTIE sobre ellas. Flamel corrió hacia los dos portones; sus zancadas retumbaban en el histórico edificio.

—No toques… —empezó Josh, pero Nicolas Flamel agarró el pomo de una de las puertas y tiró con fuerza.

Una tercera alarma, mucho más estridente que las anteriores, empezó a sonar y una diminuta luz roja ubicada en la parte superior de la puerta se puso a parpadear.

—Te advertí que no tocaras —murmuró Josh.

—No lo entiendo, ¿por qué no está abierta? —gritó Flamel para que los demás pudieran escucharle a pesar del estruendo—. Esta iglesia siempre está abierta —comentó mientras se daba la vuelta para mirar a su alrededor—. ¿Dónde está todo el mundo? ¿Qué hora es? —preguntó.

De pronto, tuvo un presentimiento.

—¿Cuánto se tarda en viajar de un sitio a otro utilizando una puerta telúrica? —preguntó Sophie.

—Es instantáneo.

—¿Y estás seguro de que estamos en París, Francia?

—Así es.

Sophie miró el reloj e hizo un par de cálculos rápidos.

—¿La diferencia horaria entre París y Ojai es de nueve horas? —preguntó.

Flamel asintió; ahora lo entendía todo.

—Son casi las cuatro de la madrugada. Por eso la iglesia está cerrada —explicó Sophie.

—La policía debe de estar en camino —informó Scatty mientras agarraba su *nunchaku*—. Odio pelear cuando no me encuentro bien —susurró.

—¿Qué hacemos ahora? —consultó Josh con una voz que dejaba entrever su temor.

—Podría intentar derribar las puertas con viento —sugirió Sophie. No estaba segura de tener la energía suficiente para levantar viento tan pronto. Había utilizado sus nuevos poderes mágicos para luchar contra los inmortales en Ojai y el esfuerzo la había dejado completamente exhausta.

—Me opongo —gritó Flamel.

Su rostro era una mezcla de lúgubres sombras y luces rojas. Se volvió y caminó hacia una colección de bancos de madera colocados ante un adornado altar de tracería de mármol blanco. El tenue resplandor de las velas iluminaba un mosaico de tonalidades azules y doradas que brillaba en el altar.

—Es un monumento nacional; no permitiré que lo destruyas.

—¿Dónde estamos? —preguntaron los mellizos al mismo tiempo mientras observaban a su alrededor. Ahora que se habían acostumbrado a la oscuridad, se percataron de que el edificio era gigantesco. Distinguían unas columnas que alcanzaban las sombras de la bóveda e incluso eran capaces de apreciar las siluetas de los altares laterales, de las estatuas de los rincones y de los innumerables candelabros.

—Ésta —anunció Flamel lleno de orgullo— es la iglesia del Sagrado Corazón.

Sentado en la parte trasera de su limusina, Nicolás Maquiavelo tecleó las coordenadas en su portátil y observó un mapa de alta definición de la ciudad parisina en la pantalla. París era una ciudad increíblemente antigua. El primer poblado que habitó tierras parisinas lo hizo más de dos mil años atrás, aunque la raza humana vivió en la isla del Sena durante varias generaciones antes de eso. Al igual que muchas de las ciudades más antiguas del mundo, París se alzaba sobre multitud de cruces de líneas místicas.

Maquiavelo pulsó una secuencia de teclas y apareció un complejo patrón de líneas místicas dibujado sobre el mapa de la ciudad. Buscaba una línea que conectara con Estados Unidos. Al final, logró reducir el número de posibilidades a seis. Con una uña, perfectamente arreglada después de una sesión de manicura, siguió dos líneas que unían la Costa Oeste norteamericana con París. Una llegaba a la magnífica catedral de Notre Dame; la otra, a un lugar más moderno pero igualmente célebre, la basílica del Sagrado Corazón, en Montmartre.

¿Dónde estarían?

De repente, la tranquilidad de la noche parisina se quebró por una serie de sirenas. Maquiavelo pulsó el mando de la ventanilla eléctrica y el cristal negro descendió suavemente. Una brisa fresca entró en el coche. A lo lejos, sobre los tejados de los edificios que bordeaban la Place du Tertre, se alzaba el Sagrado Corazón. El imponente edificio abovedado siempre estaba alumbrado por la noche con luces radiantes. Sin embargo, esa noche, el monumento histórico estaba rodeado de luces rojas parpadeantes.

Ahí están. La sonrisa de Maquiavelo era aterradora. Abrió un programa en su portátil y esperó pacientemente mientras el disco duro procesaba la información.

«Introducir contraseña.»

Los dedos volaban por encima del teclado mientras el italiano escribía la siguiente frase: «*Discorsi sopra la prima deca di Tito Livio*». Nadie sería capaz de adivinar esa contraseña. Se trataba de uno de sus libros menos conocidos.

Entonces apareció un documento de texto escrito en una combinación de latín, griego e italiano. Hubo un tiempo en que los magos guardaban sus hechizos y encantamientos en libros escritos a mano denominados *grimoires*, pero Maquiavelo siempre se había mostrado partidario de utilizar la última tecnología. Prefería mantener sus conjuros en el disco duro. Ahora, sólo necesitaba hacer algo para mantener ocupados a Flamel y sus amigos mientras él reunía fuerzas.

Josh levantó la cabeza rápidamente.

—Oigo sirenas de policía.

—Hay doce patrullas que se dirigen hacia aquí —confirmó Sophie con la cabeza ladeada hacia la pared y los ojos cerrados mientras escuchaba atentamente.

—¿Doce? ¿Cómo lo sabes?

Sophie miró a su hermano mellizo.

—Puedo distinguir las diversas ubicaciones de las sirenas.

—¿Puedes escucharlas por separado? —quiso saber Josh. Una vez más, se dio cuenta de que seguía sorprendido por la capacidad sensorial de su hermana.

—Cada una de ellas —respondió Sophie.

—La policía no debe capturarnos —interrumpió Flamel bruscamente—. No disponemos ni de pasaportes ni de coartadas. ¡Tenemos que salir de aquí!

—¿Cómo? —preguntaron los mellizos a la vez.

Flamel sacudió la cabeza.

—Tiene que haber otra entrada… —empezó. Después se detuvo y abrió las aletas de la nariz.

Josh, intranquilo, observaba la situación mientras Sophie y Scatty reaccionaban repentinamente a algo que él no lograba oler.

—¿Qué… qué sucede? —preguntó. Justo entonces advirtió un olorcillo casi imperceptible que enseguida relacionó con almizcle y pestilencia. Era el típico hedor que cualquiera asociaría con un zoo.

—Problemas —advirtió Scathach mientras cogía su *nunchaku* y empuñaba sus espadas—, grandes problemas.

Capítulo 3

ué? —preguntó Josh mientras miraba a su alrededor. El hedor resultaba más fuerte ahora, rancio y amargo, casi familiar…

—Una serpiente —respondió Sophie, inspirando profundamente—. Es una serpiente.

Josh sintió cómo se le revolvía el estómago. Una serpiente. ¿Por qué tenía que ser una serpiente? Les tenía pavor, aunque jamás se lo había confesado a nadie y mucho menos a su hermana.

—Serpientes… —empezó con una voz estridente y entrecortada. Se aclaró la garganta y continuó—: ¿Dónde? —preguntó desesperado, imaginándoselas en todas partes, deslizándose por debajo de los bancos, escurriéndose por los pilares y descendiendo por las lámparas.

Sophie negó con la cabeza y frunció el ceño.

—No las escucho… sólo… las huelo —explicó mientras abría las aletas de la nariz una vez más—. No, sólo hay una…

—Oh, estás oliendo una serpiente. Está bien… pero una que se arrastra sobre un par de piernas —dijo Scathach bruscamente—. Estás percibiendo el hedor fétido de Nicolás Maquiavelo.

Flamel se arrodilló en el suelo, justo delante de las majestuosas puertas principales, y colocó las manos sobre las cerraduras. Espirales de humo blanco emergieron de sus dedos.

—¡Maquiavelo! —gritó—. Por lo que veo a Dee le ha faltado tiempo para contactar con sus aliados.

—¿Sabes a quién pertenece ese olor? —preguntó Josh todavía asombrado y un tanto confuso.

—Cada persona desprende un aroma mágico —explicó Scatty, quien se había colocado enfrente del Alquimista para protegerlo—. Vosotros, por ejemplo, oléis a helado de vainilla y naranjas, Nicolas a menta…

—Y Dee a huevos podridos —añadió Sophie.

—Azufre —recalcó Josh.

—Antiguamente relacionado con el infierno —dijo Scatty—. Muy apropiado para el doctor Dee.

Scathach miraba de un lado a otro, prestando una atención especial a las grandes sombras de las estatuas.

—Y bueno, Maquiavelo huele a serpiente. Un olor muy adecuado también.

—¿Quién es? —preguntó Josh. Aquel nombre le resultaba familiar, quizá porque lo había oído antes—. ¿Un amigo de Dee?

— Maquiavelo es un aliado inmortal de los Oscuros Inmemoriales —explicó Scatty— y no es amigo de Dee, aunque están en el mismo bando. Maquiavelo es mayor que el Mago, infinitamente más peligroso y, sin duda alguna, más astuto. Debería haber acabado con él cuando tuve la oportunidad —refunfuñó—. Durante los últimos cinco siglos se ha escondido en el corazón de la política europea, haciendo y deshaciendo a su antojo desde las sombras. La última noticia que me llegó es que había sido nombrado director de la DGSE, la Direction Générale de la Sécurité Extérieure.

—¿Es un banco? —preguntó Josh.

Scatty esbozó una pequeña sonrisa que dejaba al descubierto sus colmillos vampíricos.

—Significa Dirección General de Seguridad Exterior. Es el servicio secreto francés.

—¡El servicio secreto! Oh, entonces no hay problema —dijo Josh en tono sarcástico.

—El olor es cada vez más intenso —interrumpió Sophie.

Sus sentidos, ahora Despiertos, apreciaban el hedor con agudeza. Concentrándose, dejó que una pequeña parte de su poder se escurriera hacia su aura, que emitía un resplandor fantasmagórico a su alrededor. Unos diminutos hilos de color plateado destellaban entre sus cabellos rubios y sus ojos se habían transformado en un par de monedas de plata reflectantes.

Casi de forma inconsciente, Josh se alejó de su hermana. Ya la había visto antes así, pero seguía asustándole.

—Esto significa que está cerca y que está preparando algún truco mágico —informó Scatty—. ¿Nicolas…?

—Sólo necesito un minuto más.

Las yemas de los dedos de Flamel desprendían un humo verde esmeralda que cubría todo el pomo de la puerta. Se oyó un chasquido en el interior, pero cuando el Alquimista intentó tirar del pomo, la puerta no se movió.

—Quizá necesite más de un minuto.

—Demasiado tarde —murmuró Josh mientras levantaba el brazo y señalaba algo—. Hay algo ahí.

Al otro lado de la gran basílica, la llama de los candelabros había desaparecido. Era como si una suave brisa hubiera penetrado en la capilla y hubiera soplado las velas circulares de los altares y aquellas que decoraban los magníficos candelabros, dejando tras de sí una estela de humo grisáceo. De forma repentina, un aroma a cera invadió la catedral. Era tan intenso, tan fuerte, que incluso cubría el hedor a serpiente.

—No veo nada… —empezó Josh.

—¡Está ahí! —chilló Sophie.

La criatura que se arrastraba por las frías losas de la basílica no era humana. Era más alta que una persona, más ancha y grotesca. Era una silueta blanca de textura gelatinosa con algo sobre los hombros que recordaba a una cabeza. No tenía facciones visibles. Mientras contemplaban a la criatura, dos gigantescos brazos surgieron de su tronco y, en los extremos, se crearon dos manos.

—¡Un golem! —gritó Sophie aterrorizada—. ¡Un golem de cera!

Entonces extendió las manos y su aura empezó a brillar. En un intento de derrotar a la criatura, Sophie lanzó soplos de aire frío a través de las yemas de sus dedos, pero sólo consiguió arrugar ligeramente la piel de cera de la criatura.

—¡Protege a Nicolas! —ordenó Scathach mientras se abalanzaba sobre la bestia empuñando sus espadas de combate, aunque de nada sirvió. La cera atrapó sus armas y, para extraerlas del cuerpo de la criatura, la Guerrera tuvo que emplear todas sus fuerzas. Volvió a atacar pero sólo consiguió cortar diminutos pedazos de cera. La criatura estaba a punto de azotarle un buen golpe, de forma que Scathach tuvo que desempuñar sus espadas mientras se las arreglaba para esquivar la embestida. Un puño bulboso sacudió el suelo y cientos de glóbulos de cera blanca rociaron el lugar.

Josh agarró una de las sillas de madera amontonadas en la tienda de regalos que se hallaba en la parte trasera de la iglesia. Sujetándola por dos de las patas, la golpeó en el pecho de la criatura… donde se quedó clavada. Cuando la figura de cera se volvió hacia Josh, le arrancó la silla de las manos. Josh no dudó en coger otra silla y salió corriendo hacia la espalda de la criatura intentando así embestirla por detrás. La silla se destrozó al chocar con los hombros de la criatura, dejando su piel repleta de astillas, como si fueran las púas de un puercoespín.

Sophie permanecía inmóvil. Desesperada, intentaba recordar algunos de los secretos de la magia del Aire que la Bruja de Endor le había enseñado sólo unas pocas horas antes. La Bruja le confesó que este arte mágico era uno de los más poderosos. De hecho, Sophie fue testigo de su supremacía cuando derrotó al ejército de muertos vivientes que Dee había despertado contra ellos en Ojai. Pero no tenía ni la menor idea de qué podría funcionar contra el monstruo de cera que tenía delante. Sabía cómo crear un tornado en miniatura, pero no podía arriesgarse a evocarlo en la basílica.

—¡Nicolas! —gritó Scatty. Con sus espadas incrustadas en el cuerpo de la criatura, la Guerrera utilizaba su *nunchaku*, dos barras de madera unidas entre sí con una cadena corta, para acabar con el golem. Con ellas asestaba tales golpes que le dejaba profundas hendiduras en la piel, pero de nada servían. Entonces le propinó uno de los golpes más implacables. De inmediato, la suave madera de su *nunchaku* quedó incrustada en la cera del monstruo. Poco a poco, la cera fue cubriendo el arma y, cuando la criatura se dio la vuelta hacia Josh, le arrancó el arma de las manos y Scathach salió disparada hacia la otra punta de la basílica.

Con una mano, formada únicamente con un pulgar y algunos dedos difusos, como si fuera una manopla, agarró a Josh por el hombro y le apretó con fuerza. El dolor era tal que Josh tuvo que arrodillarse.

—¡Josh! —gritó Sophie. Su voz resonó en los muros de la gigantesca iglesia.

El joven trató de apartar la mano de la criatura, pero la cera era demasiado escurridiza y los dedos se hundieron en la masa blanca. Un río de cera templada empezó a derramarse de la mano del monstruo, deslizándose hacia el hombro de Josh y recorriéndole el pecho mientras éste se quedaba sin respiración.

—¡Josh, agáchate!

Sophie agarró una silla de madera y la lanzó desde donde estaba. La silla pasó rozando la cabeza de su hermano, despeinándole el cabello, hasta colisionar directamente con el brazo de cera. Golpeó con precisión y exactitud en la zona donde debería haberse encontrado el codo. La silla se quedó clavada, pero el movimiento distrajo a la criatura, que se despreocupó del muchacho y le abandonó amoratado y cubierto de una capa de cera. Arrodillado en el suelo, Josh contemplaba aterrado cómo las manos gelatinosas alcanzaban el cuello de su hermana.

Muerta de miedo, Sophie gritó.

Josh observó cómo los ojos de su melliza parpadeaban, cómo el color plateado reemplazaba al azul y cómo su aura resplandecía incandescente en el mismo instante en que las zarpas del golem se acercaron a ella. De inmediato, los brazos de la criatura empezaron a derretirse. Sophie extendió la mano, con los dedos completamente separados, y la colocó sobre el pecho del golem. Segundos más tarde, el pecho se había fundido, crepitando y siseando, hasta formar una masa de cera.

Josh se puso en cuclillas, cerca de Flamel, con las manos cubriéndose los ojos para protegerse de la cegadora luz plateada. Vislumbró a su hermana acercándose a la bestia de cera, con los brazos extendidos y con el aura resplandeciendo como nunca. Un calor imperceptible derritió a la criatura, convirtiéndola en cera líquida. De repente, se escucharon unos ruidos estrepitosos. Se trataba de las espadas y el *nunchaku* de Scathach y de los restos de las sillas de madera.

El aura de Sophie empezó a titilar y Josh se puso en pie a su lado para ayudarla a mantener el equilibrio.

—Estoy mareada —musitó mientras se desplomaba sobre los brazos de su hermano. Había perdido la conciencia y estaba congelada. Ahora, el habitual aroma de su aura, de vainilla dulce, se había tornado más agrio y amargo.

Scatty se abalanzó para recoger sus armas del montón de cera líquida que en esos momentos parecía más bien un muñeco de nieve derretido. Limpió las espadas meticulosamente antes de introducirlas en sus correspondientes vainas que llevaba en la espalda. Rascando la cera blanca de su *nunchaku*, lo deslizó en el interior de una pistolera de su cinturón; después, se acercó a Sophie.

—Nos has salvado —dijo con tono serio—. Es una deuda que jamás olvidaré.

—Ya está —añadió Flamel inesperadamente. Retrocedió y Sophie, Josh y Scathach contemplaron cómo los remolinos de humo verde se escurrían por la cerradura. El Alquimista empujó la puerta. Al abrirse, penetró una ráfaga de aire fresco que disipó el empalagoso aroma de cera derretida.

—Podrías habernos ayudado, ¿no te parece? —gruñó Scatty.

Flamel sonrió abiertamente mientras se pasaba los

dedos por los vaqueros, dejando un rastro de luz verde en la ropa.

—Sabía que lo tendrías bajo control —contestó mientras salía de la basílica. Scathach y los mellizos le siguieron.

Las sirenas de la policía indicaban que estaban más cerca, aunque la parte delantera de la iglesia se hallaba completamente vacía. El Sagrado Corazón se alzaba sobre una pequeña colina, uno de los puntos más altos de la capital francesa y, desde allí, se gozaba de unas magníficas vistas de la ciudad. El rostro de Nicolas se iluminó de satisfacción.

—¡Hogar, dulce hogar!

—¿Qué pasa entre los magos europeos y los golems? —preguntó Scatty, siguiéndole—. Primero Dee y ahora Maquiavelo. ¿Acaso no tienen imaginación?

Flamel parecía sorprendido.

—Eso no era un golem. Los golems necesitan un conjuro para poder cobrar vida.

Scatty asintió con la cabeza. Evidentemente, eso ya lo sabía.

—Entonces, ¿qué…?

—Eso era un tulpa.

Scatty abrió los sus ojos verdes, atónita.

—¡Un tulpa! ¿Maquiavelo es tan poderoso?

—Obviamente.

—¿Qué es un tulpa? —preguntó Josh a Flamel. Sin embargo, fue su hermana quien respondió a su pregunta y, una vez más, Josh recordó la brecha que se había abierto entre ambos desde que Despertaron los poderes de Sophie.

—Una criatura creada y animada gracias al poder de la imaginación —explicó Sophie con indiferencia.

—Eso es —añadió Nicolas Flamel mientras respiraba

hondamente—. Maquiavelo supuso que habría cera en la catedral, así que, simplemente, le dio vida.

—Pero ¿estás seguro de que él sabía que ese producto de su imaginación no sería capaz de detenernos? —preguntó Scatty.

Nicolas salió del arco central que enmarcaba la parte frontal de la basílica y se quedó inmóvil en el borde del primer escalón de los 221 que conducían hacia la calle.

—Oh, claro que sabía que no podría detenernos —dijo pacientemente—. Sólo quería entretenernos hasta que él llegara —señaló.

A lo lejos, las angostas calles de Montmartre habían cobrado vida gracias a los sonidos y luces de varios coches patrulla franceses. Docenas de gendarmes uniformados se habían reunido al pie de las escaleras. De entre las callejuelas aparecían más policías para formar un cordón alrededor del edificio. Sorprendentemente, ninguno se atrevió a subir un solo peldaño.

Flamel, Scatty y los mellizos ignoraron a la policía. Observaban al hombre alto, esbelto y de cabello canoso que lucía un elegante esmoquin y que, con parsimonia, empezaba a ascender la escalinata, dirigiéndose hacia ellos. Se detuvo al verlos salir de la basílica, se apoyó sobre una barandilla metálica y alzó el brazo a modo de saludo.

—Déjame adivinar —dijo Josh—, ése es Nicolás Maquiavelo.

—El inmortal más peligroso de Europa —añadió el Alquimista. Creedme: este hombre hace que a su lado Dee parezca un simple aficionado.

Capítulo 4

ienvenido a París, Alquimista.

Sophie y Josh se sobresaltaron. Maquiavelo estaba demasiado lejos para que su voz se escuchara con tanta claridad.

Misteriosamente, su voz parecía venir de algún lugar detrás de ellos, de forma que los dos hermanos se volvieron, pero sólo vieron dos estatuas de hierro cubiertas de musgo sobre los tres arcos de la iglesia: una mujer sobre un caballo empuñando una espada a la derecha y un hombre sujetando un cetro a la izquierda.

—Le estaba esperando.

La voz parecía salir de la estatua del hombre.

—Es un truco barato —comentó Scatty desdeñosamente mientras se quitaba los restos de cera que llevaba en sus botas de combate con punta de acero—. No es más que ventriloquia.

Sophie esbozó una tímida sonrisa.

—Pensé que la estatua hablaba —admitió un tanto avergonzada.

Josh soltó una carcajada e inmediatamente reconsideró lo que había dicho su hermana.

—Supongo que no me habría sorprendido si fuera cierto.

—El bueno de Dee le envía saludos. —La voz de Maquiavelo continuaba flotando en el aire.

—Entonces debo entender que sobrevivió en Ojai —respondió Nicolas en tono coloquial, sin alzar la voz. Manteniéndose erguido y con gran disimulo, Flamel se llevó las manos a la espalda y miró de reojo a Scatty. A continuación, empezó a tamborilear los dedos de la mano derecha e izquierda en ambas palmas.

Scatty alejó a los mellizos de Nicolas y los tres se escondieron bajo las sombras de los arcos. Con Sophie a un lado y Josh al otro, Scatty posó las manos sobre sus hombros. En ese instante, las auras de los mellizos resplandecieron de color plateado y dorado. La Guerrera se aproximó todavía más a los hermanos.

—Maquiavelo. El maestro de las mentiras —susurró Scatty al oído de los mellizos—. No debe oírnos.

—No puedo decir que sea un placer volver a verle, *signore* Maquiavelo. ¿O en esta época prefiere que le llame *monsieur* Maquiavelo? —dijo el Alquimista en voz baja, apoyándose en la barandilla y contemplando fijamente el pie de la escalinata blanca, donde Maquiavelo aún era una pequeña figura.

—Durante este siglo, soy francés —respondió Maquiavelo con una voz perfectamente audible—. Me encanta París. Es mi ciudad favorita de Europa, después de Florencia, por supuesto.

Mientras Nicolas hablaba con Maquiavelo, éste seguía con las manos detrás de la espalda que pasaban completamente desapercibidas a ojos del otro inmortal. Flamel movía los dedos continuamente, los tamborileaba y chasqueaba.

—¿Está elaborando un hechizo? —susurró Sophie al ver los movimientos de sus manos.

—No, está hablando conmigo —explicó Scatty.

—¿Cómo? —murmuró Josh—. ¿Magia? ¿Telepatía?

—Lenguaje de signos norteamericano.

Los mellizos se miraron el uno al otro desconcertados.

—¿Lenguaje de signos norteamericano? —inquirió Josh—. ¿Conoce el lenguaje de signos? ¿Cómo?

—Parece que has olvidado que Nicolas ha vivido muchos años —respondió Scathach con una sonrisa que dejaba entrever sus dientes vampíricos—. Además, ayudó a crear el lenguaje de signos francés en el siglo XVIII —añadió como si nada.

—¿Qué está diciendo? —preguntó Sophie impaciente. La joven no lograba encontrar el conocimiento necesario para traducir los gestos de Nicolas en la memoria y sabiduría que la Bruja le había transmitido.

Scathach frunció el ceño. Sus labios empezaron a moverse mientras pronunciaba una palabra.

—Sophie... *brouillard*... niebla —tradujo. Entonces sacudió la cabeza—. Sophie, te está pidiendo niebla. Esto no tiene sentido.

—Sí que lo tiene —respondió Sophie mientras una docena de imágenes de niebla, nubes y humo se le pasaban por la mente.

Nicolás Maquiavelo se detuvo después de subir unos peldaños y tomó un profundo respiro.

—Mis hombres tienen la zona rodeada —informó mientras intentaba ascender un poco más, acercándose así al Alquimista. Se había quedado sin aliento y las pulsaciones le iban a mil por hora. Necesitaba volver al gimnasio lo antes posible.

Crear el tulpa de cera le había agotado. Jamás había concebido uno de tales dimensiones y nunca desde la parte trasera de un coche que rugía entre los estrechos callejones del barrio de Montmartre. No había sido una solución muy elegante, pero su objetivo era mantener ocupados a Flamel y a sus acompañantes en la basílica hasta que él llegara. Y lo había conseguido. Ahora, el famoso monumento estaba rodeado, había más gendarmes en camino y había convocado a todos los agentes disponibles. Como presidente de la DGSE, sus poderes eran casi ilimitados y había dictado una orden para que los medios de comunicación no accedieran a la zona. Estaba orgulloso de sí mismo por saber controlar sus emociones, aunque debía admitir que en aquel instante se hallaba nervioso y excitado: pronto capturaría a Nicolas Flamel, a Scathach y a los mellizos. Habría triunfado en una misión en que Dee fracasó.

Después, alguien de su departamento filtraría una noticia a la prensa donde se explicaría cómo la policía detuvo a unos ladrones que querían irrumpir en un monumento nacional. Por la noche, el momento idóneo para las noticias de primera hora, entregaría un segundo informe en el que se detallaría cómo los prisioneros, desesperados, habían logrado hacer frente a sus guardias y escapar de la comisaría de policía. Jamás les volverían a ver.

—Le tengo, Nicolas Flamel.

Flamel se acercó al borde de la escalinata blanca e introdujo las manos en los bolsillos traseros de sus tejanos negros.

—Si no me equivoco, la última vez que pronunció estas palabras estaba a punto de profanar mi tumba.

Maquiavelo, sorprendido, se detuvo.

—¿Cómo lo sabe?

Más de tres siglos atrás, en la oscuridad de la noche, Maquiavelo había profanado las tumbas del matrimonio

Flamel en busca de pruebas que demostraran que el Alquimista y su esposa realmente habían fallecido. Además, quería comprobar si el Libro de Abraham el Mago yacía con ellos. El italiano no se sorprendió al descubrir que ambas tumbas estaban repletas de piedras.

—Perry y yo estábamos justo ahí, detrás de usted, escondidos entre las sombras. De hecho, estábamos tan cerca que podríamos haberle rozado cuando alzó la tapa de nuestra tumba. Sabía que alguien vendría… Pero jamás imaginé que sería usted. Debo admitir que me decepcionó, Nicolás —añadió.

El hombre de cabello blanco continuó subiendo las escaleras hacia el Sagrado Corazón.

—Siempre pensó que era mejor persona de lo que realmente soy, Nicolas.

—Soy de los que cree que el bien está en todos nosotros —susurró Flamel—, incluso en usted.

—En mí no, Alquimista. Ya no. Y desde hace mucho tiempo.

Maquiavelo se detuvo e indicó a la policía y a las fuerzas especiales francesas, armadas hasta los dientes, que se reunieran a los pies de la escalera.

—Le recomiendo que se entregue. Nadie le hará daño.

—No sabe cuánta gente me ha dicho eso —respondió Nicolas con tono melancólico—. Y todos ellos mintieron —añadió.

Maquiavelo alzó el tono de voz.

—Puede tratar conmigo o con el doctor Dee. Y ya sabe que el mago inglés jamás ha tenido mucha paciencia.

—Hay otra opción —comentó Flamel, encogiendo los hombros y esbozando una sonrisa—. Podría no tratar con ninguno de ustedes.

Antes de dar media vuelta, miró por última vez a Maquiavelo que, al ver la expresión del rostro del Alquimista, dio un paso hacia atrás sobresaltado. Durante un instante, algo ancestral e implacable brilló en la mirada de Flamel, que destellaba una luz verde esmeralda. Ahora era la voz de Flamel la que susurraba, aunque para el italiano inmortal ésta resultaba perfectamente audible.

—Lo mejor sería que usted y yo no volviéramos a encontrarnos.

Maquiavelo intentó soltar una carcajada, pero sólo pronunció una risa temblorosa y nerviosa.

—Eso parece una amenaza… Y créame, no está en las mejores condiciones para amenazar.

—No es una amenaza —respondió Flamel mientras retrocedía dos peldaños—, es una promesa.

El aire húmedo y fresco de la noche nocturna se entremezclaba con el rico aroma de la vainilla. En ese instante, Nicolás Maquiavelo supo que algo andaba mal.

Erguida, con los ojos cerrados, los brazos extendidos y las palmas mirando hacia arriba, Sophie Newman respiró profundamente en un intento de tranquilizarse y dejar volar su imaginación. Cuando la Bruja de Endor la había cubierto como una momia con vendas de aire sólido, le había revelado miles de años de sabiduría en cuestión de segundos.

A Sophie le dio la impresión de que, al recibir todos los recuerdos de la Bruja, su cabeza había aumentado de tamaño. Desde entonces, le atormentaba un terrible dolor de cabeza, la base del cuello la sentía rígida y notaba un molesto escozor detrás de los ojos. Dos días antes, era una adolescente norteamericana como otra cualquiera, preocupada por cosas normales: los deberes y trabajos del instituto, las últimas canciones y videoclips, los chicos que le gustaban, los números de teléfonos y páginas de Internet, los *blogs* y *urls*.

Ahora sabía cosas que nadie más podía saber.

Sophie Newman poseía los recuerdos de la Bruja de Endor; conocía todo aquello que la Bruja había contemplado, todo aquello que había vivido a lo largo de los milenios. Todo le resultaba un tanto confuso: una mezcla de pensamientos y deseos, observaciones, miedos y anhelos, un desorden borroso de lugares extraños, de imágenes espantosas y de sonidos incomprensibles. Era como si un millar de películas se hubieran entremezclado y editado juntas. Y dispersadas en este enredo de recuerdos había incontables incidencias en las que la Bruja había utilizado su poder especial, la Magia del Aire. Todo lo que tenía que hacer era encontrar un momento en que la Bruja hubiera evocado niebla.

Pero ¿dónde, cuándo y cómo encontrar ese momento?

Ignorando las voces de Flamel y Maquiavelo, haciendo caso omiso al desagradable hedor que desprendía el miedo de Josh y desoyendo el tintineo de las espadas de Scathach, Sophie concentró sus pensamientos en crear niebla.

San Francisco solía estar sumida en una neblina y Sophie recordaba el puente Golden Gate emergiendo de una nube esponjosa de niebla. El otoño anterior toda la familia se fue a visitar la catedral de San Pablo, en Boston. Cuando salieron del histórico monumento, la calle Tremont había sido invadida por una niebla húmeda que había opacado completamente el parque de la ciudad. Entonces empezaron a inmiscuirse otros recuerdos: neblina en Glasgow, espirales de niebla húmeda en Viena, niebla amarillenta y densa en Londres.

Sophie frunció el ceño; ella jamás había visitado Glasgow, Viena o Londres. En cambio, la Bruja sí… éstos eran los recuerdos de la Bruja de Endor.

Las imágenes, pensamientos y recuerdos, como las hebras de niebla que Sophie veía, se movían y se distorsionaban. De repente, ese cúmulo de imágenes se disipó. Ahora Sophie recordaba con claridad a una silueta ataviada con los trajes típicos del siglo XIX. Podía observarla mentalmente: se trataba de un hombre con una nariz alargada, frente ancha y cabello canoso rizado. Estaba sentado junto a un escritorio. Ante él tenía una hoja gruesa de papel de color crema. El hombre introducía la punta de una pluma en un tintero rebosante de tinta negra. Tardó un momento en darse cuenta de que éste no era uno de sus recuerdos, ni algo que había visto en la televisión o en el cine. Estaba rememorando algo que la Bruja de Endor había visto y hecho. Cuando se volvió para contemplar la silueta de ese hombre más de cerca, los recuerdos de la Bruja empezaron a brotar: el hombre era un célebre escritor inglés que estaba empezando a trabajar en su nueva obra. El escritor alzó la vista y esbozó una tierna sonrisa; entonces movió los labios, pero no produjo ningún sonido. Inclinando ligeramente la cabeza hacia el hombro del escritor, Sophie leyó las palabras «Niebla en todas partes. Niebla en el río. Niebla debajo del río» en una caligrafía curvada muy elegante. A través de la ventana del estudio del escritor, una niebla gruesa y opaca se enroscaba como el humo en un espejo sucio, cubriendo el fondo como una manta impenetrable.

Bajo el pórtico del Sagrado Corazón, en París, el aire se

volvió húmedo y fresco y cobró el rico aroma del helado de vainilla. Un hilo blanco se escurrió por cada uno de los dedos de Sophie formando un remolino que le cubría los pies. Con los ojos cerrados, contemplaba cómo el escritor hundía otra vez la pluma en el tintero y continuaba escribiendo. «Niebla arrastrándose… niebla extendiéndose… niebla cayendo… niebla en los ojos y gargantas…»

Ahora, una niebla densa y blanca se vertía de los dedos de Sophie expandiéndose por las piedras, retorciéndose como el humo, fluyendo y formando hebras y cuerdas. La niebla se arrastró hasta las piedras de Flamel y cubrió completamente los peldaños haciéndose cada vez más densa, más oscura, más húmeda.

Sobre la escalinata del Sagrado Corazón, Nicolás Maquiavelo veía cómo la niebla se arrastraba por los peldaños como leche sucia, cómo se condensaba y cómo se expandía. En ese momento supo que Flamel y los demás escaparían. Cuando la neblina le alcanzó, cubriéndole hasta el pecho, distinguió el aroma a helado de vainilla. Inhaló hondamente, reconociendo así el olor mágico.

—Extraordinario —dijo. Sin embargo, la neblina amortiguó la voz, suavizando así su acento francés que durante tantos años había refinado y dejando al descubierto un áspero acento italiano.

—Déjenos en paz.

La voz de Flamel resonó entre el banco de niebla.

—Eso suena a otra amenaza, querido Nicolas. Créame cuando le digo que no tiene la menor idea de las fuerzas unidas que luchan contra usted ahora mismo. Sus trucos de pacotilla no le salvarán —le advirtió Maquiavelo mientras cogía el teléfono móvil y tecleaba un número de teléfono de pocos dígitos—. Atacad. ¡Atacad ya!

A medida que daba órdenes a sus hombres, el italiano se apresuró a ascender las escaleras, intentando hacer el menor ruido posible con sus zapatos de suela de cuero. Mientras tanto, a lo lejos, unos pies calzados con botas de combate intentaban despistar a los gendarmes, quienes ya habían comenzado a subir la escalinata.

—He sobrevivido durante mucho tiempo.

La voz de Flamel procedía de algún lugar que Maquiavelo desconocía. Se detuvo, miró hacia la derecha, hacia la izquierda, intentando vislumbrar una silueta entre la niebla.

—El mundo ha evolucionado —respondió Maquiavelo—. Pero usted, no. Puede que lograra escapar de nosotros en Norteamérica pero aquí, en Europa, habitan demasiados Inmemoriales, demasiados humanos inmortales que le conocen. No conseguirá pasar desapercibido durante mucho tiempo. Le encontraremos.

Maquiavelo subió los últimos peldaños a toda prisa hasta llegar a la entrada de la iglesia. Allí no había ni rastro de la neblina. Esa niebla artificial había empezado ahí mismo y se había deslizado por las escaleras. De este modo, la iglesia parecía flotar sobre un mar de nubes. Antes de entrar en la iglesia, Maquiavelo supo que no los encontraría allí: Flamel, Scathach y los mellizos habían escapado.

De momento.

París ya no era la ciudad que vio crecer a Nicolas Flamel. La ciudad que antaño había venerado al matrimonio Flamel como los patrones de los enfermos y los pobres y que había bautizado calles con su nombre se había esfumado. La capital francesa ahora estaba en manos de Maquiavelo y los Oscuros Inmemoriales a quienes servía. Nicolás Maquiavelo observó la antigua ciudad y juró que convertiría París en una trampa, y quizá en una tumba, para el legendario Alquimista.

Capítulo 5

Los fantasmas de Alcatraz despertaron a Perenelle Flamel.

La mujer estaba tendida, inmóvil, sobre la camilla de su celda, gélida y angosta, situada en lo más profundo de la cárcel abandonada. Escuchaba los murmullos y susurros de los fantasmas, escondidos entre las sombras. Lograba entender una docena de lenguas diferentes; otras muchas podía identificarlas y otras eran completamente incomprensibles.

Manteniendo los ojos cerrados, Perenelle se concentraba en las lenguas, intentando separar las voces para comprobar si alguna le resultaba familiar. Y entonces, una repentina idea se le pasó por la cabeza: ¿era capaz de escuchar a los fantasmas?

En el otro lado de la celda, descansaba una esfinge, un monstruo con cuerpo de león, alas de águila y cabeza de mujer hermosa. Uno de sus poderes especiales era la capacidad de absorber las energías mágicas de otro ser vivo. Había consumido toda la energía de Perenelle, quien, sin fuerzas y vulnerable, permanecía encerrada en esa horrible celda.

Perenelle dibujó una minúscula sonrisa al percatarse de algo: era la séptima hija de una séptima hija; había nacido con el don de escuchar y ver fantasmas. Lo llevaba haciendo mucho tiempo, incluso antes de aprender cómo controlar y concentrar su aura. Su talento no tenía nada que ver con la magia y, por lo tanto, la esfinge no podía hacer nada al respecto. A lo largo de los siglos, había utilizado su destreza con el arte de la magia para protegerse de los fantasmas, para cubrir y defender su aura con colores que la hacían invisible a ojos de las apariciones. Pero como la esfinge había absorbido sus energías, estas capas protectoras se habían desvanecido, revelando así su existencia al reino espiritual.

Ahora empezaban a llegar.

Perenelle Flamel había visto por primera vez un fantasma, el de su querida abuela Mamom, a la edad de siete años. Perenelle sabía que no había nada que temer. Podían ser molestos, sin duda, incluso irritantes y, algunas veces, incluso desagradables, pero no tenían presencia física. Había algunos a los que ya consideraba amigos. A lo largo de los siglos, algunos espíritus volvían a ella una y otra vez porque sabían que podía escucharles, verles o ayudarles. Aunque Perenelle creía que también acudían a ella porque se sentían solos. Mamom venía una vez cada década, sólo para comprobar que su nieta estaba bien.

Sin embargo, aunque no tenían presencia en el mundo real, los fantasmas poseían ciertos poderes.

Perenelle abrió los ojos y se concentró en la pared de piedra desconchada que tenía justo delante. Diminutos hilos de agua verdosa recorrían las paredes, dejando un rastro con olor a óxido y sal, los dos elementos que, al final, destruyeron la cárcel de Alcatraz. Dee había cometido un error, tal y como Perenelle había imaginado. Si el doctor John Dee tenía un defecto, éste era la arrogancia. Evidentemente, creyó que si la encerraba en lo más profundo de Alcatraz y la vigilaba con una esfinge, Perenelle perdería todos sus poderes. No podía haber estado más equivocado.

Alcatraz era un lugar repleto de fantasmas.

Y Perenelle Flamel le demostraría lo poderosa que podía llegar a ser.

Cerró los ojos, se relajó y empezó a escuchar a los fantasmas de Alcatraz. Después, pronunciando unas palabras apenas perceptibles, comenzó a hablar con ellos, a llamarlos y a reunirlos a su alrededor.

Capítulo 6

Estoy bien —murmuró Sophie adormilada—, de veras.

—Pues no lo parece —refunfuñó Josh entre dientes. Por segunda vez en varios días, Josh llevaba a su hermana en brazos, sujetándola por la espalda y las piernas. Con prudencia, subía los escalones del Sagrado Corazón aterrado por la idea de desplomarse con su hermana melliza.

—Flamel nos avisó de que cada vez que utilizaras magia te quedarías sin energía —añadió—. Pareces agotada.

—Estoy bien… —musitó Sophie—. Bájame.

En ese instante, parpadeó y volvió a cerrar los ojos.

Flamel y sus acompañantes avanzaban silenciosos a través de la densa niebla con aroma a helado de vainilla. Scathach iba en cabeza y Flamel se ocupaba de la retaguardia. A su alrededor, escuchaban el caminar de las botas, el tintineo de las armas y las órdenes de la policía francesa y las fuerzas especiales mientras ascendían la escalera. Algunos policías se acercaban peligrosamente, e incluso Josh tuvo que agacharse un par de veces mientras una silueta uniformada revoloteaba junto a él.

De repente, Scathach emergió de la densidad de la niebla mientras apoyaba el dedo índice en los labios, indicándoles así que mantuvieran silencio. Incontables gotas de agua se escurrían por su cabellera pelirroja y su piel parecía más pálida de lo habitual. Señaló hacia la derecha con su *nunchaku* tallado con motivos ornamentales. La niebla se arremolinó e inesperadamente apareció la silueta de un gendarme casi delante de ellos. Estaba lo suficientemente cerca como para rozarle y su uniforme reflejaba un brillo particular debido a las gotas de agua. Detrás de él, Josh lograba vislumbrar a un grupo de policías franceses reunidos en lo que parecía un tiovivo antiguo. Todos miraban hacia arriba y Josh podía distinguir la palabra *brouillard* entre los susurros. Sabía que estaban hablando sobre la extraña niebla que, repentinamente, había descendido procedente del monumento. El gendarme sujetaba su pistola de servicio en la mano apuntando el cañón hacia el cielo. Y entonces, cuando Josh vio cómo el gendarme estaba preparado para apretar el gatillo, cayó en la cuenta del peligro que corrían, no sólo por los enemigos inmortales de Flamel, sino también por sus adversarios humanos.

Dieron alrededor de doce pasos más… y entonces la niebla se disipó. Un segundo antes Josh estaba cargando a su hermana, intentando cruzar una densa niebla; ahora, como si hubiera corrido una cortina, se encontraba en frente de una diminuta galería de arte, una cafetería y una tienda de recuerdos. Se dio la vuelta y encontró un muro sólido de neblina. Apenas podía vislumbrar a los policías que, a esa distancia, eran siluetas confusas entre la niebla amarillenta.

Scathach y Flamel emergieron del banco de niebla.

—Permíteme —dijo Scathach mientras agarraba a Sophie y la levantaba de los brazos de Josh. Éste intentó protestar. Sophie era su hermana melliza, su responsabilidad. Pero a decir verdad estaba exhausto. Después de subir a su hermana por aquella eterna escalera, Josh sentía calambres en las piernas y los músculos de los brazos le ardían de dolor.

Josh miró a Scathach.

—¿Se pondrá bien?

La guerrera celta abrió la boca para responder, pero Nicolas Flamel sacudió la cabeza, acallando así cualquier respuesta. Posó su mano izquierda sobre el hombro de Josh, pero el chico la apartó molesto. Si bien Flamel se percató del gesto, prefirió ignorarlo.

—Sólo necesita dormir. El esfuerzo de evocar niebla después de derretir al tulpa ha agotado por completo su fuerza física —explicó Flamel.

—Tú le pediste que lo hiciera —replicó Josh con aire acusador.

Nicolas extendió los brazos.

—¿Qué más podía hacer?

—Yo… no lo sé —admitió Josh—. Seguro que había algo que podrías haber hecho. Yo mismo he visto cómo lanzabas arpones de energía verde.

—La niebla nos ha permitido escapar sin hacer daño a nadie —respondió Flamel.

—Excepto a Sophie —objetó Josh de forma rencorosa.

Flamel le contempló durante unos instantes y después dio media vuelta.

—Vayámonos de aquí.

El Alquimista, levantando la barbilla ligeramente, señaló una callejuela que descendía en pendiente. Todos se apresuraron hacia esa dirección, Scathach llevando a Sophie sin esfuerzo y Josh intentando seguirles los pasos con cierta dificultad. No estaba dispuesto a abandonar a su hermana.

—¿Adónde vamos? —preguntó Scathach.

—No podemos seguir corriendo por estas callejuelas —susurró Flamel—. Al parecer, todo gendarme parisino está rodeando el Sagrado Corazón. También he visto fuerzas especiales y policías vestidos de paisano que, supongo, pertenecen al servicio secreto. Cuando se den cuenta de que no estamos en la catedral, acordonarán la zona y rastrearán cada calle.

Scathach sonrió, dejando al descubierto sus largos colmillos.

—Y seamos realistas: no es que seamos muy discretos.

—Tenemos que encontrar un sitio para… —empezó Nicolas Flamel.

El agente de policía que venía corriendo desde la esquina parecía tener alrededor de diecinueve años. Era alto, delgado y un tanto desgarbado, con las mejillas sonrojadas y algo parecido a un bigote en el labio superior. Tenía una mano sobre su pistolera mientras con la otra se sujetaba el sombrero. Se resbaló pero se las arregló para detenerse en frente de ellos y, al mismo tiempo que desenfundaba la pistola, gritó:

—¡Oigan! *Arrêtez!*

Nicolas se lanzó hacia el policía. Josh vislumbró el resplandor verdoso que cubría las manos del Alquimista antes de que alcanzara el pecho del gendarme. El cuerpo del agente de policía emitió durante unos instantes una luz verde esmeralda y después se desplomó sobre el suelo.

—¿Qué has hecho? —preguntó Josh aterrorizado. Miró al joven policía tendido en el suelo—. ¿No le habrás… no le habrás… matado?

—No —respondió Flamel un tanto cansado—, sólo he sobrecargado su aura. Es como una descarga eléctrica. Cuando se despierte, sólo le dolerá la cabeza —añadió mientras presionaba las yemas de los dedos en la frente del policía—. Espero que no sea tan terrible como el mío —agregó.

—Sabes perfectamente —interrumpió Scathach— que tu jueguecito habrá desvelado nuestra posición a Maquiavelo.

La Guerrera abrió las aletas de la nariz. Josh respiró profundamente; el aire a su alrededor despedía el inconfundible aroma a menta: el perfume del poder de Nicolas Flamel.

—¿Qué más podía hacer? —protestó Nicolas—. Tú tenías las manos ocupadas.

Scatty hizo una mueca mostrando su desacuerdo.

—Podría haberme ocupado de él. Haz memoria, Nicolas, ¿quién te sacó de la cárcel de Lubianka con las manos atadas a la espalda?

—¿De qué estás hablando? ¿Dónde está Lubianka? —preguntó Josh un tanto confundido.

—En Moscú —respondió Flamel con una mirada desafiante—. No hagas más preguntas; es una larga historia —murmuró.

—Estaban a punto de dispararle por espía —explicó Scathach alegremente.

—Una historia muy, muy larga —repitió Flamel.

Mientras seguía los pasos de Scathach y Flamel por las sinuosas calles de Montmartre, Josh recordó cómo Dee había descrito a Nicolas Flamel justo el día anterior.

«Durante su vida, Flamel ha ejercido varios oficios: médico y cocinero, librero y soldado, profesor de letras y profesor de química, agente de policía y ladrón. Pero ahora es, como siempre ha sido, un mentiroso, un charlatán y un bandido.»

—Y un espía —añadió Josh. Se preguntaba si Dee conocía esa información. Alargó el cuello para observar a ese hombre de aspecto normal y corriente: con el pelo rasurado y los ojos pálidos, ataviado con unos tejanos negros y su característica chaqueta de cuero viejo, hubiera pasado desapercibido en cualquier calle de cualquier ciudad del mundo. Y, sin embargo, nada tenía de normal y corriente: nacido en el año 1330, reclamaba haber luchado por el bien de la humanidad, haber mantenido alejado el Códex de Dee y de las lúgubres y aterradoras criaturas a las que éste servía, los Oscuros Inmemoriales.

Pero ¿a quién servía Flamel?, se preguntaba Josh. ¿Quién era en realidad el inmortal Nicolas Flamel?

Capítulo 7

ntentando no perder los nervios y mantener el control, Nicolás Maquiavelo bajó a zancadas la escalera del Sagrado Corazón dejando tras de sí una espiral de niebla, como si de una capa se tratara. Aunque el banco de niebla empezaba a disiparse, aún contenía el característico aroma a vainilla. Maquiavelo giró la cabeza y respiró hondamente, permitiendo que el dulce perfume se introdujera por las ventanas de su nariz. Recordaría esa esencia; era tan única como una huella dactilar. Cada ser humano poseía un aura, un campo eléctrico que rodeaba el cuerpo humano. Cuando este campo eléctrico se enfocaba y dirigía, interactuaba con el sistema de endorfinas y las glándulas suprarrenales. De este modo, el cuerpo desprendía un aroma único y característico de esa persona: un perfume propio. Maquiavelo inhaló una vez más. Distinguía perfectamente el sabor a vainilla en el aire, fresco, claro y puro: la esencia de un poder desentrenado.

En ese preciso instante, Maquiavelo supo, sin duda alguna, que Dee estaba en lo cierto: ese aroma pertenecía a uno de los legendarios mellizos.

—Quiero toda la zona acordonada —ordenó Maquiavelo al semicírculo de altos cargos policiales que se habían reunido a los pies de la escalera, en la Place Willette—. Acordonen cada avenida, callejón y travesía desde la Rue Custine hasta la Rue Caulaincourt, desde el Boulevard de Clichy hasta el Boulevard de Rochechouart y la Rue de Clignancourt. ¡Quiero que encuentren a esas personas!

—¿Está sugiriendo que cerremos Montmartre? —dijo un oficial de policía de piel bronceada. Después, se hizo el silencio. Buscó apoyo entre sus compañeros, pero ninguno se atrevió a cruzar una mirada—. Estamos en temporada alta —protestó, dirigiéndose hacia Maquiavelo.

El italiano inmortal se acercó al capitán. Su rostro se mostraba tan impasible como el de las máscaras que coleccionaba. Clavó su mirada gris y gélida en aquel hombre y, cuando empezó a hablar, su voz se mostró tranquila y controlada, como un suspiro.

—¿Sabe quién soy? —preguntó amablemente.

El capitán, un veterano condecorado de la legión francesa, sintió cómo se le formaba un nudo en la boca del estómago al mismo tiempo que contemplaba la mirada glacial de su superior. Se humedeció los labios resecos y respondió:

—Usted es monsieur Maquiavelo, el nuevo presidente de la Direction Générale de la Sécurité Extérieure. Pero, señor, este asunto le concierne a la policía, no a la seguridad exterior. No tiene autoridad para...

—Pues yo digo que este asunto debe estar en manos de la DGSE —interrumpió Maquiavelo—. Mi autoridad viene directamente del presidente. Cerraré esta ciudad si es necesario. Quiero encontrar a esas personas. Esta noche, se ha evitado una catástrofe —dijo mientras señalaba vagamente con la mano el Sagrado Corazón, que se alzaba sobre la niebla—. ¿Quién sabe qué otras desgracias han planeado? Quiero un informe sobre los avances realizados cada hora —finalizó sin esperar respuesta.

Dio media vuelta y se dirigió hacia el coche, donde le esperaba su chófer, ataviado con un traje negro y con los brazos cruzados sobre el pecho. El conductor, que escondía la mirada tras unas gafas de sol de cristal de espejo, le abrió la puerta y, una vez Maquiavelo hubo entrado, la cerró con suavidad.

Después de subirse al coche, el chófer se sentó pacientemente y posó las manos, enfundadas en unos guantes oscuros, sobre el volante de cuero con dirección asistida, esperando instrucciones de Maquiavelo. La ventanilla que separaba la sección del conductor de la parte trasera del coche se bajó automáticamente.

—Flamel está en París. ¿Adónde se dirigiría? —preguntó Maquiavelo sin preámbulos.

La criatura, conocida bajo el nombre de Dagon, había servido a Maquiavelo durante más de cuatro siglos. A lo largo de los milenios, había decidido conservar el mismo nombre y, a pesar de su aspecto, jamás había sido humano. Girándose en el asiento, se quitó las gafas de sol. En el oscuro interior del coche, Maquiavelo vislumbró, una vez más, sus ojos: bulbosos, como los de un pez, enormes y líquidos. Sobre éstos, una capa cristalina y transparente hacía las veces de párpados. Cuando hablaba, dejaba al descubierto dos líneas de dientes afilados y puntiagudos.

—¿Quiénes son sus aliados? —preguntó Dagon, pasando de un francés deplorable a un italiano aún más horroroso. Después, decidió utilizar el lenguaje líquido y burbujeante de su juventud perdida.

—Flamel y su esposa siempre han trabajado por su cuenta —explicó Maquiavelo—. Por eso han sobrevivido durante tanto tiempo. Hasta donde yo sé, no han vivido en esta ciudad desde finales del siglo XVIII.

Maquiavelo sacó su ordenador portátil y recorrió el dedo índice sobre el lector integrado. La máquina emitió una luz luminosa y la pantalla parpadeó hasta encenderse.

—Si han llegado a través de una puerta telúrica, eso significa que vienen poco preparados —indicó Dagon—. Sin dinero, sin pasaportes y sin otra ropa que la que llevan ahora.

—Exacto —musitó Maquiavelo—. De forma que necesitarán buscar un aliado.

—¿Humano o inmortal? —preguntó Dagon.

Maquiavelo reconsideró la idea durante varios segundos.

—Un inmortal —afirmó finalmente—, no creo que conozcan a muchos humanos en esta ciudad.

—¿Cuántos inmortales viven actualmente en París? —inquirió la extraña criatura.

Los dedos del italiano teclearon una secuencia compleja de botones hasta abrir un directorio denominado Temp. Allí, había docenas de archivos jpg, bmp y tmp. Maquiavelo seleccionó uno y pulsó la tecla «*Enter*». Un segundo después apareció una casilla en el centro de la pantalla.

«Introducir contraseña.»

Los espigados dedos pulsaban el teclado escribiendo así la contraseña «*Del modo di trattare i sudditi della Val di Chiana ribellati*», e inmediatamente se abrió una base de datos protegida con un sistema de código cifrado AES de 256 bits, el mismo sistema de codificación utilizado por la mayoría de gobiernos para proteger sus archivos secretos. Durante su larga vida, Nicolás Maquiavelo había amasado una fortuna enorme, pero este archivo era su tesoro más valioso. Se trataba de un expediente completo sobre cada humano inmortal que había sobrevivido hasta el siglo actual. Su red de espías, repartidos por todo el mundo y quienes en su mayoría no tenían la menor idea de para quién trabajaban, le había ayudado a recopilar toda la información.

Empezó a pasar los nombres. Ni siquiera los Oscuros Inmemoriales a quienes servía sabían de la existencia de esta lista y Nicolás estaba completamente seguro de que más de uno no se alegraría si descubriera que también conocía la ubicación y características de casi todos los Oscuros Inmemoriales que aún caminaban por este mundo o se mantenían escondidos en Mundos de Sombras que lo bordeaban.

El conocimiento, tal y como sabía Maquiavelo muy bien, era sinónimo de poder.

Había tres pantallas completas dedicadas a Nicolas y Perenelle Flamel; sin embargo, la información no era precisa. Contenía cientos de entradas desde sus supuestas muertes, en 1418; cada una de ellas indicaba un lugar donde el matrimonio había sido visto. Habían visitado casi todos los continentes del mundo, excepto Australia. Durante los últimos ciento cincuenta años, habían estado viviendo en Norteamérica. La primera vez que fueron vistos el siglo pasado fue en Búfalo, Nueva York, en septiembre de 1901. Saltó a la sección en cuyo título se leía: «Asociados inmortales conocidos». Estaba en blanco.

—Nada. No tengo ningún registro que indique relación alguna entre Flamel y otros inmortales.

—Pero ahora ha vuelto a París —dijo Dagon que, al hablar, formaba burbujas líquidas entre los labios—. Intentará reencontrarse con viejos amigos. Las personas se comportan de otro modo cuando están en casa —añadió—, bajan la guardia. Sin importar cuánto tiempo ha estado alejado de esta ciudad, Flamel aún la considerará su hogar.

Nicolás Maquiavelo levantó la vista de la pantalla del ordenador. Una vez más, se daba cuenta de lo poco que sabía de su leal empleado.

—¿Y dónde está tu hogar, Dagon? —preguntó.

—Ya no existe. Hace tiempo que dejó de existir.

Una piel translúcida parpadeó sobre sus enormes ojos.

—¿Por qué has permanecido a mi lado? —se preguntó Maquiavelo en voz alta—. ¿Por qué no has intentado encontrar a otros de tu misma especie?

—Ellos también han dejado de existir. Soy el último de mi especie y, además, tú no eres tan distinto a mí.

—Pero tú no eres humano —susurró Maquiavelo.

—¿Acaso lo eres tú? —preguntó Dagon con los ojos abiertos, sin parpadear.

Maquiavelo se quedó inmóvil, sin pronunciar palabra durante unos instantes. Después, asintió con la cabeza y volvió a concentrarse en la pantalla.

—Entonces estamos buscando a alguien a quien el matrimonio Flamel conozca y que aún viva en París. Sabemos que no han vuelto a la capital francesa desde el siglo XVIII, así que limitaremos la búsqueda a inmortales que vivieron aquí en esa época —comentó pensativo mientras pulsaba algunas teclas y filtraba los resultados—. Sólo siete. Y cinco deben su lealtad a los Inmemoriales.

—¿Y los otros dos?

—Catalina de Médicis vive en la Rue du Dragon.

—No es francesa —farfulló Dagon.

—Bueno, fue madre de tres reyes franceses —recordó Maquiavelo con una extraña sonrisa—. Pero sólo es fiel a sí misma… —agregó, bajando el tono de voz—. Pero ¿qué tenemos aquí?

Dagon permaneció inmóvil.

Nicolás Maquiavelo giró la pantalla del ordenador para que su empleado pudiera observar la fotografía de un hombre con la mirada clavada en la cámara. Se trataba de un hombre que, evidentemente, estaba posando para un anuncio publicitario. Una cabellera negra y rizada le caía sobre los hombros y tenía una mirada azul penetrante.

—No conozco a este hombre —dijo Dagon.

—Oh, pero yo sí. Le conozco muy bien. Es el humano inmortal conocido antaño como el conde de Saint-Germain. Fue un mago, un inventor, un músico… y un alquimista.

Maquiavelo cerró el programa y apagó el ordenador.

—Además, Saint-Germain fue un aprendiz de Nicolas Flamel. Y actualmente vive en París —finalizó con aire triunfante.

Dagon sonrió dejando entrever dos hileras de dientes afilados como cuchillas.

—¿Flamel sabe que Saint-Germain está aquí?

—No tengo la menor idea. Nadie sabe hasta dónde llega la sabiduría de Nicolas Flamel.

Dagon volvió a ponerse las gafas de sol.

—Y yo pensando que lo sabías todo.

Capítulo 8

necesitamos descansar —confesó Josh finalmente—. No puedo caminar más.

Se detuvo ante un edificio, apoyando las manos en las rodillas y recostando la espalda sobre el muro. Le suponía un gran esfuerzo respirar y empezaba a ver puntos negros destellantes. En cualquier momento vomitaría. A veces le ocurría lo mismo cuando jugaba al fútbol y sabía, por experiencia, que necesitaba sentarse e ingerir líquidos.

—Tiene razón —dijo Scatty, dirigiéndose a Flamel—, necesitamos descansar, aunque sólo sea un rato.

Aún tenía a Sophie entre sus brazos. Una luz trémula y grisácea iluminaba los tejados parisinos del este mientras los trabajadores más madrugadores empezaban a merodear por las calles de la ciudad. Hasta el momento, habían deambulado por callejones oscuros, de forma que nadie había prestado una atención especial al extraño grupo. Sin embargo, esto cambiaría de un momento al otro, pues las calles se llenarían de ciudadanos parisinos y, más tarde, de turistas.

La silueta de Flamel se apreciaba al final de la sinuosa calle. Miró arriba y abajo antes de volverse.

—Tenemos que seguir adelante —protestó—. Cada segundo cuenta; si nos retrasamos, Maquiavelo se acercará más.

—No podemos —reclamó Scatty. Miró a Flamel y, durante un instante, su mirada verde resplandeció—. Los mellizos necesitan descansar —afirmó. Después, con más calma, añadió—: Y tú también, Nicolas. Estás agotado.

El Alquimista consideró la idea y, finalmente, la aceptó mientras encogía los hombros.

—Tienes razón, es verdad. Te haré caso.

—¿Podríamos registrarnos en un hotel? —sugirió Josh. Estaba dolorido y agotado, tenía la garganta y los ojos resecos y un dolor punzante le martillaba la cabeza.

Scatty sacudió la cabeza.

—Nos pedirían los pasaportes…

Sophie se despertó y, con sutileza, Scatty la colocó sobre el suelo, apoyándole la espalda en la pared. De inmediato, Josh corrió a su lado.

—Estás despierta —dijo aliviado.

—No estaba del todo dormida —respondió Sophie. Sentía la lengua completamente reseca—. Sabía lo que estaba sucediendo, pero era como si lo viera desde un agujerito. Como si estuviera viendo un programa de televisión.

Colocándose las manos en los riñones, Sophie se desperezó al mismo tiempo que giraba el cuello de izquierda a derecha.

—¡Ay! Eso ha dolido.

—¿El qué? —preguntó Josh enseguida.

—Todo.

Intentó ponerse derecha, pero los músculos le dolían y padecía un terrible dolor de cabeza.

—¿Conocéis a alguien aquí a quien podáis pedirle ayuda? —preguntó Josh, mirando a Nicolas y Scathach—. ¿Hay más inmortales o Inmemoriales?

—Hay humanos inmortales e Inmemoriales por todo

el mundo —respondió Scatty—, aunque sólo unos pocos son tan amables como nosotros —añadió con una sonrisa forzada.

—Seguro que hay inmortales en París —convino Flamel—, pero no tengo la menor idea de dónde encontrar uno. Y, pese a encontrarlo, no sabría a quién debe su lealtad. Perenelle lo sabría —añadió con un tono triste.

—¿Crees que tu abuela lo sabría? —preguntó Josh a Scatty.

La Guerrera le miró.

—Sin duda alguna —informó. Después, se volvió hacia Sophie—. Entre todos tus nuevos recuerdos, ¿encuentras alguno relacionado con inmortales o Inmemoriales que vivan en París?

Sophie cerró los ojos, intentando así concentrarse, pero las escenas e imágenes que se le cruzaban como relámpagos (un cielo de color sangre rociando lluvia de fuego, una pirámide de techo plano a punto de ser inundada por una ola gigante) eran caóticas y aterradoras. Empezó a sacudir la cabeza; después, se detuvo. Incluso el movimiento más sencillo resultaba doloroso.

—No puedo pensar —suspiró—. Tengo la mente tan llena que me da la impresión de que va a estallar en cualquier momento.

—Es posible que la Bruja lo supiera —dijo Flamel—, pero no hay manera de contactar con ella. No tiene teléfono.

—¿Y sus vecinos, sus amigos? —propuso Josh mientras se daba la vuelta hacia su hermana—. Sé que no quieres pensar sobre esto, pero tienes que hacerlo. Es importante.

—No puedo pensar… —empezó Sophie, apartando la vista y negando con la cabeza.

—No pienses. Sólo responde —dijo Josh bruscamente. Tomó aire, bajó el tono de voz y susurró—: Sophie, ¿quién es el amigo más cercano de la Bruja de Endor en Ojai?

Sophie cerró una vez más sus ojos azul topacio y se tambaleó, como si estuviera a punto de desmayarse. Cuando los abrió, sacudió la cabeza.

—No tiene amigos allí. Pero todo el mundo la conoce. Quizá podríamos llamar a la tienda que está junto a la suya… —sugirió. Pero entonces hizo un gesto de negación con la cabeza—. Es demasiado tarde allí.

Flamel asintió con la cabeza.

—Sophie tiene razón. Debe estar cerrada a estas horas de la noche.

—Es verdad, estará cerrada —comentó Josh un tanto emocionado—, pero cuando salimos de Ojai, aquello era un caos. No os olvidéis que conduje un Hummer hasta la fuente del parque Libbey; eso tuvo que llamar la atención de alguien. Estoy seguro de que la policía y los medios de comunicación deben de estar ahí ahora. Y, con suerte, la prensa nos puede resolver algunas dudas si formulamos las preguntas apropiadas. Quiero decir, si la tienda de la Bruja quedó destrozada, seguro que estarán buscando una historia.

—Es posible… —empezó Flamel—. Sólo necesito saber el nombre del periódico.

—*Ojai Valley News*, teléfono 6461476 —informó Sophie de inmediato—. Eso es todo lo que recuerdo… o lo que recuerda la Bruja —añadió. Después, se estremeció.

Estaba abrumada con tantos recuerdos, tantos pensamientos, tantas ideas… y no sólo vislumbraba imágenes fantásticas de lugares y personas que jamás existieron, sino también conceptos mundanos: números de teléfono y recetas de cocina, nombres y direcciones de personas que nunca había conocido, imágenes de antiguos programas de televisión y viejos carteles de películas. Ahora conocía el nombre de cada canción de Elvis Presley.

Pero todas pertenecían a la memoria de la Bruja. Y en esos momentos tenía que esforzarse para recordar su propio número de teléfono. ¿Qué pasaría si los recuerdos de la Bruja nublaran y aplastaran los suyos? Intentó centrarse en los rostros de sus padres, Richard y Sara. Aparecían rostros desconocidos, imágenes de figuras talladas en piedra, cabezas de estatuas descomunales, cuadros pintados en las paredes de edificios, diminutas siluetas grabadas en cerámica. Sophie empezaba a desesperarse. ¿Por qué no lograba recordar los rostros de sus padres? Cerró los ojos y concentró sus esfuerzos en recordar la última vez que había visto a su madre y a su padre. Debía haber sido unas tres semanas atrás, antes de partir a la excavación en Utah. Más rostros emergieron de la memoria de Sophie: imágenes en pedazos de pergamino, fragmentos de manuscritos o acuarelas rasgadas; caras en fotografías de color sepia descoloridas, en periódicos borrosos...

—¿Sophie?

Y entonces, en un destello de color, los rostros de sus padres brotaron de la nada y Sophie sintió cómo los recuerdos de la Bruja se desvanecían y los suyos salían a flote. De repente, se acordó de su número de teléfono.

—¿Sophie?

Abrió los ojos y le guiñó un ojo a su hermano. Él estaba delante de ella y la miraba con preocupación.

—Estoy bien —musitó Sophie—, sólo estaba intentando recordar algo.

—¿El qué?

Sophie sonrió tímidamente.

—Mi número de teléfono.

—¿Tu número de teléfono? ¿Por qué? —preguntó Josh. Después, agregó—: Nadie recuerda su propio número de teléfono. ¿Cuándo fue la última vez que te llamaste?

Con las manos alrededor de unas tazas humeantes de chocolate caliente amargo, Sophie y Josh se sentaron el uno frente al otro en un café nocturno cercano a la estación de metro de la Gare du Nord. Sólo había un empleado detrás de la barra, un dependiente un tanto hosco con la cabeza rasurada y en cuyo gafete, a pesar de estar al revés, se leía «Roux».

—Necesito ducharme —comentó Sophie desalentada—. Necesito lavarme el pelo y cepillarme los dientes. Y también cambiarme de ropa. Me da la impresión de no haberme duchado desde hace días.

—Creo que hace bastantes días. Tienes un aspecto horrible —convino Josh. Alargó la mano y le apartó un mechón de cabellos rubios de la mejilla.

—Me siento fatal —susurró Sophie—. ¿Te acuerdas de aquella vez, cuando estábamos en Long Beach y me comí todo aquel helado, después los perritos calientes picantes, las patatas fritas y la lata de cerveza sin alcohol?

Josh sonrió de oreja a oreja.

—Y además te acabaste mis alitas de búfalo. ¡Y mi helado! Jugar al voleibol no fue la mejor idea.

Sophie sonrió al rememorar aquellos momentos, pero su sonrisa enseguida se desvaneció. Aunque aquel día el calor era asfixiante, había comenzado a temblar y unas gotas de sudor frío le resbalaban por la espalda mientras una bola de hierro se había aposentado en la boca de su estómago. Afortunadamente, no se había abrochado el cinturón de seguridad antes de vomitar, pero los resultados fueron espectaculares y el coche no se pudo volver a utilizar hasta pasadas dos semanas.

—Así es como me siento ahora: con frío, destemplada y dolorida.

—Bueno, intenta no vomitar aquí —murmuró Josh—. No creo que a Roux, nuestro simpático camarero, le haga mucha gracia.

Roux había estado trabajando en esa cafetería cuatro años y durante ese tiempo le habían robado un par de veces y amenazado otras tantas, pero jamás le habían tocado un pelo. Por un café nocturno pasaba todo tipo de personajes extraños y a menudo peligrosos, y Roux creía que este cuarteto tan poco habitual pertenecía al primer tipo, o incluso a ambos. Los dos adolescentes estaban sucios, apestaban y parecían estar aterrados a la par que agotados. El anciano, quizá el abuelo de los niños, pensó Roux, no tenía mejor aspecto. Pero el cuarto miembro del grupo, la joven pelirroja de ojos verdes que lucía una camiseta negra, unos pantalones oscuros y botas de combate, parecía estar alerta a todo lo que ocurría a su alrededor. Roux se preguntaba qué relación le unía con los demás; sin duda alguna, no parecía mantener ningún vínculo familiar con ellos, pero el chico y la chica se parecían bastante, lo suficiente como para ser mellizos.

Roux vaciló cuando el anciano presentó una tarjeta de crédito para pagar los dos chocolates calientes. La gente solía pagar en efectivo cuando se trataba de poco dinero, de forma que se imaginó que la tarjeta podía ser robada.

—Me he quedado sin euros —dijo el anciano con una sonrisa—. ¿Podrías cobrarme veinte euros y darme algo de efectivo?

Roux pensó que hablaba un francés con un acento peculiar, antiguo, casi formal.

—Está en contra de nuestra política… —empezó Roux. Pero al ver otra vez a la joven pelirroja, reconsideró la idea. Le dedicó una sonrisa y después continuó—: Claro, creo que puedo hacerlo.

De todas formas, si el robo de la tarjeta se hubiera denunciado, la máquina no la validaría.

—Estaría muy agradecido —respondió Flamel con una sonrisa—. ¿Y podría darme algunas monedas? Necesito hacer una llamada.

Roux cobró ocho euros por los chocolates calientes y pasó veinte en la tarjeta de crédito de Flamel. Le sorprendió al comprobar que se trataba de una tarjeta norteamericana; habría jurado que el acento de aquel hombre era francés. Tardó un poco, pero después la máquina aceptó la tarjeta, deduciendo así el coste de las dos bebidas. Después, le entregó el cambio en monedas de uno y de dos euros. Roux regresó a la barra, donde tenía escondido un libro de texto de matemáticas. Se había equivocado al juzgar a este grupo. No era la primera vez que le ocurría, ni sería la última. Probablemente eran visitantes que cogerían el primer tren; eran personas normales y corrientes.

Bueno, no todos ellos. Con la cabeza agachada, alzó la vista para contemplar, una vez más, a la joven de cabellera roja. Estaba de espaldas a él, hablando con el anciano. Inesperadamente y de forma deliberada, se volvió para mirarle. Esbozó una ligera sonrisa y, de repente, el libro de texto se volvió la mar de interesante.

Flamel estaba de pie en la barra de la cafetería y miró a Scathach.

—Quiero que os quedéis aquí —dijo en voz baja, cambiando de su francés nativo al latín.

Con un pestañeo, Nicolas señaló a los mellizos, quienes seguían sentados tomándose su chocolate caliente.

—No les quites el ojo de encima. Voy a buscar un teléfono.

La Guerrera asintió con la cabeza.

—Ten cuidado. Si pasa algo y nos separamos, volvamos a Montmartre. Maquiavelo jamás esperaría que volviéramos allí otra vez. Te esperaremos fuera de uno de los restaurantes, quizá en La Maison Rose, durante cinco minutos a cada hora en punto.

—De acuerdo. Pero si no he dado señales de vida a medianoche —continuó—, quiero que cojas a los mellizos y os marchéis.

—No te abandonaré —aseguró Scathach sin alterar la voz.

—Si no regreso, es porque Maquiavelo me ha capturado —comentó el Alquimista en tono serio—. Scathach, ni siquiera tú podrías rescatarme de su ejército.

—He luchado y destruido muchos ejércitos.

Flamel extendió la mano y la posó sobre el hombro de la Guerrera.

—Los mellizos son nuestra prioridad ahora. Deben estar protegidos a toda costa. Continúa la enseñanza de Sophie; encuentra a alguien que Despierte a Josh y le forme. Y, si puedes, rescata a mi querida Perenelle. Si muero, dile que mi fantasma la encontrará —añadió. Después, antes de que la Guerrera pudiera pronunciar palabra, dio media vuelta y desapareció en la oscuridad nocturna.

—Date prisa… —musitó Scatty, pero Flamel ya se había ido.

La Guerrera decidió que, si él era capturado, sin importar lo que acababa de decir, destrozaría aquella ciudad hasta dar con él. Respiró hondamente, miró por encima del hombro y se dio cuenta de que el dependiente de cabeza rasurada la estaba observando fijamente. Tenía una tela de araña tatuada en un costado del cuello y ambas orejas perforadas con, al menos, una docena de pendientes. Scathach se preguntaba lo doloroso que debía de ser agujerarse así las orejas. Siempre había querido ponerse pendientes, pero su piel cicatrizaba tan rápido que el agujero se cerraba antes de introducir el pendiente.

—¿Algo para tomar? —preguntó Roux con una sonrisa nerviosa, dejando entrever una bola metálica en la lengua.

—Agua —respondió Scatty.

—Claro. ¿Perrier? ¿Con gas? ¿Natural?

—Del grifo. Sin hielo —añadió. Después se dio la vuelta y se reunió con los mellizos. Giró la silla y se sentó a horcajadas, apoyando los antebrazos en el respaldo y colocando la barbilla sobre los brazos.

—Nicolas se ha ido para intentar ponerse en contacto con mi abuela, a ver si conoce a alguien que viva aquí. No sé qué haremos si no conseguimos comunicarnos con ella.

—¿Por qué? —preguntó Sophie.

Scatty sacudió la cabeza.

—No podemos seguir deambulando por las calles. Tuvimos mucha suerte al escapar del Sagrado Corazón antes de que la policía acordonara la zona. Sin duda, ya habrán encontrado al oficial aturdido, así que extenderán su búsqueda y, a estas alturas, todas las patrullas de París deben de tener nuestras descripciones. Es cuestión de tiempo que nos reconozcan.

—¿Qué pasará después? —se preguntó Josh en voz alta.

La sonrisa de Scatty era aterradora.

—Después sabrán por qué me llaman la Guerrera.

—Pero ¿qué pasará si nos arrestan? —persistió Josh. La idea de que la policía francesa les persiguiera aún le parecía incomprensible. Le parecía más creíble que les persiguieran criaturas míticas o humanos inmortales—. ¿Qué nos ocurrirá?

—Os entregarán a Maquiavelo. Los Oscuros Inmemoriales os considerarían un gran trofeo.

—¿Qué…? —empezó Sophie, desviando la mirada hacia su hermano—. ¿Qué nos harían?

—No lo queráis saber —respondió Scathach con sinceridad—, pero creedme cuando os digo que no sería agradable.

—¿Y qué hay de ti? —preguntó Josh.

—No conservo ninguna amistad entre los Oscuros Inmemoriales —explicó Scathach en voz baja—. He sido su enemiga durante más de dos mil quinientos años. Me imagino que habrán ideado una cárcel en algún Mundo de Sombras muy especial sólo para mí. Supongo que será fría y húmeda. Saben perfectamente que detestaría un lugar así —añadió. Esbozó una sonrisa mientras las puntas de los dientes presionaban ligeramente los labios—. Pero aún no nos han capturado —añadió con tono optimista—, y no lo conseguirán tan fácilmente.

Después se volvió hacia Sophie y entornó los ojos.

—Tienes un aspecto terrible.

—No eres la primera que me lo dice —contestó Sophie mientras envolvía la taza de chocolate caliente con las manos y se la acercaba a la boca. Respiró profundamente. Podía apreciar la sutileza del rico aroma de cacao y, en ese preciso instante, notó los ruidos del estómago. Apenas recordaba la última vez que había ingerido algo. El chocolate caliente le parecía amargo; de hecho, era tan amargo que incluso se le aguaban los ojos. Entonces se acordó de haber leído en algún sitio que el chocolate europeo contenía más cacao que el norteamericano, al que estaba acostumbrada.

Scatty se inclinó ligeramente y bajó el tono de voz.

—Necesitáis un poco de tiempo para recuperaros de las tensiones que habéis pasado. Viajar de una punta del mundo a otra a través de una puerta telúrica pasa factura. Es como un *jet lag* amplificado, o eso es lo que dicen.

—Debemos suponer entonces que nunca sufres *jet lag* —susurró Josh. Su familia solía bromear diciendo que Josh tenía *jet lag* al viajar en coche de un estado a otro.

Scatty negó con la cabeza.

—No, jamás he tenido *jet lag*. Prefiero no volar —explicó—. Jamás conseguiréis meterme en uno de esos cacharros. Sólo las criaturas con alas están destinadas a volar por el cielo. Aunque una vez monté sobre un lung.

—¿Un lung? —preguntó Josh algo confundido.

—Ying lung, un dragón chino —explicó Sophie.

Scathach se volvió para mirar a la chica.

—Evocar niebla debe haber agotado la mayoría de tu energía áurica. Es importante que no vuelvas a utilizar tus poderes hasta que sea estrictamente necesario.

El trío recostó la espalda sobre las sillas mientras Roux venía desde la barra con un vaso de agua en la mano. Lo colocó sobre el borde de la mesa, sonrió tímidamente a Scatty y se dio media vuelta.

—Creo que le gustas —dijo Sophie con una sonrisita.

Scatty se volvió para contemplar al dependiente otra vez, pero los mellizos vislumbraron cómo sus labios dibujaban una sonrisa.

—Lleva *piercings* —dijo lo suficiente alto como para que él escuchara sus palabras—. No me gustan los chicos que llevan *piercings*.

Las dos chicas sonrieron al ver cómo el cuello de Roux se enrojecía.

—¿Por qué es importante que Sophie no utilice sus poderes? —preguntó Josh, volviendo a la conversación de antes. De pronto, se le encendió la luz de alarma.

Scathach se inclinó hacia la mesa, y tanto Sophie como Josh se acercaron para escucharla.

—Cuando una persona utiliza toda su energía áurica natural, el poder comienza a nutrirse de su propia carne.

—¿Y qué ocurre entonces? —preguntó Sophie.

—¿Alguna vez has oído hablar de la combustión humana espontánea?

Sophie no reaccionó. Sin embargo, Josh asintió con la cabeza.

—Sí. Gente que arde en llamas sin razón aparente; es una leyenda urbana.

Scatty sacudió la cabeza.

—No es ninguna leyenda. A lo largo de la historia se han producido varios casos —susurró—. Yo misma he sido testigo de un par. Puede ocurrir en cuestión de segundos y el fuego, que generalmente comienza en el estómago y pulmones, arde con tanta intensidad que apenas deja cenizas a su paso. Ahora, tienes que tener cuidado, Sophie; de hecho, me gustaría que me prometieras que no volverás a utilizar tus poderes, pase lo que pase.

—Y Flamel sabía esto —interrumpió Josh incapaz de ocultar el enfado.

—Por supuesto —contestó Scatty sin alzar la voz.

—¿Y no creyó que merecíamos saberlo? —dijo con tono impertinente. Roux se volvió repentinamente al percibir que el chico había subido el tono. Josh continuó en un susurro ronco—: ¿Qué más no nos ha contado? —preguntó—. ¿Qué otros efectos tiene este don? —dijo casi escupiendo la última palabra.

—Todo ha ocurrido muy rápido, Josh —explicó Scatty—. Sencillamente, no ha habido tiempo para formarte o instruirte de una forma apropiada. Pero quiero que recordéis que Nicolas tiene en cuenta vuestros intereses. Está intentando manteneros a salvo.

—Estábamos a salvo hasta que lo conocimos —comentó Josh.

La piel de las mejillas de la Guerrera se tensó y los músculos del cuello y hombros empezaron a moverse de forma nerviosa. Algo oscuro y horrible se reflejaba en su mirada verde. Sophie extendió los brazos y posó una mano sobre los de Josh y Scatty.

—Basta —ordenó con tono cansado—, no deberíamos pelearnos entre nosotros.

Josh estuvo a punto de responder, pero, al ver el rostro cansado de su hermana, se contuvo y asintió con la cabeza.

—De acuerdo. De momento —agregó.

Scatty estuvo de acuerdo.

—Sophie tiene razón —dijo, volviéndose hacia Josh—. Tu hermana lo ha recibido todo hasta el momento. Es una pena que tus poderes no estén Despiertos.

—No lo sientes ni la mitad que yo —respondió Josh sin poder esconder su rencor. Pese a todo lo que había visto, e incluso conociendo los peligros, quería los poderes de su hermana—. Pero no es demasiado tarde, ¿verdad? —preguntó rápidamente.

Scatty sacudió la cabeza.

—Tus poderes pueden Despertarse en cualquier momento, Josh, pero no sé quién tiene el poder de hacerlo. Recuerda que sólo puede hacerlo un Inmemorial y que sólo un puñado de ellos posee esta habilidad tan peculiar.

—¿Cómo quién? —inquirió, observando a Scathach. Sin embargo, fue su hermana quien aclaró sus dudas.

—En Norteamérica, Annis Negra o Perséfone podrían hacerlo.

Josh y Scathach se volvieron hacia ella.

Sophie pestañeó a modo de sorpresa.

—Sé sus nombres, pero no tengo la menor idea de quiénes son —confesó con los ojos llenos de lágrimas—. Tengo todos estos recuerdos… pero no son míos.

Josh cogió la mano de su hermana y la apretó con suavidad.

—Son los recuerdos de la Bruja de Endor —susurró Scathach—. Y alégrate de no conocer a Annis Negra o Perséfone. Sobre todo, a Annis Negra —añadió—. Me sorprende que mi abuela supiera dónde estaba y le permitiera vivir.

—Vive en Catskills —comenzó Sophie, pero Scathach se acercó y le pellizcó la mano—. ¡Ay!

—Sólo quería distraerte —explicó Scathach—, ni siquiera pienses en Annis Negra. Hay ciertos nombres que jamás deberían pronunciarse en voz alta.

—Esto es como decir: no pienses en elefantes —dijo

Josh—, y luego no puedes pensar en otra cosa más que elefantes.

—Entonces deja que te dé otras cosas en qué pensar —murmuró Scathach—. Hay dos agentes de policía en la ventana mirándonos fijamente. No te gires —añadió rápidamente.

Demasiado tarde. Josh se había girado para comprobarlo y la expresión de su rostro, una mezcla de sorpresa, terror, culpa y miedo, hizo que los agentes salieran disparados hacia la cafetería, uno apuntando con una pistola automática y el otro informando por radio mientras sacaba la porra.

Capítulo 9

Con las manos en los bolsillos de su chaqueta de cuero, ataviado aún con unos tejanos negros un tanto mugrientos y rayando el suelo con unas botas de vaquero, Nicolas Flamel pasaba desapercibido entre los trabajadores matutinos y los vagabundos que empezaban a pulular por las calles de París. Los gendarmes que se reunían en cada esquina hablando por la radio ni siquiera le echaban un segundo vistazo.

No era la primera vez que le perseguían por las calles de la capital francesa, pero era la primera vez que no contaba con aliados o amigos que le prestaran su ayuda. Él y Perenelle habían vuelto a su ciudad natal a finales de la Guerra de los Siete Años, en 1763. Un viejo amigo requería su ayuda, y el matrimonio jamás negaba la petición de un amigo. Sin embargo, desafortunadamente, Dee había descubierto su paradero y había rastreado cada calle de París con un ejército de asesinos con uniforme negro, ninguno de los cuales era humano.

Por aquel entonces lograron escapar. Huir ahora no sería tan sencillo. París había cambiado completamente. Cuando el barón Haussmann había rediseñado la ciudad en el siglo XIX, había destruido una gran parte de la sección medieval, la parte de la ciudad que mejor conocía Flamel. Todos los escondites, las casas seguras, las bóvedas secretas y los áticos ocultos que el Alquimista conocía habían desaparecido. Hubo un tiempo en que era capaz de reconocer cada callejuela y avenida, cada cruce y jardín de la ciudad; ahora sabía poco más que un turista.

Y, en ese momento, no sólo Maquiavelo les perseguía, sino también toda la fuerza policial francesa. Y, por si fuera poco, Dee estaba en camino. Dee, tal y como sabía Flamel perfectamente, era capaz de cualquier cosa.

Nicolas respiró el aire fresco parisino y echó un vistazo al reloj digital barato que llevaba en su muñeca izquierda. Aún marcaba la hora en la franja pacífica. Allí eran las ocho y veinte de la tarde, lo que significaba (hizo un par de cálculos mentales rápidos), que en París eran las cinco y veinte de la madrugada. Durante un instante pensó en cambiar la zona horaria de su reloj, pero finalmente decidió que no lo haría. Un par de meses atrás, cuando intentó cambiar al horario de verano, el reloj empezó a emitir un ruido molesto. Había intentado pararlo durante más de una hora sin éxito; Perenelle tardó treinta segundos en arreglarlo. Sólo lo llevaba porque tenía un cronómetro. Cada mes, cuando Perenelle y él creaban la poción de la inmortalidad, reajustaba el cronómetro a 720 horas. A lo largo de los siglos, el matrimonio había descubierto que el hechizo tenía la misma duración que un ciclo lunar, es decir, alrededor de treinta días. Durante el transcurso del mes, ambos envejecían lentamente, sufrían cambios apenas perceptibles; pero cuando ingerían la poción, los efectos del proceso de envejecimiento se invertían: el cabello se oscurecía, las arrugas se difuminaban y desaparecían, las articulaciones y la rigidez muscular volvían a su flexibilidad natural, y la vista y el oído se agudizaban.

Desafortunadamente, la receta del encantamiento no se podía copiar; cada mes, la fórmula era única, de forma que sólo podía funcionar una vez. El Libro de Abraham el Mago estaba escrito en una lengua anterior a la humanidad. La caligrafía y escritura del libro eran cambiantes, se movían continuamente, de modo que, en realidad, el Códex contenía bibliotecas enteras de sabiduría en un único volumen. Esta escritura movediza sólo permanecía estática durante una hora; después, cambiaba, se retorcía y se escurría hasta desaparecer.

La primera y única vez que el matrimonio Flamel intentó utilizar la misma fórmula dos veces, ambos sufrieron un envejecimiento acelerado. Por fortuna, Nicolas sólo se había tomado un sorbo de aquella pócima incolora cuando Perenelle se percató de la aparición de arrugas en el contorno de ojos y en la frente y de la caída repentina de su cabello y barba. Le arrebató la copa de un golpe antes de que Nicolas pudiera tomar un segundo sorbo. Sin embargo, las arrugas permanecieron en su rostro y la espesa barba de la que tan orgulloso estaba jamás volvió a crecer.

Nicolas y Perenelle habían elaborado la poción más reciente la medianoche del domingo anterior, hacía justo una semana. Pulsó el botón de la parte izquierda del reloj y activó la función del cronómetro: habían pasado 116 horas y 21 minutos. Si volvía a pulsar el mismo botón, aparecería el tiempo restante: 603 horas y 39 minutos, o, lo que es lo mismo, 25 días. Cuando volvió a mirar, el reloj marcaba un minuto menos: 38 minutos. Perenelle y él envejecerían, se debilitarían y, por supuesto, cada vez que cualquiera de los dos utilizara sus poderes sólo serviría para acelerar el inicio de la vejez. Si no recuperaban el Libro antes de final de mes y creaban una nueva pócima, entonces ambos envejecerían a un ritmo incontrolable y morirían.

Y el mundo moriría junto a ellos.

A menos que…

De repente, pasó a toda velocidad un coche de policía con la sirena encendida. Le siguieron un segundo coche y un tercero. Como las demás personas que deambulaban por la calle, Flamel se volvió para ver hacia dónde se dirigían. Lo último que necesitaba era llamar la atención por estar ajeno a la multitud.

Tenía que recuperar el Códex. «El resto del Códex», se recordó a sí mismo mientras distraídamente se palpaba el pecho. Escondida bajo su camiseta, sujetada con un cordón de cuero, Flamel llevaba una bolsita cuadrada de algodón que su esposa le había cosido medio milenio atrás, cuando descubrió el Libro. Perenelle había bordado la bolsa especialmente para guardar el ancestral volumen; ahora, sólo contenía las dos páginas que Josh había logrado arrancar. En manos de Dee, el libro suponía un auténtico peligro; pero precisamente esas dos páginas contenían el maleficio conocido como la Invocación Final. Era el hechizo que Dee necesitaba para traer a este mundo a sus antiguos maestros.

Y Flamel no lo podía permitir.

Dos agentes de policía giraron la esquina y se apresuraron hacia el centro de la calle. Miraban fijamente a todo transeúnte con el que se tropezaban e incluso alargaban el cuello para contemplar el interior de las tiendas. Sin embargo, ni siquiera se percataron de la presencia de Nicolas Flamel.

Nicolas sabía que su prioridad era encontrar un refugio seguro para los mellizos. Y eso implicaba que debía encontrar a un inmortal que viviera en París. En cada ciudad del mundo habitaban humanos que habían recorrido el planeta a lo largo de siglos, o incluso milenios, y la capital francesa no era una excepción. Sabía que a los inmortales les gustaban las ciudades grandes y anónimas, pues les resultaba más sencillo ocultarse entre poblaciones tan cambiantes.

Hacía mucho tiempo que Nicolas y Perenelle se habían dado cuenta de que en lo más profundo de cada mito y leyenda había un granito de realidad. Y cada raza relataba historias de personas que habían tenido vidas excepcionalmente largas: los inmortales.

A lo largo de los siglos, el matrimonio Flamel había estado en contacto con tres tipos diferentes de humanos inmortales. Los Ancestrales, de los cuales actualmente sólo quedaban un puñado con vida, habían habitado el planeta en una época muy lejana y remota. Incluso algunos habían presenciado la vida completa de la historia humana, lo cual les hacía, más o menos, humanos.

Además, también habían conocido a otros inmortales que, al igual que Nicolas y Perenelle, habían descubierto por sí mismos cómo sobrevivir a la propia muerte. A lo largo de los milenios, en incontables ocasiones se habían descubierto, perdido y recuperado muchos de los secretos del arte de la alquimia. Uno de los secretos mejor guardados era la fórmula de la inmortalidad. La alquimia, y posiblemente también la ciencia moderna, sólo contaba con una referencia: el Libro de Abraham el Mago.

Por último, también conocieron a aquellos que tenían el don de la inmortalidad. Se trataba de humanos que, o bien por accidente o de forma deliberada, habían llamado la atención de algún Inmemorial que había permanecido en este mundo después de la caída de Danu Talis. Los Inmemoriales siempre estaban al acecho de personas que contaran con una habilidad excepcional o poco habitual para que se unieran a su causa. Y, a cambio de sus servicios, los Inmemoriales garantizaban a sus fieles una vida eterna. Era un regalo que pocos humanos podían rechazar. Además, era un don que les aseguraba una lealtad absoluta e inquebrantable, pues podía ser retirado tan fácilmente como entregado. Nicolas sabía que si encontraba inmortales que vivieran en París, aunque los hubiera conocido en un tiempo pasado, correría el riesgo de que estuvieran al servicio de los Oscuros Inmemoriales.

En ese momento pasó junto a una tienda que estaba abierta las veinticuatro horas. Ofrecía Internet de alta velocidad. Entonces, se fijó en un letrero de la ventana escrito en diez idiomas diferentes: LLAMADAS NACIONALES E INTERNACIONALES. PRECIOS MUY BARATOS. Empujó la puerta y, de repente, percibió el inconfundible olor a cuerpos sudados, perfumes rancios, comida grasosa y el ozono de decenas de ordenadores apretados entre sí. La tienda estaba concurrida: un grupo de estudiantes que parecían haber estado despiertos toda la noche alrededor de tres ordenadores jugando a *World of Warcraft* y jóvenes de expresión seria que miraban fijamente la pantalla de su ordenador. Mientras se acercaba hacia el mostrador, ubicado en el fondo de la tienda, Nicolas pudo comprobar que la mayoría de los jóvenes estaban escribiendo un correo electrónico o chateando. Sonrió tímidamente; unos días antes, un lunes por la tarde, cuando la tienda estaba tranquila, Josh se había pasado una hora explicándole la diferencia entre dos métodos de comunicación. Incluso le había abierto una cuenta de correo electrónico y, aunque Nicolas dudaba si la utilizaría, sí que consideró útiles los programas de mensajería instantánea.

La chica de detrás del mostrador, de origen chino, llevaba prendas andrajosas y rasgadas que Nicolas pensó que habría sacado de la basura. Instantes después, imaginó que en realidad debían costar una fortuna. Llevaba un maquillaje de estilo gótico y estaba pintándose las uñas cuando Nicolas llegó al mostrador.

—Tres euros por quince minutos, cinco por treinta, siete por cuarenta y cinco, y diez por una hora —recitó en un francés macarrónico sin alzar la vista.

—Quiero hacer una llamada internacional.

—¿En efectivo o con tarjeta de crédito? —preguntó. Aún no había levantado la cabeza y Nicolas se dio cuenta de que no estaba pintándose las uñas de color negro con esmalte de uñas, sino con un marcador con punta de felpa.

—Tarjeta de crédito.

Nicolas quería conservar el poco efectivo que le quedaba para comprar algo de comida. Aunque en raras ocasiones comía, y Scathach tampoco, los mellizos tendrían que alimentarse.

—Utilice la cabina número uno. Las instrucciones están en la pared.

Nicolas se deslizó hacia la cabina, que tenía un cristal enorme, y cerró la puerta al entrar. Los gritos de los estudiantes se desvanecieron, pero la cabina apestaba a comida rancia. Leyó rápidamente las instrucciones mientras rebuscaba entre su cartera la tarjeta de crédito que había utilizado para pagar los chocolates calientes de los mellizos. Estaba a nombre de Nick Fleming, el nombre que había estado utilizando durante los últimos diez años. Flamel se preguntaba si Dee o Maquiavelo tenían los recursos suficientes para seguirle la pista mediante la tarjeta. Sabía perfectamente que sí, pero entonces esbozó una sonrisa; ¿qué más daba? La tarjeta les revelaría que estaba en París, y eso ya lo sabían. Siguiendo las instrucciones de la pared, marcó el código internacional y después el número que Sophie había recuperado de los recuerdos de la Bruja de Endor.

Hubo un par de interferencias y a continuación, a más de ciento setenta mil kilómetros de distancia, un teléfono comenzó a sonar. En el segundo tono, alguien respondió.

—*Ojai Valley News*, ¿en qué puedo ayudarle? —respondió una voz femenina que Flamel escuchó con claridad.

De forma deliberada, Nicolas forzó un acento francés muy marcado.

—Buenos días… o mejor dicho, buenas tardes. Qué suerte poder encontrarles todavía en la oficina. Habla con monsieur Montmorency, desde París, Francia. Soy un periodista del periódico *Le Monde*. Acabo de ver por Internet que han tenido una tarde muy emocionante por allí.

—Dios mío, las noticias vuelan, señor…

—Montmorency.

—Montmorency. Sí, hemos tenido una tarde muy movidita. ¿Cómo puedo ayudarle?

—Nos gustaría incluir un artículo en la edición de esta tarde… Me preguntaba si tenían algún reportero en el escenario.

—De hecho, todos nuestros reporteros están allí ahora mismo.

—¿Cree que sería posible ponerme en contacto con ellos? Podría obtener una descripción rápida de lo ocurrido y un comentario.

Al ver que no había una respuesta inmediata, añadió:

—Por supuesto, habría un reconocimiento a su periódico.

—Déjeme ver si puedo pasarle con alguno de nuestros reporteros, señor Montmorency.

—*Merci*. Le estaría muy agradecido.

Se produjo un chasquido en la línea y después una pausa. Nicolas imaginó que la recepcionista estaba hablando con el reportero antes de transferir la llamada. Entonces escuchó otro chasquido.

—Le comunico…

Se quedó con la palabra en la boca, de forma que no pudo darle las gracias.

—Michael Carroll. *Ojai Valley News*. Tengo entendido que está llamando desde París, Francia, ¿es eso cierto? —preguntó un hombre con un tono incrédulo.

—Así es, monsieur Carroll.

—Las noticias vuelan —agregó el reportero, repitiendo las palabras de la recepcionista.

—Internet —explicó Flamel vagamente—. Hay un vídeo en YouTube.

No tenía la menor duda de que habría vídeos en línea sobre lo ocurrido en Ojai. Estiró ligeramente el cuello hacia el interior del cibercafé. Desde su cabina, podía vislumbrar media docena de pantallas; cada una mostraba una página de Internet en una lengua diferente.

—Me han pedido que redacte un artículo para la sección de arte y cultura. Uno de nuestros editores suele visitar su maravillosa ciudad y en numerosas ocasiones ha traído varias piezas de cristal de una tienda de antigüedades de la avenida principal de Ojai. No sé si la conoce. Es una tienda que sólo vende espejos y cristalería —añadió Flamel.

—Witcherly Antiques —dijo de inmediato Carroll—. La conozco muy bien. Siento comunicarle que esta tarde una explosión la ha destruido por completo.

De repente Flamel se quedó sin aliento. Hécate había muerto por culpa suya, por haber llevado a los mellizos a su Mundo de Sombras. ¿Habría tenido el mismo destino la Bruja de Endor? Se humedeció los labios y tragó saliva.

—¿Y la propietaria, la señora Witcherly? ¿Está…?

—Está bien —interrumpió el reportero. Flamel sintió un gran alivio—. Acabo de tomar su declaración. La verdad es que está de muy buen humor, aunque su tienda haya explotado por los aires —comentó entre risas. Y continuó—: Dice que, cuando uno vive tanto como ella ha vivido, nada le sorprende.

—¿Está todavía ahí? —preguntó Flamel, intentando contener la impaciencia—. ¿Le gustaría tomar declaración para la prensa francesa? Dígale que habla con Nicholas Montmorency. Hablamos una vez; estoy seguro de que me recuerda —añadió.

—Se lo preguntaré…

La voz fue perdiendo intensidad, pero Flamel podía escuchar cómo el reportero estaba avisando a Dora Witcherly. De fondo, oía las voces de diversos policías, las sirenas de ambulancias y bomberos y los llantos y gritos de personas angustiadas.

Y todo por su culpa.

Entonces sacudió la cabeza. No, no era su culpa. Era de Dee. El mago no tenía sentido de la proporción; casi había echado abajo Londres en el año 1666, había devastado Irlanda con la Gran Hambruna en 1840, había destruido casi por completo San Francisco en 1906 y ahora había vaciado las tumbas del cementerio de Ojai. Sin duda, las calles debían estar repletas de huesos y cuerpos. La voz del reportero se desvaneció y se escuchó el inconfundible sonido de una transmisión.

—¿Monsieur Montmorency? —preguntó Dora educadamente en un francés perfecto.

—Madame, ¿estás ilesa?

Dora bajó el tono de voz y empezó a hablar en un francés arcaico que, para cualquier oyente furtivo, hubiera resultado incomprensible.

—No es tan fácil acabar conmigo —contestó rápidamente—. Dee ha escapado, con cortes, con heridas, golpeado y muy, pero que muy enfadado. ¿Estás a salvo? ¿Y Scathach?

—Scatty está bien. Sin embargo, nos hemos tropezado con Nicolás Maquiavelo.

—Así que aún está por aquí. Dee debe de haberle avisado. Ten cuidado, Nicolas. Maquiavelo es más peligroso de lo que imaginas. Es más astuto que Dee. Ahora debo darme prisa —añadió con urgencia—. Este reportero sospecha. Probablemente cree que te estoy dando una historia mejor que la suya. ¿Qué quieres?

—Necesito tu ayuda, Dora. Necesito saber en quién puedo confiar en París. Necesito sacar a los mellizos de las calles. Están agotados.

—Hmmm… —dijo pensativa mientras se producía una interferencia por el sonido de un papel—. No sé quién vive ahora mismo en París. Pero lo averiguaré —afirmó decidida—. ¿Qué hora es allí?

Flamel echó un vistazo a su reloj e hizo los cálculos necesarios.

—Las cinco y media de la madrugada.

—Dirígete a la torre Eiffel. Ve allí a las siete de la mañana y espera diez minutos. Si encuentro a alguien digno de nuestra confianza, se reunirá allí con vosotros. Si a esa hora no reconoces a nadie, vuelve a las ocho y después a las nueve. Si no aparece nadie a las nueve, sabrás que no hay nadie en París en quien puedas confiar, y tendrás que arreglártelas solo.

—Muchas gracias, madame Dora —contestó en voz baja—. Jamás olvidaré este favor.

—Entre amigos, Nicolas, no hay favores —dijo ella—. Ah, y no dejes que mi nieta se meta en problemas.

—Lo intentaré —respondió Flamel—, pero ya sabes cómo es: parece atraer a los problemas. En este momento está cuidando de los mellizos en una cafetería cercana. Al menos no se meterá en problemas ahí.

Capítulo 10

Scathach levantó la pierna, colocó la suela de su bota sobre el asiento de la silla y la empujó con fuerza. La silla de madera pasó volando por encima del suelo hasta golpear a los dos agentes de policía, que quedaron empotrados contra la puerta. Después, se desplomaron sobre el suelo mientras a uno se le escapaba la radio de las manos y al otro se le resbalaba la porra. La radio, que no cesaba de parlotear, patinó hasta los pies de Josh. Éste se inclinó hacia el aparato radiofónico y vertió encima el resto de su chocolate caliente. La radio empezó a echar chispas hasta fundirse.

Scathach se puso en pie. Sin girar la cabeza, alzó un brazo y señaló a Roux.

—Tú, quédate exactamente donde estás. Y ni se te ocurra llamar a la policía.

Con el corazón latiendo a mil por hora, Josh agarró a Sophie y la empujó hacia el fondo de la cafetería, protegiéndola con su cuerpo.

Uno de los agentes sacó la pistola. De forma instantánea, el *nunchaku* de Scatty golpeó el cañón con la fuerza suficiente como para doblar el metal y arrebatarle la pistola de la mano.

El segundo agente, arrodillado e intentando ponerse

en pie, extrajo una porra negra. Scathach bajó el hombro derecho y el *nunchaku* cambió de dirección en el aire mientras las dos barras de madera, de unos treinta centímetros de largo, golpeaban la porra del policía justo en el mango. La porra quedó destrozada. Scathach volteó el *nunchaku*, que acabó en su mano.

—Estoy de muy mal humor —soltó en un francés impecable—. Creedme cuando os digo que no deberíais querer enfrentaros a mí.

—Scatty… —siseó Josh alarmado.

—Ahora no es el momento —interrumpió la Guerrera en inglés—. ¿No ves que estoy ocupada?

—Bueno, pues estás a punto de estar aún más ocupada —gritó Josh—. Mucho más ocupada. Mira fuera.

Una brigada de policía antidisturbios, con armadura negra, cascos y escudos, además de porras y armas de fuego, se dirigía hacia la cafetería.

—RAID —susurró el dependiente horrorizado.

—Son como los SWAT —informó Scathach en inglés—, pero más resistentes —añadió con un tono de satisfacción. Desvió la mirada hacia Roux y, en francés, le preguntó—: ¿Hay una puerta trasera?

El dependiente estaba asustado, inmóvil, observando cómo se acercaba la brigada, y no reaccionó hasta que Scathach azotó el *nunchaku*. Éste pasó rozando el rostro de Roux y la suave brisa que produjo le hizo pestañear.

—¿Hay una puerta trasera? —preguntó otra vez, pero en inglés.

—Sí, sí, por supuesto.

—Entonces saca a mis amigos por ahí.

—No… —empezó Josh.

—Deja que haga algo —se ofreció Sophie mientras se

le ocurrían decenas de hechizos de viento—. Puedo ayudarte…

—No —protestó Josh. Entonces se acercó a su hermana y, en ese preciso instante, su cabellera rubia empezó a destellar luces plateadas.

—¡Fuera! —gritó Scatty. De repente, los rasgos y ángulos de su piel se marcaron más, las mejillas y la barbilla se hicieron más prominentes y su mirada verde se convirtió en un espejo reflector. Durante un instante, los mellizos percibieron algo ancestral y primitivo en su rostro, y completamente inhumano—. Puedo ocuparme de esto.

Scatty empezó a hacer girar su *nunchaku*, creando así un campo impenetrable entre ella y los dos agentes. Un oficial agarró una silla y se la lanzó, pero el *nunchaku* la convirtió en astillas.

—Roux, ¡sácalos de aquí ya! —gruñó Scatty.

—Por aquí —señaló el dependiente aterrorizado en un inglés con acento norteamericano.

Acompañó a los mellizos hasta un angosto pasillo que conducía a un patio diminuto y apestoso repleto de contenedores de basura gigantes, mobiliario de un restaurante y el esqueleto de un árbol de Navidad abandonado. Atrás dejaban el sonido de la madera convirtiéndose en astillas.

Roux señaló una verja roja y continuó hablando en inglés. Tenía el rostro del color de la tiza.

—Por aquí llegaréis a un callejón. Si giráis hacia la izquierda, llegaréis a la Rue de Dunkerque; si cogéis a mano derecha, llegaréis a la estación de metro de la Gare du Nord.

Entonces escuchó un ruido estrepitoso a sus espaldas seguido del sonido de cristales haciéndose añicos.

—Vuestra amiga está en problemas —gimió con voz triste—. Y los RAID destrozarán la tienda. ¿Cómo voy a explicárselo al dueño?

Se produjo otro estallido en el interior. Una teja de pizarra se deslizó del tejado y se desplomó sobre el patio.

—Marchaos, marchaos ahora —ordenó mientras introducía la llave en el cerrojo y abría la puerta de golpe.

Sophie y Josh le ignoraron.

—¿Qué hacemos? —le preguntó Josh a su hermana melliza—. ¿Nos vamos o nos quedamos?

Sophie sacudió la cabeza. Miró a Roux y bajó el tono de voz.

—No tenemos adónde ir y no conocemos a nadie en la ciudad, excepto a Scatty y Nicolas. No tenemos dinero, ni tampoco pasaportes.

—Podríamos ir a la embajada estadounidense —comentó Josh mientras se volvía hacia el dependiente—. ¿Hay una embajada estadounidense en París?

—Sí, por supuesto, en la Avenue Gabriel, junto al Hôtel de Crillon.

El joven de cabeza rasurada se encogió cuando un ruido ensordecedor hizo tambalear el edificio, cubriéndole así de motas de polvo. El cristal de la ventana se partió en mil pedazos mientras caían más tejas del techo, como lluvia que rociaba el patio.

—¿Y qué decimos en la embajada? —preguntó Sophie—. Querrán saber cómo hemos llegado hasta aquí.

—¿Secuestrados? —sugirió Josh. Y de repente se le vino una idea a la cabeza y añadió—: ¿Y qué les decimos a mamá y papá? ¿Cómo vamos a explicárselo?

Piezas de vajilla tintineaban y se hacían añicos. De pronto, se produjo un estallido tremendo.

Sophie giró la cabeza hacia uno y otro lado y se apartó el cabello del oído.

—Eso ha sido la ventana principal —informó mientras daba un paso hacia atrás—. Debería ayudar a Scathach —finalizó.

Entonces se empezaron a formar unos zarcillos de neblina entre sus dedos mientras Sophie alargaba la mano hacia el pomo de la puerta.

—¡No! —gritó Josh, cogiéndola de la mano. En ese instante ambos hermanos sintieron una corriente de electricidad estática—. No puedes utilizar tus poderes —susurró un tanto impaciente—. Estás demasiado cansada; recuerda lo que dijo Scatty. Podrías arder en llamas.

—Ella es nuestra amiga, no podemos abandonarla —dijo Sophie de forma cortante—. Yo, al menos, no lo haré.

Su hermano era una persona solitaria y jamás se le había dado bien hacer, o mantener, amigos en el colegio. En cambio, ella era fiel a sus amigas y ya había comenzado a considerar a la Guerrera como algo más que una amiga. Aunque quería a su hermano profundamente, Sophie siempre había deseado tener una hermana.

Josh cogió a su hermana por los hombros y le dio la vuelta, colocándola frente a él. Ya le sacaba una cabeza, de forma que tuvo que bajar la vista para mirar unos ojos azules que reflejaban los suyos.

—Ella no es nuestra amiga, Sophie —dijo en tono serio—. Ella jamás será nuestra amiga. Tiene dos mil quinientos y… y pico años. Tú misma has visto cómo le ha cambiado la cara ahí dentro: ni siquiera es humana. Y… y no estoy tan seguro de que sea tal y como Flamel la describe. ¡Sé que él no es lo que aparenta!

—¿Qué quieres decir? —exigió Sophie—. ¿Qué estás intentando decir, Josh?

Josh abrió la boca para responder, pero una serie de ruidos ensordecedores hicieron vibrar el edificio. Lloriqueando y con miedo, Roux salió disparado hacia el callejón. Los mellizos le ignoraron otra vez.

—¿Qué quieres decir? —insistió Sophie.

—Dee dijo...

—¡Dee!

—Hablé con él en Ojai. Cuando vosotros estabais en la tienda con la Bruja de Endor.

—Pero él es nuestro enemigo...

—Sólo porque Flamel dice que lo es —interrumpió Josh rápidamente—. Sophie, Dee me dijo que Flamel es un asesino y que Scathach es básicamente un matón a sueldo. Me explicó que, por todos los crímenes cometidos, estaba condenada a vivir en el cuerpo de una adolescente por el resto de su vida —comentó. Después hizo un gesto rápido con la cabeza y, con un tono de voz desesperado, continuó—: Sophie, apenas sabemos nada sobre estas personas... Flamel, Perenelle y Scathach. Lo único que sí sabemos es que te han cambiado, te han cambiado peligrosamente. Nos han traído a la otra punta del mundo, y mira dónde estamos ahora.

Mientras hablaba con Sophie, el edificio temblaba y una docena de tejas se resbalaron desde el tejado, desplomándose sobre el patio y cayendo en centenares de diminutos añicos a su alrededor. Josh gritó cuando un pedazo de teja se le clavó en el brazo.

—No podemos confiar en ellos, Sophie. No deberíamos.

—Josh, no te imaginas los poderes que me han otorgado...

Sophie cogió a su hermano por el brazo y el aire, que

hasta entonces apestaba a comida podrida, empezó a llenarse del dulce aroma de la vainilla. Un segundo después, el perfume a naranjas cubrió la atmósfera mientras el aura de Josh resplandecía de color dorado.

—Oh, Josh, las cosas que podría contarte. Sé todo lo que sabía la Bruja de Endor…

—¡Y te está perjudicando! —gritó Josh con rabia—. Y no te olvides, si utilizas tus poderes una vez más, podrías, literalmente, explotar.

Las auras de los mellizos desprendían un brillo dorado y plateado. Sophie cerró los ojos con fuerza mientras una avalancha de impresiones, pensamientos vagos e ideas aleatorias inundaban su conciencia. Su mirada azulada se tornó, momentáneamente, de color plata. En ese preciso instante, se dio cuenta de que estaba experimentando los pensamientos de su hermano. Se soltó de la mano de Josh de un tirón y, de forma inmediata, los pensamientos y sensaciones se desvanecieron.

—¡Estás celoso! —susurró asombrada—. Estás celoso de mis poderes.

Las mejillas de Josh enrojecieron y Sophie vio la verdad en su mirada antes de que éste le mintiera.

—¡No lo estoy!

Y de repente, un agente con armadura oscura reventó la puerta y entró al patio. Una grieta le atravesaba el visor frontal y había perdido una de las botas. Sin detenerse, atravesó cojeando el patio y se dirigió hacia la callejuela. Los mellizos podían percibir cómo los golpecitos de su pie desnudo junto con las pisadas de una suela de cuero se alejaban hasta desaparecer en la distancia.

Scathach entró paseando al patio. Estaba dando vueltas a su *nunchaku*, como si fuera Charlie Chaplin balanceando su bastón. No tenía ni un solo cabello fuera de lugar, ni una marca en el cuerpo. En aquellos momentos, su mirada verde brillaba.

—Oh, ahora estoy de mejor humor —anunció.

Los hermanos observaban, impávidos, cómo atravesaba el pasillo. Nada, ni nadie, se movió en la oscuridad de la tienda.

—Pero había unos diez… —empezó Sophie.

Scathach se encogió de hombros.

—De hecho, había doce.

—Armados… —añadió Josh. Entonces miró a su hermana y, después, a la Guerrera. Tragó saliva antes de continuar—. Tú no… no les habrás matado, ¿verdad?

Se produjo un chasquido y algo se derrumbó en el interior de la tienda.

—No, están… durmiendo —contestó con una sonrisa.

—Pero ¿cómo…? —quiso preguntar Josh.

—Yo soy la Guerrera —contestó simplemente.

Sophie notó un indicio de movimiento e hizo el ademán de gritar cuando, de pronto, una silueta apareció en el pasillo y una mano de dedos esbeltos se posó sobre el hombro de Scathach. La Guerrera no reaccionó.

—No puedo dejarte sola diez minutos —soltó Nicolas Flamel, saliendo de las sombras. Hizo un gesto señalando la verja abierta—. Es mejor que nos vayamos —añadió, empujándoles hacia el callejón.

—Te has perdido la pelea —le dijo Josh—. Había diez…

—Doce —corrigió rápidamente Scathach.

—Lo sé —concluyó el Alquimista con una sonrisa irónica—, sólo doce: no tenían ninguna posibilidad.

Capítulo 11

scapado! —gritó el doctor John Dee al aparato telefónico—. Los tenías rodeados. ¿Cómo has podido dejarles escapar?

En el otro lado del Atlántico, la voz de Nicolás Mavelo permanecía calmada, controlada. Sólo la forma en que apretaba la mandíbula revelaba su ira.

—Por lo que veo, estás muy bien informado.

—Tengo mis fuentes —dijo Dee bruscamente mientras esbozaba una terrorífica sonrisa. Sabía que Maquiavelo enloquecería al saber que tenía un espía en su bando.

—Por lo que tengo entendido, tú les tenías atrapados en Ojai —continuó Maquiavelo en un tono de voz tranquilo—, rodeados por un ejército de muertos vivientes. Y aun así, escaparon. ¿Cómo pudiste permitírselo?

Dee se recostó en el asiento de cuero de su limusina. La única luz de su rostro provenía de la pantalla de su teléfono móvil, un resplandor que le rozaba las mejillas, perfilaba su perilla milimétricamente afeitada y ensombrecía su mirada. No le había confesado a Maquiavelo que había utilizado la necromancia para levantar a un ejército de muertos y bestias vivientes. ¿Era ésta una forma sutil del italiano para hacerle saber que él también tenía un espía en su bando?

—¿Dónde estás ahora? —preguntó Maquiavelo.

Dee miró por la ventanilla de la limusina en un intento de identificar las señales de la carretera.

—En algún lugar de la 101, en dirección a Los Ángeles. Mi *jet* ya está preparado y la pista está despejada para despegar tan pronto como llegue.

—Espero anticiparme y capturarlos antes de que llegues a París —dijo Maquiavelo. Hubo un par de interferencias muy molestas, de forma que se detuvo antes de continuar—: Creo que van a intentar contactar con Saint-Germain.

Dee se irguió como un relámpago.

—¿El conde de Saint-Germain? ¿Ha vuelto a París? Me enteré de su fallecimiento en la India, mientras buscaba la ciudad perdida de Ofir.

—Evidentemente, no fue así. Por lo que sabemos, tiene un apartamento en los Campos Elíseos y dos casas en los suburbios. Todo está bajo vigilancia. Si Flamel intenta acercarse a él, lo sabremos.

—Y esta vez, no le dejes escapar —ladró Dee—. Nuestros maestros no estarían satisfechos.

Dee colgó el teléfono antes de que Maquiavelo pudiera contestar. Después, una leve sonrisa dejó entrever sus dientes. La red cada vez era más cerrada.

—Puede llegar a ser tan infantil —murmuró Maquiavelo en italiano—. Siempre quiere tener la última palabra.

Entre las ruinas de la cafetería, el italiano inmortal cerró su teléfono móvil y contempló la devastación que le rodeaba. Parecía que un tornado se hubiera colado en la cafetería. Todos los muebles estaban destrozados, las ventanas rotas e incluso el techo dibujaba grietas. Los restos polvorientos de tazas y platos se entremezclaban con granos de café, hojas de té y pasteles esparcidos por el suelo. Maquiavelo se agachó para recoger un tenedor. Estaba doblado formando una «S». Lanzándolo hacia un lado, se abrió paso entre los escombros. Sin ningún tipo de ayuda, Scathach había derrotado a doce agentes RAID, entrenados para matar y con las armas de fuego necesarias para hacerlo. Maquiavelo había mantenido la esperanza de que Scathach hubiera perdido habilidad en las artes marciales desde la última vez que se tropezó con ella pero, al parecer, sus esperanzas habían sido en vano. La Sombra seguía siendo tan mortal como siempre. Acercarse a Flamel y a los mellizos sería más complicado si la Guerrera los acompañaba. Durante el transcurso de su larga vida, Nicolás se había enfrentado a ella, al menos, en seis ocasiones. Había sido un milagro que sobreviviera. La última vez que se encontraron fue en las ruinas gélidas de Stalingrado, en invierno de 1942. Si no hubiera sido por ella, sus fuerzas hubieran tomado la ciudad. En aquel entonces, juró que la mataría: quizá ahora era el momento de cumplir esa promesa.

Pero ¿cómo matar lo virtualmente inmortal? ¿Qué podía vencer a una guerrera que había entrenado a los grandes héroes de la historia, que había luchado en los conflictos mundiales y cuyo estilo de lucha se hallaba en el corazón de cada arte marcial?

Al salir de la tienda derruida, Maquiavelo inhaló profundamente, intentando así limpiarse los pulmones del aroma amargo del café y del hedor a leche agria que cubría el ambiente. Dagon abrió la puerta del coche al avistar a Maquiavelo, quien observó su propio reflejo en las gafas de sol de su chófer. Se detuvo antes de subirse al coche y echó un vistazo a los policías que acordonaban las calles, a la brigada antidisturbios que poseía todo tipo de armas y a los agentes vestidos de paisano que conducían coches sin identificación. El servicio secreto francés estaba bajo su mando, podía dar cualquier tipo de orden a la policía y tenía acceso a un ejército privado de cientos de hombres y mujeres dispuestos a acatar cada orden sin rechistar. Y aun así, sabía que ninguno de ellos podría derrotar a la Guerrera. Entonces tomó una decisión y desvió la mirada hacia Dagon antes de subirse al coche.

—Encuentra a las Dísir.

Dagon se puso tenso, mostrando así algo parecido a una emoción.

—¿Es prudente? —preguntó.

—Es necesario.

Capítulo 12

La Bruja dijo que fuéramos a la torre Eiffel a las siete y que esperáramos diez minutos —informó Nicolas Flamel mientras corrían por la estrecha callejuela—. Si nadie aparece a esa hora, volveremos a las ocho y otra vez a las nueve.

—¿Quién estará allí? —preguntó Sophie, intentando mantener el ritmo de Flamel. Estaba exhausta y los minutos que había permanecido sentada en la cafetería sólo le habían servido para recordarle lo agotada que se sentía. Las piernas le pesaban y notaba calambres en el costado izquierdo.

El Alquimista se encogió de hombros.

—No lo sé. Quienquiera que la Bruja haya podido contactar.

—Eso asumiendo que haya alguien en París que esté dispuesto a arriesgarse por ayudarte —agregó Scathach en voz baja—. Eres un enemigo peligroso, Nicolas. Y, probablemente, un amigo aún más peligroso. La muerte y la destrucción siempre te han estado pisando los talones.

Josh miró a su hermana a sabiendas que estaba prestando atención a la charla de los dos inmortales. De forma deliberada, Sophie apartó la mirada, pero Josh sabía que se sentía incómoda con aquella conversación.

—Bueno, si nadie aparece —dijo Flamel—, pasaremos al plan B.

Scathach retorció los labios dibujando así una sonrisa forzada.

—Ni siquiera sabía que hubiera un plan A. ¿Cuál es el plan B?

—Aún no he llegado hasta ahí —respondió Flamel con una gran sonrisa que, un instante después, se desvaneció—. Ojalá Perenelle estuviera aquí; ella sabría qué hacer.

—Deberíamos dispersarnos —comentó Josh repentinamente.

Flamel, que iba en cabeza, le miró por encima del hombro.

—No creo que eso sea prudente.

—Debemos hacerlo —dijo convencido el chico—. Tiene sentido.

En ese instante, mientras pronunciaba las últimas palabras, Josh se preguntaba por qué el Alquimista no quería que se dispersaran.

—Josh tiene razón —acordó Sophie—. La policía nos está buscando a los cuatro. Seguro que a estas alturas ya tienen una descripción: dos adolescentes, una joven pelirroja y un anciano. No es un grupo muy común.

—¡Anciano! —gritó Flamel ofendido, marcando su acento francés—. ¡Scatty tiene dos mil años más que yo!

—Sí, pero la diferencia es que yo no lo aparento —bromeó la Guerrera—. Dividirse es una buena idea.

Josh se detuvo en la entrada del sinuoso y angosto callejón y miró hacia uno y otro lado. Las sirenas de policía ululaban y trinaban a su alrededor.

Sophie estaba junto a su hermano y, aunque el parecido en los rasgos de ambos era evidente, Josh se percató de que su melliza estaba cambiando: tenía arrugas en la frente y su mirada azul y brillante se había tornado nublada, con el iris plateado.

—Roux dijo que giráramos a mano izquierda para llegar a la Rue de Dunkerque o a mano derecha para ir a la estación de metro.

—No estoy seguro de que separarnos… —vaciló Flamel.

Josh se volvió, con aire vigilante, y miró a ambos lados.

—Tenemos que hacerlo —dijo decidido—. Sophie y yo… —empezó, pero Nicolas sacudió la cabeza, interrumpiéndole.

—Está bien. Estoy de acuerdo en que deberíamos dispersarnos. Pero la policía estará buscando mellizos…

—Nosotros no parecemos mellizos —irrumpió Sophie rápidamente—. Josh es más alto que yo.

—Y los dos tenéis el pelo rubio y los ojos azules. Además, ninguno de los dos habláis francés —añadió Scatty—. Sophie, tú vendrás conmigo. Dos chicas juntas no suelen llamar mucho la atención. Josh acompañará a Nicolas.

—No voy a dejar sola a Sophie… —protestó Josh. La idea de separarse de su hermana en esa extraña ciudad le asustaba.

—Estaré a salvo con Scatty —dijo Sophie con una sonrisa—. Te preocupas demasiado. Y sé que Nicolas cuidará de ti.

Josh no parecía tan seguro de ello.

—Preferiría estar con mi hermana —concluyó Josh firmemente.

—Deja que las chicas vayan juntas; es mejor así —dijo Flamel—, más seguro.

—¿Más seguro? —repitió Josh incrédulo—. Nada aquí es seguro.

—¡Josh! —gritó Sophie en el mismo tono que solía utilizar su madre—. Ya basta —añadió. Después se volvió hacia la Guerrera y continuó—: Tienes que hacer algo con el pelo. Si la policía tiene una descripción de una joven pelirroja con botas de combate...

—Tienes razón.

Scathach hizo un movimiento rápido y ágil con la mano izquierda y, de repente, estaba sujetando un puñal entre sus dedos. Se dio la vuelta hacia Flamel.

—Necesitaré un trozo de tela.

Sin esperar respuesta, rodeó a Flamel y le levantó su chaqueta de cuero. Con movimientos precisos y limpios, cortó un cuadrado de la espalda de la camiseta negra del Alquimista. Un instante más tarde, volvió a dejar la chaqueta de cuero en su lugar y dobló el pedazo de tela formando un pañuelo y, después, se lo anudó justo en la nuca, cubriendo así su inconfundible cabellera.

—Era mi camiseta favorita —murmuró Flamel—. Era todo un clásico —añadió mientras movía el hombro de forma incómoda—. Y ahora tengo frío en la espalda.

—No te comportes como un crío. Te compraré una nueva —dijo Scatty mientras cogía a Sophie por la mano—. Venga, vámonos. Nos vemos en la torre.

—¿Conoces el camino? —preguntó Nicolas a lo lejos.

Scatty soltó una carcajada.

—Viví aquí durante casi sesenta años, ¿recuerdas? Yo estaba aquí cuando se construyó la torre.

Flamel asintió con la cabeza.

—Bueno, intenta no llamar la atención.

—Lo intentaré.

—Sophie… —empezó Josh.

—Lo sé —respondió su hermana—, ten cuidado.

Entonces dio media vuelta y abrazó a su hermano. En ese instante, ambas auras crepitaron.

—Todo va a ir bien —declaró Sophie suavemente, reconociendo el miedo en los ojos de su hermano.

Josh intentó sonreír y asintió con la cabeza.

—¿Cómo lo sabes? ¿Magia?

—Sencillamente, lo sé —contestó mientras sus ojos desprendían un brillo plateado intermitente—. Todo pasa por algo, recuerda la profecía. Todo va a salir bien.

—Te creo —dijo, aunque no era cierto—. Ten cuidado y recuerda, sin viento.

Sophie volvió a abrazarle.

—Sin viento —le susurró al oído. Después, salió corriendo.

Nicolas y Josh contemplaban cómo Scatty y Sophie desaparecían en el horizonte, dirigiéndose hacia la estación de metro; después, ellos se dieron media vuelta, y corrieron en dirección opuesta. Justo antes de torcer la esquina, Josh giró ligeramente la cabeza y vislumbró a su hermana, que había hecho lo mismo. Ambos levantaron las manos y se despidieron.

Josh esperó a que su hermana se girara y, después, bajó la mano. Ahora estaba completamente solo, en una ciudad extraña, a cientos de kilómetros de su hogar, con un hombre en el que apenas confiaba, con un hombre a quien había empezado a temer.

—Había entendido que conocías el camino —dijo Sophie.

—Ha pasado mucho tiempo desde la última vez que

estuve por aquí —admitió la Guerrera—, y las calles han cambiado bastante.

—Pero tú dijiste que estuviste aquí cuando se construyó la torre Eiffel.

Entonces Sophie se frenó de forma súbita, percatándose de lo que acababa de decir.

—¿Y cuándo ocurrió eso exactamente? —preguntó la joven.

—En 1889. Dos meses después, hui de París.

Scathach se detuvo en la boca de la estación de metro y le pidió indicaciones a una vendedora de periódicos y revistas. La diminuta mujer de origen chino apenas hablaba francés, de forma que Scathach, en cuestión de segundos, cambió de idioma y empezó a parlotear en mandarín. La sonriente comerciante enseguida salió del mostrador y le señaló una calle. Hablaba tan rápido que Sophie era incapaz de reconocer términos sueltos pese a que la Bruja le había transmitido la sabiduría suficiente para entenderlo. Parecía que las dos mujeres estuvieran cantando. Scathach le dio las gracias, después se inclinó a modo de reverencia y la mujer respondió del mismo modo.

Sophie agarró a la Guerrera por el brazo y la arrastró alejándola de la vendedora china.

—Estás empezando a llamar la atención —musitó. La gente estaba mirándote fijamente.

—¿Y qué estaban mirando? —preguntó Scathach asombrada.

—Oh, pues quizá el hecho de que una joven de raza blanca esté hablando con fluidez el mandarín y después salude con una reverencia —explicó Sophie, esbozando una sonrisa—. Ha sido todo un espectáculo.

—Algún día, todo el mundo hablará mandarín. Además, hacer una reverencia es cuestión de buenos modales —respondió Scathach, dirigiéndose hacia la calle que le habían indicado.

Sophie se apresuró para seguirle el paso.

—¿Dónde aprendiste mandarín? —preguntó.

—En China. De hecho, aunque hablaba el mandarín con esa mujer, también domino el wu y el cantonés. He pasado varios siglos en Oriente. Me encantaba vivir allí.

Ambas caminaban en silencio. Y, de pronto, Sophie preguntó:

—Entonces, ¿cuántos idiomas hablas?

Scathach frunció el ceño y cerró los ojos, considerando la pregunta.

—Seis o siete…

Sophie ladeó la cabeza.

—Seis o siete; qué impresionante. Mis padres quieren que aprendamos español, y nuestro padre nos está enseñando latín y griego, aunque me encantaría aprender japonés. Me muero por viajar a Japón —añadió.

—… seiscientos o setecientos —continuó Scathach. Al ver la expresión en el rostro de Sophie, la Guerrera no pudo contener una carcajada. Entonces deslizó el brazo sobre el de Sophie—. Bueno, supongo que algunas son lenguas muertas, así que no sé si debería contarlas. Acuérdate de que he estado por aquí durante mucho tiempo.

—¿Es verdad que tienes dos mil quinientos años? —preguntó Sophie mientras miraba de arriba abajo a Scathach, quien, a simple vista, parecía no haber cumplido la mayoría de edad. De repente, sonrió: jamás se hubiera imaginado que preguntaría algo así. Era otro ejemplo de cómo le había cambiado la vida.

—Dos mil quinientos diecisiete años exactamente

—contestó Scathach mientras sonreía tímidamente ocultando sus dientes vampíricos—. Una vez, Hécate me abandonó en un Mundo de Sombras del Infierno especialmente asqueroso. Tardé siglos en encontrar la salida. Y, cuando era más joven, pasé mucho tiempo en los Mundos de Sombras de Lyonesse, Hy Brasil y Tir na Nog, donde el tiempo pasa a un ritmo muy diferente. El tiempo en los Mundos de Sombras es diferente que el tiempo del mundo humano. Así que, en realidad, sólo estoy contando el tiempo que he vivido en este mundo. Y, quién sabe, a lo mejor lo averiguas tú misma. Tú y Josh sois únicos y muy poderosos. E incluso seréis más poderosos cuando dominéis las magias elementales. Si no descubrís el secreto de la inmortalidad por vosotros mismos, alguien os lo ofrecerá a modo de regalo. Vamos, crucemos.

Agarrando a Sophie por la mano, Scathach la arrastró hacia una calle angosta.

Aunque acababan de marcar las seis de la mañana, las avenidas y calles parisinas empezaban a abarrotarse de coches. Las furgonetas empezaban a descargar delante de los restaurantes y el aire matutino empezaba a llenarse del dulce aroma a pan recién horneado, a deliciosos pasteles y a café. Sophie distinguía fragancias familiares: el perfume a cruasán y café le recordaba que hacía tan sólo dos días había estado sirviéndolos en La Taza de Café. Con un pestañeo, se retiró las lágrimas. En un par de días le habían pasado tantas cosas, tantos cambios.

—¿Cómo es una vida tan larga? —se preguntó en voz alta.

—Solitaria —respondió Scatty en voz baja.

—¿Cuánto… cuánto tiempo vivirás? —le preguntó a la Guerrera con prudencia.

Scatty se encogió de hombros y sonrió.

—¿Quién sabe? Si tengo cuidado, me ejercito a diario y vigilo mi dieta, podría vivir otros dos mil años —respondió. Después, esa sonrisa desapareció y continuó—: Pero no soy invulnerable, ni invencible. Podría morir —finalizó. Al ver la expresión afligida de Sophie, le estrechó el brazo y añadió—: Pero eso no va a ocurrir. ¿Sabes cuántos humanos, inmortales, Inmemoriales, criaturas y monstruos han intentado acabar conmigo?

La joven sacudió la cabeza indicando negación.

—Bueno, de hecho, yo tampoco lo sé. Pero supongo que miles. O incluso decenas de miles. Y aún sigo aquí; ¿qué te dice eso?

—¿Qué eres buena?

—¡Ah! Soy mucho más que buena. Soy la mejor. Soy la Guerrera.

Entonces Scathach se detuvo frente a la ventana de una librería. Cuando se dio la vuelta, Sophie se fijó en que la mirada verde y brillante de la Guerrera vigilaba todos los ángulos de su alrededor.

Resistiendo la tentación de volverse, Sophie bajó el tono de voz y susurró:

—¿Nos están siguiendo?

Se sorprendió al descubrir que no sentía ni una pizca de miedo; sabía, de forma instintiva, que no corría ningún peligro siempre y cuando estuviera junto a Scatty.

—No, no lo creo. Es una vieja costumbre —explicó con una sonrisa—. Una costumbre que me ha mantenido con vida a lo largo de los siglos.

Se alejó de la tienda de libros y Sophie entrecruzó el brazo con el de la Guerrera.

—Nicolas pronunció diversos nombres cuando te conocimos... —empezó Sophie. Frunció el ceño intentando recordar cómo el inmortal les había presentado a Scathach en San Francisco, tan sólo dos días antes—. Te llamó la Doncella Guerrera, la Sombra, la Asesina Demoníaca, la Creadora de Reyes, la Guerrera...

—Son sólo nombres —musitó Scathach un tanto avergonzada.

—Pero parecen algo más que nombres —insistió Sophie—. Parecen ser como títulos, títulos que has conseguido durante tu vida —persistió.

—Bueno, he tenido muchos nombres —admitió Scathach—. Algunos de amigos, otros de enemigos. Al principio me llamaban la Doncella Guerrera; después, me convertí en la Sombra, por mi habilidad para ocultarme. Perfeccioné mi primer traje de camuflaje.

—Da la impresión de que seas una ninja —comentó Sophie burlándose.

Al mismo tiempo que escuchaba las palabras de la Guerrera, Sophie vislumbraba imágenes de los recuerdos de la Bruja y sabía que Scatty le estaba diciendo la verdad.

—Intenté formar a algunos ninjas, pero créeme, no me llegan a la suela de los zapatos. Me convertí en la Asesina Demoníaca cuando maté a Raktabija. Y recibí el nombre de la Creadora de Reyes cuando ayudé al rey Arturo a ascender al trono —añadió a la vez que sacudía la cabeza—. Aquello fue un error. Y no el primero —comentó entre risas un tanto forzadas y temblorosas—. He cometido muchos errores.

—Mi padre dice que uno puede aprender de los errores.

Scatty soltó una carcajada.

—No es mi caso —respondió sin ser capaz de ocultar cierto rencor.

—Parece que has tenido una vida muy dura —dijo Sophie en voz baja.

—Así es —admitió la Guerrera.

—¿Alguna vez…? —Sophie se detuvo para buscar la palabra apropiada—. ¿Has tenido… novio?

Scathach miró a la joven de forma penetrante y severa y, de modo inesperado, se volvió para observar el escaparate de una tienda. Durante un instante, Sophie pensó que estaba examinando los zapatos de la tienda, pero entonces se dio cuenta de que la Guerrera estaba contemplando su propio reflejo en el cristal. La joven se preguntaba qué debía de ver.

—No —reconoció finalmente Scatty—. Jamás he mantenido una relación íntima o especial con alguien —continuó con una tímida sonrisa—. Los Inmemoriales me temen y evitan. E intento no encariñarme con los humanos. Es muy duro ver cómo envejecen y mueren. Ésa es la desgracia de la inmortalidad: ver cómo cambia el mundo, cómo todo lo que conoces se marchita y se pudre. Sophie, recuerda esto si alguna vez alguien te ofrece el don de la inmortalidad. —Scathach pronunció esta palabra como si fuera una maldición.

—Suena muy solitaria —dijo Sophie con cautela. Antes, jamás había pensado cómo debía de ser vivir eternamente, seguir con vida mientras todo su entorno cambiaba y fallecía.

Dieron una docena de pasos en silencio, hasta que Scatty volvió a musitar palabra.

—Sí, es una vida solitaria —admitió—, muy solitaria.

—Sé lo que es eso —explicó Sophie pensativa—. Mis padres pasan mucho tiempo fuera de casa y nos trasladamos de ciudad constantemente, así que es difícil hacer amigos. Y casi imposible mantenerlos. Supongo que por eso Josh y yo estamos tan unidos; jamás hemos tenido a nadie más. Mi mejor amiga, Elle, vive en Nueva York. Hablamos por teléfono todo el tiempo, nos enviamos correos electrónicos y chateamos continuamente. Pero no la veo desde las navidades pasadas. Siempre me envía fotos cuando se tiñe el pelo, para que vea cómo le queda —añadió con una sonrisa—. En cambio, Josh nunca intenta hacer amigos.

—Las amistades son importantes —convino Scathach, apretando el brazo de Sophie—. Pero los amigos van y vienen; la familia, en cambio, siempre permanece.

—¿Y tu familia? La Bruja de Endor mencionó a tu madre y a tu hermano.

Mientras hablaba, vislumbraba decenas de imágenes de los recuerdos de la Bruja: una anciana de rasgos marcados, con una mirada de color rojo sangre y una jovencita de tez pálida con una cabellera brillante y pelirroja.

La Guerrera se encogió de hombros, mostrando así su incomodidad.

—Últimamente no hemos hablado mucho. Mis padres eran Inmemoriales. Nacieron y se criaron en Danu Talis. Cuando mi abuela Dora abandonó la isla para instruir al primer humano, jamás se lo perdonaron. Al igual que muchos otros Inmemoriales, consideraban a los humanos como bestias. «Curiosidades», les solía llamar mi padre —explicó con una expresión de disgusto—. Los prejuicios siempre han estado presentes. Mis padres aún se asombraron más cuando les anuncié que yo también trabajaría codo con codo con los humanos, que lucharía por ellos, que les protegería si tenía la ocasión.

—¿Por qué? —preguntó Sophie.

—Para mí, resultaba evidente, incluso entonces, que la raza humana representaba el futuro y que los días de las Razas Inmemoriales estaban contados —susurró mientras miraba a Sophie, quien se sorprendió al descubrir en la Guerrera una mirada brillante y centelleante, a punto de dejar escapar unas lágrimas—. Mis padres me advirtieron que si abandonaba el nido familiar, avergonzaría a toda la familia y me repudiarían —finalizó.

—Pero aun así te fuiste —adivinó Sophie.

La Guerrera asintió con la cabeza.

—Así es. Perdimos el contacto durante un milenio… hasta que se enfrentaron con ciertos problemas y reclamaron mi ayuda —añadió con una sonrisa un tanto forzada—. Ahora hablamos de vez en cuando, pero me temo que aún me consideran una vergüenza.

Sophie le apretó suavemente la mano. Se sentía incómoda con lo que Scatty le acababa de relatar, pero también se dio cuenta de que había compartido algo increíblemente personal con ella, algo que Sophie dudaba que la ancestral guerrera hubiera compartido con nadie más.

—Lo siento. No quería disgustarte.

Scathach le respondió con el mismo gesto.

—No me has disgustado, Sophie, ellos lo hicieron hace ya más de dos mil años, y aún lo recuerdo como si hubiera sucedido ayer. Hacía mucho tiempo que nadie se tomaba la molestia de preguntarme por mi vida. Y créeme, no me molesta. Gracias a ello he gozado de aventuras maravillosas —comentó con alegría—. ¿Alguna vez te he contado que fui la cantante de una banda femenina? Éramos como unas Spice Girls de estilo gótico y punk, pero sólo tocábamos versiones de canciones de Tori Amos. La verdad es que en Alemania éramos muy famosas —y bajando la voz hasta el susurro, añadió—: El problema residía en que todas éramos vampiros...

Nicolas y Josh se dirigieron hacia la Rue de Dunkerque y descubrieron que la policía vigilaba cada esquina, cada cruce.

—Continúa caminando —ordenó Nicolas rápidamente mientras Josh aminoraba el paso—. Y actúa de forma natural.

—Natural —murmuró Josh—. Ya no sé lo que significa esa palabra.

—Camina rápido, pero no corras —explicó Nicolas pacientemente—. Eres completamente inocente, un estudiante de camino a clase o al trabajo. Mira a los policías, pero no los observes fijamente. Y si alguno se queda mirándote, no des media vuelta enseguida y de forma precipitada, simplemente desvía tu mirada hacia otro agente. Eso es lo que haría cualquier ciudadano normal. Si nos paran, yo me encargo de hablar con ellos. Todo irá bien —concluyó. Entonces se percató de la expresión escéptica del chico y dibujó una amplia sonrisa—. Confía en mí. Llevo haciendo este tipo de cosas mucho tiempo. El truco es moverse como si tuvieras el derecho de estar aquí. La policía está entrenada para buscar a personas que aparentan ser culpables y actúan de forma sospechosa.

—¿No crees que encajamos en ambas categorías? —preguntó Josh.

—Parece que estemos emparentados... y eso nos hace invisibles.

Al pasar junto a un grupo de tres agentes uniformados, ninguno de ellos les miró dos veces. Cada uno lucía un uniforme diferente y parecían estar discutiendo.

—Bien —dijo Nicolas cuando ya se habían alejado lo suficiente como para que los agentes no alcanzaran a escucharle.

—¿Qué está bien?

Nicolas inclinó la cabeza hacia la dirección por la que habían venido.

—¿Has visto los uniformes diferentes?

Josh asintió con la cabeza.

—Francia posee un sistema policial un tanto complejo; y la capital, todavía más. Existe la Police Nationale, la Gendarmerie Nationale y la Préfecture de Police. Obviamente, Maquiavelo ha invertido todas sus fuerzas para encontrarnos, pero su fallo siempre ha sido que asume que las demás personas son tan fríamente lógicas como él. Estoy completamente seguro de que cree que todo este arsenal de agentes está haciendo lo imposible por encontrarnos. Pero hay una gran rivalidad entre las unidades policíacas y, sin duda alguna, todos quieren llevarse el mérito de capturar a los peligrosos criminales.

—¿Es eso en lo que nos has convertido? —preguntó Josh, incapaz de ocultar la ira y la rabia en su voz—. Hace dos días, Sophie y yo éramos personas normales, felices. Y ahora, míranos: apenas conozco a mi hermana. Nos han perseguido y atacado monstruos y criaturas míticas y ahora estamos en la lista de los más buscados de la policía. Tú nos has convertido en criminales, señor Flamel. Pero ésta no es la primera vez que eres un criminal, ¿verdad? —preguntó bruscamente.

Se introdujo las manos en los bolsillos y, en el interior, cerró los puños para impedir que le empezaran a temblar.

Estaba asustado y enfadado, y ese temor le provocaba una actitud imprudente. Jamás le había hablado así a un adulto antes.

—No —respondió Nicolas suavemente, mientras su mirada pálida empezaba a relampaguear de forma peligrosa—. Me han llamado criminal, pero sólo mis enemigos. A mi parecer —añadió después de una larga pausa silenciosa—, has estado charlando con el doctor Dee. Y el único lugar donde pudisteis intercambiar opiniones fue en Ojai, cuando te perdí de vista durante unos minutos.

A Josh ni siquiera se le ocurrió negarlo.

—Me encontré con Dee cuando vosotros tres estabais ocupados en la tienda de la Bruja —admitió de forma desafiante—. Me lo explicó todo sobre ti.

—De eso no me cabe la menor duda —musitó Flamel. Se detuvo en el borde de la acera mientras una docena de estudiantes pasaba a toda velocidad en bicicleta y ciclomotor. Después, se apresuró en cruzar la calle. Josh siguió sus pasos.

—Dijo que jamás contabas toda la verdad.

—Así es —acordó Flamel—. Si cuentas toda la verdad a las personas, les arrebatas la oportunidad de aprender.

—También me contó que robaste el Libro de Abraham del Louvre.

Nicolas dio una docena de pasos antes de hacer un gesto con la cabeza dándole la razón a Josh.

—Bueno, supongo que eso también es verdad —confesó—, aunque no ocurrió del modo en que Dee te lo pintó. En el siglo XVII, durante un breve período, el libro cayó en manos del cardenal Richelieu.

Josh negó con la cabeza.

—¿Quién es?

—¿No has leído *Los tres mosqueteros*? —preguntó Flamel asombrado.

—No, ni tampoco he visto la película.

Flamel sacudió la cabeza.

—Creo que tengo un ejemplar en la tienda… —empezó, pero enseguida se detuvo. La última vez que la vio, el jueves anterior, estaba completamente en ruinas—. Richelieu aparece en los libros y también en las películas. Fue una persona real, conocida bajo el nombre de *l'Eminence Rouge*, la Eminencia Roja, por sus togas rojas —explicó—. Fue el consejero del rey Luis XIII, pero en realidad dirigía todo el país. En 1632, Dee intentó tendernos una trampa a Perenelle y a mí en una parte de la antigua ciudad. Sus agentes inhumanos nos habían rodeado; bajo nuestros pies nos vigilaban ladrones de tumbas; sobre nuestras cabezas, cuervos monstruosos. Mientras intentábamos escabullirnos por las sinuosas calles parisinas, la Mujer Blanca nos pisaba los talones.

Nicolas se encogió de hombros, mostrando así su incomodidad al recordar estos acontecimientos. No pudo evitar desviar la mirada hacia todos los puntos cardinales, como si estuviera esperando que en cualquier momento aparecieran criaturas mitológicas.

—Entonces empecé a pensar que lo más sensato sería destruir el Códex en vez de entregárselo en bandeja a Dee. En ese instante, Perenelle sugirió una última opción: esconder el libro a simple vista. ¡Fue una idea sencilla y brillante!

—¿Qué hicisteis? —preguntó Josh lleno de curiosidad.

Flamel dejó entrever una tímida sonrisa.

—Solicité una audiencia con el cardenal Richelieu y me presenté ante él con el libro.

—¿Se lo entregaste? ¿Sabía qué libro era?

—Por supuesto. El Libro de Abraham es famoso, Josh, o mejor dicho, tristemente célebre. La próxima vez que te conectes a Internet, búscalo.

—¿El cardenal sabía quién eras? —preguntó Josh. Al escuchar hablar a Flamel, le resultaba fácil, demasiado fácil, creer todo lo que afirmaba. Y entonces se acordó de lo creíble que le pareció Dee en Ojai.

Al rememorar los acontecimientos, Flamel sonrió.

—El cardenal Richelieu creía que yo era uno de los descendientes de Nicolas Flamel. Así que le entregué el Libro de Abraham y éste lo colocó en su biblioteca —comentó entre risas mientras sacudía la cabeza—. El lugar más seguro de Francia.

Josh frunció el ceño.

—Perenelle creó un hechizo sobre el libro. Es un tipo de encantamiento que, al parecer, resulta asombrosamente sencillo, pero que yo jamás he logrado dominar. De forma que cuando el cardenal echó un vistazo al libro, vio lo que esperaba ver: páginas decoradas con escrituras en griego y arameo.

—¿Dee os capturó?

—A punto estuvo. Descendimos por el Sena en una barcaza. Dee estaba sobre el Pont Neuf, acompañado de doce mosqueteros apuntándonos con sus rifles. No nos alcanzó ni un balín. A pesar de su reputación, los mosqueteros tenían una puntería terrible —añadió—. Dos semanas después, Perenelle y yo regresamos a París, irrumpimos en la biblioteca del cardenal y le robamos el libro. Así que podríamos decir que Dee tenía razón —concluyó—. Soy un ladrón.

Josh siguió caminando en silencio; no sabía a quién creer.

Quería creer a Flamel; después de trabajar en la librería codo a codo con aquel hombre, había empezado a apreciarle y respetarle. Quería confiar en él... pero no era capaz de perdonarle que hubiera puesto a Sophie en peligro.

Flamel miró hacia uno y otro lado de la calle; después, colocando la mano sobre el hombro de Josh, le guio entre el tráfico paralizado que se había formado en la Rue de Dunkerque.

—Por si nos están siguiendo —dijo en voz baja mientras se inmiscuían entre los vehículos de conductores madrugadores.

Cuando hubieron cruzado la calle, Josh apartó la mano de Flamel.

—Lo que Dee me explicó tenía mucho sentido —continuó.

—De eso estoy seguro —convino Nicolas con una carcajada—. El doctor John Dee ha ejercido varios oficios en su larga y variopinta vida; mago y matemático, alquimista y espía. Pero déjame decirte, Josh, que a menudo es un pícaro y, siempre, un mentiroso. Es un experto en el arte de las mentiras y las medias verdades. Practicó y perfeccionó esta destreza durante la época más peligrosa de la historia, la época isabelina. Sabe que el mejor engaño envuelve una verdad de fondo.

Entonces se detuvo, vislumbrando a la multitud que pasaba en tropel junto a ellos.

—¿Qué más te contó?

Josh vaciló durante unos instantes antes de responder. Le tentaba la idea de no revelarle toda su conversación con Dee, pero enseguida se dio cuenta de que ya había dicho demasiado.

—Dee comentó que sólo utilizabas los encantamientos del Códex para tu propio beneficio.

Nicolas afirmó con un gesto de cabeza.

—En eso tiene razón. Utilizo el hechizo de la inmortalidad para mantenernos a Perenelle y a mí con vida, eso es verdad. Y utilizo la fórmula de la piedra filosofal para convertir metal en oro y carbón en diamantes. Permíteme que te diga que no podría ganarme la vida sólo con la venta de libros. Pero no nos aprovechamos de eso, Josh, no somos codiciosos.

Josh intentó adelantarse a Flamel, dándose media vuelta para ponerse frente a frente con él.

—No se trata de dinero —dijo bruscamente Josh—. Podrías estar haciendo muchas otras cosas con ese libro. Dee dijo que podría utilizarse para convertir este mundo en un paraíso, para curar todas las enfermedades e incluso para invertir el proceso de contaminación del medio ambiente.

Josh no lograba comprender cómo alguien no quisiera hacer ese tipo de cosas.

Flamel se detuvo ante Josh. Su mirada estaba casi a la misma altura que la del chico.

—Sí, el libro contiene hechizos que podrían hacer todo ese tipo de hazañas, y muchas más —admitió con tono serio—. Pero también he vislumbrado encantamientos que podrían reducir este mundo a cenizas, que podrían hacer estallar los desiertos. Pero Josh, aunque pudiera descifrar esos hechizos, de lo cual no soy capaz, el uso de esa sabiduría no me pertenece a mí —explicó. La mirada pálida del Alquimista taladraba de forma penetrante en la de Josh. Sin duda, sabía que Nicolas Flamel le estaba diciendo la verdad—. Perenelle y yo somos simples Guardianes del

Libro. Sólo estamos manteniéndolo a salvo hasta que lleguen los propietarios legítimos. Ellos sabrán cómo utilizarlo.

—Pero ¿quiénes son los propietarios legítimos? ¿Dónde están?

Nicolas Flamel colocó ambas manos sobre los hombros de Josh y le miró fijamente a sus ojos azules.

—Bueno, tenía la esperanza —dijo en un tono de voz casi imperceptible—, que fuerais tú y Sophie. De hecho, estoy arriesgándolo todo, mi vida, la de mi esposa, la supervivencia de la raza humana, por vosotros.

Allí, en la Rue de Dunkerque, Josh contemplaba la mirada del Alquimista y veía la verdad en ella. De repente, Josh sintió que el gentío que les rodeaba se desvanecía, quedándose así a solas con Flamel. Tragó saliva y preguntó:

—¿Realmente lo crees?

—Con todo mi corazón —respondió Flamel—. Todo lo que he hecho ha sido para protegeros y para prepararos para lo que depara el futuro. Y debes creerme, Josh. No te queda otra opción. Sé que estás enfadado por lo que ha sucedido con Sophie, pero jamás permitiría que le ocurriera algo malo.

—Podría haber muerto o caído en coma —murmuró Josh.

Flamel sacudió la cabeza.

—Si se tratara de una persona cualquiera, entonces sí, podría haber pasado. Pero sabía que ella no era normal y corriente. Ni tú tampoco —añadió.

—¿Por nuestras auras? —preguntó Josh, intentando conseguir toda la información que le fuera posible.

—Porque sois los mellizos de los que habla la leyenda.

—¿Y si estás equivocado? ¿Has pensado sobre eso? ¿Qué ocurrirá si no estás en lo cierto?

—Entonces regresarán los Oscuros Inmemoriales.

—¿Y eso sería tan terrible? —se preguntó Josh en voz alta.

Nicolas hizo el ademán de responder, pero enseguida cerró la boca, guardándose para sí aquello que estaba a punto de pronunciar. En ese preciso instante, Josh fue testigo de cómo el rostro del Alquimista reflejaba ira y rabia. Finalmente, Nicolas estiró los labios formando una sonrisa. Con amabilidad, giró a Josh de forma que ahora le estaba dando la espalda.

—¿Qué ves? —preguntó el Alquimista.

Josh negó con la cabeza y encogió los hombros.

—Nada… sólo un puñado de gente que va a trabajar. Y la policía buscándonos —agregó.

Nicolas agarró a Josh por el hombro e insistió en que siguiera caminando.

—No deberías considerarlos como un puñado de gente —amonestó Flamel—. Así es como Dee y los de su calaña consideran a la raza humana. Yo veo individuos, con preocupaciones e inquietudes, con familia y seres queridos, con amigos y colegas. Yo veo personas.

Josh sacudió la cabeza.

—No te entiendo.

—Dee y los Inmemoriales para los que trabaja miran a estas personas y sólo ven esclavos.

De repente, ambos permanecieron en silencio. Instantes después, el Alquimista añadió:

—O comida.

Capítulo 13

R ecostada sobre su espalda, Perenelle Flamel contemplaba fijamente el mugriento techo de piedra mientras se preguntaba cuántos prisioneros encarcelados en Alcatraz habrían hecho exactamente lo mismo. ¿Cuántos otros habrían dibujado las líneas y las grietas en la mampostería, habrían visto el rastro oscuro de las mareas oceánicas y habrían apreciado imágenes o siluetas en las humedades? Supuso que la mayoría de ellos.

¿Y cuántos habrían escuchado voces?, se preguntaba. Estaba segura de que muchos de los prisioneros creían escuchar ruidos en la oscuridad, susurros de palabras y frases. Pero a menos que poseyeran el mismo don especial de Perenelle, lo que escuchaban no existía más allá de su imaginación.

Perenelle escuchaba las voces de los fantasmas que habitaban Alcatraz.

Prestando suma atención, podía distinguir centenares de voces, puede que incluso miles. Hombres, mujeres y niños lamentándose y gritando, susurrando y llorando, pronunciando los nombres de los seres queridos o repitiendo el suyo propio una y otra vez, proclamando su inocencia, maldiciendo a los carceleros. Frunció el ceño; no era lo que buscaba.

Permitiendo que las voces perdieran algo de intensidad, Perenelle empezó a recorrer cada voz hasta escoger una que destacaba sobre las demás: una voz segura y fuerte que sobresalía sobre el murmuro de tartamudeos temblorosos. Perenelle decidió concentrar su atención en esa voz en particular, intentando distinguir palabras para identificar la lengua.

—*Ésta es mi isla.*

Se trataba de un hombre que hablaba un español arcaico y excesivamente formal. Concentrándose en el techo, Perenelle dejó de prestar atención a las demás voces.

—¿Quién eres?

En aquella celda húmeda, mugrienta y fría, el murmullo de sus palabras producía un humo blanquecino. Al mismo tiempo, la miríada de fantasmas enmudeció.

Se produjo una larga pausa silenciosa, como si el fantasma se hubiera asombrado al percatarse de que alguien se estaba dirigiendo a él. Más tarde, con un aire orgulloso, respondió:

—*Fui el primer europeo en navegar hasta esta bahía, el primero en avistar esta isla.*

En ese instante, sobre el techo de piedra, empezó a formarse una silueta. Entre las grietas y las telarañas, el musgo y las humedades oscuras empezaron a dibujar el contorno de un rostro.

—*Yo denominé a este lugar la Isla de los Alcatraces.*

—La Isla de los Alcatraces —repitió Perenelle en un susurro apenas perceptible.

El rostro cobró forma durante unos instantes sobre la bóveda del calabozo. Se trataba de un tipo apuesto, con rostro alargado y estrecho y de mirada oscura. Tenía los ojos empañados en lágrimas.

—¿Quién eres? —preguntó una vez más Perenelle.

—*Soy Juan Manuel de Ayala, el descubridor de Alcatraz.*

Al otro lado de la celda, Perenelle escuchó cómo unas garras vigilaban el pasillo, cubierto por un hedor a serpiente y carne podrida. Permaneció en silencio hasta que los pasos se desvanecieron en la lejanía y volvió a contemplar el techo.

Ahora, podía apreciar el rostro de aquel hombre con más detalles. Las grietas de la piedra parecían esculpir las arrugas de la frente y los ojos. Fue entonces cuando Perenelle se dio cuenta de que se trataba de un marinero, cuyas arrugas se habían formado al entornar los ojos hacia horizontes lejanos.

—¿Por qué estás aquí? —preguntó en voz alta—. ¿Falleciste en este lugar?

—*No, aquí no* —respondió con una sonrisa—. *Volví porque me enamoré de este lugar desde el primer momento en que lo vi. Aquello sucedió durante el año 1775, cuando estaba a bordo de la embarcación* San Carlos. *Aún recuerdo el mes, agosto, y el día, el cinco.*

Perenelle asintió con la cabeza. No era la primera vez que se encontraba con un fantasma como Ayala. Los hombres y mujeres que habían estado tan influenciados, o afectados, por un lugar volvían a él una y otra vez a través de sueños hasta que, finalmente, cuando fallecían, su alma regresaba a dicho lugar para convertirse en un fantasma Guardián.

—*He vigilado esta isla durante generaciones. Y seguiré vigilándola.*

Perenelle contemplaba fijamente aquel rostro.

—Supongo que te entristeció ver cómo tu preciosa

isla se convertía en un lugar de dolor y sufrimiento —investigó.

El marinero retorció los labios. Una sola lágrima lloró desde el techo hasta la mejilla de Perenelle.

—*Días fúnebres, días tristes. Pero todo se ha acabado... gracias a Dios, se ha acabado.*

Los labios del fantasma imitaban los movimientos del habla, pero Perenelle escuchaba las palabras retumbando en su cabeza.

—*Esta cárcel vio al último prisionero humano en el año 1963. Desde 1971, la isla ha permanecido en paz.*

—Pero ahora hay una prisionera en tu querida isla —dijo Perenelle sin alterar el tono de voz—. Una prisionera custodiada por un guardián más terrible que cualquiera que esta isla haya visto antes.

La expresión del rostro del techo cambió por completo. Entrecerró los ojos llorosos y pestañeó.

—*¿Quién? ¿Tú?*

—Me mantienen aquí en contra de mi voluntad —explicó Perenelle—. Soy la última prisionera de Alcatraz, custodiada y vigilada no por un carcelero humano, sino por una esfinge.

—*¡No!*

—¡Compruébalo tú mismo!

El yeso crujió, provocando así una lluvia de polvo húmedo que roció la tez de Perenelle. Cuando volvió a abrir los ojos, el marinero había desaparecido sin dejar más rastro que una humedad oscura.

Perenelle dejó escapar una tímida sonrisa.

—¿Qué te divierte, humana? —La voz era siseante y escurridiza y la lengua era anterior a la raza humana.

Balanceándose sobre sí misma, Perenelle clavó su mirada en la criatura que vigilaba su celda desde el pasillo, a menos de dos metros de distancia.

Generaciones enteras de humanos habían intentado capturar la imagen de esta criatura esculpiéndola en muros y jarrones, cincelándola en piedra, trazando su silueta en pergaminos. Ninguno de ellos había podido retratar el verdadero horror de la esfinge.

El cuerpo era el de un león musculado, cuyo pelaje mostraba cicatrices de antiguas heridas. De sus hombros sobresalían un par de alas de águila que, en ese instante, estaban dobladas sobre la espalda, con las plumas mugrientas y desgarradas. Por último, lucía la cabeza diminuta, incluso de apariencia fina y delicada, de una bella joven.

La esfinge se alzó frente a los barrotes de la celda, mostrando una lengua bifurcada que dejó ondear en el interior del calabozo.

—No tienes motivos para sonreír, humana. He oído que tu marido y la Guerrera están en París. No tardarán en atraparlos. Y esta vez el doctor Dee se asegurará de que jamás vuelvan a escaparse. Tengo entendido que los Inmemoriales le han concedido el permiso de asesinar al legendario Alquimista.

Perenelle sintió cómo algo le presionaba el estómago. A lo largo de generaciones, los Oscuros Inmemoriales se habían dedicado a intentar capturar a Nicolas y Perenelle con vida. Si la esfinge estaba en lo cierto y ya estaban dispuestos a matar a Nicolas, entonces todo había cambiado.

—Nicolas escapará —concluyó confiada.

—Esta vez no.

La cola de león de la criatura mitológica se movía con emoción de un lado a otro, provocando así una nube de polvo.

—París pertenece al italiano Maquiavelo, que pronto se reunirá con el Mago inglés. El Alquimista no conseguirá esquivar a ambos.

—¿Y los niños? —preguntó Perenelle, mientras entrecerraba los ojos peligrosamente. Si algo les había ocurrido a Nicolas o a los niños...

Las plumas de la esfinge se erizaron, desprendiendo así un hedor húmedo y amargo.

—Dee cree que los niños humanos son poderosos, que, de hecho, pueden ser los legendarios mellizos de la profecía. También cree que puede convencerlos para que estén a nuestro servicio, en vez de seguir los caminos laberínticos y enmarañados de un loco librero —confesó la esfinge. Después, tomó aire y añadió—: Pero si no acatan las órdenes, entonces también perecerán.

—¿Y qué me sucederá a mí?

Los hermosos labios de la esfinge esbozaron una amplia sonrisa que dejó al descubierto unos dientes salvajes, afilados y puntiagudos. Su lengua viperina se retorcía frenéticamente en el aire.

—Tú eres mía, Hechicera —siseó—. Los Inmemoriales te han entregado como regalo por mis milenios de servidumbre. Cuando tu marido sea capturado y asesinado, tendré el permiso de comerme tus recuerdos. Qué festín. Espero saborear cada miga. Cuando acabe contigo, no recordarás nada, ni siquiera tu nombre.

La esfinge soltó varias carcajadas sibilantes mientras daba brincos por las paredes de piedra de Alcatraz.

De repente, la puerta de algún calabozo se cerró de golpe.

El repentino ruido acalló a la esfinge. Giró la cabeza mientras con la lengua intentaba saborear la atmósfera.

De pronto, otra puerta produjo el mismo sonido.

Y después, otra.

Y otra.

La esfinge salió corriendo, enfurecida. El roce de sus garras con las baldosas de piedra rechinaba a la vez que producía chispas.

—¿Quién anda ahí? —Su voz chirriaba de entre las paredes húmedas.

Inesperadamente, todas las puertas de los calabozos ubicados en el último piso se abrieron una tras otra, siguiendo una sucesión ordenada. Al mismo tiempo, el sonido de una explosión ensordecedora hizo temblar el corazón de la prisión. En ese instante, la bóveda de Alcatraz empezó a rociar lluvia polvorienta.

Entre gruñidos y silbidos, la esfinge se alejó de la celda de Perenelle en busca del origen de tal ruido.

Con una sonrisa glacial, Perenelle apoyó la espalda sobre el banco de piedra, se recostó y descansó la cabeza sobre las manos enlazadas. La isla de Alcatraz pertenecía a Juan Manuel de Ayala y parecía que éste quería anunciar su presencia. Perenelle escuchó cómo las puertas de los calabozos se cerraban produciendo un ruido metálico y cómo las paredes vibraron. Entonces supo que Ayala se había convertido en un *poltergeist*.

Un espíritu burlón.

También sabía lo que estaba haciendo. La esfinge se nutría de las energías mágicas de Perenelle; todo lo que debía hacer era mantener alejada la criatura de su celda para que los poderes de Perenelle empezaran, otra vez, a regenerarse. Alzando la mano izquierda, la Hechicera se concentró. Entre sus dedos, empezaba a danzar un diminuto zarcillo de blanco níveo.

Pronto.

Pronto.

La Hechicera cerró la mano formando un puño. Cuando recuperara los poderes, destruiría la prisión de Alcatraz y se aseguraría de que la esfinge quedara entre las ruinas.

Capítulo 14

a hermosa torre Eiffel se alzaba de forma señorial casi trescientos metros por encima de Josh. Unos meses atrás, había realizado una lista para un trabajo del instituto sobre las Diez Maravillas del Mundo Moderno. La torre metálica ocupaba el puesto número dos, y Josh siempre se había prometido a sí mismo que algún día iría a verla.

Y ahora que finalmente estaba en París, ni siquiera alzó la vista para contemplarla.

Casi en el centro de la torre, Josh se apoyaba sobre las puntas de los pies, mirando hacia un lado y otro, intentando distinguir a su melliza entre la asombrosa multitud de turistas madrugadores. ¿Dónde estaba?

Josh estaba asustado.

No, estaba más que asustado, estaba aterrorizado.

Los dos últimos días le habían mostrado el verdadero significado del miedo. Antes de lo sucedido el jueves, a Josh sólo le amedrentaba el hecho de suspender un examen o ser humillado públicamente en clase. También tenía otros temores, por supuesto. Temores vagos y estremecedores que acompañaban la oscuridad nocturna, cuando estaba recostado en su cama, despierto y preguntándose qué ocurriría si sus padres tenían un accidente. Sara Newman era arqueóloga y su marido, Richard, paleontólogo. Pese a no ser los trabajos más peligrosos del mundo, a veces se veían obligados a trasladarse a países que vivían una confusión religiosa o política, o tenían que realizar excavaciones en zonas del mundo devastadas por huracanes o terremotos, o zonas cercanas a volcanes en activo. Los movimientos inesperados de la corteza terrestre siempre conducían a hallazgos arqueológicos extraordinarios.

Pero el temor más profundo y oscuro de Josh era lo que podía sucederle a su hermana. Aunque Sophie era veintiocho segundos mayor que él, Josh siempre había tenido una complexión más fuerte y, por lo tanto, se habían intercambiado los papeles. Su responsabilidad era protegerla.

Y ahora, en cierto modo, algo terrible le había ocurrido a su hermana melliza.

Sophie había sufrido cambios que él aún no era capaz de comprender. Ahora se parecía más a Flamel y a Scathach y a los de su especie que a su propio hermano: se había convertido en algo más que un ser humano.

Por primera vez en su vida, Josh se sintió solo. Estaba perdiendo a su hermana. No obstante, no todo estaba perdido, aún existía un modo de igualarse a ella: debía encontrar a alguien que Despertara sus poderes.

Josh se volvió en el preciso momento en que Scathach y Sophie aparecieron corriendo desde un puente que conducía directamente hacia la torre. Una sensación de alivio recorrió el cuerpo del muchacho.

—Están aquí —le comunicó a Flamel, que estaba mirando hacia la dirección opuesta.

—Lo sé —respondió Nicolas, mostrando un acento francés más marcado de lo habitual—. Y no vienen solas.

Josh desvió la mirada de su hermana y Scathach.

—¿Qué quieres decir?

Nicolas inclinó ligeramente la cabeza y Josh se volvió. Dos autobuses turísticos acababan de aparcar en la Place Joffre y decenas de pasajeros estaban apeándose. Josh enseguida catalogó a los turistas como norteamericanos por el tipo de ropa que llevaban. Éstos pululaban, conversaban y reían mientras, con cámaras de fotografía y vídeo, intentaban capturar imágenes parisinas. Entre tanto, los guías trataban de reunirlos en grupos reducidos. Un tercer autobús, de color amarillo canario, se detuvo. De él empezaron a apearse docenas de turistas japoneses emocionados. Un tanto confundido, Josh miró a Nicolas: ¿se refería a los autobuses?

—De negro —dijo Flamel con tono misterioso y alzando la barbilla.

Josh volvió a girarse y reconoció a un hombre vestido con ropa negra caminando a zancadas por el Campo de Marte, inmiscuyéndose entre la muchedumbre de veraneantes. Ningún turista notó su presencia. Retorcía el cuerpo cual bailarín, intentando con sumo cuidado no rozarles al pasar. Josh adivinó que el tipo era de su misma altura, aunque le era imposible discernir su silueta, ya que lucía un chaquetón de cuero negro que casi rozaba el suelo. Llevaba el cuello del abrigo levantado y las manos las tenía en los bolsillos. A Josh se le encogió el corazón: ¿y ahora qué?

Sophie llegó corriendo hasta Josh y le asestó un leve puñetazo en el brazo.

—Has llegado —tartamudeó por el cansancio de la carrera—. ¿Habéis tenido problemas?

Josh inclinó la cabeza hacia la dirección por donde se acercaba aquel tipo de abrigo de cuero.

—No estoy del todo seguro.

Scathach apareció detrás de los mellizos. Josh se fijó en que la Guerrera, a diferencia de su hermana, respiraba con normalidad. De hecho, ni siquiera estaba seguro de si respiraba.

—¿Problemas? —preguntó Sophie, mirando a Scathach. Scatty esbozó una tímida sonrisa.

—Depende de cómo definas la palabra —murmuró.

—Todo lo contrario —irrumpió Nicolas con una sonrisa de oreja a oreja que dejaba escapar un suspiro de alivio—. Es un amigo. Un viejo amigo. Un buen amigo.

El enigmático tipo estaba aproximándose, de forma que los mellizos pudieron apreciar que tenía una cabeza diminuta, casi redonda, la piel curtida y bronceada y una mirada azul arrolladora. El hombre se apartó un mechón de su cabellera espesa y larga, despejándose así la frente. Subiendo las escaleras, sacó las manos de los bolsillos y extendió los brazos, descubriendo de este modo que lucía un anillo de plata en cada dedo, incluso en los pulgares, que hacía juego con sus pendientes. Una amplia sonrisa desveló unos dientes deformes y ligeramente amarillentos.

—Maestro —saludó mientras abrazaba a Nicolas y le daba dos besos en las mejillas—. Has vuelto.

El tipo pestañeó. Tenía los ojos húmedos y, durante un instante, sus pupilas se tornaron rojas.

—Y tú jamás te has ido —contestó Nicolas de forma cariñosa mientras le sujetaba por el brazo y lo examinaba—. Tienes buen aspecto, Francis. Te veo mejor que la última vez.

Entonces se giró, rodeando a aquel hombre con el brazo.

—Ya conoces a Scathach, por supuesto.

—¿Quién podría olvidarse de la Sombra?

El hombre de mirada azul dio un paso adelante, tomó la pálida mano de la Guerrera y se la acercó a los labios en un gesto de cortesía un tanto anticuado.

Scathach se inclinó hacia delante y le pellizcó la mejilla, que quedó ligeramente enrojecida.

—Te lo dije la última vez; no me saludes así.

—Admítelo, te encanta —comentó con una sonrisa—. Y vosotros debéis de ser Sophie y Josh. La Bruja me habló de vosotros —añadió. Durante unos instantes fijó su mirada en ellos, sin pestañear—. Los mellizos legendarios —murmuró, frunciendo el ceño—. ¿Estás seguro?

—Lo estoy —respondió firmemente Nicolas.

El extraño asintió y realizó una reverencia.

—Los mellizos legendarios —repitió—. Es un honor conoceros. Permitidme que me presente. Soy el conde de Saint-Germain —anunció en un tono algo dramático. Después, hizo una pausa, como si esperara que los mellizos, al menos, conocieran el nombre.

Sophie y Josh le observaban con una mirada vacía, ambos con la misma expresión en el rostro.

—Pero llamadme Francis. Todos mis amigos me llaman así.

—Mi alumno preferido —agregó Nicolas orgulloso—. Sin duda alguna, el mejor. Nos conocemos desde hace tiempo.

—¿Cuánto exactamente? —preguntó Sophie de forma automática, aunque en el mismo instante que estaba formulando la pregunta, supo la respuesta.

—Desde hace más o menos trescientos años —respondió Nicolas—. Francis se formó como alquimista conmigo. Enseguida me superó —añadió—. Se especializó en crear joyas.

—Todo lo que sé sobre el arte de la alquimia lo aprendí del gran maestro Nicolas Flamel —explicó Saint-Germain enseguida.

—En el siglo XVIII, Francis también era un fabuloso cantante y músico. ¿A qué te dedicas en este siglo? —preguntó Nicolas.

—Debo admitir que me decepciona que no hayas tenido noticias mías, Nicolas —comentó el hombre con un inglés perfecto—. Evidentemente, no estás al día de las listas de éxitos. Cinco de mis canciones han sido número uno en Estados Unidos y tres en Alemania. Además, me han otorgado un premio MTV al Artista Revelación europeo.

—¿Artista revelación? —repitió Nicolas entre carcajadas enfatizando la palabra «revelación»—. ¡Tú!

—Sabes perfectamente que siempre he sido músico, pero en este siglo, mi querido Nicolas, ¡soy una estrella! —informó con tono orgulloso—. ¡Soy Germain!

Mientras informaba a Nicolas sobre su estatus actual, Francis miraba a los mellizos, con las cejas levantadas, esperando a que éstos mostraran algún tipo de reacción por su declaración.

Ambos negaron con la cabeza.

—Jamás he oído hablar de ti —confesó Josh sin rodeos.

Saint-Germain se encogió de hombros y parecía decepcionado. Se subió el cuello del abrigo.

—Cinco éxitos números uno —murmuró.

—¿Qué estilo musical tocas? —preguntó Sophie, mordiéndose el interior de las mejillas para evitar reírse de la expresión cabizbaja de Francis.

—Dance... electrónico... tecno... Una mezcla de todo eso.

Sophie y Josh volvieron a sacudir la cabeza.

—No lo he escuchado nunca —confesó Josh. Sin embargo, Saint-Germain ya no estaba observando a los mellizos. Había desviado la mirada hacia la Avenue Gustave Eiffel, donde, justo en la esquina, estaba aparcado un elegante Mercedes negro. Detrás de él, tres furgonetas negras lo custodiaban.

—¡Maquiavelo! —gritó Flamel con enfado—. Francis, te han seguido.

—Pero cómo… —empezó el conde.

—No te olvides, estamos hablando de Nicolás —recordó Flamel, mirando a su alrededor y evaluando la situación—. Scathach, encárgate de los mellizos. Id con Saint-Germain. Protegedles con vuestras vidas.

—Podemos quedarnos, puedo luchar —respondió Scathach.

Nicolas negó con la cabeza mientras saludaba con la mano a los turistas.

—Hay demasiada gente. Alguien podría resultar herido. Pero Maquiavelo no es como Dee; es mucho más sutil. No utilizará magia; no si puede evitarlo. Podríamos aprovecharnos de eso. Si nos dividimos, él me seguirá a mí; es a mí a quien quiere. Bueno, no sólo a mí —finalizó al mismo tiempo que sacaba una pequeña bolsa cuadrada de debajo de su camiseta.

—¿Qué es eso? —inquirió Saint-Germain.

Nicolas respondió a Saint-Germain, pero mientras hablaba, contemplaba a los mellizos.

—Antaño solía contener el Códex completo, pero ahora está en manos de Dee. Josh se las arregló para arrancar las dos últimas páginas del libro. Están aquí. Estas páginas contienen la Invocación Final —añadió de forma significativa—. Dee y sus Inmemoriales necesitan estas páginas

—explicó a la vez que alisaba la bolsa. De repente, se la entregó a Josh—. Mantén esto a salvo.

—¿Yo?

Josh miró la bolsa, después a Flamel, pero en ningún momento hizo el ademán de aceptar la responsabilidad que le confiaba el Alquimista.

—Sí, tú. Cógela —ordenó Flamel.

A regañadientes, el chico alcanzó la bolsa y la escondió debajo de su camiseta.

—¿Por qué yo? —refunfuñó, desviando la mirada hacia su hermana—. Quiero decir, Scathach o Saint-Germain serían mejores…

—Fuiste tú quien rescataste las páginas, Josh. Es tu derecho velar por ellas.

Flamel apretó los hombros de Josh y le miró fijamente a los ojos.

—Sé que puedo confiar en ti; sé que las cuidarás.

Josh apretó la mano contra el estómago, sintiendo así el roce de la bolsa con su piel. Cuando Josh y Sophie empezaron a trabajar en la librería y en la cafetería respectivamente, su padre había utilizado casi la misma frase al hablar sobre su hermana.

—Sé que puedo confiar en ti; sé que la cuidarás.

En aquel momento, sintió orgullo y algo de temor. En cambio, ahora sólo sentía miedo.

La puerta delantera del Mercedes se abrió y un hombre ataviado con un traje negro se apeó del coche. Llevaba unas gafas de sol que reflejaban el cielo matutino, de forma que, a simple vista, parecía que tuviera dos agujeros en lugar de ojos.

—Dagon —gruñó Scathach.

Ahora sus dientes afilados quedaban perfectamente

visibles. Enseguida alargó el brazo para empuñar algún arma de su mochila, pero Nicolás le agarró por el brazo.

—No es el momento.

Dagon abrió la puerta trasera, de donde emergió Nicolás Maquiavelo. Aunque estaba a casi un kilómetro de distancia, todos pudieron percibir la expresión de triunfo en su rostro.

Detrás del lujoso Mercedes, las puertas de las furgonetas se deslizaron de forma simultánea. Decenas de policías armados y acorazados saltaron de las furgonetas y empezaron a correr hacia el famoso monumento. Un turista gritó y, de forma instantánea, una multitud de personas que rodeaba la base de la torre Eiffel sacaron sus cámaras de fotos.

—Es hora de irse —anunció Flamel rápidamente—. Vosotros cruzad el río y yo les despistaré corriendo en dirección contraria. Saint-Germain, amigo mío —suspiró Nicolas—, necesitaremos algo de distracción que nos ayude a escapar. Algo espectacular.

—¿Dónde irás? —reclamó Saint-Germain.

Flamel sonrió.

—París era mi ciudad antes de que Maquiavelo se instalara aquí. Quizá algunas de mis viejas guaridas permanezcan en pie.

—Ha cambiado mucho desde la última vez que estuviste aquí, Nicolas —advirtió Saint-Germain.

Mientras conversaban, el aprendiz tomó la mano izquierda de Flamel, la envolvió entre las suyas y presionó la yema de su pulgar en el centro de la palma del Alquimista. Sophie y Josh estaban lo suficientemente cerca como para vislumbrar la imagen de una diminuta mariposa de alas negras dibujada sobre la piel de Flamel.

—Te conducirá hacia donde yo esté —confesó Saint-Germain con tono enigmático—. Y bien, así que quieres algo espectacular.

El conde esbozó una sonrisa y se arremangó el abrigo de cuello, dejando al descubierto sus brazos desnudos. Su piel estaba cubierta por docenas de diminutas mariposas tatuadas que le envolvían las muñecas como pulseras y que se enroscaban alrededor del brazo hasta el codo. Enlazando los dedos, torció las muñecas y las dobló hacia fuera, produciendo un ligero chasquido, como si fuera un pianista preparándose para tocar.

—¿Visteis lo que hizo París para celebrar la llegada del milenio?

—¿El milenio?

Los mellizos no sabían a lo que se refería.

—El milenio. El año 2000. Aunque el milenio se debería haber celebrado en el año 2001 —añadió.

—Oh, ese milenio —dijo Sophie. Confusa, miró a su hermano. ¿Qué tenía que ver el milenio con todo esto?

—Nuestros padres nos llevaron a Times Square —explicó Josh—. ¿Por qué?

—Entonces os perdisteis todo un espectáculo aquí, en la capital francesa. La próxima vez que os conectéis a Internet, buscad imágenes.

Saint-Germain se frotó los brazos y, bajo la colosal torre metálica, levantó las manos. De repente, un aroma a hojas quemadas cubrió el ambiente.

Sophie y Josh fueron testigos de cómo las mariposas tatuadas se movían, tiritaban y palpitaban en el brazo de Saint-Germain. Las alas tenues empezaron a temblar y vibrar, las antenas a retorcerse… y, de repente, los tatuajes alzaron el vuelo desde la piel del conde.

Una estela de minúsculas mariposas blancas y rojas emergió de la piel pálida de Saint-Germain, mezclándose con el frescor parisino. Se escapaban de sus brazos formando una espiral aparentemente interminable de puntos de color carmesí y blanco. Las mariposas se enrollaban entre los puntales y los palos, los remaches y los tornillos de la torre de metal, cubriéndola con un manto iridiscente que destellaba una luz trémula.

—*Ignis* —susurró Saint-Germain, inclinando la cabeza hacia atrás y uniendo las manos.

En ese instante, la torre Eiffel estalló en una fuente de luces y colores.

El conde, satisfecho, soltó una carcajada al ver las expresiones de asombro de los mellizos.

—Me presento: soy el conde de Saint-Germain. ¡El Maestro del Fuego!

Capítulo 15

Fuegos artificiales —susurró Sophie completamente asombrada.

La torre Eiffel estaba iluminada por espectaculares fuegos artificiales. Tracerías de luces azules y doradas se enroscaban por los 324 metros de la torre, desde la base hasta la cima, coronada por una fuente de esferas de color cobalto. Estelas multicolor destellaban, siseaban y burbujeaban entre los puntales. De entre los robustos remaches de la torre metálica emergía un fuego níveo mientras que de las barras arqueadas llovían gotas de color azul hielo que rociaban el pavimento.

El efecto era espléndido, pero se tornó aún más espectacular cuando Saint-Germain chasqueó los dedos de las manos y la torre Eiffel se tiñó de dorado, después de verde y finalmente de azul mientras el sol se asomaba por el horizonte. Estelas luminosas recorrían el histórico monumento. Ruedas de Santa Catalina y cohetes, fuentes y velas romanas, molinillos de colores y serpientes salían disparados de cada piso de la torre. En el extremo, una fuente escupía chispas rojas, blancas y azules que descendían en cascada hacia el corazón de la torre.

La muchedumbre estaba encantada.

El gentío se había aglomerado en la base, admirando

el espectáculo y aplaudiendo cada vez que escuchaban una nueva explosión mientras intentaban captar el momento con sus cámaras. Los conductores aparcaban en las aceras y se apeaban para intentar retratar las mejores instantáneas con su teléfono móvil. En cuestión de segundos, las docenas de personas que rodeaban la torre se habían multiplicado hasta llegar a cien y, unos minutos después, esta cantidad se dobló. Los trabajadores de las tiendas y almacenes abandonaron sus puestos para contemplar el extraordinario espectáculo.

Nicolas Flamel y sus acompañantes desaparecieron entre la multitud.

Con una extraña mezcla de emociones, Maquiavelo golpeó el costado del coche con tal fuerza que incluso se hizo daño en la mano. Observaba la creciente muchedumbre y sabía que sus hombres no serían capaces de atravesarla con el tiempo suficiente como para prevenir que Flamel y los demás escaparan.

El aire crepitaba con la explosión de fuegos artificiales. Los cohetes salían disparados hacia el aire, donde estallaban en cientos de esferas y serpentinas de luz. Al mismo tiempo, petardos y bengalas retumbaban entre las cuatro gigantescas patas que sujetaban la torre Eiffel.

—¡Señor! —saludó un capitán de policía mientras se colocaba delante de Maquiavelo—. ¿Cuáles son sus órdenes? Podemos abrirnos paso entre la multitud, pero es posible que haya heridos.

Maquiavelo sacudió la cabeza.

—No, eso no.

Sabía perfectamente que Dee no dudaría en hacerlo.

De hecho, Dee sería capaz de demoler la torre entera, aunque eso supusiera matar a cientos de personas, sólo para capturar a Flamel. Poniéndose completamente erguido, Nicolás podía vislumbrar las siluetas de Saint-Germain, con un abrigo de piel, y de Scathach. Estaban intentando huir junto con los mellizos. Se fundieron con la multitud y desaparecieron. Pero sorprendentemente, cuando Maquiavelo desvió la mirada hacia otra dirección, distinguió a Nicolas Flamel, que seguía en el mismo lugar que antes, casi en el centro de la torre.

Flamel alzó la mano derecha, saludando al hombrecillo italiano de forma burlona, mientras la pulsera de plata que decoraba su muñeca reflejaba las luces de los fuegos artificiales.

Maquiavelo agarró al capitán de policía por el hombro, le dio media vuelta con asombrosa fuerza y señaló hacia aquella dirección con sus dedos alargados y estrechos.

—¡Aquel de ahí! Aunque sea lo último que haga hoy, tráigamelo. ¡Y lo quiero vivo e ileso!

Mientras le vigilaban, Flamel se dio la vuelta y salió corriendo hacia el Pont d'Iéna. Los demás habían cruzado el puente, pero él dobló a mano derecha, dirigiéndose hacia el Quai Branly.

—¡Sí, señor!

El capitán emprendió el camino hacia su objetivo, decidido a arrestar a Flamel.

—¡Seguidme! —ordenó. Casi de forma instantánea, sus tropas formaron una fila detrás de él.

Dagon se acercó a Maquiavelo.

—¿Quieres que siga el rastro a Saint-Germain y la Sombra? —preguntó mientras abría las aletas de la nariz produciendo un sonido húmedo y viscoso—. Puedo rastrear su olor.

Nicolás Maquiavelo negó con la cabeza y volvió a subirse al coche.

—Sácanos de aquí antes de que llegue la prensa. Saint-Germain es demasiado previsible. No me cabe la menor duda de que está dirigiéndose hacia alguna de sus casas, y todas están vigiladas. Todo lo que podemos hacer es esperar a que Flamel sea detenido.

Dagon se mostró impasible y cerró la puerta del coche cuando su maestro hubo entrado. Desvió la mirada hacia la dirección por donde Flamel había salido corriendo y vislumbró al Alquimista inmiscuyéndose entre el gentío. La policía le pisaba los talones. Aunque llevaban mucho peso en el cuerpo por su armadura corporal y las armas, los agentes se movían rápida y ágilmente. Sin embargo, Dagon sabía que a lo largo de los siglos, Flamel había logrado huir de perseguidores humanos e inmortales, que había esquivado a criaturas mitológicas anteriores a la evolución de los simios y que había burlado monstruos que no debían de existir ni en la peor de las pesadillas. Dagon dudaba de que la policía consiguiera atrapar al Alquimista.

Entonces ladeó la cabeza, abrió otra vez las aletas de la nariz y percibió la esencia inconfundible de Scathach. ¡La Sombra había regresado!

La enemistad que existía entre Dagon y la Sombra se remontaba a milenios atrás. Él era el último de su especie… Y todo gracias a la Guerrera, quien había destruido por completo su raza una terrorífica noche hacía ya más de dos mil años. Tras sus gafas de sol, los ojos de la criatura se humedecieron de lágrimas pegajosas y juró que, independientemente de lo que ocurriera entre Maquiavelo y Flamel, esta vez se vengaría de la Sombra.

—Caminad, no corráis —ordenó Scathach—. Saint-Germain, tú irás a la cabeza; Sophie y Josh, en el medio, y yo vigilaré la retaguardia.

El tono de voz de Scatty no daba pie a ninguna discusión.

Cruzaron el puente a toda prisa y giraron a mano derecha, hacia la Avenue de New York. Empezaron a serpentear por callejuelas parisinas hasta llegar a una calle secundaria. Aún era pronto y el callejón estaba completamente oscuro. La temperatura había descendido de forma drástica. Inmediatamente, los mellizos se fijaron en los dedos de la mano izquierda de Saint-Germain. Estaban rozando la mugrienta pared, dejando una estela de diminutas chispas a su paso.

Sophie frunció el ceño, intentando escoger de entre sus recuerdos, o mejor dicho, de entre los recuerdos de la Bruja, aquéllos relacionados con el conde de Saint-Germain. Entonces vio cómo su hermano la contemplaba y levantaba las cejas a modo de pregunta.

—Tenías la mirada plateada. Sólo durante un segundo —dijo Josh.

Sophie miró por encima del hombro hacia Scathach, quien les vigilaba desde atrás, y después desvió la mirada hacia aquel hombre que lucía un largo abrigo de cuero. Sophie creyó que ninguno de los dos estaba lo suficientemente cerca como para oírlos.

—Estaba intentado recordar lo que yo sabía… —respondió. Un instante después, sacudió la cabeza—, lo que la Bruja sabía sobre Saint-Germain.

—¿Y bien? —inquirió Josh—. Yo jamás había oído hablar de él.

—Es un famoso alquimista francés —susurró— y, junto con Flamel, probablemente uno de los hombres más enigmáticos de la historia.

—¿Es humano? —preguntó Josh.

—No es un Inmemorial, ni tampoco de la Última Generación. Es humano. Ni la Bruja de Endor sabía mucho sobre él. Le vio por primera vez en Londres, en el año 1740. De inmediato supo que se trataba de un humano inmortal y él aseguró que había descubierto el secreto de la inmortalidad cuando estudiaba con Nicolas Flamel —explicó mientras ladeaba la cabeza indicando negación—. Pero no creo que la Bruja le creyera a pies juntillas. Él le contó que una vez, durante un viaje al Tíbet, había perfeccionado la fórmula de la inmortalidad, de modo que no necesitaba realizar una nueva cada mes. Sin embargo, cuando ella le pidió una copia, éste le confesó que la había perdido. Aparentemente, domina todas y cada una de las lenguas del mundo, es un brillante músico y tiene una extraordinaria reputación como joyero —agregó. Cuando los recuerdos se desvanecieron, su mirada se tornó plateada una vez más—. Y a la Bruja no le agradaba, o no confiaba mucho en él.

—Entonces, nosotros no deberíamos hacerlo —musitó Josh con urgencia.

Sophie asintió, dándole la razón.

—Pero a Nicolas sí le agrada y, evidentemente, confía en él —comentó en voz baja—. ¿Por qué será?

La expresión del rostro de su hermano reflejaba severidad.

—Ya te lo he advertido antes: no deberíamos confiar tanto en Nicolas Flamel. Hay algo en él que no cuadra, estoy convencido.

Sophie se calló su respuesta y miró hacia otro lado. Sabía perfectamente por qué Josh estaba enfadado con el Alquimista; su hermano envidiaba sus poderes y sabía que culpaba a Flamel por haberla puesto en peligro. Pero eso no significaba que estuviera equivocado.

El angosto callejón conducía a una amplia avenida bordeada de árboles. Aunque aún era demasiado pronto para ser hora punta, los espectaculares fuegos artificiales alrededor de la torre Eiffel habían provocado que todos los coches se detuvieran para observar la exhibición. La atmósfera estaba cargada del estridente sonido de las bocinas de los coches y de las sirenas de policía. Un coche de bomberos se hallaba atrapado entre el tráfico y, aunque su sirena no paraba de sonar, le era imposible abrirse paso entre los vehículos. Saint-Germain cruzó la calle a zancadas sin comprobar si venía ningún coche y se introdujo la mano en el bolsillo para coger su teléfono móvil de última generación. Deslizó la tapa y marcó rápidamente un número. Después, empezó a hablar en francés a toda velocidad.

—¿Estás pidiendo ayuda? —preguntó Sophie cuando colgó el teléfono.

Saint-Germain negó con la cabeza.

—Estoy pidiendo el desayuno, me muero de hambre.

Entonces señaló hacia el mayor atractivo turístico de París, la torre Eiffel, que seguía iluminada por un sinfín de fuegos artificiales.

—Crear algo así, y me perdonaréis el juego de palabras, quema muchas calorías.

Sophie asintió; ahora entendía por qué le sonaban las tripas de hambre desde que había formado niebla.

Scathach alcanzó a los mellizos. Junto con Sophie, la Guerrera aminoró el ritmo mientras pasaban por delante de la catedral de la Santísima Trinidad.

—Creo que no nos están siguiendo —anunció un tanto sorprendida—. Habría esperado que Maquiavelo enviara a algunos de sus hombres tras nosotros.

Se rozó el labio inferior con la yema del pulgar, mordisqueándose la uña.

De forma automática, Sophie le apartó la mano de los labios.

—No te muerdas las uñas.

Scathach pestañeó mostrando sorpresa y, segundos después, le hizo caso.

—Es una costumbre —musitó—, una vieja costumbre.

—¿Qué vamos a hacer ahora? —preguntó Josh.

—Debemos alejarnos de las calles y descansar —aconsejó Scathach—. ¿Aún estamos muy lejos? —le pidió a Saint-Germain, que seguía en la cabeza.

—Sólo unos minutos —respondió sin darse la vuelta—. En este vecindario tengo una de mis casas más pequeñas.

Scathach hizo un gesto con la cabeza, expresando estar conforme.

—Cuando lleguemos, nos ocultaremos allí hasta que llegue Nicolas. Descansaremos un poco y nos cambiaremos de ropa —dijo mientras le guiñaba el ojo a Josh—. Y también nos daremos una ducha —añadió.

A Josh se le enrojecieron las mejillas.

—¿Estás insinuando que huelo mal?

Sophie apoyó su mano en el brazo de Josh antes de que la Guerrera pudiera contestar.

—Sólo un poco —confesó—. Probablemente, no eres el único.

Josh apartó la mirada. Evidentemente, estaba avergonzado y después volvió a mirar a Scathach.

—Debo suponer que tú no hueles mal —comentó en tono tajante.

—No —respondió—. No tengo glándulas sudoríparas. Los vampiros somos una especie mucho más evolucionada que la raza humana.

Permanecieron sin pronunciar palabra hasta que la Rue Pierre Charron les mostró los extensos Campos Elíseos, la vía pública más grande de la capital francesa. A su izquierda podían vislumbrar el Arco de Triunfo. El tráfico en ambos carriles estaba paralizado y los conductores conversaban entre sí de forma animada, realizando cantidad de gestos. Todas las miradas estaban puestas en el espectáculo de fuegos artificiales que adornaba la torre Eiffel.

—¿Qué crees que dirán las noticias de esto? —preguntó Josh—. La torre Eiffel estalla repentinamente con fuegos artificiales.

Saint-Germain le miró por encima del hombro.

—La verdad es que tampoco es algo tan extraordinario. La torre suele estar iluminada con fuegos artificiales en la víspera de Año Nuevo o en el Día de la Bastilla, por ejemplo. Yo imagino que dirán que se ha celebrado el Día de la Bastilla con un mes de antelación.

De repente se detuvo, mirando a su alrededor. Alguien le estaba llamando por su nombre.

—No miréis… —empezó Scatty. Pero ya era demasiado tarde: los mellizos y Saint-Germain se habían girado en dirección a los gritos.

—Germain…

—Eh, Germain…

Se trataba de dos jóvenes que, apoyados en un coche, estaban señalando a Saint-Germain mientras coreaban su nombre.

Los dos llevaban unos pantalones tejanos y una camiseta de algodón. Guardaban un parecido similar, con el cabello peinado hacia atrás y unas gafas de sol de tamaño desproporcionado. Abandonaron el coche en mitad de la calle y se inmiscuyeron entre el tráfico. Ambos estaban empuñando algo que, al parecer de Josh, se asemejaba mucho a unas espadas largas y estrechas.

—Francis —alertó Scatty mientras apretaba los puños. Justo cuando el primer hombre llegó, la Guerrera dio un paso hacia delante.

—Permíteme…

—Caballeros —dijo Saint-Germain.

El músico se volvió hacia aquellos dos jóvenes, con una sonrisa de oreja a oreja. Sin embargo, los mellizos, que estaban detrás de él, observaron cómo unas llamas de color azul y amarillo danzaban entre sus dedos.

—Un gran concierto el de anoche —dijo el primer joven. Estaba jadeante, sin aliento, y en su inglés se percibía claramente un acento alemán. Se quitó las gafas de sol y alargó la mano derecha. En ese instante, Josh se percató de que aquello que él había confundido con un puñal era, en realidad, un bolígrafo—. ¿Me podrías firmar un autógrafo?

Las coloridas llamas se apagaron entre los dedos de Saint-Germain.

—Por supuesto —respondió con una sonrisa llena de satisfacción. Entonces cogió el bolígrafo y se sacó una libreta de espiral del bolsillo interior de su chaqueta—. ¿Tenéis el nuevo disco? —preguntó mientras abría la libreta.

El segundo chico, que llevaba las mismas gafas que su compañero, mostró un iPod rojo y negro que tenía guardado en el bolsillo trasero de sus tejanos.

—Lo compré en iTunes ayer —respondió con un acento idéntico.

—Y no olvidéis darle un vistazo al DVD del concierto cuando salga al mercado el próximo mes. Tiene extras increíbles y un par de mezclas —agregó Saint-Germain mientras firmaba su nombre con una rúbrica esmerada y arrancaba las páginas de la libreta—. Me encantaría quedarme charlando con vosotros, pero tengo mucha prisa. Gracias por molestaros, os lo agradezco.

Se dieron la mano y los dos jóvenes salieron corriendo hacia su coche chocándose las manos mientras comprobaban sus autógrafos.

Con una gran sonrisa, Saint-Germain respiró profundamente y se volvió para mirar a los mellizos.

—Os dije que era famoso.

—Y pronto serás un famoso muerto si no salimos de esta calle enseguida —le recordó Scathach—. O, simplemente, un muerto.

—Casi hemos llegado —musitó Saint-Germain. Les condujo por los Campos Elíseos, y a continuación por una calle secundaria; instantes después, les dirigió hacia un camino vecinal estrecho y rodeado de edificios altos que serpenteaba entre el vecindario. A medio camino de este callejón, deslizó una llave en el interior de una cerradura. La puerta apenas se distinguía de la pared.

La puerta de madera estaba astillada y rasgada, con una capa de pintura verde desprendida casi por completo, dejando al descubierto la madera de debajo; la parte inferior estaba astillada y agrietada del roce con el suelo.

—Quizá deberías poner una puerta nueva —sugirió Scathach.

—Ésta es la nueva —respondió rápidamente Saint-Germain con una sonrisa—. La madera es sólo un disfraz. Debajo hay un bloque de acero sólido con cinco pestillos imposibles de abrir.

Dio un paso hacia atrás, dejando pasar a los mellizos.

—Entrad libremente y sentíos como en vuestra casa —dijo en tono formal.

Los mellizos entraron y, al comprobar cómo era el lugar, se sintieron algo decepcionados. Detrás de la puerta, se hallaba un diminuto patio y un edificio de cuatro pisos. A ambos lados, unas paredes altas separaban la casa de los hogares colindantes. Sophie y Josh habían esperado encontrarse algo exótico o incluso dramático, pero lo único que vieron fue un jardín trasero repleto de hojas esparcidas. Un gigantesco y espantoso bebedero de piedra decoraba el centro del patio, pero en vez de agua contenía hojas secas y los restos de un nido. Todas las plantas de las macetas que decoraban la fuente estaban marchitas o a punto de morirse.

—El jardinero no viene muy a menudo —dijo Saint-Germain sin avergonzarse un ápice—, y a mí no se me dan muy bien las plantas.

Alzó la mano derecha y extendió los dedos. Cada uno se iluminó con una llama de color diferente. Esbozó una gran sonrisa y las llamas colorearon su rostro con sombras temblorosas.

—La jardinería no es mi especialidad.

Scathach se detuvo frente a la puerta, mirando hacia un lado y otro de la callejuela, vigilando si alguien andaba por ahí cerca. Le satisfacía comprobar que nadie les había seguido. Después, cerró la puerta, giró la llave en la cerradura y deslizó los pestillos.

—¿Cómo nos encontrará Flamel? —preguntó Josh. Aunque tenía dudas acerca del Alquimista, Saint-Germain aún le despertaba más temores.

—Le he entregado un pequeño mapa —explicó Saint-Germain.

—¿Estará bien? —le preguntó Sophie a Scathach.

—De eso estoy completamente segura —respondió la Guerrera, aunque su tono de voz y su mirada reflejaban lo contrario. Mientras se alejaba de la puerta principal, Scathach tensó el cuerpo y apretó la mandíbula con fuerza descubriendo sus dientes vampíricos.

La puerta trasera de la casa se había abierto de forma repentina y una silueta había entrado en el patio. De pronto, el aura de Sophie resplandeció de color plateado. Sobresaltada, había salido corriendo junto a su hermano. Al rozarle, el aura de Josh cobró vida, perfilando su cuerpo con un brillo dorado y de color bronce. Mientras los mellizos se abrazaban, cegados por la irradiación de sus propias auras, escucharon a Scathach gritar. Fue el sonido más aterrador que jamás habían oído.

Capítulo 16

eténgase!

Nicolas Flamel seguía corriendo. De forma inesperada, giró a mano derecha, dirigiéndose hacia el museo Quai Branly.

—¡Deténgase o disparo!

Flamel sabía que la policía no abriría fuego, no podían hacerlo. Maquiavelo jamás querría que le hirieran.

Las suelas de cuero golpeando el hormigón y el tintineo de las armas estaban cada vez más cerca. Ahora percibía incluso la respiración de sus perseguidores. Nicolas estaba casi sin aliento, jadeante, y sentía un fuerte pinchazo entre las costillas.

La receta del Códex le mantenía con vida y sano, pero no había modo alguno de que pudiera dejar atrás a un cuerpo de policía tan entrenado y, obviamente, en buena forma.

Nicolas Flamel se detuvo de forma tan repentina que el capitán de policía casi se abalanza sobre él. Inmóvil, el Alquimista giró la cabeza por encima del hombro. El capitán estaba sujetando una pistola negra con ambas manos.

—No se mueva. Levante las manos.

Nicolas se giró poco a poco, colocándose así justo enfrente del capitán.

—Bueno, aclárese. O una cosa o la otra —dijo irónicamente.

Detrás de sus gafas protectoras, el hombre pestañeó sorprendido.

—¿Debo no moverme? ¿O levantar las manos?

El policía le hizo un gesto con el cañón de la pistola indicándole que levantara las manos. Cinco agentes más del RAID llegaron corriendo. Formaron una línea a ambos lados del capitán y apuntaron con sus armas al Alquimista. Con las manos aún en el aire, Nicolas ladeó ligeramente la cabeza para observar a cada uno de ellos. Con aquellos uniformes negros, los cascos, los pasamontañas y las gafas protectoras, fácilmente podían confundirse con insectos.

—¡Al suelo! ¡Ahora! —ordenó el capitán—. Mantenga las manos donde las tiene.

Lentamente, Nicolas se apoyó sobre las rodillas.

—¡Ahora échese al suelo! ¡Boca abajo!

El Alquimista se tumbó sobre el suelo parisino con la mejilla rozando el pavimento frío y arenoso.

—¡Extienda los brazos!

Nicolas acató la orden. Los agentes de policía cambiaron de postura y, en cuestión de segundos, le rodearon manteniendo todavía una distancia considerable.

—Le tenemos —informó el capitán a través de un micrófono que asomaba por la boca del pasamontañas—. No, señor. No le hemos tocado. Sí, señor. Inmediatamente.

En ese instante, Nicolas deseó que Perenelle estuviera allí con él; ella sabría qué hacer. Aunque si la Hechicera hubiera estado con él, seguro que no se habrían metido en este aprieto. Perenelle era una luchadora. ¿Cuántas veces le había pedido que dejara de correr y que pusiera en práctica su sabiduría alquímica junto con los hechizos y magias que ella dominaba para enfrentarse a los Oscuros Inmemoriales? Ella siempre había querido que se uniera con los inmortales, los Inmemoriales y aquellos de la Última Generación que daban su apoyo a la raza humana para combatir unidos a los Oscuros Inmemoriales, como Dee y los de su calaña. Pero él no podía; durante toda su vida había estado esperando a que aparecieran los mellizos que predecía el Códex.

«Dos que son uno y uno que lo es todo.»

Jamás dudó que un día daría con los mellizos. Las profecías que relataba el Códex jamás se equivocaban pero, al igual que todo lo demás del libro, las palabras de Abraham no eran claras y estaban escritas en diversas lenguas arcaicas o incluso olvidadas.

Dos que son uno y uno que lo es todo.
Llegará un día en que el Libro desaparezca
y el sirviente de la Reina se aliará con el Cuervo.
Entonces, el Inmemorial saldrá de las Sombras
y los inmortales deberán entrenar a los mortales.
Los dos que son uno se convertirán en el uno que será todo.

Y Nicolas sabía que él era el inmortal: el hombre que tenía un garfio en lugar de una mano se lo había confirmado.

Unos cinco siglos atrás, Nicolas y Perenelle Flamel habían realizado un viaje por toda Europa con el objetivo de intentar entender el misterioso libro de cubierta de metal. Finalmente, en España, conocieron a un enigmático hombre manco que les ayudó a traducir algunas partes del texto. Aquel hombre les había desvelado que el secreto de la Vida Eterna siempre aparecía en la página número siete del Códex cuando en el cielo brillaba la luna llena; también les reveló que la receta para la transmutación, para cambiar la composición de cualquier material, se encontraba sólo en la página catorce. Cuando el hombre les tradujo la primera profecía, miró a Nicolas con sus inconfundibles ojos del color del carbón. Alargó el garfio, que estaba colocado en la mano izquierda, y le tocó el pecho.

—Alquimista, éste es tu destino —musitó.

Las recónditas palabras sugerían que algún día Flamel encontraría a los mellizos… Sin embargo, la profecía no había indicado que acabaría tumbado en el suelo de una calle parisina rodeado de agentes de policía armados hasta los dientes y muy nerviosos.

Flamel cerró los ojos y respiró profundamente. Con los dedos extendidos sobre las piedras del pavimento, dejó resplandecer su aura a regañadientes. Un delicado, y casi invisible, hilo de energía color esmeralda y dorado emergió de sus yemas y penetró en las piedras. Nicolas sentía cómo el zarcillo de su energía áurica se retorcía entre el pavimento, y después entre la tierra que lo sujetaba. Aquella fibra tan delgada como un cabello serpenteaba por el suelo, observando, vigilando… Al fin, encontró lo que andaba buscando: una bulliciosa masa de vida. Lo siguiente era sólo cuestión de utilizar la transmutación, el principio básico de la alquimia para crear glucosa y fructosa y atar ambas sustancias con un enlace glicosídico para crear sacarosa. La vida se removía, cambiaba y circulaba hacia esa dulzura.

El capitán de policía alzó el tono de voz.

—Esposadle. Cacheadle.

Nicolas escuchó cómo se acercaban dos agentes de policía arrastrando las botas, uno por cada lado. Justo en frente suyo, se había detenido un agente que lucía unas botas de cuero lustrosas con una suela muy gruesa.

Instantes después, un tanto sorprendido por lo cerca que estaban esas botas de su rostro, Nicolas notó una hormiga. Salió de una grieta del pavimento, moviendo las antenas furiosamente. Le siguió una segunda y una tercera.

El Alquimista unió el pulgar con el dedo corazón de cada mano y chasqueó los dedos. Minúsculos destellos de color verde y oro con aroma a menta cubrieron la atmósfera, envolviendo así a los seis agentes de policía de partículas infinitesimales de poder.

Entonces, el Alquimista transmutó estas partículas en azúcar.

De repente, el pavimento que rodeaba a Flamel se tiñó de color negro. Una masa de diminutas hormigas brotó de entre el hormigón, provocando decenas de grietas. Como si fuera un sirope gelatinoso, se extendió por la calle, fluyendo por las botas de los policías y enroscándose por sus piernas antes de que un enjambre de insectos les cubriera por completo. Durante un segundo, los hombres uniformados se quedaron inmóviles, asombrados. Sus trajes y guantes les protegieron durante otro segundo. De pronto, uno de ellos empezó a moverse nerviosamente, después otro y otro. Las hormigas encontraban el más pequeño de los agujeros en los uniformes policiales y se inmiscuían por ahí, haciéndoles cosquillas y mordisqueándoles. Los agentes empezaron a moverse con brusquedad, a retorcerse, a golpearse a sí mismos, a dejar caer sus armas, a sacarse los guantes, a tirar de sus cascos y a deshacerse de los pasamontañas mientras miles de hormigas trepaban por sus cuerpos.

El capitán vio cómo su prisionero, al que ni siquiera

una hormiga se le había acercado, se había sentado para quitarse las motas de polvo antes de ponerse en pie. Intentó apuntar con su pistola a aquel hombre, pero las hormigas le arañaban las muñecas, le cosquilleaban las palmas de las manos y le mordisqueaban la piel, de forma que le era imposible sujetar la pistola con firmeza. Quería ordenarle que se sentara, pero las hormigas habían empezado a treparle por el rostro y sabía que si abría la boca, no dudarían en introducirse por ella. Intentando ponerse en pie, el capitán se quitó el casco con desdén, sacudió su pasamontañas y lo tiró al suelo. Al mismo tiempo, empezó a arquear la espalda mientras decenas de hormigas trepaban por su columna vertebral. Se deslizó la mano por el pelo y desalojó al menos a una docena de insectos que se desplomaron sobre su rostro. De inmediato, cerró los ojos. Cuando los volvió a abrir, el prisionero estaba paseando hacia la estación de tren Pont de l'Alma, con las manos en los bolsillos, como si no tuviera problema alguno.

Capítulo 17

Josh abrió los ojos. Multitud de puntos negros destellantes danzaban ante él y, al levantar la mano, se percató de que el fantasma de su aura dorada aún emergía de su piel. Alargó el brazo y cogió a Sophie por la mano. Ella apretó la mano suavemente y, cuando Josh se volvió, su hermana abrió los ojos.

—¿Qué ha ocurrido? —farfulló. Aún estaba demasiado asombrado y paralizado como para estar asustado.

Sophie sacudió la cabeza.

—Fue como una explosión…

—Escuché gritar a Scathach —añadió.

—Yo creí ver que alguien entraba por una puerta… —agregó Sophie.

Ambos se dieron media vuelta. Scathach estaba justo en el umbral, abrazando a una joven mujer, sujetándola fuertemente mientras ambas daban vuelas alegremente. Las dos jóvenes reían y chillaban de forma entusiasmada. Ambas gritaban en un francés veloz.

—Supongo que se conocen —dijo Josh mientras ayudaba a su hermana a incorporarse.

Los mellizos ladearon la cabeza, desviando sus miradas hacia el conde de Saint-Germain, quien se había apartado de las jóvenes.

Tenía los brazos cruzados sobre el pecho y una sonrisa que liberaba satisfacción.

—Son viejas amigas —explicó—. Hacía tiempo que no se veían… mucho tiempo —añadió. Se aclaró la garganta y, educadamente, dijo—: Juana.

Las dos mujeres se apartaron y la mujer que respondía al nombre de Juana se volvió hacia Saint-Germain, ladeando la cabeza de forma burlona. Era imposible adivinar su edad. Llevaba unos juveniles tejanos y una camiseta blanca. Era de la misma altura que Sophie e increíblemente esbelta. Tenía la tez muy bronceada, sin imperfecciones, lo que ensalzaba sus enormes ojos grises. Su cabellera color caoba le otorgaba un aspecto fresco y joven. Con la palma de la mano, se apartó las lágrimas que recorrían sus mejillas.

—¿Francis? —preguntó.

—Éstos son nuestros invitados.

Sujetando la mano de Scathach, la joven dio un paso adelante, acercándose así a Sophie. A medida que la mujer se aproximaba, Sophie sintió una presión repentina en el espacio que las separaba, como si una fuerza invisible estuviera empujándola hacia atrás. Entonces, inesperadamente, su aura plateada brotó de su silueta y la atmósfera se cubrió del dulce aroma a vainilla. Josh agarró a Sophie por el brazo y su propia aura también resplandeció, añadiendo una pizca de perfume a naranjas al ambiente.

—Sophie… Josh… —empezó Saint-Germain.

De repente, el patio se llenó del rico y agradable olor a lavanda. Al mismo tiempo, alrededor del cuerpo de la misteriosa mujer, floreció un aura plateada. Se endureció hasta solidificarse, convirtiéndose en una textura metálica y reflectante que se moldeó hasta formar una coraza y espinilleras, unos guantes y botas. Instantes después, se transformó en una armadura medieval.

—Me gustaría presentaros a mi esposa, Juana…

—¡Esposa! —vociferó Scatty, mostrando su asombro.

—… a quien vosotros, y la historia, conocéis como Juana de Arco.

El desayuno se había dispuesto sobre una mesa de madera brillante en la cocina. El olor a pan recién hecho y café recién molido resultaba muy agradable. Los platos estaban repletos de fruta fresca, bizcochos y bollos. Al mismo tiempo, sobre los antiguos fogones de la cocina, se estaban cocinando unos huevos fritos con salchichas.

El estómago de Josh empezó a resonar justo cuando entró en la cocina y vio tal cantidad de comida. No pudo evitar que la boca se le hiciera agua, pues no había ingerido alimentos desde hacía muchas horas. En la cafetería, antes de que llegara la policía, sólo había podido dar un par de sorbos a su chocolate caliente.

—Come, come —ordenó Saint-Germain, agarrando un plato con una mano y un cruasán con la otra. Mordió el bollo, esparciendo diminutos copos sobre las baldosas del suelo—. Debes de tener hambre.

Sophie se inclinó ligeramente hacia su hermano.

—¿Me puedes preparar algo de comer? Quiero hablar con Juana, necesito preguntarle algo.

Josh echó un vistazo a aquella mujer, aparentemente joven, que estaba sacando tazas del lavavajillas. Su corte de pelo imposibilitaba adivinar con exactitud su edad.

—¿Realmente crees que es Juana de Arco?

Sophie apretó el hombro de Josh.

—Después de todo lo que hemos visto, ¿tú qué crees? —preguntó. Levantó la barbilla, señalando hacia la mesa, y agregó—: Sólo quiero fruta y cereales.

—¿No quieres salchichas ni huevos? —preguntó Josh, un tanto atónito. Su melliza era la única persona que conocía capaz de comer más salchichas que él.

—No —respondió. Frunció el ceño y sus ojos azules parecieron nublarse—. Tiene gracia, pero sólo la idea de ingerir carne me provoca vómitos.

Entonces cogió un pastel, se dio media vuelta antes de que él pudiera hacer un comentario, y se acercó a Juana, que estaba sirviendo café en una taza. Sophie abrió las aletas de la nariz.

—¿Café hawaiano de Kona? —preguntó.

Juana parpadeó, expresando su sorpresa, e inclinó la cabeza.

—Estoy impresionada.

Sophie esbozó una sonrisa y se encogió de hombros.

—Trabajé en una cafetería. Reconocería el aroma del café de Kona en cualquier lugar.

—Me enamoré de él cuando estuvimos en Hawái —comentó Juana. Su inglés dejaba entrever un acento norteamericano—. Lo guardo para ocasiones especiales.

—Me encanta el aroma, pero detesto el sabor. Demasiado amargo.

Juana sorbió un poco de café.

—Supongo que no has venido para hablar sobre café.

Sophie negó con la cabeza.

—No, no he venido para eso. Yo sólo…

Sophie se detuvo. Acababa de conocer a esa mujer y estaba a punto de formularle una pregunta demasiado personal.

—¿Puedo preguntarte algo? —pidió rápidamente.

—Lo que quieras —respondió Juana con sinceridad. Sophie la creyó, así que tomó aire y sus palabras salieron disparadas.

—Una vez, Scathach me contó que tú eras la última persona que tenía un aura plateada pura.

—Por eso la tuya ha reaccionado a la mía —dijo Juana, envolviendo la taza de café con ambas manos y mirándola fijamente—. Te pido disculpas. Mi aura ha sobrecargado la tuya. Puedo enseñarte a prevenir este tipo de cosas —comentó con una sonrisa que descubría su perfecta dentadura blanca—. Aunque las posibilidades de encontrar otra aura plateada pura son increíblemente remotas.

Sophie mordisqueó nerviosamente el pastelito de arándanos.

—Por favor, perdóname por preguntártelo, pero ¿es verdad que eres Juana de Arco, la verdadera Juana de Arco?

—Así es, soy Jeanne d'Arc —anunció, realizando una reverencia—. La Santa, la Doncella de Orleans, a tu servicio.

—Pero yo pensé… Quiero decir, siempre leí que tú pereciste…

Juana bajó la cabeza y sonrió.

—Scathach me rescató.

Alargó la mano y tocó el brazo de Sophie. De inmediato, empezaron a danzar imágenes en su mente en las que aparecía Scathach montada sobre un gigantesco caballo negro, con una armadura blanca y azabache y blandiendo dos brillantes espadas.

—Con una sola mano, la Sombra se abrió camino entre la muchedumbre que se había reunido para observar con sus propios ojos mi ejecución. Nadie era capaz de pararla. Entre el pánico, el caos y la confusión, me liberó delante de las narices de mis verdugos.

Las imágenes destellaban en la mente de Sophie: Juana, ataviada con ropa rasgada y chamuscada, aferrada a Scathach mientras ésta maniobraba su caballo negro entre el temeroso tumulto de personas. Se inmiscuía entre el gentío con una espada en cada brazo.

—Evidentemente, todo el mundo estaba obligado a decir que vio morir a Juana —intervino Scatty, reuniéndose con ellas. Con cuidado, estaba cortando una piña en pedazos utilizando un cuchillo de hoja curva—. Nadie, ni de origen inglés ni francés, estaba dispuesto a admitir que la Doncella de Orleans había sido liberada delante de, al menos, quinientos caballeros armados. Y menos aún, que una sola guerrera lo había conseguido.

Juana alargó la mano y cogió un trocito de piña que tenía Scathach entre las manos y se lo llevó a la boca.

—Scatty me llevó hasta el matrimonio Flamel —continuó—. Ellos me ofrecieron cobijo, me cuidaron. Durante la huida, había sufrido leves heridas y estaba muy débil debido a los meses que había pasado en cautividad. A pesar de la atención que me dedicó Nicolas, si no hubiera sido por Scatty, hubiera muerto.

Entonces se acercó a su amiga y le apretó la mano, sin darse cuenta de las lágrimas que le recorrían las mejillas.

—Juana había perdido mucha sangre —explicó Scatty—. Aunque Nicolas y Perenelle hicieron lo imposible, Juana no mejoraba. Así que el Alquimista llevó a cabo una de las primeras transfusiones de sangre de la historia.

—¿De quién…? —empezó a preguntar Sophie. De

repente, se dio cuenta de que sabía la respuesta—. ¿Tu sangre?

—La sangre vampírica de Scathach me salvó la vida. Y me mantuvo viva, también. Además, me hizo inmortal —confesó Juana con una sonrisa. Sophie se fijó en sus dientes. Eran normales y no puntiagudos como los de Scatty—. Afortunadamente, no tiene ningún efecto secundario vampírico. Aunque soy vegetariana —añadió—. Lo he sido durante los últimos siglos.

—Y te has casado —interrumpió Scathach de forma acusadora—. ¿Cuándo ocurrió? ¿Y cómo? ¿Y por qué no me invitaste? —exigió.

—Nos casamos hace ya cuatro años, en Sunset Beach, en Hawái, al atardecer, por supuesto. Cuando decidimos casarnos te busqué por todas partes —explicó rápidamente Juana—. Quería que estuvieras ahí; quería que fueras mi dama de honor.

Scathach entornó sus ojos verdes, intentando hacer memoria.

—Hace cuatro años… Creo que estaba en Nepal persiguiendo a un Yeti granuja. Un abominable hombre de las nieves —añadió al descubrir que los mellizos no habían comprendido el término.

—No hubo modo de contactar contigo. Tu teléfono móvil no daba señal, los correos electrónicos me rebotaban porque tu bandeja de entrada estaba llena —explicó Juana. Después la cogió de la mano, y añadió—: Ven, te voy a enseñar algunas fotos.

La joven se volvió hacia Sophie.

—Ahora deberías comer. Necesitas recuperar la energía que has quemado. Bebe muchos líquidos: agua, zumos de frutas. Pero no bebas nada que contenga cafeína, ni té ni café, nada que te mantenga despierta. Cuando hayáis acabado de desayunar, Francis os mostrará vuestras habitaciones, donde os podéis duchar y descansar —comentó. Después, miró a Sophie de la cabeza a los pies—. Te daré ropa. Debes de ser de mi talla. Y más tarde hablaremos sobre tu aura.

Juana alzó su mano izquierda y extendió los dedos. Un guante metálico articulado brotó de su piel.

—Te enseñaré cómo controlarla, cómo moldearla, convertirla en lo que desees.

El guante se transformó en una garra de ave de rapiña con uñas curvadas y, momentos después, desapareció, descubriendo, otra vez, la piel bronceada de Juana. Sólo las uñas permanecieron del color plata. Se inclinó y besó a Sophie en cada mejilla.

—Pero primero debes descansar. Y ahora —dijo, desviando su mirada hacia la Guerrera—, déjame que te muestre las fotografías.

Las dos jóvenes salieron de la cocina y Sophie se dirigió hacia la amplia habitación donde Saint-Germain estaba charlando seriamente con su hermano. Josh le alcanzó un plato lleno de fruta y pan. El suyo estaba repleto de huevos y salchichas.

Sophie sintió cómo su estómago rechazaba incluso mirar hacia ese tipo de comida, y apartó la mirada. Dio un mordisco a una pieza de fruta, escuchando la agitada conversación.

—No, yo soy humano, no puedo Despertar tus poderes —estaba explicando Saint-Germain en el momento en que Sophie se unió a ellos—. Para eso necesitas a un Inmemorial o uno de los pocos de la Última Generación —añadió con una sonrisa que descubría una dentadura un tanto deforme—. No debes preocuparte: Nicolas encontrará a alguien que te Despierte.

—¿Conoces a alguien en París que pueda hacerlo?

Saint-Germain se tomó unos instantes para considerar la pregunta.

—Estoy seguro de que Maquiavelo debe conocer a alguien. Él lo sabe todo, pero yo no —respondió. Después se volvió hacia Sophie, realizando una leve reverencia—. Tengo entendido que tuviste el gran honor de que la legendaria Hécate Despertara tus poderes y de que mi antigua maestra, la Bruja de Endor, te formara en el arte de la Magia del Aire. Por cierto, ¿cómo está la vieja bruja? Jamás le agradé —añadió.

—Y sigues sin agradarle —respondió Sophie rápidamente; después, se ruborizó—. Lo siento. No sé por que, he dicho eso.

El conde soltó una carcajada.

—Oh, Sophie, tú no lo has dicho... bien, no del todo. La Bruja es quien lo ha dicho. Te va a tomar cierto tiempo clasificar los recuerdos de la Bruja. Esta mañana he recibido una llamada suya. Me contó cómo te imbuyó no sólo con la Magia del Aire, sino también con su sabiduría completa. La técnica de la momia hacía milenios que no se utilizaba; es extremadamente peligrosa.

De inmediato, Sophie desvió la mirada hacia su hermano.

Él observaba fijamente a Saint-Germain, prestando atención a cada palabra. Percibió la tensión que concentraba en el cuello y la mandíbula por querer mantener la boca cerrada.

—Deberías haber descansado al menos durante veinticuatro horas, para permitir que tu consciente y tu subconsciente pudieran ordenar el repentino flujo de ideas, pensamientos y recuerdos ajenos.

—No había tiempo —murmuró Sophie.

—Bueno, ahora sí. Come; después os acompañaré a vuestras habitaciones. Dormid todo el tiempo que necesitéis. Estáis completamente a salvo. Nadie sabe que os encontráis aquí.

Capítulo 18

Están en una de las casas de Saint-Germain, cerca de los Campos Elíseos.

Maquiavelo aproximó el teléfono móvil a su oído y se inclinó ligeramente hacia atrás, sobre el asiento de cuero negro, girándose para mirar a través del enorme ventanal de su despacho. A lo lejos, por encima de los sesgados tejados parisinos, distinguía la cúspide de la torre Eiffel. Al fin los fuegos artificiales se habían acabado, pero una nube multicolor aún adornaba la bóveda celeste.

—No te preocupes, doctor, tenemos la casa bajo vigilancia. Saint-Germain, Scathach y los mellizos están dentro. No hay más ocupantes.

El italiano separó el teléfono del oído cuando se produjeron interferencias. El avión privado de Dee estaba despegando desde un pequeño campo de aviación situado en la ciudad de Los Ángeles. Haría una parada en Nueva York para repostar, después atravesaría el océano Atlántico hasta llegar a Shannon, en Irlanda, y allí volvería a repostar antes de seguir hasta la capital francesa. Las interferencias desaparecieron y la voz de Dee, alta y clara, se escuchó al otro lado de la línea telefónica.

—¿Y el Alquimista?

—Perdido en París. Mis hombres lo tenían en el suelo,

apuntándole con las pistolas, pero de alguna manera les cubrió de azúcar y atrajo hacia ellos a cada hormiga que vive en esta ciudad. Se dejaron llevar por el pánico y Nicolas escapó.

—Transmutación —recalcó Dee—. El agua está compuesta por dos partes de hidrógeno y una de oxígeno: la sacarosa contiene estas mismas proporciones. Convirtió el agua en azúcar. Es un truco de pacotilla, habría esperado mucho más de él.

Maquiavelo se pasó la mano por su corta cabellera blanca.

—Pues a mí me pareció bastante ingenioso —respondió—. Ha mandado a seis agentes de policía al hospital.

—Volverá con los mellizos —comentó Dee de forma brusca—. Él los necesita. Ha estado esperando encontrarlos durante toda su vida.

—Todos hemos estado esperando —le recordó Maquiavelo al Mago—. Y en este momento, sabemos dónde están, lo que significa que sabemos dónde irá Flamel.

—No hagas nada hasta que yo llegue —ordenó Dee.

—¿Sabes más o menos cuándo…? —empezó Maquiavelo.

Pero la conexión telefónica se interrumpió de forma repentina. No sabía si Dee le había colgado o si la llamada se había cortado. Conociendo a Dee, supuso que habría colgado; ése era su estilo habitual. El hombre elegante y esbelto se acercó el teléfono a los labios, en un gesto pensativo, y después lo introdujo en su bolsillo. No tenía ninguna intención de acatar las órdenes del Mago inglés; iba a capturar a Flamel y a los mellizos antes de que su avión aterrizara en París. Él se encargaría de llevar a cabo aquello que Dee no había conseguido durante siglos y, a modo de compensación, los Inmemoriales le concederían aquello que deseara.

El teléfono de Maquiavelo vibró en el interior de su bolsillo. Sacó el teléfono y miró la pantalla. Una larga serie de números aparecieron en ella, un número de teléfono que jamás había visto antes. El encargado de la DGSE frunció el ceño. Sólo el presidente de la República francesa, algunos ministros del Consejo y el personal a su cargo tenían este número. Presionó el botón de «contestar», pero no musitó palabra.

—El Mago inglés cree que vas a intentar capturar a Flamel y a los mellizos antes de que él llegue.

La voz al otro lado del teléfono hablaba un dialecto griego que no se había utilizado desde hacía milenios.

Nicolás Maquiavelo se incorporó en el asiento.

—¿Maestro? —preguntó.

—Apoya completamente a Dee. No hagas ningún movimiento contra Flamel hasta que él llegue.

De repente, la conexión se cortó.

Con cuidado, Maquiavelo colocó el teléfono móvil en su escritorio, desprovisto de material de oficina y se recostó sobre el respaldo del sillón. Alzó las manos a la altura de los ojos. No se sorprendió al comprobar que estaba temblando. La última vez que había hablado con el Inmemorial al que llamaba Maestro había sido más de un siglo y medio atrás. Se trataba del Inmemorial que le había concedido el don de la inmortalidad a principios del siglo XVI. ¿Cómo había logrado Dee contactar con él? Maquiavelo sacudió la cabeza. Era demasiado improbable. Seguramente, Dee habría contactado con su propio maestro para hacerle una petición. Sin embargo, el maestro de Maquiavelo era uno de los más poderosos de la raza Inmemorial, lo que le hizo formularse una pregunta que le había atormentado a lo largo de los siglos: ¿quién era el maestro de Dee?

Cada ser humano que gozaba del don de la inmortalidad porque un Inmemorial se lo había concedido estaba vinculado eternamente a él. Un inmemorial que otorgara inmortalidad podría, del mismo modo, arrebatarla. Maquiavelo lo había visto con sus propios ojos: había contemplado cómo un joven de aspecto saludable se marchitaba y envejecía en cuestión de milésimas de segundos, hasta derrumbarse en un montón de huesos y piel polvorienta.

Maquiavelo poseía un expediente donde aparecía cada humano inmortal relacionado con el Inmemorial o con el Oscuro Inmemorial al que servía. Había muy pocos seres humanos, como Flamel, Perenelle y Saint-Germain, que no debían su lealtad a un Inmemorial, pues se habían convertido en inmortales por sí mismos.

Nadie sabía a quién servía Dee. Pero, evidentemente, debía de tratarse de alguien más peligroso que el propio maestro de Maquiavelo, lo que hacía a Dee todavía más peligroso.

Inclinándose hacia delante, Maquiavelo pulsó un botón en el teléfono de su escritorio. La puerta se abrió de inmediato y Dagon entró en el despacho. Sus gafas de sol de cristal de espejo reflejaban las paredes desnudas.

—¿Alguna noticia sobre el Alquimista?

—Nada. Hemos tenido acceso al vídeo de las cámaras de seguridad de la estación Pont de l'Alma y de todas las estaciones conectadas. En estos momentos lo estamos analizando, pero tardará un poco de tiempo.

Maquiavelo asintió. Tiempo era precisamente lo que no tenía. Hizo un gesto ondeante con la mano.

—Bueno, quizá no sabemos dónde anda ahora, pero sabemos hacia dónde se dirige: hacia la casa de Saint-Germain.

Dagon estiró los labios de forma un tanto pegajosa.

—La casa está bajo vigilancia. Todas las entradas y salidas se encuentran protegidas; incluso hay hombres escondidos en las alcantarillas debajo del edificio. Nadie puede entrar, o salir, sin ser observado. También hay dos unidades RAID en furgonetas ocultas en los callejones cercanos y una tercera unidad en la casa vecina de Saint-Germain. Pueden echar la pared abajo en cualquier momento.

Maquiavelo se puso en pie y se alejó del escritorio. Con las manos colocadas detrás de la espalda, caminaba por el diminuto despacho. Aunque aquélla fuera su dirección oficial, apenas utilizaba ese despacho. De hecho, sólo contenía un escritorio, un par de sillas y un teléfono.

—Me pregunto si eso será suficiente. Flamel ha conseguido escapar de seis agentes entrenados que le estaban apuntando con sus armas mientras él se hallaba boca abajo en el suelo. Y sabemos que Saint-Germain, el Maestro del Fuego, también está en el interior de la casa. Nos ha hecho una pequeña demostración de sus habilidades esta mañana.

—Los fuegos artificiales eran inofensivos —interrumpió Dagon.

—Estoy seguro de que le hubiera costado lo mismo derretir la torre. Recuerda, convierte el carbón en diamante.

Dagon asintió con la cabeza.

Maquiavelo continuó su discurso.

—También sabemos que los poderes de la chica han

sido Despertados, y ya nos ha dado una pequeña muestra de lo que es capaz de hacer. La niebla en el Sagrado Corazón fue una asombrosa proeza para alguien tan desentrenado y joven.

—Además, también está la Sombra —añadió Dagon.

El rostro de Nicolás Maquiavelo se transformó en una horrible máscara.

—Además, también está la Sombra —repitió.

—Derrotó a doce agentes armados en la cafetería esta mañana —relató Dagon sin expresar ningún tipo de sentimiento—. Yo mismo he visto cómo se enfrentaba a ejércitos enteros y cómo sobrevivió durante siglos en un Mundo de Sombras del Infierno. Sin duda alguna, Flamel la está utilizando para proteger a los mellizos. Debemos acabar con ella antes de proseguir con los demás.

—Así es.

—Necesitarás un ejército.

—Puede que no. Recuerda, «la astucia y el engaño siempre serán mejores aliados que la fuerza bruta» —citó literalmente.

—¿Quién dijo eso? —preguntó Dagon.

—Yo mismo, en un libro, hace muchos años. Se cumplió en la Corte de los Médicis, y ahora también —respondió. Después miró hacia arriba y continuó—: ¿Has llamado a las Dísir?

—Están de camino —contestó Dagon en un tono viscoso—. No confío en ellas.

—Nadie confía en las Dísir —agregó Maquiavelo con una sonrisa que nada tenía de humorística—. ¿Alguna vez has escuchado la historia de cómo Hécate atrapó a Scathach en aquel Mundo de Sombras?

Dagon permaneció inmóvil.

—Hécate utilizó a las Dísir. Su disputa con la Sombra se remonta a la época en que se hundió Danu Talis.

Posando las manos sobre los hombros de la criatura, Maquiavelo se acercó a su sirviente intentando respirar por la boca. Dagon desprendía un olor a pescado que le resultaba nauseabundo y tenía la piel recubierta de un sudor grasoso y rancio.

—Sé que detestas a la Sombra, y jamás te he pedido explicaciones, aunque tengo mis sospechas. Es evidente que te ha provocado mucho dolor. Sin embargo, quiero que dejes a un lado tus sentimientos; el odio es la emoción más inútil. El éxito es la mejor venganza. Necesito que centres tu atención y estés a mi lado. Nos hallamos cerca, muy cerca de la victoria, cerca del regreso de la Raza Inmemorial a este mundo. Deja a Scathach a las Dísir. Si fracasan en su intento, entonces es toda tuya. Te lo prometo.

Dagon abrió la boca, dejando al descubierto un círculo de dientes afilados y puntiagudos.

—No fracasarán. Las Dísir tienen la intención de traer a Nidhogg.

Nicolás Maquiavelo pestañeó, mostrando su asombro.

—Nidhogg… ¿Está libre? ¿Cómo?

—El Árbol del Mundo fue destruido.

—Si liberan a Nidhogg sobre Scathach, entonces estás en lo cierto. No fracasarán. No pueden hacerlo.

Dagon alargó la mano y se quitó las gafas de sol. Sus gigantescos ojos bulbosos miraban fijamente al italiano.

—Y si pierden el control sobre el Nidhogg, la criatura podría devorar la ciudad entera.

Maquiavelo se tomó unos instantes para considerar la idea. Después, asintió.

—Será el precio que tenemos que pagar para destruir a la Sombra.

—Te empiezas a parecer a Dee.

—Oh, no tenemos nada en común el Mago inglés y yo —respondió Maquiavelo un tanto dolido—. Dee es un fanático peligroso.

—¿Acaso tú no lo eres? —preguntó Dagon.

—Yo sólo soy peligroso.

El doctor John Dee estaba sentado en el asiento de cuero de su avión privado mientras observaba el paisaje luminoso de Los Ángeles alejándose poco a poco. Mirando un reloj de bolsillo algo recargado, se preguntaba si Maquiavelo ya habría recibido la llamada de su maestro. Suponía que sí. Dee esbozó una sonrisa, intentando imaginar cómo se habría quedado el italiano. Como mínimo, le habría demostrado a Maquiavelo quién mandaba en ese asunto.

No hacía falta ser un genio para adivinar que el italiano intentaría perseguir a Flamel y los mellizos él solo. Pero Dee había invertido muchos esfuerzos y tiempo en rastrear al Alquimista para perderlo ahora, en el último momento, por culpa de alguien como Nicolás Maquiavelo.

Cerró los ojos en el momento del despegue. Sintió cómo el estómago se le retorcía. Automáticamente, cogió la bolsa de papel que estaba debajo de su asiento: le encantaba volar, pero su estómago siempre protestaba. Si todo salía como lo había planeado, pronto gobernaría el planeta y jamás tendría que volver a volar. Todo el mundo iría a donde él estuviera.

El avión tomó un ángulo y Dee tragó saliva; se había

comido un burrito relleno de pollo en el aeropuerto y ahora empezaba a arrepentirse. El refresco con gas había sido un completo error.

Dee ansiaba que los Inmemoriales regresaran a la tierra. Quizá podrían restablecer la red de puertas telúricas por todo el mundo para que volar no fuera necesario. Cerró los ojos y el Mago se concentró en los Inmemoriales y en los beneficios que podrían traer a este planeta. Dee sabía que, en tiempos pasados, los Inmemoriales habían creado un paraíso en la tierra. Todos los libros y pergaminos ancestrales, los mitos y leyendas de cada raza, hablaban sobre esa época gloriosa. Su maestro le había prometido que los Inmemoriales utilizarían su magia para transformar esta tierra en un paraíso otra vez. Invertirían los efectos del calentamiento global, repararían el agujero en la capa de ozono y darían vida a los desiertos. El Sahara explotaría; las capas de hielo polar se derretirían, mostrando así la tierra fértil que contenían debajo. Dee ya había planeado fundar la capital del planeta en la Antártida, a orillas del lago Vanda. Los Inmemoriales restablecerían sus antiguos reinos en Sumeria, Egipto, Centroamérica y Angkor. Gracias al conocimiento que contenía el Libro de Abraham, incluso sería posible levantar, otra vez, Danu Talis.

Por supuesto, Dee sabía que los seres humanos se convertirían en esclavos, o en comida, para aquellos Inmemoriales que todavía necesitaban ingerir alimento. Pero ése era el precio que debían pagar por los demás beneficios.

El avión se niveló y Dee sintió cómo se le asentaba el estómago. Abriendo los ojos, respiró profundamente y echó un vistazo a su reloj de bolsillo. Le costaba creer que en cuestión de horas, literalmente horas, capturaría finalmente al Alquimista, Scathach y, además, a los mellizos. Éstos eran como una bonificación extra. Cuando tuviera a Flamel y las páginas del Códex, el mundo cambiaría.

Jamás entendería por qué Flamel y su esposa habían invertido tantos esfuerzos para evitar que los Inmemoriales trajeran otra vez la civilización a la tierra. Pero no olvidaría preguntárselo... antes de matarle.

Capítulo 19

nicolas Flamel se detuvo en la Rue Beaubourg y, muy lentamente, se dio media vuelta, escudriñando cada rincón de la calle. No creía que le estuvieran siguiendo, pero necesitaba estar seguro. Había tomado un tren hasta la estación de Saint-Michel Notre-Dame y había cruzado el Sena por el Pont d'Arcole, dirigiéndose así hacia la monstruosidad de cristal y acero, conocida también como el Centro Pompidou. Mientras caminaba poco a poco, se detenía, cruzaba de una acera a otra de la calle, paraba delante de un quiosco para comprar el periódico y se demoraba tomándose un café recién hecho; el Alquimista continuaba buscando a cualquiera que prestara atención especial a sus movimientos. De momento, no había nadie que estuviera siguiendo sus pasos.

París había cambiado desde la última vez que había estado allí y, aunque ahora llamara a San Francisco su hogar, la capital francesa era la ciudad que le había visto nacer, así que siempre sería su ciudad.

Tan sólo un par de semanas antes, Josh había descargado el programa Google Earth en el ordenador del cuarto interior de la librería y le había enseñado cómo utilizarlo. Nicolas había pasado horas contemplando las calles por las que antaño había paseado, encontrando edificios que conocía desde su adolescencia, incluso descubriendo el Cementerio de los Santos Inocentes, donde supuestamente él había sido enterrado.

Le había despertado interés una calle en particular. La había encontrado en el mapa y, en términos virtuales, había caminado por ella, sin percatarse de que lo estaría haciendo en términos reales al cabo de pocos días.

Nicolas Flamel giró a mano izquierda y se adentró en la Rue de Montmorency. De repente, se frenó, como si se hubiera encontrado un muro de frente.

Respiró profundamente, consciente de que su corazón estaba latiendo con fuerza. La oleada de emociones era extraordinariamente poderosa. El callejón era tan angosto que los rayos de sol matutinos no alcanzaban a penetrar en él, de forma que estaba bañado por una oscuridad completa. En ambos lados de la callejuela, se alzaban edificios altos de color crema. En la mayoría de ellos pendían unas macetas repletas de flores y plantas que decoraban las paredes. En ambos extremos se habían colocado unos postes metálicos de color negro sobre la acera para evitar que los coches aparcaran ahí.

Nicolas caminó por el callejón con lentitud y cautela, observando tal y como antaño había sido; recordando.

Hacía más de seiscientos años, Perenelle y él habían vivido en esta calle. Ahora podía vislumbrar con claridad imágenes de un París medieval que le resultaba más familiar. Un desorden poco armónico entre casas de madera y de piedra; callejuelas sinuosas y estrechas; puentes podridos; una serie de edificios y calles a punto de derrumbarse que tenían el aspecto de ser alcantarillas abiertas al aire libre; el ruido, el increíble e incesante ruido y la nauseabunda miasma que cubría la ciudad; una mezcla de seres humanos moribundos y sucios y animales mugrientos eran, entre otras, cosas que jamás olvidaría.

Al final de la Rue de Montmorency, encontró el edificio que había estado buscando.

No había cambiado mucho. La última vez que lo vio, la piedra lucía un bonito color crema; ahora, estaba manchada, desgastada por el paso del tiempo, desconchada y teñida de color negro por el hollín. La puerta y las tres ventanas habían sido renovadas, pero el edificio en sí mismo era uno de los más antiguos de París. Justo encima de la puerta principal aparecía un número de metal azul, el 51, y encima del número se hallaba un cartel de piedra que anunciaba que aquella casa había sido una vez la MAI-SON DE NICOLAS FLAMEL ET DE PERENELLE, SA FEMME. Un cartel en forma de escudo revelaba que se trataba del AU-BERGE NICOLAS FLAMEL. Ahora, era un restaurante.

Antaño, había sido su hogar.

Acercándose a la ventana, Nicolas fingía leer el menú mientras contemplaba el interior. Evidentemente, había sido reformado por completo, y con toda seguridad una infinidad de veces, pero las vigas oscuras que cruzaban el techo blanco parecían ser las mismas que tantas veces había mirado hacía ya más de seis siglos.

Ahora se daba cuenta de que él y su esposa habían sido muy felices allí.

Y habían estado a salvo.

Sus vidas eran muy sencillas en aquel entonces: no conocían a los Inmemoriales ni a los Oscuros Inmemoriales y no tenían ni la menor idea de la existencia del Códex, o de los inmortales que lo protegían.

En esa época, él y Perenelle todavía eran completamente humanos.

Las antiguas piedras de la casa habían sido cinceladas, dibujando así una variedad de imágenes, símbolos y letras que sabía que habrían dejado perplejos e intrigados a varios eruditos a lo largo de los siglos. La mayoría carecían de significado, eran como carteles de una tienda de la época medieval. Sin embargo, había uno o dos que tenían un significado especial. Nicolas miró hacia ambos lados de la calle, asegurándose de que estaba completamente vacía. Entonces alargó su mano derecha y trazó la silueta de la letra N, que estaba esculpida en una de las piedras de la izquierda de la ventana central. Una estela verde se enroscó alrededor de la letra. Después, dibujó una F muy barroca, que se hallaba en el otro lado de la misma ventana, dejando un perfil brillante de la letra suspendido en el aire. Agarrándose al marco de la ventana con su mano izquierda, se arrastró hacia el alféizar y, con la ayuda de su mano derecha, levantó la cabeza. En ese instante, sus dedos parecían perfilar las formas de unas letras en las viejas piedras del edificio. Dejó que su aura fluyera por sus dedos, escribió una secuencia de letras… y la piedra se tornó templada y blanda. Entonces empujó… y sus dedos se sumergieron en la piedra. En ese instante agarraron un objeto que Nicolas había ocultado en el bloque sólido de granito en el siglo XV. Lo extrajo de la piedra, se soltó del marco de la ventana y se desplomó ágilmente sobre el suelo, envolviendo rápidamente el objeto con una copia del periódico *Le Monde*. Después se dio media vuelta y empezó a caminar por la calle echando un rápido vistazo hacia atrás.

Antes de salir, una vez más, a la Rue Beaubourg, Nicolas miró su mano izquierda. Anidada en el centro de su palma se hallaba la imagen perfecta de la mariposa negra que Saint-Germain había dibujado en su piel. «Te conducirá hacia donde yo esté», le había asegurado.

Nicolas Flamel frotó su dedo índice sobre el tatuaje.

—Llévame junto a Saint-Germain —murmuró—. Condúceme hacia él.

El tatuaje empezó a tiritar en su piel, agitando sus alas negras. De repente, se despegó de su piel y permaneció en frente de él batiendo las alas. Un segundo más tarde, la mariposa comenzó a bailar y a pulular por la calle.

—Ingenioso —susurró Nicolas—, muy ingenioso.

Entonces, se puso en camino, siguiendo las indicaciones de la mariposa.

Capítulo 20

Perenelle salió del calabozo.

La puerta jamás había estado cerrada con llave, pues no había necesidad: nada podía pasar por encima de la esfinge. Pero ahora la esfinge se había ido. Perenelle respiró profundamente: el hedor ácido de la criatura, una mezcla rancia de serpiente, león y pájaro, había disminuido, permitiendo así que la Hechicera percibiera los aromas típicos de la prisión de Alcatraz: sal y metal oxidado, algas marinas y piedras. Giró hacia la izquierda y empezó a caminar a paso ligero por un pasillo repleto de calabozos. Perenelle estaba en la Roca, pero no sabía exactamente en qué parte del gigantesco laberinto. Aunque ella y Nicolas habían vivido en San Francisco durante años, jamás habían sentido la tentación de visitar la fantasmagórica isla. Todo lo que sabía es que estaba por debajo de la superficie terrestre. La única luz provenía de una serie de bombillas de baja potencia esparcidas por las celdas que contaban con electricidad. Perenelle dibujó una sonrisa irónica; la luz no le beneficiaría. La esfinge temía a la oscuridad; la criatura provenía de una época en que, realmente, los monstruos se ocultaban en lugares sombríos.

La esfinge había sido engatusada por el fantasma de

Juan Manuel de Ayala. Había ido en busca de los ruidos misteriosos, del repiqueteo de los barrotes y de las puertas que se cerraban de golpe. Esta colección de sonidos había invadido, de forma repentina, el edificio. Durante cada segundo que la esfinge estaba lejos del calabozo, el aura de Perenelle recargaba energía. No podría recuperar toda la fuerza; para ello necesitaría dormir y comer primero, pero al menos ya no era vulnerable. Todo lo que tenía que hacer era alejarse del camino de la esfinge.

Una puerta se cerró de golpe en lo alto del edificio, y Perenelle se quedó inmóvil mientras escuchaba cómo unas garras correteaban por el suelo. Entonces una campana empezó a retumbar, de forma lenta y solemne, solitaria y alejada. La Hechicera percibió un ruido estrepitoso causado por el roce de las garras de la criatura sobre la piedra del suelo mientras ésta corría para averiguar qué ocurría.

Perenelle rodeó su cuerpo con los brazos, rozándose las manos con él, intentando entrar en calor. Llevaba un vestido de verano de tirantes. En circunstancias normales, Perenelle era capaz de regular su temperatura mediante el ajuste de su aura, pero tenía muy poca energía y se negaba a utilizarla de este modo. Uno de los talentos especiales de la esfinge era la capacidad de detectar y nutrirse de energía mágica.

Las sandalias planas de Perenelle no emitían ningún sonido sobre las piedras mientras corría por el pasillo. Iba cautelosa, pero no asustada. Perenelle Flamel había vivido más de seis siglos y, mientras Nicolas sentía una gran fascinación por la alquimia, ella había concentrado sus esfuerzos en el arte de la brujería. Sus investigaciones la habían llevado a lugares lúgubres y peligrosos, no sólo en este planeta, sino también en los Mundos de Sombras que lo bordeaban.

A lo lejos, se escuchaban vidrios partiéndose y desplomándose sobre el suelo. Escuchó a la esfinge silbar y aullar, mostrando así su frustración. Pero aquel sonido quedaba muy lejos. Perenelle sonrió: De Ayala estaba manteniendo a la esfinge ocupada, y sin importar cuánto tiempo invirtiera en buscarlo, jamás lo encontraría. Incluso una criatura tan poderosa como la esfinge no podía luchar contra un fantasma o un *poltergeist*.

Perenelle sabía que debía ascender a otro piso que recibiera directamente luz solar. De esta forma, su aura se recuperaría de forma más rápida. Cuando ya estuviera al aire libre, podría utilizar cualquier hechizo, conjuro o encanto para convertir la existencia de la esfinge en miseria. Un mago escítico, que aseguraba haber ayudado a construir las pirámides para los supervivientes de Danu Talis que decidieron instalarse en Egipto, le había enseñado un hechizo muy útil para derretir piedra. Perenelle no dudaría en echar abajo todo el edificio sobre la esfinge. Lo más probable era que la criatura sobreviviera, pues las esfinges eran prácticamente imposibles de matar, pero al menos reduciría su paso.

Perenelle vislumbró unas escaleras metálicas oxidadas y salió disparada hacia ellas. Estaba a punto de poner un pie sobre el primer peldaño cuando se dio cuenta del hilo gris que lo atravesaba. Perenelle temblaba y mantenía el pie aún en el aire… y entonces dio un paso hacia atrás. Se agachó y contempló la escalinata de metal. Desde ese ángulo, podía avistar los hilos de telarañas que entrecruzaban los peldaños. Cualquiera que pisara la escalera quedaría atrapado. Se echó hacia atrás, observando fijamente las oscuras sombras. Las telarañas eran demasiado gruesas, lo cual le indicaba que no se trataba de arañas normales. Además, estaban salpicadas por unos diminutos glóbulos de líquido plateado. Perenelle sabía de la existencia de una docena de criaturas que podrían haber tejido esas telarañas, pero no quería encontrarse con ninguna de ellas, ni en ese momento, ni en ese lugar, no mientras sus fuerzas estuvieran bajo mínimos.

Se dio media vuelta y empezó a correr por un largo pasillo alumbrado por una única bombilla ubicada al fondo. Ahora que ya sabía lo que estaba buscando, vislumbraba telarañas plateadas por todas partes, desplegadas por el techo, extendidas por las paredes; además, había nidos gigantescos ubicados en las esquinas, entre las sombras de la cárcel. La presencia de las telarañas explicaba por qué no había encontrado otros insectos o animales en la cárcel, ni hormigas, ni moscas, ni mosquitos, ni ratas. Cuando las criaturas de los nidos empollaran, el edificio se llenaría de arañas. A lo largo de los siglos, Perenelle había conocido a Inmemoriales que se habían asociado con arañas, incluyendo a Aracne y a la enigmática y aterradora Mujer Araña. Pero hasta donde Perenelle sabía, ninguna de ellas estaba aliada con Dee y los Oscuros Inmemoriales.

Perenelle acababa de cruzar el umbral de una puerta abierta, enmarcada perfectamente por una telaraña, cuando percibió un hedor amargo. Aminoró el paso y después se detuvo. Aquel olor era nuevo; no era el de la esfinge. Volviéndose, se acercó todo lo que pudo a la telaraña sin tocarla y trató de ver el interior. Pasaron unos segundos hasta que sus ojos se ajustaron a la oscuridad de la habitación. Y Perenelle se tomó unos instantes para dar sentido a lo que estaba viendo.

Baitales.

El corazón de Perenelle empezó a latir con tal fuerza en el pecho que incluso notaba la vibración del cuerpo. Colgadas desde la bóveda boca abajo, pendían una docena de criaturas. Sus zarpas, que eran una mezcla de pies humanos y garras de pájaro, estaban clavadas en la piedra. Unas alas de murciélago peludas envolvían un cuerpo humano esquelético. Las cabezas eran rostros jóvenes de chicos y chicas que apenas habían alcanzado la mayoría de edad.

Baitales.

Perenelle pronunció la palabra en silencio. Vampiros del continente indio. A diferencia de Scathach, este clan se alimentaba de sangre y vísceras. Pero ¿qué estaban haciendo ahí? Y, más importante aún, ¿cómo habían llegado hasta ahí? Los baitales siempre estaba unidos a una región o tribu: la Hechicera jamás había conocido a uno que abandonara su tierra natal.

Perenelle se volvió lentamente para contemplar el interior de los calabozos situados en el oscuro pasillo. ¿Qué más se hallaría escondido entre las celdas de Alcatraz?

¿Qué estaba planeando el doctor John Dee?

DOMINGO,
3 de junio

Capítulo 21

l grito de Sophie despertó a Josh de un sueño profundo y tranquilo, sacándole de la cama de un salto. Josh estaba de pie, intentando coger sus pertenencias en la oscuridad completa que le rodeaba.

Sophie chilló otra vez; el sonido era áspero y aterrador.

Josh se tropezó en la habitación; se golpeó las rodillas con una silla antes de averiguar dónde estaba la puerta, visible únicamente por la tira de luz procedente del otro lado. Su hermana estaba en la habitación que se hallaba en frente de la suya.

Unas horas antes, Saint-Germain les había acompañado al piso superior y les había dejado escoger las habitaciones. De inmediato, Sophie se decidió por la habitación con vistas a los Campos Elíseos. De hecho, desde la ventana podía contemplar el Arco de Triunfo destacando sobre los tejados parisinos. En cambio, Josh había tomado la habitación de enfrente cuyas vistas daban al jardín trasero, un tanto marchito. Las habitaciones eran pequeñas, de techos bajos y paredes irregulares, incluso ladeadas, pero cada una contaba con su propio baño con una minúscula ducha que sólo tenía dos ajustes: agua hirviendo o agua helada. Cuando Sophie había abierto el agua en su habitación, la ducha de Josh dejó de funcionar. Y aunque le había prometido a su hermana que cuando acabara de ducharse iría a hablar con ella, se había sentado en el borde de la cama y, casi de forma simultánea, se había quedado dormido.

Sophie gritó por tercera vez, soltando un sollozo tan estremecedor que Josh sintió cómo los ojos se le aguaban de lágrimas.

Josh abrió la puerta de su habitación de golpe y corrió por el estrecho pasillo. Entonces empujó la puerta de la habitación de su hermana y se detuvo.

Juana de Arco estaba sentada en el borde de la cama de su hermana, sujetando la mano de Sophie entre las suyas. No había ninguna luz encendida, pero no estaban en completa oscuridad. Las manos de Juana resplandecían con un brillo plateado y, a simple vista, parecía que llevara puesto un guante gris. El joven observó que la mano de su hermana asumía la misma textura y color. Y el aire desprendía un aroma a vainilla y lavanda.

Juana giró la cabeza para mirar a Josh, quien sintió un sobresalto al descubrir que sus ojos se habían convertido en un par de monedas de plata. Dio un paso hacia delante, pero Juana colocó el dedo índice sobre sus labios mientras sacudía ligeramente la cabeza, indicándole que no dijera nada. El destello de su mirada se desvaneció.

—Tu hermana está soñando —dijo Juana. Sin embargo, Josh no estaba seguro de si había pronunciado las palabras en voz alta o si estaba escuchando la voz de Juana en su mente—. La pesadilla ya se está acabando. No regresará —afirmó, convirtiendo la frase en una promesa.

Escuchó cómo la madera del suelo crujía detrás de él y, al volverse, descubrió al conde de Saint-Germain, que se acercaba por una angosta escalera ubicada al fondo de la entrada. Francis le hizo un gesto a Josh desde el pie de la escalera y, aunque no movió ni un ápice los labios, el joven pudo escuchar su voz con claridad.

—Mi esposa cuidará de tu hermana. Sal de ahí.

Josh negó con la cabeza.

—Debería quedarme.

No quería dejar sola a su hermana con aquella extraña mujer; pero también sabía, de forma instintiva, que Juana jamás haría daño a Sophie.

—No hay nada que puedas hacer por ella —dijo Saint-Germain en voz alta—. Vístete y sube al ático. Allí tengo mi estudio.

Entonces se dio media vuelta y desapareció entre los peldaños de la escalera.

Josh echó un último vistazo a Sophie. Estaba descansando tranquilamente y su respiración había vuelto a la normalidad. Gracias al resplandor que emitía la mirada de Juana, Josh se percató de que las ojeras de su hermana se habían atenuado y que, en esos momentos, apenas quedaba rastro de ellas.

—Vete ahora —ordenó Juana—. Hay algunas cosas que tengo que decirle a tu hermana. Cosas privadas.

—Pero ella está dormida… —protestó Josh.

—Pero aun así se las diré —murmuró la mujer—, y ella las escuchará.

En su habitación, Josh se vistió rápidamente. Un fardo de prendas de ropa yacía sobre una silla colocada debajo de la ventana: ropa interior, pantalones tejanos, camisetas y calcetines. Supuso que la ropa pertenecía a Saint-Germain: era, más o menos, de la talla del conde. Josh se puso un par de tejanos negros de diseño y una camiseta negra de seda antes de ponerse sus propios zapatos y echarse un vistazo rápido en el espejo. No pudo evitar sonreír; jamás se habría imaginado llevar prendas de ropa tan exclusivas. En el baño, Josh sacó del envoltorio un cepillo de dientes sin estrenar. Se echó agua fría en la cara y se pasó los dedos por la cabellera rubia, apartando así los mechones que le tapaban la frente. Poniéndose el reloj, Josh se sobresaltó al comprobar que era más tarde de la medianoche del domingo. Había dormido el día entero y la mayor parte de la noche.

Cuando salió de la habitación, se detuvo en frente de la puerta del cuarto de su hermana y miró en el interior. El perfume a lavanda era tan intenso que incluso se le humedecieron los ojos. Sophie permanecía inmóvil sobre la cama y su respiración era regular. Juana seguía a su lado, sujetándole la mano, susurrando palabras en una lengua que era incapaz de entender. La mujer giró la cabeza para mirar a Josh. En ese instante, él se dio cuenta de que sus ojos se habían transformado, otra vez, en discos de plata, sin rastro alguno del blanco típico de los ojos o de una pupila. Juana desvió su mirada hacia Sophie.

Josh las observó con atención durante un momento antes de darse media vuelta. Cuando la Bruja de Endor había formado a Sophie en la Magia del Aire, a él le habían ordenado retirarse; ahora, lo habían vuelto a hacer. Empezaba a darse cuenta de que en este mundo mágico nuevo no había lugar para alguien como él, alguien sin poderes.

Lentamente, Josh subió las sinuosas escaleras que conducían a la oficina de Saint-Germain. Todo lo que Josh habría esperado encontrar en el ático, nada tenía que ver con aquella gigantesca habitación de madera blanca y muy luminosa. El ático tenía el mismo tamaño que toda la casa y resultaba evidente que había sido remodelado para crear un espacio de un solo ambiente. Al fondo, a través de una ventana arqueada, se podían contemplar los Campos Elíseos. La desmesurada habitación estaba repleta de instrumentos musicales y electrónicos, pero no había señales de Saint-Germain.

Un escritorio alargado se extendía desde un extremo al otro de la habitación. Estaba repleto de ordenadores, tanto personales como portátiles, de pantallas de multitud de formas y tamaños, de sintetizadores, de tablas de mezclas, de teclados y de instrumentos de percusión electrónicos.

Al otro lado de la habitación, un trío de guitarras eléctricas estaban colocadas sobre sus correspondientes atriles mientras que una colección de teclados se hallaba ordenada alrededor de una descomunal pantalla de LCD.

—¿Cómo te encuentras? —preguntó Saint-Germain.

Josh tardó unos instantes en identificar de dónde provenía la voz de Francis. El músico estaba recostado sobre su espalda debajo de la mesa mientras, entre sus manos, sujetaba un montón de cables USB.

—Bien —respondió Josh un tanto asombrado al comprobar que era cierto. De hecho, hacía mucho tiempo que no se sentía tan bien—. No me acuerdo ni de haberme acostado…

—Ambos estabais exhaustos, tanto física como mentalmente. Y, por lo que tengo entendido, las puertas telúricas absorben hasta la última gota de energía. La verdad es que nunca he viajado a través de ellas —añadió—. A decir verdad, me asombró que pudierais manteneros en pie —murmuró Saint-Germain al mismo tiempo que soltaba algunos cables—. Has dormido unas catorce horas.

Josh se arrodilló junto a Saint-Germain.

—¿Qué intentas hacer?

—He movido un monitor y el cable se ha desprendido; no estoy seguro de cuál de éstos es.

—Deberías asignar un código de colores con cinta adhesiva —sugirió Josh—. Eso es lo que hago yo.

Enderezándose, Josh cogió el extremo del cable que estaba conectado al monitor de pantalla ancha y lo sacudió varias veces.

—Es éste —afirmó Josh. El cable parecía temblar entre las manos de Francis.

—¡Gracias!

De repente, el monitor parpadeó hasta encenderse, dejando al descubierto una pantalla llena de dispositivos deslizantes y botones.

Saint-Germain se puso en pie y se quitó las motas de polvo. Llevaba unas prendas de ropa idénticas a las de Josh.

—Te sirven —comentó—. Y además te quedan bien. Deberías llevar el color negro más a menudo.

—Gracias por la ropa… —empezó Josh—. La verdad es que no sé si podremos pagarte por ella.

Francis soltó una carcajada.

—No es un préstamo; es un regalo. No hace falta que me la devuelvas.

Antes de que Josh pudiera darle las gracias una vez más, Saint-Germain pulsó un botón del teclado y Josh dio un salto. Una serie de acordes de piano resonó con fuerza en unos altavoces escondidos.

—No te preocupes, el ático está insonorizado —explicó Saint-Germain—. La música no despertará a Sophie.

Josh asintió mientras contemplaba la pantalla.

—¿Escribes toda tu música a ordenador?

—Casi toda —respondió Saint-Germain, echando un vistazo a su estudio—. Cualquiera puede componer música hoy en día; necesitas poco más que un ordenador, el *software* adecuado, un poco de paciencia y mucha imaginación. Si necesito instrumentos reales para una mezcla, contrato músicos profesionales. Pero la mayoría de cosas las hago aquí.

—Una vez descargué un *software* que detectaba ritmos —admitió Josh—, pero jamás logré utilizarlo correctamente.

—¿Qué tipo de música compones?

—Bueno, no estoy seguro de que pueda denominarse componer… Simplemente, son mezclas ambientales.

—Me encantaría escuchar algo tuyo.

—Pues ya no existe. Perdí mi ordenador, mi teléfono móvil y mi iPod cuando el Yggdrasill fue destruido.

Incluso decirlo en voz alta le ponía enfermo. Y lo peor de todo es que en realidad no se hacía a la idea de todo lo que había perdido.

—Perdí mi proyecto de verano y toda mi música, que ocupaba unas 90 gigas. Me había pirateado muchos discos que ya no podré conseguir —dijo entre suspiros—. También perdí cientos de fotos; todos los lugares a los que nuestros padres nos habían llevado. Nuestros padres son científicos, de hecho uno es arqueólogo y el otro paleontólogo —añadió—, así que hemos viajado a lugares maravillosos.

—Tiene que haber sido duro para ti —simpatizó Saint-Germain—. ¿Y las copias de seguridad?

La expresión desolada de Josh respondió la pregunta del conde.

—¿Eras usuario de Mac o de PC?

—De hecho, utilizaba ambos. Mi padre suele utilizar PC en casa, pero la mayoría de escuelas a las que Sophie y yo hemos asistido utilizan Mac. Sophie los adora, pero yo prefiero un PC —dijo—. Si algo va mal, siempre puedo desmontarlo y arreglar el problema yo solo.

Saint-Germain se dirigió hacia el fondo de la mesa y hurgó entre las cosas que había debajo. Sacó tres ordenadores portátiles, de diferentes marcas y tamaños de pantalla y los colocó, alineados, en el suelo. Después, hizo un gesto evidente.

—Escoge uno.

Josh pestañeó en forma de sorpresa.

—¿Que escoja uno?

—Todos son PC —continuó Francis—, y yo no los utilizo. Ahora prefiero los Mac.

Josh desvió su mirada hacia los ordenadores y después, otra vez, hacia el músico. Acababa de conocer a aquel hombre, apenas habían pasado tiempo juntos, y ya le estaba ofreciendo uno de entre tres ordenadores muy costosos. Josh sacudió la cabeza.

—Gracias, pero no puedo.

—¿Por qué no? —exigió Saint-Germain.

Josh no encontró una respuesta para eso.

—Necesitas un ordenador. Yo te ofrezco uno de éstos. Me alegraría si aceptaras coger uno —dijo Saint-Germain con una sonrisa—. Yo crecí en una época en que ofrecer regalos era un arte. He descubierto que, en este siglo, la gente no sabe aceptar gratamente un regalo.

—No sé qué decir.

—¿Qué tal un «gracias»? —sugirió Saint-Germain.

Josh esbozó una amplia sonrisa.

—Sí. Bueno… gracias —agradeció un tanto indeciso—. Muchas gracias.

Mientras estaba acabando de articular las últimas palabras, Josh ya sabía qué ordenador quería: un diminuto portátil de 2,5 centímetros de grosor y con una pantalla de once pulgadas. Saint-Germain hurgó debajo de la mesa y extrajo tres cargadores de batería que colocó enseguida en el suelo, junto a los ordenadores.

—No los utilizo. Quizá nadie vuelva a utilizarlos. Acabaré formateando los discos duros y regalándolos a escuelas parisinas. Escoge el que más te guste. Debajo de la mesa también encontrarás una mochila apropiada para cada ordenador.

Saint-Germain hizo una pausa. Los ojos le brillaban. Entonces empezó a tamborilear los dedos sobre el portátil que Josh estaba observando fijamente.

—Tengo una batería de larga duración de sobra para éste. Es mi favorito —añadió con una sonrisa.

—Bueno, si en realidad no los usas…

Saint-Germain pasó un dedo por encima del ordenador, dibujando una línea en el polvo que lo cubría y mostrándole la marca negra que le había quedado en la yema a Josh.

—Créeme: no los utilizo.

—De acuerdo… gracias, muchas gracias. Es la primera vez que alguien me regala algo así —confesó mientras agarraba el ordenador entre sus manos—. Me quedaré con éste… si estás completamente seguro…

—Lo estoy. Tiene todos los programas instalados; también tiene red inalámbrica y puede conectarse a corriente eléctrica norteamericana y europea. Además, tiene todos mis discos —dijo Saint-Germain—, así que puedes volver a empezar tu colección musical. También encontrarás un archivo *mpeg* de mi último concierto. Échale un vistazo; es realmente bueno.

—Lo haré —prometió Josh, conectando el ordenador para recargar la batería.

—Ya me dirás lo que te ha parecido. Y sé sincero conmigo —añadió.

—¿De veras?

El conde se tomó unos instantes para considerar la pregunta, pero enseguida negó con la cabeza.

—No, no del todo. Sólo si crees que soy un buen músico. Aunque creas que después de casi trescientos años estaría acostumbrado a ellas, siguen sin agradarme las críticas negativas.

Josh abrió el ordenador portátil y lo encendió. La máquina produjo un silbido y un ligero parpadeo y se iluminó. Inclinándose levemente hacia delante, Josh sopló encima del teclado, intentando así apartar algunas motas de polvo. Cuando el disco duro arrancó, la pantalla volvió a destellar y, de repente, apareció la imagen del conde sobre un escenario, rodeado por una docena de instrumentos.

—¿Tienes una fotografía tuya como fondo de pantalla? —preguntó Josh con tono incrédulo.

—Es una de mis favoritas —respondió el músico.

Josh asintió sin desviar la mirada de la pantalla y después echó un vistazo al estudio del conde.

—¿Sabes tocarlos todos?

—Todos y cada uno de ellos. Empecé con el violín hace muchos años; después, me pasé al clavicordio y a la flauta. Sin embargo, siempre he querido estar al día, así que he ido aprendiendo a tocar nuevos instrumentos. En el siglo XVI, utilizaba lo último en tecnología, los nuevos violines, los últimos teclados. Y mírame, aquí estoy, casi tres siglos más tarde, haciendo exactamente lo mismo. Hoy en día es una época idónea para ser músico. Y con la ayuda de la tecnología, finalmente puedo tocar todos los sonidos que escucho en mi cabeza.

Con los dedos rozó las teclas de un teclado y las voces de todo un coro resonaron en los altavoces.

Josh se sobresaltó. Las voces eran tan nítidas que incluso miró hacia atrás para comprobar que realmente no se trataba de personas reales.

—He descargado algunas muestras de sonido, de forma que puedo utilizarlas en mi trabajo —explicó Saint-Germain. Después, se volvió otra vez hacia la pantalla mientras sus dedos danzaban entre las teclas—. ¿No crees que los fuegos artificiales de ayer por la mañana producían sonidos maravillosos? Sonidos crepitantes, sonidos secos. Quizá es el momento de otra Suite de Fuegos Artificiales.

Josh caminó por todo el estudio, observando los discos de oro enmarcados del artista, los carteles firmados y las carátulas de discos.

—No sabía que existiera ya una —dijo.

—George Frideric Handel, 1749, *Música para los Fuegos Artificiales de la Realeza*. ¡Qué noche aquélla! ¡Qué música!

Saint-Germain pasó una vez más los dedos por el teclado. Esta vez, la música le resultó vagamente familiar a Josh. Quizá la había escuchado en un anuncio de televisión.

—El viejo George —continuó el italiano—. Jamás me agradó.

—Tú no le agradas a la Bruja de Endor —soltó repentinamente Josh—. ¿Por qué?

Saint-Germain esbozó una gran sonrisa.

—La Bruja no siente aprecio por nadie. Y menos por mí, pues me convertí en inmortal por mis propios esfuerzos y, a diferencia de Nicolas y Perry, jamás necesité una receta de un libro para no envejecer.

Josh frunció el ceño.

—¿Quieres decir que hay diferentes tipos de inmortalidad?

—Muchos y muy diferentes; hay tantos tipos como inmortales. Los más peligrosos son aquellos que se transforman en inmortales por su lealtad a un Inmemorial. Si caen en desgracia con el Inmemorial, el don se rescinde, por supuesto —explicó. De repente, chasqueó los dedos y Josh dio un salto—. El resultado es un envejecimiento instantáneo. Es una forma de asegurar lealtad eterna.

Se volvió una vez más hacia el teclado y con sus dedos dibujó unas notas que, en conjunto, producían un sonido velado. Alzó la vista cuando Josh se reunió con él en frente de la pantalla.

—Pero la verdadera razón por la que la Bruja de Endor me detesta es porque yo, un mortal común, me he convertido en el Maestro del Fuego.

El conde levantó la mano izquierda. De pronto, una llama de múltiples matices empezó a danzar en la punta de cada dedo. El ático empezó a oler a hojas quemadas.

—¿Y por qué le molesta tal cosa? —preguntó Josh, absorto en las llamas que había creado Saint-Germain. Quería, deseaba desesperadamente, ser capaz de hacer algo así.

—Quizá porque aprendí el secreto del fuego de su hermano —confesó. El ritmo musical cambió completamente, haciéndose ahora discordante—. Bueno, digo «aprendí», aunque la palabra más adecuada es «robé».

—¡Robaste el secreto del fuego! —exclamó Josh.

El conde de Saint-Germain asintió con aire satisfecho.

—De Prometeo.

—Y cualquier día mi tío querrá que se lo devuelvas.

La voz de Scathach les hizo saltar a ambos. Ninguno se había dado cuenta de que había entrado en el estudio.

—Nicolas está aquí —anunció la Guerrera.

Capítulo 22

icolas Flamel estaba sentado en la cabecera de la mesa de la cocina, envolviendo con ambas manos un tazón de sopa caliente. Delante de él había una botella medio vacía de Perrier, una copa de vino y un plato repleto de pan crujiente y queso. Alzó la mirada y saludó con un gesto a Josh y Saint-Germain cuando éstos entraron en la cocina seguidos de Scathach.

Sophie estaba sentada en un lado de la mesa, justo enfrente de Juana de Arco, y Josh no vaciló un instante en sentarse junto a su hermana. El conde se acomodó junto a su esposa. Sólo Scathach permaneció en pie, inclinada ligeramente sobre el fregadero, detrás del Alquimista, y observando meticulosamente la noche parisina. Josh se dio cuenta de que aún llevaba el pañuelo que había cortado de la camiseta negra de Flamel.

Josh desvió su atención hacia el Alquimista. Nicolas parecía cansado y envejecido. Incluso su cabellera blanca mostraba unos reflejos plateados que no estaban antes. La piel había adoptado un color asombrosamente pálido, lo cual enfatizaba los círculos oscuros que rodeaban sus ojos y las profundas líneas de expresión de la frente. Las prendas de ropa estaban arrugadas y húmedas por la lluvia e incluso las mangas de la chaqueta que había colgado en el respaldo de la silla de madera estaban manchadas de barro. Las gotas de lluvia destellaban en su chaqueta de cuero negra.

Nadie musitó palabra hasta que el Alquimista se acabó la sopa. Después, cortó unos pedazos de queso que acompañó con trozos de pan. Masticaba de forma lenta y metódica. Vertió agua de la botella verde en su vaso y la bebió en pequeños sorbos. Cuando al fin hubo acabado, se limpió los labios con una servilleta y dejó escapar un suspiro que delataba su satisfacción.

—Gracias —dijo, mirando a Juana—. Estaba delicioso.

—Hay una despensa llena de comida, Nicolas —informó mientras le miraba con sus enormes ojos grises que reflejaban preocupación—. Deberías comer algo más que sopa, pan y queso.

—Ha sido suficiente —respondió con amabilidad—. Ahora mismo necesito descansar y no quiero llenar el estómago de comida. Mañana disfrutaremos de un gran desayuno. Yo mismo lo prepararé.

—No tenía ni idea de que supieras cocinar —dijo Saint-Germain.

—No sabe —murmuró Scathach.

—Siempre había creído que comer queso por la noche te daba pesadillas —interrumpió Josh, mirando su reloj de pulsera—. Es casi la una de la madrugada.

—Oh, yo no necesito queso para tener pesadillas. De hecho, mis pesadillas ocurren cuando estoy despierto —confesó Nicolas mientras dibujaba una sonrisa que nada tenía de humorístico—. No dan tanto miedo —añadió. Después miró a Josh y a Sophie—. ¿Estáis bien?

Los mellizos se miraron el uno al otro y asintieron.

—¿Habéis descansado?

—Han dormido durante todo el día y la mayor parte de la noche —contestó Juana.

—Perfecto —comentó Flamel—. Vais a necesitar todas vuestras fuerzas. Y me gusta la ropa.

Mientras Josh iba vestido de forma idéntica a Saint-Germain, Sophie lucía una blusa de algodón blanca y unos tejanos azules con los bajos subidos, dejando al descubierto unos botines.

—Juana me la ha prestado —explicó Sophie.

—Es casi de tu talla —añadió Juana—. En breve volveremos al armario para que cojas algunas mudas para el resto del viaje.

Sophie hizo un gesto expresando su agradecimiento.

Nicolas se volvió hacia Saint-Germain.

—Los fuegos artificiales alrededor de la torre Eiffel fueron inspiradores, sencillamente inspiradores.

El conde hizo una reverencia.

—Gracias, Maestro —comentó orgulloso y satisfecho de sí mismo.

Juana dejó escapar una risa tonta, casi un ronroneo.

—Ha estado buscando una excusa para hacer algo así durante meses. Deberías haber visto el espectáculo que realizó en Hawái cuando nos casamos. Esperamos hasta el atardecer y después Francis encendió el cielo durante casi una hora. Fue precioso, aunque el esfuerzo le dejó agotado durante una semana —añadió con una sonrisa burlona.

Las mejillas del conde se ruborizaron, y éste alargó la mano y estrechó la de su mujer.

—Mereció la pena ver cómo observabas el espectáculo.

—La última vez que coincidimos no dominabas el fuego —dijo Nicolas—. Que yo recuerde, sí poseías una habilidad, pero nada parecido al poder que has demostrado hoy. ¿Quién te formó?

—Pasé un tiempo en la India, en la ciudad perdida de Ofir —respondió el conde, mirando al Alquimista—. Allí aún te recuerdan, Nicolas. ¿Sabías que construyeron una estatua en tu honor y en el de Perenelle en la plaza principal?

—No tenía la menor idea. Le prometí a Perenelle que algún día volveríamos —comentó Nicolas con aire melancólico—. Pero ¿qué tiene que ver esto con tu dominio del fuego?

—Conocí a alguien allí… alguien que me formó —contestó Saint-Germain misteriosamente—, me enseñó cómo utilizar toda la sabiduría secreta que había adquirido de Prometeo…

—Robado —corrigió Scathach.

—Bueno, él la robó primero —respondió rápidamente Saint-Germain.

Flamel golpeó la mesa con la mano con tal fuerza que incluso la botella de agua vibró. La única que no se sobresaltó fue Scathach.

—¡Basta! —gritó.

De repente, los pómulos del Alquimista se hicieron más prominentes, insinuando así la calavera que se ocultaba bajo la piel. Su mirada casi incolora ahora era visiblemente oscura, una mezcla entre gris, marrón y negro. Apoyando los codos sobre la mesa, se pasó las manos por el rostro y emitió un suspiro estremecedor. La atmósfera comenzó a oler a menta, pero el aroma era un tanto amargo.

—Lo siento. Ha sido un gesto imperdonable. No debería haber alzado la voz —comentó, rompiendo el silencio que se había formado.

Cuando se apartó las manos del rostro, esbozó una tímida sonrisa. Miró a todos sus acompañantes y contempló las expresiones de asombro de los mellizos.

—Perdonadme. Estoy cansado, agotado. Podría dormir una semana entera. Continúa, Francis, por favor. ¿Quién te formó?

El conde de Saint-Germain tomó aire.

—Él me dijo… él me dijo que jamás debía pronunciar su nombre en voz alta —finalizó.

Con los codos colocados sobre la mesa, Flamel entrelazó las manos y apoyó la barbilla sobre los puños. Miraba fijamente al músico con un rostro impasible.

—¿Quién fue? —exigió.

—Le di mi palabra —respondió Saint-Germain rotundamente—. Fue una de las condiciones que me impuso cuando decidió formarme. Dijo que algunas palabras y ciertos nombres contenían un poder capaz de hacer temblar los cimientos de este mundo y de los Mundos de Sombras. Además, me dijo que atraía atenciones desagradables.

Scathach dio un paso hacia delante y apoyó su mano sobre el hombro del Alquimista.

—Nicolas, sabes que es cierto. Existen palabras que jamás deberían pronunciarse, nombres que nunca deberían usarse. Cosas antiguas, cosas inhumanas.

Nicolas asintió con la cabeza.

—Si le diste a esa persona tu palabra, deberías cumplirla, por supuesto. Pero dime —continuó sin ni siquiera mirar al conde—, esta persona enigmática, ¿cuántos brazos tenía?

Saint-Germain se sentó repentinamente. La expresión de sorpresa en su rostro revelaba la verdad.

—¿Cómo lo has sabido? —susurró.

La boca del Alquimista se retorció formando una horrible mueca.

—En España, hace unos seiscientos años, conocí a un hombre manco que me enseñó algunos secretos del Códex. También se negó a dar su nombre en voz alta —explicó. Inesperadamente, Flamel clavó la mirada en Sophie—. Posees los recuerdos de la Bruja. Si se te ocurre un nombre, sería mejor para todos nosotros que no lo pronunciaras.

Sophie cerró la boca tan rápidamente que incluso se mordió el interior del labio. Conocía el nombre del individuo de quien Flamel y el conde estaban hablando. También sabía quién, y qué, era. Y había estado a punto de articular su nombre.

Flamel se volvió hacia Saint-Germain.

—Sabes que los poderes de Sophie han sido Despertados. La Bruja le enseñó los conceptos básicos de la Magia del Aire, y estoy decidido a que ambos, tanto Sophie como Josh, reciban una formación respecto a las magias elementales lo antes posible. Sé dónde encontrar a maestros de la Magia de la Tierra y el Agua. Justo ayer había pensado que deberíamos seguir el rastro de algún Inmemorial relacionado con el fuego, Maui o Vulcan, o incluso tu antiguo némesis, el mismo Prometeo. Pero ahora, espero que esto no sea necesario —explicó. Después, se tomó unos instantes para respirar—. ¿Crees que podrías enseñar a Sophie la Magia del Fuego?

Saint-Germain parpadeó, mostrando así su asombro. Se cruzó de brazos y miró a Sophie y al Alquimista mientras sacudía la cabeza expresando su disconformidad.

—No estoy seguro de que pueda. De hecho, no estoy seguro de que deba…

Juana alargó el brazo derecho y posó la mano sobre el hombro de su esposo. El conde se volvió. En ese momento, ella, en un gesto casi imperceptible, asintió. No movió ni un ápice los labios, pero todo el mundo escuchó claramente sus palabras.

—Francis, debes hacerlo.

El conde no vaciló.

—Lo haré… pero ¿es prudente? —preguntó con tono serio.

—Es necesario —respondió Juana de Arco.

—Deberá asimilar mucha cantidad de información… —protestó Saint-Germain. Después, hizo una reverencia a Sophie y continuó—: Perdóname. No era mi intención hablar de ti como si no estuvieras presente —se disculpó. Entonces desvió su mirada hacia Nicolas, y con tono vacilante, añadió—: Sophie aún debe ocuparse de los recuerdos de la Bruja.

—Ya no. Ya me he ocupado yo de eso.

Juana apretó el hombro de su marido. Se dio la vuelta para contemplar a todos los que estaban sentados alrededor de la mesa y finalmente se detuvo en Sophie.

—Mientras Sophie dormía, hablé con ella, la ayudé a clasificar los recuerdos, a categorizarlos, a separar sus pensamientos de los de la Bruja. No creo que le den más problemas.

Sophie estaba asombrada.

—¿Te has adentrado en mi cabeza mientras dormía?

Juana de Arco hizo un movimiento con la cabeza indicando negación.

—No me he adentrado en tu mente… Sencillamente, hablé contigo, te enseñé qué hacer y cómo hacerlo.

—Yo te vi hablando… —empezó Josh. Frunció el ceño

y añadió—: Pero Sophie estaba profundamente dormida. No podía escucharte.

—Ella me escuchó —dijo Juana con rotundidad. Después miró a Sophie directamente y posó su mano izquierda sobre la mesa.

De las yemas de sus dedos emergió una neblina plateada mientras unas diminutas motas de luz que danzaban entre su piel, muy semejantes a gotas de mercurio, cruzaron la mesa en dirección a las manos de Sophie, apoyadas sobre la madera pulida de la mesa. A medida que se acercaban, las uñas de Sophie empezaban a tornarse de color plateado. De repente, las motas de polvo envolvieron los dedos.

—Puedes ser la hermana melliza de Josh, pero tú y yo, Sophie, somos hermanas. Somos Plata. Sé qué es escuchar voces en el interior de la cabeza; sé qué es ver lo imposible, saber los secretos más ocultos —confesó Juana de Arco. Desvió la mirada hacia Josh y más tarde hacia el Alquimista—. Mientras Sophie dormía, hablé directamente con su inconsciente. Le enseñé cómo controlar los recuerdos de la Bruja, cómo ignorar las voces y cómo clasificar las imágenes. Le enseñé a protegerse.

Sophie alzó levemente la cabeza con los ojos abiertos de par en par.

—¡Eso es lo que ha cambiado! —exclamó sobresaltada a la vez que asombrada—. Ya no escucho las voces —dijo, mirando a su hermano—. Empezaron a hablarme cuando la Bruja me transmitió toda su sabiduría. Había miles; me gritaban y susurraban en lenguas que apenas comprendía. Ahora se han calmado.

—Siguen ahí —explicó Juana—, siempre estarán ahí. Pero ahora ya puedes convocarlas cuando lo desees para utilizar su conocimiento. También he empezado el proceso de control de tu propia aura.

—Pero ¿cómo lo has hecho si estaba dormida? —insistió Josh. Era una idea que le seguía atormentando.

—Sólo la consciencia duerme, el inconsciente siempre está despierto.

—¿Qué quieres decir con controlar el aura? —preguntó Sophie un tanto confundida—. Creí que sólo era un campo eléctrico de color plateado que rodeaba mi cuerpo.

Juana rotó los hombros con un gesto elegante y distinguido.

—Tu aura es tan poderosa como tu imaginación. Puedes moldearla, unirla y crearla a tu gusto —dijo mientras alzaba la mano izquierda—. Por eso, yo puedo hacer esto.

Inesperadamente, un guante metálico extraído de una armadura cobró vida alrededor de su mano. Cada remache estaba perfectamente formado e incluso había partes que estaban un tanto oxidadas.

—Inténtalo —sugirió Juana de Arco.

Sophie levantó la mano y clavó su mirada en ella.

—Visualiza el guante —indicó Juana—. Contémplalo en tu imaginación.

Un diminuto dedal se formó alrededor del dedo meñique de Sophie. Unos instantes después, se desvaneció.

—Bueno, necesitas un poco más de práctica —admitió Juana. Entonces echó un vistazo a Saint-Germain y después al Alquimista—. Dejadme un par de horas con Sophie, le daré más trucos para que controle y dé forma a su aura antes de que Francis empiece a formarla en la Magia del Fuego.

—Esta Magia del Fuego de que habláis… ¿es peligrosa? —preguntó Josh, mirando a su alrededor.

Aún tenía muy presente lo que le había ocurrido a su hermana cuando Hécate había Despertado sus poderes. No olvidaba que Sophie podía haber muerto. Y a medida que conocía más información acerca de la Bruja de Endor, se daba cuenta de que Sophie habría podido fallecer cuando la formaron en la Magia del Aire. Al ver que nadie respondía su pregunta, se volvió hacia el conde.

—¿Es peligroso?

—Sí —respondió el músico con sinceridad—. Muy peligroso.

Josh negó con la cabeza.

—Entonces no quiero que…

Sophie alargó la mano y apretó con fuerza el brazo de su mellizo. Éste bajó la mirada: la mano que le agarraba estaba envuelta en un guante de malla metálica.

—Josh, tengo que hacerlo.

—No, no tienes por qué.

—Sí.

Josh miró fijamente a su hermana. Sophie tenía una expresión que reflejaba la testarudez y la cabezonería que él conocía a las mil maravillas. Finalmente, Josh se dio la vuelta sin musitar palabra. No quería que su hermana aprendiera más magia; no sólo porque era peligroso, sino porque la distanciaría aún más de él.

Juana se volvió hacia Flamel.

—Nicolas, ahora tú debes descansar.

El Alquimista asintió con la cabeza.

—Lo haré.

—Esperábamos que llegaras antes —dijo Scathach—. Empezaba a creer que tendría que salir a buscarte.

—La mariposa me condujo hasta aquí. Llegué hace horas —explicó Nicolas con tono cansado—. Cuando supe dónde estabais, preferí esperar a que anocheciera antes de acercarme a la casa, por si alguien la estaba vigilando.

—Maquiavelo no tiene la menor idea de la existencia de esta casa —comentó Saint-Germain seguro de sí mismo.

—Perenelle me enseñó un hechizo muy sencillo hace años, pero sólo funciona cuando llueve. Utiliza las gotas de agua para refractar luz alrededor del individuo —explicó Flamel—. Decidí esperar hasta el anochecer para pasar aún más desapercibido.

—¿Y qué has hecho durante el día? —preguntó Sophie.

—Deambular por la ciudad, buscar algunas de mis antiguas guaridas…

—Supongo que la mayoría han desaparecido —intervino Josh.

—La mayoría, pero no todas.

Flamel se agachó y cogió un objeto envuelto con papel de periódico del suelo. Al colocarlo sobre la mesa, se percibió un ruido sólido.

—La casa en Montmorency aún sigue en pie.

—Debería haber adivinado que visitarías Montmorency —dijo Scathach con una sonrisa triste. Entonces desvió la mirada hacia los mellizos y continuó—: Es la casa donde Nicolas y Perenelle vivieron a lo largo del siglo XV. Allí pasamos todos momentos felices.

—Muy felices —asintió Flamel.

—¿Y aún sigue en pie? —preguntó Sophie maravillada.

—Es una de las casas más antiguas de París —respondió Flamel orgulloso.

—¿Qué más hiciste? —solicitó Saint-Germain.

Nicolas se encogió de hombros.

—Visité el Museo de Cluny. Ver tu propia tumba no ocurre todos los días. Supongo que resulta consolador saber que hay gente que aún me recuerda, que no se olvida del verdadero Nicolas Flamel.

Juana esbozó una tierna sonrisa.

—Hay una calle que lleva tu nombre, Nicolas, la Rue Flamel. Y existe otra en honor a Perenelle. Sin embargo, algo me dice que ésa no es la razón principal por la que has ido al museo, ¿verdad? —preguntó de forma sagaz—. Nunca me has parecido un hombre sentimental.

Al Alquimista se le escapó una sonrisa.

—Tienes razón, ésa no era la única razón —admitió. Entonces se introdujo la mano en el bolsillo de la chaqueta y sacó un tubo cilíndrico muy estrecho.

Todo el mundo que permanecía sentado alrededor de la mesa se inclinó hacia el enigmático objeto. Incluso Scathach se aproximó para echarle un vistazo. Flamel desenroscó los extremos del cilindro y extrajo un pergamino que desenvolvió de inmediato.

—Seis siglos atrás, escondí esto en la lápida, pensando que jamás necesitaría volverlo a utilizar.

Entonces extendió el pergamino amarillento sobre la mesa. Se apreciaba la silueta de un óvalo pintada con tinta roja que, ahora, cobraba un tono oxidado, en cuyo centro aparecía un círculo rodeado por tres líneas que formaban un triángulo desigual.

Josh se inclinó hacia el pergamino.

—He visto algo parecido a esto antes… —comenzó. Después frunció el ceño y añadió—: ¿No hay algo semejante a esto en el billete de un dólar?

—Ignora todo aquello que relaciones inmediatamente por su parecido —dijo Flamel—. Está dibujado de esta forma para disfrazar y disimular su verdadero significado.

—¿Qué es? —preguntó Josh.

—Es un mapa —respondió Sophie de forma inesperada.

—Así es, es un mapa —asintió Nicolas—. Pero ¿cómo lo has sabido? La Bruja de Endor jamás vio esto...

—No, no tiene nada que ver con la Bruja —comentó Sophie con una sonrisa. Entonces se apoyó sobre la mesa y se inclinó hacia el pergamino, acercando la cabeza a la de su hermano. Señaló la esquina superior derecha del pergamino, justo donde aparecía una diminuta e imperceptible cruz dibujada en tinta roja—. Sin duda alguna, esto parece una «N» —dijo, indicando la parte superior de la cruz—, y esto es una «S».

—Norte y sur —asintió Josh rápidamente—. ¡Qué genio, Sophie! —exclamó mirando a Nicolas y agregó—: Es un mapa.

El Alquimista hizo un gesto expresando su acuerdo.

—Muy bien. Es un mapa de todas las líneas telúricas de Europa. Los pueblos y las ciudades, o incluso las fronteras, pueden cambiar con el paso del tiempo. En cambio, las líneas telúricas permanecen intactas —concluyó, levantando el pergamino—. Éste es nuestro pasaporte para salir de Europa y volver a Norteamérica.

—Espero que tengamos la oportunidad de utilizarlo —murmuró Scatty.

Josh rozó el borde del fardo envuelto en hojas de periódico que se hallaba colocado en el centro de la mesa.

—¿Y esto qué es?

Nicolas plegó el pergamino, lo introdujo en el cilindro y lo guardó en el bolsillo interior de su chaqueta. Entonces empezó a desenvolver capas y capas de hojas de periódico del objeto que yacía sobre la mesa.

—Perenelle y yo estuvimos en España a finales del siglo XIV. En esa época, el hombre manco nos desveló el primer secreto del Códex —explicó. El Alquimista no dirigía sus palabras a nadie en particular y su acento francés resultaba más notorio.

—¿El primer secreto? —preguntó Josh.

—Todos habéis visto el texto del Códex. Las palabras cambian continuamente. Sin embargo, cambian siguiendo una secuencia matemática estricta. No se trata de alteraciones aleatorias. Los cambios están relacionados con el movimiento de las estrellas y los planetas, con las fases de la luna.

—¿Como un calendario? —interrumpió Josh.

Flamel lo confirmó con un gesto.

—Justo igual que un calendario. Cuando aprendimos esa secuencia de códigos, supimos que ya podíamos volver finalmente a París. Habríamos tardado una vida, o incluso varias, en traducir el libro, pero al menos habíamos aprendido por dónde empezar. Así que transformé algunas piedras en diamantes, algunas piezas de esquisto en oro y empezamos nuestro largo viaje hacia la capital francesa. Evidentemente, por aquel entonces, ya llamábamos la atención de los Oscuros Inmemoriales y Bacon, el estúpido predecesor de Dee, nos pisaba los talones. En vez de tomar el camino directo hacia Francia, nos decantamos por viajar a través de rutas secundarias. Así, evitaríamos las carreteras más habituales para cruzar las montañas, pues sabíamos que estarían vigiladas. Sin embargo, aquel año el invierno llegó antes de lo esperado. Supongo que los Inmemoriales tuvieron algo que ver con aquello, así que nos quedamos aislados e incomunicados en Andorra. Y allí es donde encontré esto...

Mientras pronunciaba estas últimas palabras, Flamel posó su mano sobre el misterioso objeto.

Josh miró a su hermana levantando las cejas a modo de pregunta.

—¿Andorra? —susurró. A Sophie se le daba mejor la asignatura de geografía que a él.

—Es uno de los países más pequeños del mundo —explicó en un murmullo—. Está en los Pirineos, entre España y Francia.

Flamel siguió desenvolviendo el objeto.

—Antes de mi supuesta muerte, escondí este objeto en el interior de una piedra del dintel de una casa ubicada en la Rue de Montmorency. Jamás creí que lo volvería a necesitar.

—¿En el interior? —preguntó Josh un tanto confuso—. ¿Acabas de decir que la ocultaste en el interior?

—Así es. Cambié la estructura molecular del granito, coloqué esto en el interior del bloque de piedra y después devolví al dintel su estado sólido original. Una transmutación sencilla: como introducir un cacahuete en una bola de helado.

La última hoja de periódico se rasgó cuando Flamel la desenvolvió del objeto.

—Es una espada —suspiró Josh fascinado mientras observaba la estrecha arma que yacía sobre la mesa.

Supuso que mediría alrededor de unos cincuenta centímetros de largo y lucía una empuñadura sencilla envuelta en cintas de cuero oscuro. La espada parecía estar fabricada de un metal gris brillante. No, no era metal.

—Una espada de piedra —anunció Josh a la vez que fruncía el ceño. Aquel objeto le recordaba a algo, como si lo hubiera visto antes en algún momento.

Justo cuando Josh estaba hablando, tanto Juana como Saint-Germain se levantaron impacientemente de las sillas, alejándose así de la misteriosa espada. En un movimiento torpe, la silla de Juana se cayó al suelo. Detrás de Flamel, Scathach producía unos silbidos parecidos a los de un felino y, cada vez que abría la boca, todos podían observar sus dientes vampíricos. Al hablar, su voz había cobrado un tono tembloroso y había marcado su acento barbárico. Parecía estar enfadada, o atemorizada.

—Nicolas —dijo en voz baja—, ¿qué estás haciendo con esa cosa?

El Alquimista la ignoró. Miró a Josh y a Sophie, quienes habían permanecido sentados en la mesa, un tanto pasmados por la reacción de los demás e inseguros de lo que estaba sucediendo a su alrededor.

—Existen cuatro grandes espadas de poder —empezó a explicar Flamel—. Cada una de ellas está relacionada con los cuatro elementos: Tierra, Aire, Fuego y Agua. Se dice que son anteriores incluso al Inmemorial más ancestral. Estas espadas han recibido varios nombres a lo largo de los siglos: *Excalibur* y *Joyeuse*, *Mistelteinn* y *Curtana*, *Durendal* y *Tyrfing*. La última vez que alguien utilizó alguna de estas espadas como arma de guerra fue Carlomagno, el emperador de los romanos, que arrastró la *Joyeuse* a la batalla.

—¿Ésta es *Joyeuse*? —murmuró Josh. Probablemente su hermana era buena en geografía, pero él era un genio en historia y Carlomagno era un personaje que siempre le había fascinado.

La carcajada de Scathach fue más bien un gruñido.

—*Joyeuse* es belleza; esto... esto es abominación.

Flamel rozó la empuñadura de la espada y los diminutos cristales de la piedra se iluminaron con un resplandor verde.

—Ésta no es *Joyeuse*, aunque es verdad que antaño también perteneció a Carlomagno. De hecho, creo que el propio emperador escondió esta espada en Andorra en el siglo IX.

—Es clavada a *Excalibur* —comentó Josh. Ahora, al fin, se había dado cuenta de por qué le resultaba tan familiar. Miró a su hermana y añadió—: La espada *Excalibur* estaba en manos de Dee; él la utilizó para destruir el Árbol del Mundo.

—*Excalibur* es la Espada del Hielo —continuó Flamel—. Ésta es su gemela: *Clarent*, la Espada del Fuego. Es la única arma que puede vencer a *Excalibur*.

—Es una espada maldita —agregó Scathach firmemente—. No la tocaré.

—Ni yo tampoco —convino Juana de Arco rápidamente. Al mismo tiempo, su marido asintió mostrando su acuerdo.

—No os estoy pidiendo que la empuñéis ni que la blandáis —interrumpió Nicolas con brusquedad. Giró el arma sobre la mesa hasta que la empuñadura rozó los dedos de Josh. Después, observó a ambos mellizos y continuó—: Sabemos que Dee y Maquiavelo están en camino. Josh es el único de nosotros que no puede protegerse solo. Hasta que alguien Despierte sus poderes, necesitará un arma. Quiero que utilice la espada *Clarent*.

—¡Nicolas! —exclamó Scathach horrorizada—. ¿Qué estás haciendo? Es un humano desentrenado…

—… Con un aura pura dorada —cortó Flamel—. Y estoy decidido a mantenerle a salvo —dijo mientras empujaba la espada hacia los dedos de Josh—. Es tuya; cógela.

Josh se inclinó ligeramente hacia delante y notó las páginas del Códex que mantenía escondidas en la bolsa de tela debajo de la camiseta. Éste era el segundo regalo que le entregaba el Alquimista en pocas horas. Una parte de él quería aceptar el regalo como una prueba de confianza por parte del Alquimista, una pequeña muestra de que creía verdaderamente en él, sin embargo... Incluso después de la conversación que habían mantenido en la calle, Josh no podía olvidar aquello que Dee le había relatado en la fuente, en Ojai: la mitad de las palabras de Nicolas Flamel eran una mentira, y la otra mitad, una verdad a medias. Deliberadamente, apartó la vista de la espada y clavó su mirada en los ojos pálidos del Alquimista. Éste también le observaba fijamente con una máscara sin expresión alguna. «¿Qué estará tramando el Alquimista? —se preguntaba Josh—. ¿A qué está jugando?» En ese momento, las palabras de Dee volvieron a su cabeza. «Pero ahora es, como siempre ha sido, un mentiroso, un charlatán y un bandido.»

—¿No la quieres? —preguntó Nicolas—. Cógela —dijo a la vez que empujaba la empuñadura hacia Josh.

Casi en contra de su voluntad, los dedos de Josh envolvieron aquella empuñadura suave, cubierta de cuero, de la espada de piedra. La levantó y, a pesar de no ser muy grande, era sorprendentemente pesada. La giró entre sus manos.

—Jamás había sostenido una espada —confesó—. No sé cómo...

—Scathach te enseñará los movimientos básicos —finalizó Flamel sin mirar a la Sombra. Lo que parecía un ofrecimiento se había convertido en una orden. Y añadió—: Te enseñará cómo sostenerla, las estocadas sencillas y cómo esquivar ataques. Practica e intenta no clavarte la espada.

De repente, Josh se dio cuenta de que estaba sonriendo abiertamente, así que intentó ocultar su satisfacción, aunque le resultaba difícil: aquella espada le sentaba de maravilla. Movía la muñeca y el arma se giraba. Después miró a la Sombra, a Francis y a Juana de Arco. Todos tenían la mirada clavada en la espada, siguiendo cada movimiento con los ojos. En ese instante, la sonrisa desapareció.

—¿Qué ocurre? —exigió—. ¿Por qué le tenéis tanto temor?

Sophie posó la mano sobre el brazo de su hermano. Sus ojos se habían vuelto a teñir de color plateado, lo que indicaba que estaba utilizando la sabiduría de la Bruja.

—*Clarent* es un arma maligna y odiada. A veces también recibe el nombre de la Espada del Cobarde. Es la espada que utilizó Mordred para asesinar a su tío, el rey Arturo.

Capítulo 23

n su habitación, ubicada en el piso superior de la casa, Sophie estaba sentada sobre el marco de la ventana, con la mirada perdida en los Campos Elíseos. La avenida de tres carriles estaba húmeda por la lluvia y teñida de una mezcla de tonalidades ámbares, rojas y blancas que reflejaban las luces de los semáforos. Comprobó la hora en su reloj: eran casi las dos de la madrugada del domingo y aún había mucho tráfico. A cualquier hora pasada la medianoche, las calles de San Francisco estarían completamente desiertas.

Esta diferencia le hizo recordar lo lejos que estaba de casa.

Hacía unos años, Sophie había atravesado una fase en la que todo a su alrededor le parecía aburrido. Hizo un esfuerzo deliberado por tener más estilo, por parecerse más a su amiga Elle, quien cambiaba de color de pelo cada semana y quien tenía un armario donde coleccionaba las prendas de última moda. Sophie había recopilado información sobre las ciudades europeas que le resultaban exóticas que extraía de revistas. Le fascinaban los lugares donde la moda y el arte eran primordiales: Londres y París, Roma, Milán, Tokio, Berlín. Al fin, decidió no decantarse por seguir la moda; iba a crear su propia moda. Sin embargo, esta fase sólo duró un mes. El mundo de la moda era muy costoso y la paga de sus padres era estrictamente limitada.

No obstante, aún quería visitar las grandes capitales del mundo. Incluso su hermano y ella ya habían empezado a hablar sobre tomarse un año sabático antes de iniciar la universidad para recorrer el continente europeo. Y ahora estaban allí, en una de las ciudades más bellas del planeta, y no sentía interés alguno por explorarla. Lo único que quería en esos momentos era regresar a San Francisco.

Pero ¿qué haría si regresaba?

La idea la aterrorizaba.

Aunque se habían trasladado varias veces de ciudad y habían viajado muchísimo por Norteamérica, tan sólo dos días antes de aquello Sophie sabía lo que acontecería a lo largo de los siguientes meses. El resto del año estaba cubierto por una sombra de aburrimiento. En otoño, sus padres continuarían sus clases en la Universidad de San Francisco, y tanto ella como Josh volverían al instituto. En diciembre, la familia realizaría el viaje anual a Providence, Rhode Island, donde su padre había estado impartiendo una clase en la Universidad de Brown durante los últimos veinte años.

El día 21 de diciembre, el cumpleaños de los mellizos, les llevarían a Nueva York para ver escaparates, admirar las luces, contemplar el árbol de Navidad del Centro Rockefeller y patinar sobre hielo. Almorzarían en el Stage Door Deli: pedirían sopa de *matzá*, bocadillos del mismo tamaño que sus cabezas y un trozo de pastel de calabaza que compartiría con su hermano. En Nochebuena, se dirigirían hacia la casa de su tía Christine, en Montauk, Long

Island, donde pasarían el resto de las vacaciones y el Año Nuevo. Ésa había sido la tradición durante los últimos diez años.

¿Y ahora?

Sophie respiró profundamente. Ahora poseía habilidades y poderes que apenas lograba comprender. Tenía acceso a recuerdos que eran una mezcla de verdades, mitos y fantasías; conocía secretos con los que podría reescribir los libros de historia. Sin embargo, lo que más deseaba era poder volver atrás, regresar a la mañana del jueves... Antes de que todo esto hubiera ocurrido. Antes de que el mundo hubiera cambiado.

Sophie apoyó la frente sobre el frío cristal de la ventana. ¿Qué ocurriría? ¿Qué haría ella... no sólo ahora, sino durante los próximos años? Su hermano jamás se había decidido por una carrera universitaria; cada año anunciaba algo diferente: diseñador de juegos de ordenador, programador, jugador de fútbol profesional, paramédico o bombero. Sin embargo, ella siempre había sabido qué quería estudiar.

Cuando su profesora de primero le había formulado la pregunta «¿Qué quieres ser de mayor?», Sophie supo enseguida la respuesta. Quería estudiar arqueología y paleontología, igual que sus padres, para viajar por el mundo, catalogar el pasado y, tal vez, realizar descubrimientos que ayudaran a ordenar la historia. Pero eso jamás ocurriría. De la noche a la mañana, Sophie se había dado cuenta de que los estudios arqueológicos, históricos y geográficos habían sido completamente inútiles o, sencillamente, equivocados.

Una ola de emoción invadió a Sophie. En ese instante, sintió un nudo en la garganta y las lágrimas le recorrieron las mejillas. Con la palma de las manos, se secó las lágrimas.

—Toc, toc…

La voz de su hermano mellizo la asustó. Sophie se volvió para mirar a Josh. Él estaba justo en el umbral de la puerta, sujetando la espada de piedra en una mano y un minúsculo ordenador portátil en la otra.

—¿Puedo entrar?

—Es la primera vez que me pides permiso para entrar en la habitación —dijo Sophie con una sonrisa.

Josh entró en la habitación y se sentó en el borde de la cama. Cuidadosamente, acomodó la espada *Clarent* sobre el suelo, junto a sus pies, y colocó el ordenador portátil sobre sus rodillas.

—Han cambiado muchas cosas, Sophie —confesó en voz baja. Su mirada reflejaba preocupación y turbación.

—Justo estaba pensando lo mismo. Al menos eso no ha cambiado.

Muy a menudo, los mellizos se daban cuenta de que los dos pensaban lo mismo en determinadas situaciones. Se conocían tan bien entre ellos que incluso sabían cómo el otro acabaría la frase.

—Desearía poder volver atrás en el tiempo, antes de que todo esto ocurriera.

—¿Por qué?

—Así yo no tendría que ser así… no sería tan diferente.

Josh clavó su mirada en el rostro de su hermana y ladeó ligeramente la cabeza.

—¿Rechazarías tus poderes? —preguntó en voz baja—. ¿La magia, la sabiduría?

—Sin pensarlo dos veces —respondió Sophie de inmediato—. No me agrada lo que me está sucediendo. Jamás quise que sucediera —confesó con la voz entrecortada—. Quiero ser una persona normal y corriente, Josh. Quiero volver a ser un ser humano. Quiero ser como tú.

Josh bajó la mirada. Abrió la tapa del ordenador portátil y lo encendió.

—En cambio, tú no lo harías, ¿verdad? —dijo Sophie después de interpretar el enmudecimiento de su mellizo—. Tú quieres el poder, quieres ser capaz de moldear tu aura y controlar los elementos, ¿cierto?

Josh vaciló.

—Creo que sería… Sería interesante —contestó finalmente sin apartar la vista de la pantalla. Después, con unos ojos que reflejaban la pantalla de la máquina, miró a Sophie y añadió—: Sí, quiero ser capaz de hacer todo eso —admitió.

Sophie abrió la boca para articular una respuesta, para contestarle que no tenía la menor idea de lo que estaba diciendo, para explicarle lo incómoda que le hacían sentir sus poderes y lo asustada que estaba. Pero no lo hizo; en ese momento no le apetecía pelearse con su hermano y, hasta que él no pasara por lo mismo, jamás la entendería.

—¿De dónde has sacado el ordenador? —preguntó cambiando radicalmente de tema.

—Francis me lo ha regalado —explicó Josh—. Cuando Dee destruyó el Yggdrasill, apuñaló el árbol con la espada *Excalibur*, convirtiéndolo así en hielo y, momentos más tarde, en añicos húmedos. Mi cartera, teléfono móvil, iPod y el portátil estaban en el interior del árbol —añadió con tono nostálgico—. Lo perdí todo, incluidas todas nuestras fotografías.

—¿Y el conde te ha regalado un ordenador portátil?

Josh asintió con la cabeza.

—Me lo regaló e insistió en que me lo quedara. Debe de ser el día de los regalos.

El pálido resplandor de la pantalla de la máquina iluminaba el rostro de Josh desde abajo, otorgándole una apariencia un tanto espantosa.

—Él prefiere los Mac; tienen un *software* de música mejor y, aparentemente, ya no utiliza los PC. Encontró éste tirado debajo de la mesa de su estudio, en el piso de arriba —continuó con la mirada todavía clavada en la diminuta pantalla. En ese preciso instante, Josh reconoció el silencio de su hermana como una duda ante su explicación, alzó la mirada y añadió—: Es verdad.

Sophie miró hacia otro lado. Sabía que su hermano le estaba diciendo la verdad y no era gracias a la sabiduría de la Bruja. Siempre percibía cuándo su hermano le mentía, aunque, paradójicamente, él jamás descubría cuándo ella le contaba una mentira, lo cual no lo hacía muy habitualmente, sólo cuando era por su propio bien.

—¿Qué estás haciendo ahora? —preguntó.

—Revisando mi correo electrónico —respondió con una sonrisa—. La vida continúa… —empezó.

—… Y el correo electrónico también —finalizó Sophie con una sonrisa. Era uno de los dichos favoritos de Josh que solía volverla loca.

—Hay un montón —murmuró—, ochenta en Gmail, sesenta y dos en Yahoo, veinte en AOL, tres en FastMail…

—Jamás entenderé por qué necesitas tal cantidad de cuentas de correo electrónico —confesó Sophie.

Dobló las piernas hacia el pecho, envolvió los brazos alrededor de las espinillas y descansó la barbilla sobre las rodillas. Le resultaba agradable mantener una conversación normal con su hermano; le recordaba cómo debían ser supuestamente las cosas, y cómo lo habían sido hasta el jueves por la tarde, exactamente a las dos y cuarto de la tarde.

Jamás olvidaría ese momento: estaba hablando con su amiga Elle, que vivía en Nueva York, cuando vislumbró un elegante coche negro que aparcaba delante de la librería. Justo cuando aquel hombre, al que ahora conocía como doctor John Dee, se apeó del coche, Sophie había comprobado la hora.

Josh apartó su mirada del ordenador.

—Tenemos dos correos de mamá y uno de papá.

—Léelos en voz alta. Empieza con el más antiguo.

—De acuerdo. Mamá me envió uno el viernes, el 1 de junio. «Espero que os estéis portando bien. ¿Cómo está la señora Fleming? ¿Ya está recuperada?» —Josh miró a su hermana, con el ceño fruncido y algo confundido.

Sophie suspiró.

—¿No lo recuerdas? Le dijimos a mamá que Perenelle tenía ardor de estómago y que por eso cerrarían la librería —explicó. Al comprobar que su hermano no se acordaba de nada, sacudió la cabeza y exclamó—: ¡Haz memoria!

—Mi memoria ha estado últimamente muy ocupada —respondió Josh—, no puedo retener toda la información. Además, ése es tu trabajo.

—Después le dijimos que el matrimonio Flamel nos había invitado a pasar unos días en su casa del desierto.

—De acuerdo —asintió Josh. Mientras no cesaba de pulsar teclas, Josh miró a su hermana y preguntó—: ¿Qué le digo a mamá?

—Dile que todo anda bien y que Perenelle ya está del

todo recuperada. No te olvides de llamarles Nick y Perry —le recordó.

—Gracias —dijo mientras presionaba la tecla de retroceso y sustituía la palabra «Perenelle» por «Perry». Los dedos de Josh brincaban de un lado al otro del teclado. Después, continuó—: De acuerdo, el siguiente. También es de mamá y me lo envió ayer. «He intentado llamaros, pero me comunica directamente con el buzón de voz. ¿Va todo bien? He recibido una llamada de la tía Agnes. Me dijo que no habíais pasado por casa para coger algo de ropa o cosas de aseo. Dejadme un número de teléfono donde os pueda encontrar. Estamos preocupados» —leyó en voz alta Josh. Después miró a su hermana—. ¿Qué le decimos ahora?

Sophie se mordisqueó el labio inferior, pensando en voz alta.

—Deberíamos decirle… —vaciló—. Deberíamos decirle que teníamos las cosas en la tienda. Ella sabe que solemos tener ropa de recambio allí y demás. Eso no es una mentira. Odio mentir a mamá.

—De acuerdo —anunció Josh mientras pulsaba velozmente las teclas del ordenador. Los mellizos guardaban una muda en un cuarto interior de la librería por si alguna tarde decidían ir al cine o pasear por el embarcadero.

—Dile que aquí no tenemos cobertura, pero no especifiques el «aquí» —añadió con una sonrisa.

Josh parecía indignado.

—Querrás decir que no tenemos teléfonos móviles.

—Yo todavía conservo el mío, aunque no tiene batería. Dile a mamá que la llamaremos tan pronto como tengamos cobertura.

Josh transcribió literalmente las palabras de su hermana. Mantuvo el dedo índice sobre la tecla *Enter* y preguntó:

—¿Es todo?

—Envíalo.

Pulsó la tecla.

—¡Enviado!

—¿Has dicho que también había un correo de papá?

—Es para mí —dijo. Lo abrió, lo leyó rápidamente, esbozó una sonrisa de oreja a oreja y explicó—: Me ha enviado una fotografía de la mandíbula fosilizada de un tiburón que ha descubierto. También ha conseguido más coprolitos para mi colección.

—Coprolitos —soltó Sophie al mismo tiempo que sacudía la cabeza expresando repugnancia—. ¡Boñiga fosilizada! ¿No podrías coleccionar sellos o monedas como una persona normal? Es muy extraño.

—¿Extraño? —vaciló Josh indignado y clavando la mirada en su hermana—. ¡Extraño! Déjame decirte lo que es extraño: estamos en una casa acompañados por una vampira vegetariana de unos dos mil años, un alquimista inmortal, otro inmortal que se gana la vida como músico y que domina la Magia del Fuego y una heroína francesa que, según datos históricos, pereció a mitad del siglo XV —explicó. Después, golpeó suavemente con el pie la espada que permanecía en el suelo y añadió—: Y no olvidemos que con esta espada el rey Arturo fue asesinado.

Josh había alzado el tono de voz gradualmente pero, de repente, se detuvo para tomar aliento y calmar los ánimos. Al fin dibujó una sonrisa.

—Comparado con todo esto, creo que coleccionar boñiga fosilizada es, probablemente, lo menos extraño.

Sophie tampoco pudo ocultar su sonrisa, y los mellizos explotaron en un sinfín de carcajadas. Josh se reía con tal intensidad que incluso empezó a tener hipo, lo cual les hizo estallar de risa. En ese instante, ambos lloraban de la risa y sentían pinchazos en el estómago.

—Por favor, para —gimió Josh. Hipó una vez más y los hermanos entraron en un estado que rozaba la histeria.

Tuvieron que hacer un gran esfuerzo para controlarse. Por primera vez desde que Sophie había sido Despertada, Josh volvió a sentirse cerca de ella. Normalmente, se reían juntos cada día; la última vez había sido el jueves por la mañana, de camino al trabajo.

Vislumbraron a un hombre delgaducho que se deslizaba sobre unos patines de línea, ataviado con unos pantalones ajustados y arrastrado por un descomunal dálmata. Sólo necesitaban encontrar cosas de las que reírse, aunque desafortunadamente, durante los últimos días no se habían topado con ninguna.

Sophie se calmó enseguida y se volvió hacia la ventana. Podía ver la imagen de su hermano reflejada en el cristal, pero prefirió esperar hasta que él bajara la mirada hacia la pantalla antes de pronunciar palabra.

—Me sorprendió que no te quejaras más cuando Nicolas sugirió a Francis que me instruyera en el arte de la Magia del Fuego.

Josh alzó la mirada y observó la silueta de su hermana reflejada en la ventana.

—¿Habría servido de algo? —preguntó en tono serio.

—No, supongo que no —admitió.

—De todas formas, tú tampoco me habrías hecho caso y habrías seguido adelante.

Sophie se volvió para mirar directamente a su mellizo.

—Debo hacerlo. Necesito hacerlo.

—Lo sé —contestó—. Ahora lo sé.

Sophie pestañeó mostrando su asombro.

—¿Lo sabes?

Josh apagó el ordenador y lo colocó sobre la mesa. Entonces cogió la espada y la posó sobre sus rodillas, rozando de forma distraída el arma. La piedra estaba templada.

—Estaba… enfadado y asustado. Bueno, no, algo más que asustado, aterrorizado cuando Hécate te Despertó. Flamel jamás comentó los peligros, no nos dijo que podrías haber perecido o entrar en un coma profundo. Nunca podré perdonarle eso.

—Él estaba bastante seguro de que no ocurriría nada…

—Bastante seguro no es lo suficientemente seguro.

Sophie asintió, dándole la razón.

—Y después, cuando la Bruja de Endor te transmitió todo su conocimiento, volví a asustarme. No por ti, sino de ti —admitió en voz baja.

—Josh, ¿cómo puedes decir eso? —preguntó sorprendida—. Soy tu hermana.

La mirada de Josh le revelaba la respuesta.

—Tú no has contemplado lo que yo he visto con mis propios ojos. He visto cómo te enfrentabas a aquella mujer con cabeza de gato. Observé cómo se movían tus labios, pero cuando hablabas, las palabras no se sincronizaban y cuando me miraste, ni siquiera me reconociste. No sé qué eras en aquel momento, pero no eras mi hermana melliza. Estabas poseída.

Sophie parpadeó y dos enormes lágrimas descendieron por sus mejillas. Apenas tenía recuerdos sobre aquello, tan sólo pequeños fragmentos que parecían extraídos de un sueño.

—Más tarde, en Ojai, fui testigo de cómo provocabas torbellinos y hoy, quiero decir ayer, vi cómo creabas fuego de la nada.

—No sé cómo hago ese tipo de cosas —murmuró.

—Lo sé, Sophie, lo sé —comentó Josh. Se puso en pie y se acercó a la ventana para contemplar la vista sobre los tejados parisinos—. Ahora lo entiendo. He pensado mucho sobre esto. Tus poderes han sido Despertados, pero la única forma de controlarlos, la única forma de que estés a salvo, es mediante entrenamiento y práctica. En este momento, tus poderes son tan peligrosos como tus enemigos. Juana de Arco te ha ayudado hoy, ¿verdad?

—Sí, mucho. Ya no escucho las voces, lo cual es una gran ayuda. Pero hay otra razón, ¿verdad? —preguntó.

Josh giró la espada entre sus manos. La piedra era oscura como la noche y unas diminutas incrustaciones de cristal destellaban cual estrellas fugaces.

—No tenemos ni idea del problema en el que nos hemos metido —explicó en voz baja—. Lo único que sabemos es que estamos en peligro, en un gran peligro. Tenemos quince años, no deberíamos preocuparnos de que alguien nos asesine… o nos coma… ¡o algo peor! —exclamó mientras señalaba la puerta de la habitación—. No confío en ellos. La única persona en la que deposito mi confianza eres tú, la verdadera Sophie.

—Pero Josh —respondió Sophie con tono cariñoso—, yo sí confío en ellos. Son buenas personas. Scatty ha luchado para defender la humanidad durante dos mil años y Juana es una persona amable y dulce…

—Y Flamel ha mantenido el Códex oculto durante siglos —continuó Josh rápidamente. Se tocó el pecho y Sophie percibió el crujir de las dos páginas que le había entregado Flamel. Después, continuó—: Hay recetas en este libro que podrían convertir este planeta en un paraíso, que podrían curar cualquier enfermedad.

Josh vio la desconfianza y la duda en la mirada de su hermana y no vaciló en insinuarle lo evidente.

—Sabes que es cierto.

—La Bruja lo sabe. Y sus recuerdos también me revelan que hay fórmulas en el libro que podrían destruir el mundo.

Josh sacudió bruscamente la cabeza.

—Creo que ves lo que quieres ver.

Sophie señaló la espada.

—Entonces, ¿por qué Flamel te ha entregado la espada y las páginas del Códex? —preguntó con tono triunfante.

—Creo, y sé, que nos está utilizando. Aunque de momento no sé para qué —confesó. Al ver que su melliza empezaba a realizar gestos de negación con la cabeza, añadió—: De cualquier forma, vamos a necesitar tus poderes si queremos permanecer a salvo.

Sophie alargó el brazo y apretó la mano de su hermano.

—Sabes que jamás haría algo que pudiera hacerte daño.

—Lo sé —respondió Josh con expresión seria—. Al menos, no lo harías de forma deliberada. Pero ¿qué sucedería si él te utilizara, tal y como lo hizo en el Mundo de Sombras?

Sophie aceptó la crítica.

—En aquel momento no tenía control —admitió—. Parecía que estuviera en un sueño, contemplando a alguien muy parecido a mí.

—Mi entrenador de fútbol siempre dice que antes de tomar el control, uno debe saber controlarse. Sophie, si puedes aprender a controlar tu aura y dominar la magia —continuó Josh—, nadie podrá volver a dominarte, a controlarte. Serás increíblemente poderosa. E imaginémonos, por decir algo, que nadie Despierta mi potencial. Podría aprender a utilizar esta espada —explicó mientras intentaba girar el arma. Sin embargo, se deslizó hacia un lado y agujereó uniformemente la pared—. ¡Huy!

—¡Josh!

—¿Qué? Casi ni te das cuenta.

Pasó la manga por el agujero. La pintura y el yeso se desprendieron, dejando al descubierto el ladrillo del interior.

—Lo estás empeorando. Probablemente has roto un pedazo de la espada.

Sin embargo, cuando Josh acercó el arma a la luz, no había ni una marca.

Sophie inclinó ligeramente la cabeza hacia delante.

—Sigo pensando, y lo sé, que estás completamente equivocado sobre Flamel y los demás.

—Sophie, tienes que confiar en mí.

—Y confío en ti. Pero recuerda, la Bruja conoce a estas personas, y confía en ellas.

—Sophie —dijo Josh con un gesto de frustración—, no sabemos nada sobre la Bruja.

—Oh, Josh, lo sé todo acerca de la Bruja —contestó Sophie con gran emoción mientras señalaba su frente—. Y ojalá no fuera así. Su vida, miles de años, están aquí.

Josh abrió la boca para responder, pero Sophie alzó la mano para frenarle y añadió:

—Esto es lo que haré: trabajaré con Saint-Germain, aprenderé todo lo que él me enseñe.

—Y al mismo tiempo, vigílale; intenta descubrir qué se traen entre manos él y Flamel.

Sophie ignoró a su hermano.

—Quizá la próxima vez que nos ataquen podremos defendernos —agregó, contemplando los tejados parisinos—. Al menos aquí estamos a salvo.

—Pero ¿por cuánto tiempo? —preguntó Josh.

Capítulo 24

El doctor John Dee apagó la luz y salió de la gigantesca habitación dirigiéndose hacia el balcón. Apoyó los antebrazos sobre la verja de metal y contempló la majestuosa ciudad de París. Había lloviznado y el aire era fresco y húmedo, empapado del amargo aroma del Sena y del humo de los tubos de escape.

Detestaba París.

Aunque no siempre había sido así. Antaño, la capital francesa había sido su ciudad favorita de todo el continente europeo y de aquella época conservaba recuerdos maravillosos. Después de todo, aquella ciudad le vio hacerse inmortal. En una de las mazmorras de la Bastilla, una fortaleza convertida en cárcel, la Diosa Cuervo le había conducido al Inmemorial que le había concedido el don de la vida eterna a cambio de su lealtad incondicional.

El doctor John Dee había trabajado para los Inmemoriales, espiado para ellos y emprendido peligrosas misiones en innumerables Mundos de Sombras. Había combatido ejércitos de muertos vivientes, perseguido monstruos por extensos páramos, robado algunos de los objetos más preciados que muchas civilizaciones consideraban sagrados. Con el tiempo, Dee se había convertido en el defensor de los Oscuros Inmemoriales y en uno de sus sirvientes más eficaces; no había nada que se le escapara de las manos, ninguna misión le resultaba demasiado compleja… excepto cuando estaba relacionada con el matrimonio Flamel. El Mago inglés había fracasado, una y otra vez, en el momento de capturar a Nicolas y Perenelle Flamel. Y muchas de las veces que lo había intentado, había sido aquí, en esta ciudad.

Era uno de los grandes misterios de su existencia: ¿cómo era posible que el matrimonio Flamel le esquivara? Dee había dirigido ejércitos de agentes humanos, muertos vivientes y especies imposibles de catalogar; había tenido acceso a los pájaros del aire; podía dominar el comportamiento de ratas, perros y gatos. Tenía a su entera disposición criaturas procedentes de la mitología. Pero durante más de cuatro siglos, los Flamel habían logrado huir, primero aquí, en París, después en Europa y finalmente en Norteamérica. Siempre se adelantaban a sus movimientos, abandonando la ciudad un par de horas antes de su llegada. Parecía que alguien les avisara de su presencia. Pero eso era, evidentemente, imposible. El Mago no compartía sus planes con nadie.

De repente, se escuchó cómo alguien abría la puerta. Dee abrió las aletas de la nariz, percibiendo el hedor a serpiente.

—Buenas noches, Nicolás —saludó Dee sin volverse.

—Bienvenido a París —comentó Nicolás Maquiavelo en un latín con acento italiano—. ¿Has tenido un vuelo apacible? ¿La habitación es de tu agrado?

Maquiavelo había ordenado a sus agentes que lo recogieran en el aeropuerto y lo escoltaran hasta su magnífica mansión ubicada en la Place du Canada.

—¿Dónde están? —preguntó Dee de forma grosera,

ignorando así las preguntas de su anfitrión e imponiendo su autoridad. Aunque era unos años más joven que el italiano, él estaba a cargo de la situación.

Maquiavelo se unió con Dee en el balcón. Poco dispuesto a rozar su elegante traje con la verja metálica, el italiano permaneció en pie con los brazos cruzados detrás de la espalda. Nicolás, un hombre alto, distinguido y bien afeitado, contrastaba mucho con Dee, un tipo de complexión pequeña, de rasgos muy marcados, de barba puntiaguda y con el cabello recogido en una coleta.

—Continúan en casa de Saint-Germain. Flamel acaba de reunirse con ellos.

El doctor Dee echó un vistazo a Maquiavelo.

—Me sorprende que no hayas tenido la tentación de intentar capturarlos tú —dijo astutamente.

Maquiavelo contempló la ciudad que tenía bajo control.

—Oh, pensé que debería dejarte a ti su captura final —respondió.

—Querrás decir que te han ordenado que me los dejes a mí —añadió Dee con brusquedad.

Maquiavelo no musitó palabra.

—¿La casa de Saint-Germain está completamente rodeada?

—Completamente.

—¿Y sólo hay cinco personas en el interior? ¿No hay sirvientes, o guardias?

—El Alquimista y Saint-Germain, los mellizos y la Sombra.

—Scathach es el problema —murmuró Dee.

—Quizá tenga una solución para eso —sugirió Maquiavelo con voz pausada. Esperó a que el Mago se diera la vuelta para mirarle con sus ojos pálidos y grisáceos en los que, en ese instante, se reflejaban las luces de la ciudad—. He llamado a las Dísir, las adversarias más fieras de Scathach. Tres de ellas acaban de llegar.

Dee esbozó una extraña sonrisa. Después se alejó ligeramente de Maquiavelo y realizó una reverencia.

—Las Valquirias, una elección verdaderamente excelente.

—Estamos en el mismo bando —contestó Maquiavelo, ladeando la cabeza—. Servimos a los mismos maestros.

El Mago estaba a punto de entrar otra vez en la habitación cuando, de forma inesperada, se detuvo y se volvió hacia el italiano. Durante un instante, el hedor a huevos podridos cubrió la atmosfera.

—No tienes la menor idea de a quién sirvo —concluyó.

Dagon abrió las puertas y se hizo a un lado. Nicolás Maquiavelo y el doctor John Dee entraron en la biblioteca para saludar a sus visitantes.

Había tres chicas jóvenes en la habitación.

A simple vista, las tres resultaban tan similares que incluso podían confundirse con trillizas. Altas y delgadas, con una cabellera rubia que les rozaba los hombros, las tres lucían unos pantalones tejanos azules, una chaqueta de cuero suave y unas botas de caña hasta las rodillas. Los rasgos de sus rostros estaban muy marcados: mejillas pronunciadas, ojos hundidos y mentones puntiagudos. Sólo el color de sus ojos ayudaba a distinguirlas. Cada una presumía de una tonalidad diferente, desde el azul zafiro más pálido hasta el añil más oscuro, casi púrpura. Las tres aparentaban tener entre dieciséis o diecisiete años pero, en realidad, habían nacido antes que la mayor parte de las civilizaciones.

Ellas eran las Dísir.

Maquiavelo caminó hasta el centro de la habitación y se volvió para observar a cada una de las jóvenes, intentando así diferenciarlas. Una estaba sentada en el majestuoso piano de cola, otra holgazaneando en el sofá y la tercera inclinada hacia la ventana, contemplando la noche parisina y sujetando un libro con cubierta de cuero entre sus manos. A medida que el italiano se acercaba a ellas, las tres giraron la cabeza. Entonces Nicolás se dio cuenta de que el color de sus ojos combinaba con su esmalte de uñas.

—Gracias por venir —dijo en latín. El latín, junto con el griego, era el idioma con que los Inmemoriales estaban más familiarizados.

Las jóvenes le miraron inexpresivas.

Maquiavelo desvió la vista hacia Dagon, quien había entrado en la habitación y había cerrado la puerta. Se quitó las gafas de sol, revelando así sus ojos bulbosos, y articuló un idioma que ninguna garganta o lengua humana podría pronunciar.

Las jóvenes le ignoraron.

El doctor John Dee suspiró a modo de desesperación. Se dejó caer sobre una butaca de cuero y se entrelazó las manos produciendo un chasquido.

—Ya basta de tonterías —dijo Dee en inglés—. Estáis aquí por Scathach. Ahora bien, ¿la queréis, sí o no?

La joven apoyada sobre el piano miraba fijamente al Mago. Si bien él se dio cuenta de que ella había girado la cabeza hacia un ángulo imposible, no reaccionó.

—¿Dónde está? —preguntó en un inglés perfecto.

—Cerca de aquí —respondió Maquiavelo mientras deambulaba por la habitación.

Las tres jóvenes centraron su atención en él, siguiéndole con la mirada del mismo modo que un búho sigue el rastro de un ratón.

—¿Qué está haciendo?

—Está protegiendo al Alquimista Flamel, a Saint-Germain y a dos humanos —contestó el italiano—. Nosotros sólo queremos a Flamel. Scathach es vuestra —dijo. Después se produjo una pausa y finalmente añadió—: Si queréis quedaros con Saint-Germain, también es vuestro. Para nosotros es inútil.

—La Sombra. Sólo queremos a la Sombra —intervino la joven sentada junto al piano de cola. Sus dedos danzaban sobre las teclas del piano produciendo un sonido delicado y armonioso.

Maquiavelo cruzó la habitación y se dirigió hacia una mesita, donde se sirvió una taza de café. Desvió su mirada hacia Dee y alzó las cejas y la cafetera al mismo tiempo, ofreciéndole así una taza de café. El Mago negó con la cabeza.

—Deberías saber que Scathach aún es muy poderosa —continuó Maquiavelo, dirigiéndose únicamente a la joven que se hallaba sentada junto al piano. Las pupilas de sus ojos color añil eran estrechas y horizontales. Después, el italiano, continuó—: Derrotó a una unidad de agentes de policía muy entrenados ayer por la mañana.

—Humanos —comentó una de las Dísir—. Ningún humano puede enfrentarse a la Sombra.

—Pero nosotras no somos humanas —anunció la joven apoyada en el cristal de la ventana.

—Nosotras somos las Dísir —finalizó la mujer sentada en frente de Dee—. Somos las Doncellas Protectoras, las Electoras de la Muerte, las Guerreras de…

—Sí, sí, sí —interrumpió Dee de modo impaciente—. Sabemos de sobra quiénes sois: las Valkirias, probablemente las mejores guerreras que este mundo haya visto según vuestros publicistas. Queremos saber si podéis derrotar a la Sombra.

La Dísir de ojos color añil pálido se volvió y se puso lentamente en pie. Se deslizó por encima de la alfombra y se colocó enfrente del Mago inglés. De repente, sus dos hermanas se unieron a su lado y la temperatura cayó en picado.

—Sería un error mofarse de nosotras, doctor Dee —dijo una de ellas.

Dee suspiró.

—¿Podéis vencer a la Sombra? —preguntó Dee una vez más—. Porque si la respuesta es no, no me cabe la menor duda de que habrá otros que estarían encantados de hacerlo —amenazó mientras extraía su teléfono móvil—. Puedo llamar a las Amazonas, a los Samuráis o a los Bogatyr.

La temperatura en la habitación seguía descendiendo mientras Dee articulaba sus palabras. Al pronunciarlas, también exhalaba un vaho blanco. Unos diminutos cristales de hielo se empezaban a formar entre las cejas y la barba del Mago inglés.

—¡Basta ya con estas artimañas! —exclamó Dee. Chasqueó los dedos y su aura resplandeció brevemente de color amarillo. De pronto, la temperatura de la habitación se templó, más tarde se caldeó y finalmente se cubrió del hedor a huevos podridos.

—No hay necesidad de acudir a estas criaturas menores. Las Dísir derrotarán a la Sombra —dijo la joven que estaba al lado derecho de Dee.

—¿Cómo? —exigió Dee.

—Tenemos algo que los demás guerreros no poseen.

—Estáis hablando con adivinanzas —protestó el Mago de modo impaciente.

—Decídselo —ordenó Maquiavelo.

La Dísir con mirada más pálida ladeó la cabeza hacia el italiano y después observó al Mago.

—Tú destruiste el Yggdrasill y liberaste a nuestra mascota que, durante tanto tiempo, ha estado atrapada entre las raíces del Árbol del Mundo.

Algo destelló tras los ojos de Dee y un músculo de su mandíbula empezó a temblar de forma nerviosa.

—¿Nidhogg? —preguntó, desviando su mirada hacia Maquiavelo—. ¿Tú lo sabías?

Maquiavelo afirmó con un gesto.

—Por supuesto.

La Dísir con ojos color añil dio un paso hacia delante, acercándose a Dee, y clavó su mirada en él.

—Así es. Tú liberaste a Nidhogg, el Devorador de Cadáveres.

Con la cabeza aún inclinada hacia delante, la Dísir apartó la mirada del Mago y observó a Maquiavelo. Sus hermanas imitaron sus movimientos.

—Llévanos hacia donde se esconde la Sombra y los demás. Después, déjanos solas. Cuando hayamos soltado a Nidhogg, Scathach no tendrá escapatoria.

—¿Podéis controlar a la criatura? —preguntó Maquiavelo con curiosidad.

—Cuando la bestia se alimente de la Sombra, consuma sus recuerdos y devore su carne y sus huesos, necesitará dormir. Después del banquete que le supondrá Scathach, probablemente dormirá durante un par de siglos. Entonces podremos capturarla.

Nicolás Maquiavelo asintió con la cabeza.

—No hemos discutido sobre vuestros honorarios.

Las tres Dísir sonrieron e incluso Maquiavelo, que había presenciado horrores, dio un paso atrás al ver las expresiones en sus rostros.

—No hay honorarios —informó la Dísir de mirada añil—. De este modo restableceremos el honor de nuestro clan y vengaremos las pérdidas de nuestra familia. Scathach, la Sombra, destruyó a muchas de nuestras hermanas.

Maquiavelo hizo un gesto indicando su comprensión.

—Lo entiendo. ¿Cuándo atacaréis?

—Al amanecer.

—¿Por qué no ahora? —exigió Dee.

—Somos criaturas del crepúsculo. En ese momento, cuando ya no es día ni todavía es noche, estamos en plena forma —explicó una.

—En ese momento somos invencibles —añadió su hermana.

Capítulo 25

upongo que debo de estar aún en el horario norteamericano —dijo Josh.

—¿Por qué? —preguntó Scathach.

La Guerrera y Josh se encontraban en el equipado gimnasio ubicado en el sótano de la casa del conde. Una de las paredes se hallaba cubierta por un gigantesco espejo, en el que se reflejaban el muchacho y la vampira rodeados por las últimas máquinas para hacer ejercicio.

Josh echó un vistazo al reloj colgado en la pared.

—Son las tres de la madrugada... Debería estar agotado, pero aún estoy desvelado. Podría ser porque en San Francisco son las seis de la tarde.

Scathach asintió.

—Ésa es una de las razones. Otra es porque estás rodeado de personas como Nicolas y Saint-Germain y, sobre todo, de tu hermana y Juana de Arco. Aunque tus poderes no hayan sido Despertados, estás acompañado por algunas de las auras más poderosas del planeta. Tu propia aura está absorbiendo parte de su poder, lo cual te llena de energía y vitalidad. Sin embargo, el hecho de que no estés cansado no significa que no debas descansar —añadió—. Bebe mucha agua. Tu aura consume muchos líquidos, así que necesitarás mantenerte hidratado.

Una puerta se abrió. De ella apareció Juana, quien enseguida se adentró en el gimnasio. Si bien Scathach lucía prendas oscuras y sombrías, Juana llevaba una camiseta blanca, unos pantalones bombachos del mismo color y zapatillas de deporte de color níveo. Sin embargo, al igual que la Guerrera, Juana también tenía un arma.

—Me estaba preguntando si necesitarías un ayudante —ofreció con expresión tímida.

—Pensé que te habrías ido a la cama —le respondió Scathach.

—Últimamente no duermo mucho. Y cuando logro conciliar el sueño, las pesadillas me atormentan. Tengo pesadillas con fuego —comentó con una sonrisa triste—. ¿Acaso no es una ironía paradójica? Estoy casada con el Maestro del Fuego y me aterran los sueños relacionados con el fuego.

—¿Dónde está Francis?

—En su estudio, trabajando. Se pasa allí las horas. Ya no estoy segura de si alguna vez duerme. Ahora —dijo cambiando de tema y desviando la mirada hacia Josh—, ¿cómo va tu progreso?

—Aún estoy aprendiendo a sujetar la espada —murmuró Josh con un tono algo avergonzado.

Había visto multitud de películas y creía saber cómo luchar con una espada. No obstante, jamás se había imaginado que el simple hecho de sujetarla fuera tan difícil. Scathach se había pasado la última media hora intentando enseñarle cómo sujetar a *Clarent* sin desplomarla al suelo. Sin embargo, no había tenido mucho éxito; cada vez que Josh giraba el arma, el peso se arrastraba a la empuñadura. Ahora, el suelo del gimnasio, cubierto de madera pulida, estaba lleno de grietas y agujeros provocados por la espada.

—Es más difícil de lo que creía —admitió finalmente—. No sé si aprenderé algún día.

—Scathach puede enseñarte a luchar con una espada —comentó Juana confiada—. Ella me instruyó a mí. Convirtió a una granjera en una guerrera.

Giró la muñeca y empuñó una espada del mismo tamaño que ella. La ondeó y la giró en el aire, produciendo un sonido que fácilmente podía confundirse con un gemido humano. Josh intentó imitar los movimientos y *Clarent* salió disparada de su mano. Se quedó clavada en la madera del suelo, agrietándola y meciéndose de un lado a otro.

—Lo siento —musitó Josh.

—Olvídate de todo lo que sabes sobre el manejo de la espada —ordenó Scathach. Después clavó la mirada en Juana y explicó—: Ha visto demasiada televisión. Cree que puede girar la espada como si fuera la batuta de una animadora.

Juana esbozó una sonrisa. Con agilidad, volteó su espada a modo de presentación, con la empuñadura señalando al muchacho.

—Cógela.

Josh alargó su mano derecha.

—Sería una buena idea que utilizaras ambas manos —sugirió la joven francesa.

Josh prefirió ignorar el comentario. Envolviendo la empuñadura de la espada de Juana con sus dedos, intentó alzarla. Y fracasó. No podía sujetar tanto peso.

—Quizá ahora entiendas por qué no hemos adelantado —refunfuñó Scatty. La Guerrera arrebató la espada de las manos de Josh y la lanzó hacia Juana, quien la atrapó sin dificultad alguna.

—Empecemos con aprender a sujetar una espada.

Juana adoptó una posición al lado derecho de Josh mientras Scathach permanecía a su izquierda.

—Mira hacia delante.

Josh contempló el espejo. Si bien él y la Sombra se veían reflejados en el cristal, a Juana la rodeaba un resplandor plateado. El joven pestañeó y apretó los ojos de forma incrédula, pero cuando volvió a abrirlos, la neblina seguía ahí.

—Es mi aura —explicó Juana, anticipándose a la pregunta que Josh estaba a punto de formular—. Generalmente, resulta invisible para los ojos humanos, pero a veces aparece en fotografías y espejos.

—Y tu aura es igual que la de Sophie —dijo Josh.

Juana de Arco ladeó la cabeza expresando su desacuerdo.

—Oh, no, no es igual que la de tu hermana —contestó la joven francesa sorprendiendo a Josh—. La suya es mucho más poderosa.

Juana de Arco hizo girar su larga espada, de forma que el extremo del arma acabó clavado en el suelo, entre sus pies, mientras ésta posaba las manos sobre la empuñadura.

—Bien, haz lo mismo que nosotras. Movimientos lentos.

Entonces extendió el brazo derecho, sujetando la alargada espada con firmeza y seguridad. A la izquierda del muchacho, la Sombra estiró ambos brazos, empuñando así las dos espadas cortas que Josh ya había avistado antes.

Josh envolvió la empuñadura de la espada de piedra con sus dedos y extendió el brazo derecho. Antes de estirarlo por completo, Josh sintió cómo le temblaba por el peso del arma. Rechinando los dientes, trató de mantener el brazo firme.

—Pesa demasiado —jadeó mientras descendía el brazo y rotaba el hombro. Los músculos le ardían. En ese instante se acordó del primer día de fútbol después de las vacaciones de verano.

—Inténtalo así. Fíjate en mí.

Juana le mostró cómo asir la empuñadura con ambas manos a la vez.

De este modo, utilizando las dos manos, Josh descubrió que era mucho más sencillo sujetar la espada con estabilidad. Volvió a intentarlo, pero esta vez prefirió utilizar únicamente una mano. Durante unos treinta segundos, el arma permaneció inmóvil, sólida; después, el extremo comenzó a temblar. Con un suspiro que expresaba su desengaño, Josh bajó los brazos.

—No puedo hacerlo con una mano —murmuró.

—Con práctica, podrás hacerlo —respondió una Scathach que estaba empezando a perder la paciencia—. Mientras tanto, te enseñaré cómo blandirla utilizando ambas manos, al más puro estilo oriental.

Josh asintió.

—Así será más sencillo.

Durante muchos años, el joven había practicado taekwondo, y siempre había querido asistir a clases de kendo, esgrima japonesa, pero sus padres siempre se habían negado, alegando que era demasiado peligroso.

—Todo lo que necesita es práctica —añadió Juana con rostro serio mientras observaba la imagen de la Guerrera en el cristal. La mirada de Scatty brillaba y centelleaba.

—¿Cuánta práctica? —preguntó Josh.

—Tres años como mínimo.

—¿Tres años?

Tomando aliento, se secó el sudor de las manos en los pantalones y agarró una vez más la empuñadura. Después contempló su propio reflejo en el espejo y estiró los brazos.

—Espero que a Sophie le vaya mejor que a mí —susurró.

El conde de Saint-Germain había acompañado a Sophie al diminuto jardín ubicado en la azotea de la casa. Las vistas de la capital francesas eran espectaculares. La joven se inclinó hacia la barandilla para observar los Campos Elíseos. Al fin las calles estaban despejadas, carentes de tráfico, y la ciudad se hallaba sumida en un silencio absoluto. Sophie respiró profundamente; el aire era fresco y húmedo. El olor amargo del río Sena se veía apagada por las fragancias herbales que desprendían las macetas que decoraban los tejados de París. Sophie se envolvió el cuerpo con los brazos, y, temblando, se acarició los antebrazos con vigor.

—¿Frío? —preguntó Saint-Germain.

—Un poco —respondió. Sin embargo, dudaba si era frío o nervios. Sabía que el conde la había conducido hacia allí para instruirla en la Magia del Fuego.

—Después de esta noche, jamás volverás a sentir frío —prometió Saint-Germain—. Podrás caminar por la Antártida con ropa de verano y no sentirás la temperatura gélida.

El músico se apartó el mechón de cabello de la frente y arrancó una hoja de una maceta. Con cuidado, la colocó entre las palmas de las manos y las frotó. El fresco aroma a hierbabuena cubrió la atmósfera.

—A Juana le encanta cocinar. Cultiva todas sus hierbas culinarias aquí arriba —explicó mientras inhalaba hondamente—. Hay doce especies diferentes de menta, orégano, tomillo, salvia y albahaca. Y, cómo no, de lavanda. Adora la lavanda; le recuerda a la época de su juventud.

—¿Dónde conociste a Juana? ¿Aquí, en Francia?

—Finalmente, coincidimos en París, pero, lo creas o no, la conocí por primera vez en California. Fue en 1849; yo estaba haciendo un poco de oro y Juana estaba trabajando como misionera, dirigiendo un comedor de beneficencia y un hospital para aquellos que habían decidido ir hacia el oeste en busca de oro.

Sophie frunció el ceño.

—¿Tú estabas haciendo oro durante la Fiebre del Oro? ¿Por qué?

Saint-Germain se encogió de hombros, mostrándose algo avergonzado.

—Como todo el mundo que vivió en Norteamérica entre el 1848 y 1849, fui al Oeste en busca de oro.

—Pensé que realmente tú podías crear oro. Nicolas dijo que él podía.

—Crear oro es un proceso largo y laborioso. Pensé que sería más sencillo cavar y extraerlo del suelo. Cuando un alquimista posee una pepita de oro, puede utilizarla para crear más. Ésa era la idea que yo tenía. Sin embargo, las tierras que adquirí resultaron ser inútiles. Así que empecé a plantar pepitas de oro en la tierra para poder vender mis propiedades a buen precio a aquellos que acababan de llegar.

—Pero eso no está bien —soltó Sophie algo sorprendida.

—En aquel entonces yo era joven —se excusó Saint Germain—. Y tenía hambre. Aunque esto no sirve como excusa. En todo caso, Juana estaba trabajando en Sacramento y recibía las quejas de aquellas personas que me habían comprado tierra a mí y que, evidentemente, era inútil. Pensó que yo era un charlatán, lo cual era cierto, y yo la consideré como ese tipo de personas que sólo hace buenas obras para que la tilden de benefactora. Ninguno de nosotros sabía que el otro era inmortal, obviamente, y nos detestábamos mutuamente. A lo largo de los años, continuaron nuestras disputas hasta que, durante la Segunda Guerra Mundial, nos volvimos a encontrar aquí, en París. Ella apoyaba a la Resistencia francesa y yo era un espía del Gobierno estadounidense. Fue entonces cuando nos dimos cuenta de que éramos diferentes. Sobrevivimos a la guerra y desde ese momento no nos hemos separado jamás, aunque Juana prefiere mantenerse al margen del público. Ningún *blog* de mis fans ni la prensa rosa sabe que estamos casados. Seguramente podríamos haber vendido la exclusiva de nuestras fotos de boda por una fortuna, pero Juana se decanta por pasar desapercibida.

—¿Por qué? —Sophie sabía que las personas famosas valoraban su vida privada, pero permanecer en el anonimato le parecía algo extraño.

—Bueno… Debes recordar que la última vez que fue famosa, el pueblo intentó quemarla en la hoguera.

Sophie hizo un gesto expresando su comprensión. De repente, permanecer en el anonimato le pareció completamente razonable.

—¿Desde cuándo conoces a Scathach?

—Desde hace siglos. Cuando Juana y yo empezamos nuestra relación, descubrimos que conocíamos a mucha gente en común. Todos inmortales, por supuesto. Juana la conoce desde hace más tiempo que yo. Aunque no puedo asegurarte que exista alguien que conozca realmente a la Sombra —añadió con una sonrisa irónica—. Ella siempre parece tan... —empezó. En silencio, el músico intentaba buscar la palabra apropiada.

—¿Solitaria? —sugirió Sophie.

—Eso es. Solitaria.

El Maestro del Fuego desvió la mirada hacia la ciudad. Enseguida sacudió la cabeza con gesto triste y melancólico y, momentos después, se volvió hacia Sophie.

—¿Sabes cuántas veces se ha enfrentado ella sola a los Oscuros Inmemoriales? ¿Cuántas veces se ha puesto en peligro para mantenerlos alejados de este planeta?

En el preciso momento en que la joven empezaba a realizar un gesto que indicaba negación, una serie de imágenes destellaron en su consciente, fragmentos de los recuerdos de la Bruja:

Scathach llevaba una cota de malla y de cuero. La figura de la Guerrera emergía de un puente deshabitado. Estaba empuñando sus dos espadas cortas, preparándose para frenar las embestidas de dos monstruos parecidos a dos gigantescas babosas ubicados en un extremo del puente.

Scathach ataviada con una armadura completa delante del portón de un majestuoso castillo. Tenía los brazos plegados sobre el pecho y su espada clavada en el suelo. Ante ella se alzaba un ejército de criaturas semejantes a lagartijas gigantes.

Scathach vestida con abrigos de piel, balanceándose sobre un témpano de hielo mientras criaturas que parecían estar esculpidas en hielo la rodeaban.

Sophie se humedeció los labios.

—¿Por qué… por qué lo hace?

—Porque ella es así —confesó el conde. Después miró a la joven, esbozó una triste sonrisa y añadió—: Y porque es lo que sabe hacer. Ahora —interrumpió, frotándose las manos otra vez mientras chispas y cenizas colmaban la atmósfera nocturna—, Nicolas quiere que aprendas la Magia del Fuego. ¿Estás nerviosa? —preguntó.

—Un poco. ¿Alguna vez has instruido a alguien en este arte? —quiso saber Sophie con voz temblorosa.

Saint-Germain dibujó una amplia sonrisa en su rostro, dejando al descubierto su dentadura irregular.

—Nunca. Serás mi primera estudiante… y probablemente la última.

De repente, el estómago le dio un vuelco. Sophie empezaba a creer que aquello ya no era una buena idea.

—¿Por qué dices eso?

—Bueno, las oportunidades de cruzarse con otro ser humano cuyas capacidades mágicas estén Despiertas son muy escasas, y las de encontrar a alguien con un aura tan pura como la tuya, casi imposibles. Un aura plateada es muy poco frecuente. Juana fue la última persona que tenía un aura plateada, y nació en 1412. Tú eres muy especial, Sophie Newman.

Sophie tragó saliva; ella no se sentía tan especial.

Saint-Germain se acomodó sobre un banco de madera ubicado junto a la chimenea.

—Siéntate aquí, a mi lado, y te enseñaré todo lo que sé.

Sophie se sentó junto al conde de Saint-Germain y miró por encima de los tejados parisinos. Recuerdos que no le pertenecían a ella parpadeaban en el fondo de su consciencia, insinuando una ciudad con un horizonte urbano diferente, una ciudad de edificios bajos apiñados sobre una fortaleza, miles de zarcillos de humo emergiendo hacia el aire. De forma deliberada, se alejó de los pensamientos, percatándose de que estaba contemplando el París que la Bruja de Endor recordaba, un París de otra época.

Saint-Germain se volvió hacia la joven.

—Dame la mano —ordenó en voz baja. Sophie le estrechó la mano derecha y, de inmediato, sintió un calor que le recorrió todo el cuerpo, eliminando así el frío que la hacía temblar. Después, continuó—: Permíteme que te muestre todo lo que mi propio maestro me enseñó sobre el fuego.

Mientras pronunciaba estas palabras, el conde deslizaba sus dedos sobre la palma de Sophie, siguiendo las líneas y arrugas dibujadas en la mano, esbozando un patrón sobre su piel.

—Mi maestro me confesó que hay quienes aseguran que la Magia del Aire o del Agua, o incluso de la Tierra, son las magias más poderosas. Pero todos están equivocados. La Magia del Fuego supera todas las demás.

Al mismo tiempo que articulaba su discurso, el aire que les rodeaba empezó a iluminarse y, momentos más tarde, empezó a destellar un resplandor trémulo. Como si se tratara de una calina, Sophie vislumbraba cómo el humo se retorcía y danzaba al ritmo de las palabras del conde, formando imágenes, símbolos, dibujos. Quería alargar el brazo y tocarlos, pero prefirió no moverse. De un modo inesperado, el tejado se desvaneció y París empezó a desaparecer de forma paulatina; el único sonido que lograba percibir era la melódica voz de Saint-Germain y lo único que veía eran cenizas ardientes. Sin embargo, mientras el músico hablaba, el fuego empezó a formar imágenes.

—El Fuego consume el aire. Puede calentar el agua y es capaz de agrietar la tierra.

Sophie observaba un volcán escupiendo rocas y piedras derretidas hacia el aire. La lava, una mezcla de tonalidades bermejas y negras, y las cenizas bañaban y cubrían todos los pueblos con una capa de lodo y piedra...

—El fuego es destructor, pero también es creador. Un bosque necesita fuego para crecer con fuerza y vigorosidad. Algunas semillas dependen exclusivamente de este elemento para germinar.

Las llamas se retorcían como hojas y Sophie avistó un bosque ennegrecido y destruido. Los árboles mostraban cicatrices que reflejaban el paso de un terrible incendio. Sin embargo, en la base de los árboles, unos brotes de un matiz verde brillante asomaban de entre las cenizas...

—En épocas pasadas, el fuego daba calor a los humanos, permitiéndoles así sobrevivir en climas gélidos.

El fuego mostraba un paisaje desolado, rocoso y cubierto de nieve. No obstante, Sophie lograba avistar un acantilado repleto de cuevas iluminadas con llamas amarillas y rojizas...

Se produjo un chasquido repentino y una lanza de fuego diminuta salió disparada hacia la bóveda nocturna. La joven estiró el cuello, siguiendo el rastro de la puntiaguda llama, que desapareció entre las estrellas parisinas.

—Ésta es la Magia del Fuego.

Sophie asintió. Notó un hormigueo en la piel y bajó la mirada para observar las diminutas llamas de color amarillo verdoso que brotaban de los dedos de Saint-Germain. Los diminutos zarcillos de fuego se enrollaron por sus muñecas; tenían un tacto suave, delicado y fresco. A su paso, dejaban una estela oscura sobre la piel de la joven.

—Sé lo importante que es el fuego. Mi madre es arqueóloga —explicó entre sueños—. Una vez me explicó que el ser humano no inició su camino hacia la civilización hasta que empezó a cocinar la carne.

Saint-Germain no pudo evitar sonreír.

—Eso se lo tendrás que agradecer a Prometeo y a la Bruja. Ellos les entregaron el fuego a los primeros humanos primitivos. El hecho de poder cocinar los alimentos les facilitó digerir la carne que cazaban y les permitió absorber los nutrientes más fácilmente. Les mantenía calientes y a salvo en sus cuevas. Además, Prometeo les mostró cómo utilizar el mismo fuego para fortalecer sus herramientas y armas —explicó. En ese instante, el conde agarró la muñeca de Sophie con la mano y la sujetó como si le estuviera tomado el pulso. Después, continuó—: El fuego ha sido fundamental en toda civilización, tanto en épocas ancestrales como en la actualidad. Sin el calor del astro solar, este planeta se reduciría a rocas y hielo.

Mientras el conde pronunciaba estas palabras, el humo que brotaba de sus manos empezó a adoptar formas e imágenes reales que permanecían ondulando y pendidas en el aire, frente a Sophie.

Un planeta de matices grises y marrones girando en el espacio y una luna dando vueltas a su alrededor. No había nubes blancas, ni agua azul, continentes verdes o desiertos dorados. Predominaba el gris y el marrón del contorno de masas de tierra que sobresalían de la roca sólida. De pronto, Sophie se dio cuenta de que estaba contemplando la Tierra en un futuro. Emitió un pequeño grito de asombro y su aliento alejó el humo, que se llevó consigo la imagen del planeta.

—La Magia del Fuego es más fuerte bajo la luz del sol.

El conde movió su mano derecha y trazó un símbolo con el dedo índice. El símbolo permaneció suspendido en el aire; un círculo con púas que irradiaban un brillo cegador. Saint-Germain sopló sobre el símbolo y éste se disolvió en mil chispas.

—Sin fuego, no somos nada.

La mano izquierda del músico estaba completamente cubierta de llamas. Sin embargo, él seguía sujetando la muñeca de Sophie. Unos lazos de color bermejo y níveo se enroscaron alrededor de los dedos de la joven y se deslizaron hacia la palma de la mano. Cada uno de los dedos ardía como una vela en miniatura, emitiendo una llama de diferente color: rojo, amarillo, verde, azul y blanco. Sin embargo, Sophie no sentía dolor ni miedo.

—El fuego puede curar; puede cicatrizar una herida, puede eliminar una enfermedad —continuó Saint-Germain con seriedad. Unas cenizas doradas ardían en su mirada azul pálido—. Es distinta a cualquier otra magia, pues es la única relacionada con la pureza y la fuerza de tu aura. Casi todo el mundo puede aprender los conceptos básicos de la Magia de la Tierra, el Aire o el Agua. Se pueden memorizar hechizos y encantos, se pueden plasmar por escrito, pero el poder de encender el fuego proviene del interior. Cuanto más pura sea el aura, más intenso será el fuego. Sophie, esto significa que debes tener mucha precaución porque tu aura es muy pura. Cuando liberes la Magia del Fuego, no olvides que es muy poderosa. ¿Te ha advertido Nicolas que no utilices en exceso tus poderes para evitar estallar en llamas?

—Scatty me explicó que podría ocurrir —respondió Sophie.

Saint-Germain asintió.

—Jamás crees fuego si estás cansada o debilitada. Si pierdes el control sobre este elemento, se volverá contra ti y te quemará en un segundo.

Una bola sólida de fuego empezó a arder en la mano derecha de Sophie. En ese instante, la joven se dio cuenta de que sentía un hormigueo en la mano izquierda y rápidamente la levantó del banco. Dejó una impresión oscura y humeante de una mano quemada en la madera del banco. Con una pequeña explosión sorda, una lumbre de llamas azules emergió de su mano izquierda y cada uno de sus dedos se iluminó.

—¿Por qué no lo puedo sentir? —se preguntó Sophie en voz alta.

—Tu aura te protege —explicó Saint-Germain—. Tú puedes modelar el fuego del mismo modo que Juana te enseñó a moldear tu aura para adoptar la forma de objetos plateados. Puedes crear esferas y lanzas de fuego.

El conde chasqueó los dedos y una dispersión de chispas gruesas y redondas se esparció por el tejado de la casa. Después estiró el dedo índice, como si estuviera señalando algún lugar, y una llama con forma de lana salió revoloteando hacia la chispa más cercana, clavándose en ella con una precisión sobrehumana.

—Cuando tengas un poder absoluto sobre tus capacidades, serás capaz de recurrir a la Magia del Fuego siempre que quieras. Pero hasta entonces, necesitarás un gatillo.

—¿Un gatillo?

—Por lo general, uno necesitaría muchas horas de meditación para concentrar la atención en su aura hasta tal punto que pueda emitir un resplandor. No obstante, en una época muy lejana, alguien descubrió cómo crear un gatillo. Un atajo. ¿Has visto mis mariposas?

Sophie afirmó con la cabeza mientras recordaba las docenas de minúsculas mariposas tatuadas que cubrían las muñecas del conde y se enroscaban alrededor de su brazo.

—Ellas son mi gatillo —confesó Saint-Germain mientras alzaba las manos de la muchacha—. Y ahora tú tienes el tuyo.

Sophie bajó la mirada hacia sus manos. El fuego se había extinguido, dejando un rastro de hollín en su piel y alrededor de las muñecas. Se frotó las manos, pero sólo sirvió para extender aún más las manchas oscuras.

—Permíteme —pidió Saint-Germain. Entonces asió una regadera y la sacudió. Al escuchar el sonido, se hizo evidente que la regadera contenía agua. Y añadió—: Extiende las manos.

Vertió el agua sobre sus manos, que chisporroteó al rozar su piel, y las manchas oscuras desaparecieron. El conde extrajo un pañuelo blanco e impecable del bolsillo interior de su chaqueta, lo humedeció con el agua de la regadera y limpió las manchas del hollín que todavía permanecían en la piel de Sophie. Sin embargo, alrededor de su muñeca derecha, que Saint-Germain había estado sujetando minutos antes, el hollín seguía resistiéndose al agua. Una banda gruesa y de color negro rodeaba su muñeca como si se tratara de una pulsera.

Saint-Germain chasqueó los dedos. Un segundo más tarde, el índice y el meñique se iluminaron y los acercó a la mano de la joven.

Al mirar abajo, Sophie descubrió que aquello era un tatuaje.

Sin musitar palabra, la muchacha levantó el brazo y giró la muñeca para examinar la banda ornamentada que la decoraba. Dos hebras, una dorada y la otra plateada, se entrelazaban entre sí formando una cenefa de estilo celta. En la parte inferior de su muñeca, justo en el lugar donde el conde había colocado su pulgar, se hallaba un círculo perfecto de color dorado con un punto rojo en el centro.

—Cuando desees disparar el gatillo de la Magia del Fuego, aprieta tu pulgar contra el círculo y concentra tu aura —explicó Saint-Germain—. Así, crearás fuego de forma instantánea.

—¿Y ya está? —preguntó Sophie un tanto sorprendida—. ¿Eso es todo?

El conde asintió con la cabeza.

—Eso es todo. ¿Por qué? ¿Qué esperabas?

Sophie sacudió la cabeza.

—No sé. Pero cuando la Bruja de Endor me instruyó en la Magia del Aire, me envolvió con unas vendas, como si fuera una momia.

Saint-Germain esbozó una tímida sonrisa.

—Bueno, yo no soy la Bruja de Endor, por supuesto. Mi esposa me ha explicado que la Bruja te transmitió todos sus recuerdos y toda su sabiduría. No tengo la menor idea de por qué lo hizo; sin duda alguna, no era necesario. Pero supongo que tendría sus razones. Además, yo no sé cómo hacerlo y no sé si quiero que conozcas todos mis pensamientos y recuerdos —añadió con una sonrisa—. Algunos no son muy agradables.

Sophie sonrió de forma satisfecha.

—¡Qué alivio! No creo que pudiera superar otra tanda de recuerdos.

Levantando ligeramente el brazo, Sophie presionó el círculo rojo de su muñeca y el dedo meñique exhaló humo; instantes más tarde, la uña empezó a teñirse de un color naranja butano y, finalmente, se iluminó con una llama esbelta y ondeante.

—¿Cómo supiste lo que tenías que hacer?

—En primer lugar, fui un alquimista. Supongo que hoy en día me tratarían como un científico. Cuando Nicolas me pidió que te instruyera en la Magia del Fuego, no tenía la menor idea de cómo hacerlo, así que me lo he tomado como cualquier otro experimento.

—¿Un experimento? ¿Podría haber salido mal?

—El único peligro era que no funcionara.

—Gracias —dijo Sophie finalmente. Después sonrió y añadió—: Esperaba que el proceso fuera mucho más dramático. Me alegro enormemente de que haya sido así de… —hizo una pausa, buscando la palabra más apropiada— ordinario.

—Bueno, quizá no sea tan ordinario. Uno no aprende a dominar el fuego cada día. ¿Qué te parece «extraordinario»? —sugirió Saint-Germain.

—Eso también.

—Eso es todo. Oh, hay algunos trucos que puedo enseñarte. Mañana, te mostraré cómo crear esferas, rosquillas y anillos de fuego. Pero desde el momento en que posees un gatillo, puedes invocar fuego en cualquier instante.

—¿Necesito decir algo? —preguntó Sophie—. ¿Debo aprender algunas palabras?

—¿Como cuáles?

—Bueno, cuando encendiste la torre Eiffel, pronunciaste algo que sonaba como *iggg-ness*.

—*Ignis* —corrigió el conde—. Es el término en latín para referirse al fuego. Pero no, no necesitas decir nada.

—Entonces, ¿por qué lo dijiste?

Saint-Germain esbozó una amplia sonrisa.

—Pensé que quedaría genial en aquel momento.

Capítulo 26

Perenelle Flamel estaba perpleja.

Moviéndose sigilosamente entre unos pasillos apenas iluminados, había descubierto que todos los calabozos de los primeros pisos de la cárcel isleña estaban repletos de criaturas procedentes de los rincones más sombríos de los mitos. La Hechicera se había topado con una docena de especies vampíricas diferentes y diversas criaturas mitad hombre mitad monstruo, como también bribones trasgo, troles y cluricauns. En una de las celdas aguardaba un minotauro con pocos meses de vida; en la mazmorra ubicada justo enfrente, dos windigos caníbales yacían inconscientes sobre un trío de onis. Un pasillo entero de calabozos albergaba a multitud de especies emparentadas con dragones, dragones heráldicos y dragones que escupen fuego por las narices.

Perenelle no creía que estuvieran atrapados como prisioneros, pues ninguna de las celdas se encontraba cerrada. Sin embargo, todos estaban dormidos y protegidos tras una telaraña de color plateado. Aun así, Perenelle no estaba segura de si dicha telaraña estaba destinada a mantener a las criaturas a salvo o a encerradas. No había visto ninguna criatura que pudiera reconocerse como aliada. Pasó por una mazmorra en que la telaraña pendía del techo formando jirones desiguales. La celda se hallaba vacía, pero las telarañas y el suelo mostraban una dispersión de huesos, ninguno de ellos humano.

Eran criaturas procedentes de tierras diferentes, extraídas de mitologías casi olvidadas. Algunas, como los windigos, eran originarias del continente americano. Otras, hasta lo que ella sabía, jamás habían viajado al Nuevo Mundo, sino que habían preferido mantenerse a salvo en sus patrias o en Mundos de Sombras que rodeaban esas patrias. Los onis japoneses jamás podrían convivir con peists celtas.

Allí, había algo que no encajaba.

Perenelle dobló una esquina y sintió cómo una brisa le despeinaba el cabello. Se dio la vuelta, abrió las aletas de la nariz y respiró un aire con aroma a sal y algas marinas. Echando un rápido vistazo por encima del hombro, se apresuró por el pasillo.

Sin duda alguna, Dee había estado coleccionando estas criaturas, reuniéndolas en un mismo lugar, pero ¿por qué? Y más importante aún, ¿cómo? Capturar a un único vetala era algo inaudito, pero ¿a una docena? ¿Y cómo se las había arreglado para separar a un minotauro de su madre? Ni siquiera Scathach, tan intrépida y mortal, se enfrentaría a un miembro de esta especie si podía evitarlo.

Perenelle llegó a un tramo lleno de escaleras. El olor a sal marina se había intensificado y la brisa era más fría. Antes de pisar el primero de los peldaños, la Hechicera vaciló y se inclinó ligeramente para comprobar si la escalinata contenía hebras plateadas. Aún no había visto aquello que entretejía las telarañas que engalanaban los calabozos, lo cual le ponía muy nerviosa. El hecho de no haber distinguido a los creadores de tales telarañas le indicaba que probablemente estaban durmiendo, lo que significaba que, tarde o temprano, se despertarían. Y cuando lo hicieran, la prisión se llenaría de arañas que pulularían por sus pasillos. Perenelle no quería seguir allí cuando eso sucediera.

Había recuperado parte de su poder, de hecho el suficiente como para defenderse. Sin embargo, cuando utilizara su magia, atraería a la esfinge que, de forma simultánea, la debilitaría y envejecería. La Hechicera sabía que sólo tendría una oportunidad para enfrentarse a la criatura y quería, o necesitaba, recuperar todas sus facultades lo antes posible. Subiendo rápidamente la escalinata metálica, se detuvo ante una puerta carcomida por el óxido. Apartándose el cabello, posó el oído sobre la puerta corroída. No obstante, todo aquello que lograba percibir era el mar, que continuaba comiéndose la isla. Agarrando el pomo con ambas manos, Perenelle abrió la puerta, apretando los dientes mientras las viejas bisagras chirriaban y rechinaban. El sonido retumbó en cada rincón de la cárcel.

Perenelle salió a un amplio patio rodeado de edificios en ruinas. A su derecha, el sol empezaba a esconderse por el oeste, tiñendo así las piedras de la fortaleza con una luz cálida y anaranjada. Con un suspiro que transmitía alivio, Perenelle extendió los brazos y, volviéndose hacia el sol, inclinó la cabeza hacia atrás y cerró los ojos. Una corriente de electricidad estática recorrió cada pelo de su larga cabellera, erizándolo, mientras su aura, inmediatamente, empezó a recuperar energía. La brisa que soplaba desde la bahía era fría, y la Hechicera respiró hondamente, llenando así los pulmones del hedor a putrefacción, moho y monstruos.

De repente, se dio cuenta de que las criaturas atrapadas en las mazmorras tenían algo en común: todas ellas eran monstruos.

¿Dónde habían quedado los buenos espíritus, los duendecillos y los gnomos, las hullas y las rusalkas, los elfos y los inaris? Dee sólo había convocado a los depredadores, a los cazadores: el Mago estaba reuniendo a un ejército de monstruos.

Un aullido salvaje retumbó por toda la isla, haciendo vibrar cada una de las piedras que levantaban la fortaleza.

—¡Hechicera!

La esfinge había descubierto que Perenelle había desaparecido de su calabozo.

—¿Dónde estás, Hechicera?

La fresca brisa marina se cubrió repentinamente de la peste inconfundible de la esfinge.

Perenelle estaba dándose la vuelta para cerrar la puerta, cuando, de pronto, vislumbró movimientos entre las sombras de la cárcel. Había estado demasiado tiempo mirando el sol, de forma que no lograba diferenciar lo que se movía en el interior de la cárcel. Cerró los ojos durante un momento; después los volvió a abrir para contemplar la oscuridad.

Aquellas figuras irreconocibles seguían moviéndose, deslizándose por las paredes, amontonándose a los pies de la escalera.

Perenelle sacudió la cabeza. No se trataba de sombras. Era una masa de criaturas, de miles, de cientos de miles de criaturas. Fluían por los peldaños, deteniéndose frente a la luz del sol.

En ese instante, Perenelle reconoció a las criaturas: arañas, mortales y venenosas, por eso las telarañas eran tan especiales. Vislumbró una masa hirviente de arañas lobo y tarántulas, viudas negras y reclusas marrones, arañas de jardín y arañas de tele en embudo. Sabía que no podían coexistir... lo cual significaba que aquello que las había convocado las controlaba desde lo más profundo de la cárcel.

La Hechicera cerró la puerta metálica de golpe y colocó una pieza de masonería en la base para que nadie pudiera abrirla. Un instante más tarde, se dio media vuelta y echó a correr. Sin embargo, tan sólo después de doce zancadas, la puerta se desplomó por el peso del cúmulo de arañas.

Capítulo 27

Josh abrió la puerta de la cocina con gesto cansado y entró en ella. Sophie, inclinada sobre el fregadero, se volvió mientras su hermano se desplomaba sobre una silla, dejaba caer la espada de piedra al suelo, estiraba los brazos sobre la mesa y apoyaba la cabeza sobre ellos.

—¿Cómo ha ido? —preguntó Sophie.

—Apenas puedo moverme —farfulló—. Me duelen los hombros, la espalda, los brazos, la cabeza… Tengo ampollas en las manos y no logro flexionar los dedos —explicó mientras le mostraba las palmas de la mano a su hermana—. Jamás creí que sujetar una espada sería tan difícil.

—Pero ¿has aprendido algo?

—He aprendido a sujetarla.

Sophie deslizó un plato con una tostada sobre la mesa y, de inmediato, Josh alargó la mano, cogió un trozo y se lo llevó a la boca.

—Al menos puedes comer —dijo Sophie.

Agarrándole su mano derecha, la joven giró la palma de su hermano para observarla con más precisión.

—¡Ay! —exclamó con tono de compasión.

La piel que cubría la base del pulgar estaba enrojecida

y repleta de ampollas que, a simple vista, parecían muy dolorosas.

—Te lo he dicho —respondió Josh con la boca llena de pan—. Necesito una tirita.

—Deja que pruebe algo.

Rápidamente, Sophie se frotó las manos y presionó el pulgar de su mano izquierda en el círculo tatuado en su muñeca derecha. Cerró los ojos, se concentró… y el dedo meñique se iluminó, mostrando una llama de color azul frío.

Josh dejó de masticar mientras observaba fijamente a su hermana melliza.

Antes de que pudiera oponerse, Sophie arrastró su dedo índice hacia la ampolla. Josh intentó desprenderse, pero su hermana le estaba sujetando con una fuerza sobrehumana. Cuando finalmente Sophie le soltó, él sacudió la mano hacia atrás.

—¿Quién te crees que eres para…? —empezó. Al verse la mano descubrió que la ampolla había desaparecido y que, en su lugar, sólo había una marca circular.

—Francis me dijo que el fuego podía curar.

Sophie levantó la mano derecha. Espirales de humo gris emergían de sus dedos; de pronto, éstos se encendieron. Pero cuando cerró la mano en un puño, el fuego se extinguió.

—Pensé… —empezó Josh. Después, tragó saliva y volvió a empezar—. No sabía que ya habías empezado tu aprendizaje del fuego.

—Empezado y acabado.

—¿Acabado?

—Así es.

Sophie se frotó las manos y, de forma instantánea, comenzaron a saltar chispas.

Masticando su tostada, Josh dedicó una mirada crítica a su hermana. Cuando Hécate Despertó los poderes de Sophie y la Bruja de Endor le había enseñado la Magia del Aire, él había podido distinguir diferencias en su hermana inmediatamente, sobre todo alrededor de su rostro y sus ojos. Incluso se había fijado en el oscurecimiento sutil del color de sus ojos. Sin embargo, esta vez era incapaz de percibir cambios. Tenía el mismo aspecto que antes... aunque ya no era la misma. La Magia del Fuego les distanciaba aún más.

—No parece que hayas cambiado —confesó Josh.

—Yo tampoco siento ningún cambio. Excepto el calor —añadió—, ya no tengo frío.

«Así es mi hermana ahora», pensó Josh. Aparentemente, parecía una adolescente normal y corriente. Y, sin embargo, nada tenía que ver con cualquier persona que caminaba por este planeta: podía controlar dos de las magias elementales.

Quizá esto era lo que más le asustaba: los humanos inmortales, personas como Flamel y Perenelle, Juana y el extravagante Saint-Germain e incluso Dee. Todos ellos parecían personas de a pie. Personas con las que uno se cruzaría por la calle y pasarían completamente desapercibidas. Scathach, con su cabellera pelirroja y su mirada verde esmeralda, era la única que llamaría la atención. Claro que ella no era humana.

—¿Te ha... te ha dolido? —preguntó Josh en tono curioso.

—Para nada —respondió con una sonrisa—. De hecho, ha sido algo decepcionante. Francis me cubrió las manos de fuego... Oh, y mira esto —dijo Sophie.

Entonces Sophie levantó el brazo derecho, deslizó la

manga de la camiseta hacia atrás y mostró a Josh el reciente tatuaje. De inmediato, Josh se inclinó hacia delante para observar de cerca la muñeca.

—Es un tatuaje —comentó.

La envidia era evidente en su tono de voz. Desde siempre, los mellizos habían comentado hacerse un tatuaje juntos.

—Mamá va a enloquecer cuando vea esto —añadió instantes más tarde—. ¿Dónde te lo has hecho? ¿Y por qué?

—No es tinta, fue quemado con fuego —explicó Sophie, girando la muñeca para tapar el diseño celta.

De repente, Josh le agarró la mano y señaló el punto rojo rodeado por un círculo dorado.

—He visto algo parecido a esto antes… —dijo en voz baja. Josh frunció el ceño, intentando recordar dónde había vislumbrado algo así.

Sophie asintió con la cabeza y añadió:

—A mí también me ha costado acordarme de que Flamel tiene algo parecido a esto en su muñeca. Un círculo con una cruz en el centro.

—Eso es.

Josh cerró los ojos. La primera vez que se fijó en el pequeño tatuaje que lucía Flamel en la muñeca fue cuando empezó a trabajar en la librería y, aunque siempre se preguntó por qué habría escogido ese lugar tan poco habitual, jamás se atrevió a preguntárselo. Abrió los ojos otra vez y contempló el tatuaje. De forma inesperada, Josh se dio cuenta de que su hermana melliza estaba marcada por la magia, marcada como alguien que podía controlar los elementos. Y esto no le gustaba un pelo.

—¿Para qué lo necesitas?

—Cuando quiera utilizar fuego, sólo tengo que presionar el centro del círculo y concentrarme en mi aura. Saint-Germain lo denominó un atajo, un gatillo para mi poder.

—Me pregunto para qué necesita Flamel un gatillo —vaciló Josh.

La tetera empezó a silbar y Sophie se volvió hacia el fregadero. Ella se había hecho la misma pregunta.

—Quizá podamos preguntárselo cuando se levante.

—¿Hay más tostadas? —preguntó Josh—. Me estoy muriendo de hambre.

—Tú siempre te estás muriendo de hambre.

—Ya, bueno, el entrenamiento con la espada me ha abierto el apetito.

Sophie clavó un tenedor en una rebanada de pan, manteniéndola en el aire.

—Mira esto —dijo.

Presionó el círculo rojo de su muñeca y su dedo índice ardió en llamas. Frunciendo el ceño, concentrándose, Sophie se centró en la llama, moldeándola, la pasó por encima del pan y tostó la rebanada.

—¿Quieres el pan tostado por ambos lados?

Josh observaba a su hermana fascinado a la vez que aterrado. En clase de ciencias les habían explicado que el pan se tostaba a 310 grados Fahrenheit.

Capítulo 28

maquiavelo estaba sentado en la parte trasera de su elegante coche, junto al doctor John Dee. Frente a ellos, las tres Dísir. Dagon estaba en el asiento del conductor, ocultando su mirada tras unas gafas oscuras. El aire contenido en el coche olía al desagradable hedor de pescado.

Un teléfono móvil comenzó a vibrar, rompiendo así el incómodo silencio. Maquiavelo abrió la tapa sin tan siquiera mirar la pantalla del aparato. Lo cerró casi de forma inmediata.

—Vía libre. Mis hombres se han retirado y hay un cordón de seguridad que rodea todas las calles de alrededor. Nadie se adentrará, ni por casualidad, por esas callejuelas.

—Ocurra lo que ocurra, no entréis en la casa —advirtió la Dísir de ojos púrpura—. Una vez liberemos a Nidhogg, apenas podremos controlarlo hasta que se alimente.

John Dee se inclinó ligeramente hacia delante y, durante un instante, dio la sensación de que estuviera a punto de rozarle la rodilla a la joven. La mirada de la Dísir se lo impidió.

—No podéis permitir que Flamel y los mellizos escapen.

—Eso parece una amenaza, doctor —dijo la guerrera sentada a su izquierda—. O incluso una orden.

—Y a nosotras no nos gustan las amenazas —añadió su hermana, sentada a la derecha—. Y no recibimos órdenes.

Dee parpadeó lentamente.

—No es ni una amenaza ni una orden. Sencillamente es... una petición —dijo finalmente.

—Sólo hemos venido a por Scathach —concluyó la joven de ojos violeta—. El resto no es de nuestra incumbencia.

Dagon se apeó del coche y abrió la puerta a las inmortales. Sin mirar atrás, las Dísir bajaron del coche iluminadas por los primeros rayos de sol y deambularon tranquilamente por la calle secundaria. A simple vista, parecían tres jóvenes que llegaban de una fiesta nocturna.

Dee se cambió de sitio y se acomodó frente a Maquiavelo.

—Si triunfan y consiguen el objetivo, confesaré a nuestros maestros que la idea de traer a las Dísir fue únicamente tuya —dijo el Mago con tono satisfecho.

—De eso no me cabe la menor duda —respondió Maquiavelo sin tan siquiera mirar al Mago inglés. En cambio, no apartó la mirada de las tres guerreras, quienes continuaban caminando por la calle. Después, añadió—: Si, por el contrario, fracasan, puedes decirle a nuestros maestros que las Dísir fueron idea mía, de forma que quedes absuelto de toda culpa. Echar la culpa a otros: creo que aprendí ese concepto veinte años antes que tú nacieras.

—Tenía entendido que estaban dispuestas a traer a Nidhogg, ¿no es así? —preguntó Dee ignorando completamente a su colega.

Nicolás Maquiavelo tamborileó sus dedos contra la ventanilla del coche.

—Así es.

Mientras las Dísir caminaban por el callejón sinuoso y angosto, se cambiaron de ropa.

La transformación se produjo cuando pasaron por una zona oscura y sombría. Entraron a la callejuela como cualquier adolescente, vestidas con chaquetas de cuero, pantalones tejanos y botines. Un segundo más tarde, se convirtieron en Valkirias, las doncellas guerreras. Unos largos abrigos de malla metálica de color blanco nuclear caían sobre sus rodillas; unas botas de caña hasta la rodilla, de punta de hierro y de tacón de aguja les cubrían los pies; por último, llevaban unos guanteletes que combinaban el cuero y el metal. Unos gigantescos cascos les protegían la cabeza y ocultaban su mirada, dejando así al descubierto únicamente la boca. Los cinturones de cuero blancos que lucían alrededor de la cintura estaban repletos de vainas de espadas y cuchillos. Cada una de las Valkirias empuñaba una espada de hoja ancha en cada mano, además de un arma atada a la espalda diferente: una lanza, un hacha de dos filos y un martillo de guerra.

El trío se detuvo ante un portón mugriento incrustado en una pared de un edificio. Una de las Valkirias se volvió para echar un último vistazo al coche y señaló con un dedo la puerta.

Maquiavelo pulsó un botón y la ventanilla descendió de forma automática. Alzó el pulgar y asintió con la cabeza. Pese a su apariencia decrépita, ésa era, sin lugar a dudas, la puerta trasera para acceder a la casa de Saint-Germain.

Cada una de las guerreras poseía una diminuta bolsa de cuero que colgaba de su cinturón. Extrayendo un puñado de objetos parecidos a piedras, las Dísir los lanzaron hacia la base de la puerta.

—Están lanzando las runas —explicó Maquiavelo—. Están llamando a Nidhogg… la criatura que tú mismo liberaste, una criatura que los propios Inmemoriales encerraron.

—No sabía que estaba atrapada en las raíces del Árbol del Mundo —murmuró Dee.

—Me sorprende. Pensé que tú lo sabías todo.

Maquiavelo cambió de postura en el asiento para mirar directamente a Dee. En aquella penumbra, Nicolás podía distinguir al Mago. Había cobrado un tono pálido e incluso tenía sudor en la frente. Después de tantos siglos controlando sus emociones, Maquiavelo consiguió ocultar su sonrisa.

—¿Por qué destruiste el Yggdrasill? —preguntó.

—Era la fuente del poder de Hécate —respondió Dee en voz baja, sin apartar la mirada de las Valkirias, observándolas fijamente.

Se habían alejado de las piedras que habían lanzado a tierra y estaban hablando entre ellas, señalando las baldosas del suelo.

—Era tan ancestral como el planeta Tierra. Y sin embargo, no dudaste en aniquilarla. ¿Por qué lo hiciste? —preguntó Maquiavelo.

—Hice lo que era necesario —contestó Dee con una voz gélida—. Siempre haré lo que sea necesario para traer a los Inmemoriales a este planeta.

—Pero jamás tuviste en cuenta las consecuencias —comentó el italiano en voz baja—. Toda acción comporta una reacción. El Yggdrasill que tú arrasaste en el reino de Hécate se extendía a otros Mundos de Sombras. Las ramas más altas alcanzaban el Mundo de Sombras de Asgard y las raíces ahondaban hasta tal punto que incluso rozaban Niflheim, el Mundo de la Oscuridad, Hogar de la Niebla. No sólo liberaste a la criatura, sino que además destruiste al menos tres Mundos de Sombras, o incluso más, cuando clavaste *Excalibur* en el Árbol del Mundo.

—¿Cómo has sabido que se trataba de *Excalibur*?

—Tienes muchos enemigos —continuó Maquiavelo, ignorando la pregunta del Mago—, enemigos peligrosos. He oído que la Inmemorial Hel pudo escapar de la destrucción de su reino. Por lo que tengo entendido, está buscándote.

—Ella no me asusta —interrumpió Dee con brusquedad. Sin embargo, la voz le temblaba.

—Oh, pues debería —murmuró Maquiavelo—. Personalmente, a mí me aterra.

—Mi maestro me protegerá —dijo Dee confiado.

—Debe ser un Inmemorial muy poderoso si está dispuesto a protegerte de Hel; nadie que se haya atrevido a enfrentarse a ella ha sobrevivido.

—Mi maestro es todopoderoso.

—No te voy a negar que tenga ganas de conocer la identidad de este Inmemorial tan misterioso.

—Quizá, cuando todo esto acabe, te lo presentaré —dijo Dee. Entonces, desviando la mirada hacia el callejón, añadió—: Y eso podría ocurrir muy pronto.

Las runas siseaban y chisporroteaban sobre el suelo.

Eran unas piedras planas, irregulares y de color negro grabadas con una serie de líneas angulares, cuadrados y grietas.

Ahora, las runas destellaban una luz roja muy brillante y exhalaban un humo carmesí que se desvanecía en la atmósfera matutina.

Una de las Dísir utilizó el extremo de su espada para reunir todas las piedras. Una de sus hermanas apartó una de las runas con el tacón de la bota y la sustituyó por otra nueva. La tercera encontró una runa aislada y la deslizó con su espada hacia el final de la cadena de letras que habían formado.

—Nidhogg —susurraron las Dísir al unísono, llamando a la pesadilla cuyo nombre habían dibujado con las piedras ancestrales.

—Nidhogg —dijo Maquiavelo en voz baja.

Miró más allá del hombro de Dee, hacia su chófer, Dagon, quien mantenía fija la mirada en el horizonte, aparentemente desinteresado en lo que ocurría a su izquierda.

—Sé lo que las leyendas relatan sobre él, pero Dagon, ¿qué es exactamente?

—Mi especie lo denominaba el Devorador de Cadáveres —respondió Dagon con voz pegajosa y burbujeante—. Ya existía antes de que mi raza reclamara los océanos, y eso que fuimos de los primeros en poblar este planeta.

Rápidamente, Dee se giró en su asiento para observar al conductor.

—¿Qué eres tú?

Dagon ignoró completamente la pregunta.

—Nidhogg era tan peligroso que un consejo de la Raza Inmemorial creó un Mundo de Sombras terrible, el Niflheim, el Mundo de la Oscuridad, para encerrarlo. Después, utilizaron las raíces inquebrantables del Yggdrasill para que envolvieran a la criatura, encadenándola para el resto de la eternidad.

Maquiavelo mantenía la mirada clavada en el humo rojizo que emergía de las runas. En ese instante, el italiano creyó ver cómo el humo dibujaba el contorno de una figura.

—¿Por qué los Inmemoriales no lo mataron?

—Nidhogg era un arma —respondió Dagon.

—¿Para qué necesitaban los Inmemoriales un arma? —preguntó Maquiavelo—. Sus poderes eran casi ilimitados y, por aquel entonces, no tenían enemigos.

Aunque permaneció sentado con las manos apoyadas sobre el volante, Dagon giró los hombros y la cabeza casi 180 grados hasta ponerse cara a cara con Dee y Maquiavelo.

—Los Inmemoriales no fueron los primeros en pisar esta tierra —explicó—. Fueron... otros —añadió, pronunciando esta última palabra despacio y con sumo cuidado—. Los Inmemoriales utilizaron a Nidhogg y a otras criaturas primordiales como armas en la Gran Guerra para destruirlos definitivamente.

Un Maquiavelo completamente sorprendido contempló a Dee, que también tenía una expresión de asombro por la repentina revelación de Dagon.

El conductor abrió la boca intentando esbozar algo parecido a una sonrisa, mostrando así su mandíbula de dientes puntiagudos.

—Probablemente, deberíais saber que la última vez que un grupo de Dísir utilizó a Nidhogg, perdió el control sobre la criatura. Las devoró a todas. Durante los tres días que tardaron en capturar a la criatura y encadenarla a las raíces del Yggdrasill, el Nidhogg aniquiló a la tribu Anasazi en lo que ahora es Nuevo México. Se dice que la criatura se dio un banquete de diez mil humanos y que todavía seguía con hambre.

—¿Estas Dísir pueden controlarlo? —reclamó Dee.

Dagon se encogió de hombros.

—Trece de las guerreras Dísir más intrépidas no fueron capaces de controlarlo en Nuevo México...

—Quizá deberíamos... —empezó Dee.

Maquiavelo se puso tenso de repente.

—Demasiado tarde —murmuró—. Ya está aquí.

Capítulo 29

me voy a dormir.

Sophie Newman se detuvo ante la puerta de la cocina, con un vaso de agua en la mano. Después, miró hacia atrás, hacia su hermano, que seguía sentado en la mesa.

—Francis va a enseñarme algunos hechizos de fuego específicos por la mañana. Me ha prometido que me mostraría el truco de los fuegos artificiales.

—Genial, así no tendremos que volver a comprar fuegos artificiales para el Cuatro de julio.

Sophie esbozó una exhausta sonrisa.

—No te quedes mucho tiempo más, está a punto de amanecer.

Josh se llevó otro mordisco de tostada a la boca.

—Sigo en el horario Pacífico —dijo con la boca llena—. Pero tengo que levantarme en pocos minutos. Scatty quiere que continuemos el entrenamiento con la espada mañana. La verdad es que tengo muchas ganas.

—Mentiroso, mentiroso.

El joven gruñó.

—Bueno, tú tienes tu magia para protegerte… En cambio, todo lo que tengo yo es esta espada de piedra.

El rencor era claramente perceptible en su voz, pero

Sophie se obligó a sí misma a no comentárselo. Empezaba a cansarse de las quejas continuas de su hermano. Jamás había pedido que fuera Despertada; jamás había querido conocer la magia de la Bruja ni la de Saint-Germain. Pero había ocurrido y estaba intentando lidiar con ello. Su hermano tenía que aceptarlo de una vez por todas.

—Buenas noches —se despidió Sophie.

Cerró la puerta, dejando así a su hermano solo en la cocina.

Cuando se acabó el último pedazo de la tostada, recogió el plato y el vaso y los colocó sobre el fregadero. Dejó verter algo de agua sobre el plato y un segundo más tarde lo puso sobre el escurreplatos ubicado detrás del fregadero de cerámica. Agarró la jarra de agua filtrada, se sirvió un vaso y salió de la cocina, dirigiéndose hacia un diminuto jardín exterior. Aunque casi había amanecido, no sentía ni una gota de cansancio. Una vez más, se recordó a sí mismo que había dormido durante casi todo el día. Más allá de la pared, Josh apenas lograba vislumbrar el horizonte parisino bañado por la cálida luz de las farolas. Miró hacia arriba, pero no avistó ni una sola estrella. Se acomodó en un escalón y respiró hondamente. El aire era frío y húmedo, igual que el de San Francisco, aunque carecía del aroma familiar a sal marina que tanto añoraba; en cambio, estaba cubierto por varios perfumes extraños, algunos de los cuales le resultaban agradables. Sintió cómo una brisa le recorría el cuerpo, inhaló con fuerza y los ojos se le humedecieron. Percibió el desagradable olor de contenedores de basura a rebosar y de fruta podrida. Entonces detectó el nauseabundo hedor que le recordaba a algo, o a alguien. Cerrando la boca, inhaló profundamente, intentando identificar el aroma: ¿qué era? Era algo que había olisqueado recientemente...

Serpiente.

Josh dio un brinco. En París no había serpientes, ¿verdad? En el pecho, Josh sentía su corazón empezando a latir con más fuerza. Le aterraban las serpientes, un miedo espeluznante cuyo origen empezó cuando él tenía diez años. Había estado acampando junto a su padre en el monumento nacional de Wupatki, en Arizona, cuando se resbaló en un sendero y se deslizó por una pendiente, aterrizando directamente sobre un nido de serpientes de cascabel. Una vez se hubo sacudido el polvo de la ropa, se dio cuenta de que estaba tumbado junto a una serpiente de casi dos metros. La criatura levantó su cabeza en forma de cuña y permaneció mirando fijamente al muchacho con sus ojos negro azabache durante poco más de un segundo, aunque a Josh le pareció una eternidad. Después, el muchacho intentó escabullirse de allí, demasiado aterrorizado y jadeante como para gritar. Jamás logró entender por qué aquella serpiente prefirió no atacarlo, aunque su padre le explicó que las serpientes de cascabel son bastante tímidas y que, probablemente, habría acabado de comer. Tuvo pesadillas sobre el incidente durante varias semanas, y cuando se despertaba de forma repentina, sentía ese olor a almizcle en la nariz.

Ahora, percibía ese mismo olor.

Un olor que se intensificaba por momentos.

Josh empezó a subir las escaleras otra vez. De pronto, se produjo el sonido típico de escarbar, como cuando una ardilla está trepando por el tronco de un árbol. Entonces, justo delante de él, al otro lado del patio, unas garras, cada una del mismo tamaño que sus manos, aparecieron sobre la pared. Se movían lentamente, realizando movimientos delicados, buscando un agarre. De forma inesperada, las garras se clavaron hondamente en los antiguos ladrillos del muro. Josh se quedó petrificado, sin respiración.

Los brazos estaban cubiertos por una piel curtida y nudosa... y entonces asomó la cabeza de un monstruo por la pared. Era una especie de bloque largo, con dos aletas redondas al final de un morro despuntado y uniforme que aparecía encima de una boca. Unos ojos sólidos y negruzcos se hundían tras unas depresiones circulares a cada lado de su rostro. Incapaz de moverse, incapaz de respirar y con el corazón latiendo con tal fuerza que incluso el cuerpo vibraba, Josh observó cómo la criatura giraba la gigantesca cabeza de un lado a otro mientras, en el aire, una lengua bifurcada, larga, blanca y cadavérica, se movía nerviosamente. De repente, la criatura se detuvo y, poco a poco, muy despacio, giró la cabeza y miró a Josh. Con la punta de la lengua saboreó el aire y, segundos más tarde, abrió completamente la boca. Tenía la boca increíblemente grande, lo suficiente como para tragarse a Josh de un mordisco. En ese instante, Josh avistó su dentadura, compuesta por puñales curvados, afilados y desiguales.

Josh quería darse la vuelta y salir corriendo, pero algo se lo impedía. Había algo hipnótico en aquella horrorosa criatura que trepaba por la pared. Durante toda su vida había sentido una fascinación por los dinosaurios: había coleccionado fósiles, huevos, dientes, e incluso coprolitos de dinosaurio. Y ahora estaba ante uno de ellos. Una parte de su cerebro identificó a la criatura, o al menos a lo que se parecía: se trataba de un dragón de Komodo. No alcanzaba más de tres metros de altura en su hábitat natural, pero era evidente que esta criatura era, como mínimo, tres veces mayor que eso.

La piedra se agrietó. Un viejo ladrillo explotó convirtiéndose en mero polvo. Después, un segundo, un tercero.

Entonces se produjo un sonido quebrador, un chasquido y, casi en cámara lenta, Josh fue testigo de cómo la pared, con la criatura clavada en lo más alto de ella, se tambaleaba y se desplomaba sobre el suelo. La puerta metálica se partió en dos, desprendiéndose de todas las bisagras y colisionando directamente con la fuente de agua. El monstruo se golpeó violentamente contra el suelo, inalterable por las piedras que le llovían a su alrededor. El ruido sacudió a Josh, tambaleándole así sobre las escaleras mientras la criatura se incorporaba y se arrastraba por el patio, dirigiéndose hacia la casa. El joven cerró la puerta de un golpe y pasó todos los pestillos. Estaba a punto de volverse cuando, a través de la ventana de la cocina, vislumbró a una figura ataviada con prendas blancas, agarrando algo parecido a una espada. La silueta cruzó el agujero que se había producido en la pared.

Josh cogió la espada de piedra del suelo y la estrelló contra la pared.

—¡Despertad! —gritó con una voz aterradora—. ¡Sophie! ¡Flamel! ¡Todos!

La puerta que había detrás de él vibró entre el marco. Echó un rápido vistazo por encima del hombro y vio la lengua viperina del monstruo abriéndose camino entre la madera y el cristal.

—¡Ayuda!

El cristal se hizo añicos y la lengua penetró en el interior de la cocina; los platos se cayeron, las jarras se hicieron añicos y los instrumentos de cocina se diseminaron por el suelo. Los objetos metálicos silbaban cuando la lengua los rozaba; la madera se ennegrecía y se pudría; el plástico se derretía. Una gota de saliva corrosiva cayó sobre el suelo, empezó a burbujear y se comió la piedra.

De forma instintiva, Josh arremetió contra la lengua con *Clarent*. La espada apenas tocó la lengua de la criatura, pero de repente ésta desapareció, introduciéndose otra vez en la boca del monstruo. Se produjo un único movimiento y la criatura chocó la cabeza contra la puerta.

La puerta se hizo astillas de inmediato; las paredes de cada lado se agrietaron al mismo tiempo que las piedras llovían de algún lado. La criatura echó atrás la cabeza y repitió el movimiento, provocando así un agujero descomunal en la cocina. Entonces toda la casa empezó a crujir inquietantemente.

Josh sintió una mano sobre su hombro, y sus latidos bajaron de intensidad.

—Mira lo que has hecho; aún has enfurecido más a la criatura.

Scathach entró a zancadas en la cocina casi en ruinas y se detuvo ante el agujero causado por las envestidas de la criatura.

—Nidhogg —dijo. Sin embargo, Josh no sabía si estaba dirigiéndose a él o al monstruo. Y Scathach precisó—: Esto significa que las Dísir no andan muy lejos.

La Guerrera parecía mostrarse satisfecha con las noticias.

Scathach dio un paso atrás en el momento en que la cabeza de Nidhogg golpeó, una vez más, en el agujero de la pared. Sus gigantescas aletas de la nariz se abrieron y la lengua cadavérica fustigó el punto donde, un instante antes, había permanecido la Sombra. Una gota de saliva hizo arder la baldosa, convirtiéndola así en fango líquido. Las armas gemelas de Scathach empezaron a moverse, destellando brillos grises y plateados, y dos largos cortes aparecieron en la carne blanca de la lengua bifurcada de la criatura.

Sin apartar la mirada de Nidhogg, Scathach se dirigió a Josh con tono calmado y tranquilo, y le ordenó:

—Saca a los demás de casa, yo me ocuparé de esto…

Y, entonces, un brazo cuyos extremos eran unas afiladas garras penetró por la ventana, envolvió el cuerpo de la Guerrera en un fuerte asimiento y la golpeó contra la pared con tal fuerza que incluso el yeso se agrietó. La Sombra tenía los brazos pegados al cuerpo, de forma que no podía utilizar sus espadas. La descomunal cabeza de Nidhogg apareció entre el costado derrumbado de la casa. En ese instante, la criatura abrió la boca y la lengua salió disparada hacia Scathach. Una vez consiguiera que su lengua ácida y pegajosa cubriera a la indefensa Guerrera, el monstruo no dudaría en introducírsela en su horripilante mandíbula.

Capítulo 30

ophie bajó volando las escaleras mientras chispas y serpentinas de fuego azul seguían la estela de sus dedos.

Justo cuando el edificio había temblado, Sophie se hallaba cepillándose los dientes en el lavabo de la planta superior. Había logrado escuchar el estruendo de los ladrillos seguido por el grito de su hermano. Había roto el silencio absoluto que reinaba en la casa; para Sophie, era el sonido más aterrador que jamás había oído.

Estaba corriendo por el pasillo cuando, de repente, al pasar junto a la habitación en la que descansaba Flamel, la puerta se abrió. Durante un instante, la joven no reconoció a aquel anciano con expresión confusa que permanecía en el umbral de la puerta. Las bolsas y ojeras de sus ojos estaban teñidas de un color tan oscuro que incluso parecían moratones. Además, la piel se había tornado de un matiz amarillo que resultaba muy poco saludable.

—¿Qué está sucediendo? —murmuró.

Sin embargo, Sophie pasó de largo, pues no tenía una respuesta para ello. Todo lo que sabía era que su hermano se encontraba en la planta baja.

Y entonces la casa volvió a temblar.

Sintió la vibración a través de las paredes y el suelo.

Todos los cuadros colgados en la pared a su izquierda se ladearon hasta desplomarse en el suelo.

Aterrada, la joven bajó corriendo las escaleras que conducían hacia el primer piso cuando, de forma inesperada, se abrió la puerta de una habitación y apareció Juana. Unos momentos antes, la joven guerrera había lucido un pijama de satén brillante de color esmeralda. Ahora, estaba ataviada con una armadura de metal y empuñaba una espada de cuchilla ancha.

—Apártate —ordenó Juana con un acento francés muy pronunciado.

—¡No! —exclamó Sophie—. Es Josh... ¡está en problemas!

Juana de Arco se colocó junto a ella, acompañada del tintineo metálico de su armadura.

—De acuerdo, pero mantente detrás de mí y hacia la derecha, así siempre sabré dónde estás —ordenó Juana—. ¿Has visto a Nicolas?

—Está despierto, pero tenía un aspecto enfermizo.

—Es el agotamiento. No podemos permitir que utilice más magia en su estado. Podría matarle.

—¿Dónde está Francis?

—Probablemente en el ático. Suele trabajar por la noche. Pero el estudio está insonorizado y seguro que lleva puestos los auriculares; dudo que haya escuchado nada.

—Estoy segura de que ha notado cómo la casa temblaba.

—Quizá lo ha relacionado con una buena nota del bajo.

—No sé dónde está Scatty —confesó Sophie. La joven intentaba con todas sus fuerzas ocultar el pánico que empezaba a atormentarla.

—Con un poco de suerte, estará abajo, en la cocina, con tu hermano. Si es así, Josh está a salvo —añadió Juana—. Ahora, sígueme.

Manteniendo erguida su espada entre ambas manos, la mujer se movió con suma prudencia por los últimos peldaños de la escalera hasta llegar a un amplio recibidor de mármol ubicado enfrente de la casa. Se detuvo de forma tan repentina que Sophie casi se abalanza sobre ella. Juana señaló la puerta principal. En ese mismo instante, la muchacha vislumbró una figura fantasmagórica detrás de los paneles de cristales agrietados. Entonces se produjo un chasquido, un crujido, y un hacha apareció clavada en la puerta. Un segundo más tarde, la puerta principal se rompió en una lluvia de fragmentos de cristal y astillas.

Dos figuras se adentraron en el recibidor.

Bajo la luz de la araña de cristal, Sophie pudo distinguirlas. Se trataba de dos jóvenes con una armadura de malla blanca cuyos rostros estaban cubiertos por un casco. Una sujetaba una espada y un hacha y la otra, una espada y una lanza. Reaccionó de forma instintiva. Agarrando la muñeca derecha con su mano izquierda, extendió los dedos y giró la palma hacia arriba. Unas llamas crepitantes de color azul verdoso surgieron del suelo, justo delante de las dos jóvenes, alzándose y formando una capa sólida de fuego esmeralda.

Las dos figuras cruzaron las llamas sin detenerse un segundo, pero se detuvieron al ver a Juana ataviada con su armadura. Se miraron la una a la otra, evidentemente confundidas.

—Tú no eres la humana plateada. ¿Quién eres? —exigió una de ellas.

—Ésta es mi casa, así que creo que me corresponde a

mí formular esa pregunta —contestó Juana con tono serio. Entonces dio media vuelta de forma que el hombro izquierdo apuntara directamente a las mujeres. Sujetaba su espada con ambas manos y el extremo parecía dibujar un ocho entre las guerreras.

—Apártate. Nuestro problema no eres tú —ordenó una.

Juana alzó la espada, acercando la empuñadura al rostro mientras el extremo del arma apuntaba directamente hacia el techo.

—Venís a mi casa y me ordenáis que me aparte —dijo con tono incrédulo—. ¿Quiénes sois? ¿Qué sois? —preguntó.

—Somos las Dísir —respondió la que acarreaba una espada y una lanza—. Hemos venido aquí a por Scathach, ella es nuestro problema. Si te entrometes en nuestro camino, entonces también te convertirás en un problema para nosotras.

—La Sombra es amiga mía —confesó Juana.

—Entonces eso te convierte en nuestra enemiga.

Sin previo aviso, las Valkirias atacaron al unísono, una de ellas embistiendo con una espada y una lanza y la otra con una espada y un hacha. La pesada espada de Juana realizó un giro. En ese instante se escucharon las arremetidas metálicas, pero los movimientos eran tan ágiles y rápidos que Sophie no podía distinguir cómo Juana frenaba los ataques de las espadas, cómo desviaba los golpes del hacha y cómo derrotaba la lanza.

Las Dísir dieron un paso atrás, recuperaron sus armas y se colocaron a cada lado de Juana de Arco, quien tenía que estar continuamente girando la cabeza de un lado a otro para vigilar a ambas.

—Luchas bien.

Juana esbozó una sonrisa salvaje.

—Me enseñó la mejor. La propia Scathach fue mi maestra.

—Ya decía yo que me sonaba el estilo —dijo la segunda Dísir.

Sólo los ojos de la guerrera francesa se movían para controlar a las dos Dísir.

—No creí que tuviera un estilo.

—Tampoco lo tiene Scathach.

—¿Quién eres? —preguntó la Dísir situada a su derecha—. A lo largo de mi vida sólo he conocido a un puñado capaz de resistir una embestida nuestra. Y ninguno de ellos era humano.

—Soy Juana de Arco —respondió.

—Jamás he oído hablar de ti —dijo una de las Dísir. Mientras pronunciaba estas palabras, su hermana, ubicada a la izquierda de Juana, echó atrás el brazo, preparada para lanzar su arma…

El arma se incendió convirtiéndose en una hoguera de llamas blancas.

Con un aullido salvaje, la Dísir arrojó el arma hacia un lado; en el momento en que golpeó el suelo, el mango de madera se transformó en ceniza y la perversa punta metálica se fundió en un charco burbujeante.

Sophie, inmóvil en el último escalón, pestañeó sorprendida. No sabía que era capaz de hacer eso.

La Dísir situada a la derecha de Juana salió disparada, ondeando su espada y su hacha con unos movimientos mortales en el aire. Justo cuando estaba a punto de embestir a Juana, sus armas se chocaron con la espada de la francesa, frenando así su violento ataque.

La segunda Dísir rodeó a Sophie.

Incendiar la lanza y fundir la punta metálica habían dejado exhausta a la joven, de forma que Sophie se dejó caer sobre la barandilla. Pero tenía que ayudar a Juana; necesitaba llegar hasta su hermano. Apretando la parte inferior de su muñeca, intentó invocar, una vez más, la Magia del Fuego. Un humillo brotó de su mano, pero no había rastro de fuego.

La Dísir se acercó a zancadas hasta colocarse frente a frente con la jovencita. Sophie se había incorporado en la escalera, de forma que las miradas de ambas muchachas estaban casi al mismo nivel.

—Así que tú debes de ser la humana de plata que el Mago inglés desea conseguir desesperadamente.

Tras la máscara de metal, los ojos púrpura de la Valkiria expresaban desprecio.

De forma temblorosa, Sophie cogió aire y se enderezó. Extendió ambos brazos y apretó los puños. Con los ojos cerrados, respiró profundamente, intentando calmar el latido de su corazón, y visualizó guantes de llamas; se contempló a sí misma uniendo las manos, dándole forma a una bola de fuego entre sus puños, como si fuera fango, y lanzándosela a la silueta que permanecía delante de ella. Sin embargo, cuando abrió los ojos, únicamente unas llamitas azules danzaban entre sus dedos. Dio una palmada y saltaron unas chispas dirigidas hacia la malla de la guerrera.

La Dísir golpeó suavemente su espada en el guante de Sophie.

—Tus insignificantes truquitos con fuego no me impresionan.

Un estruendo aterrador proveniente de la cocina hizo

temblar la casa una vez más. Una araña de decoración situada en el centro del recibidor empezó a balancearse de un lado a otro, tintineando melódicamente mientras las sombras danzaban al mismo compás.

—Josh —murmuró Sophie.

El temor se convirtió en ira: esta criatura le estaba impidiendo que llegara hasta su hermano. Y la ira le proporcionaba fuerza. Intentando recordar lo que Saint-Germain había hecho en la azotea de la casa, la muchacha señaló con su dedo índice a la guerrera y desató toda su furia en un único rayo.

Una lanza de fuego sólido de color mugriento, entre amarillo y negruzco, salió disparada del dedo índice de Sophie. Un instante más tarde, la lanza explotaba contra la malla de la Dísir. El fuego cubrió completamente a la guerrera y el golpe la obligó a arrodillarse. Exclamó una palabra incomprensible que fácilmente podía confundirse con el aullido de un lobo.

Al otro lado del vestíbulo, Juana se aprovechó del momento de distracción y embistió con fuerza a su atacante, empujándola hacia una puerta en ruinas. Las dos mujeres estaban ahora equilibradas, pues aunque la espada de Juana fuera más larga y pesada que la de su oponente, la Dísir tenía la ventaja de empuñar dos armas. Además, había pasado mucho tiempo desde la última vez que la guerrera francesa se había puesto una armadura y había luchado con su espada. Sentía cómo le ardían los músculos de los hombros y le dolían las caderas y las rodillas por el peso de todo el metal que acarreaba. Tenía que acabar ya con todo eso.

La Valkiria que yacía en el suelo se incorporó delante de Sophie. La parte frontal de su malla había recibido toda la fuerza de la embestida, de forma que los enlaces se habían derretido como cera caliente. La guerrera agarró la malla y se la arrancó del cuerpo, apartándola hacia un lado. La toga blanca que llevaba debajo estaba chamuscada y ennegrecida y algunos pedazos de metal se habían fundido con la ropa.

—Jovencita —susurró la Dísir—, me voy a asegurar de que jamás vuelvas a jugar con fuego.

Capítulo 31

L a lengua pegajosa del Nidhogg se desplegó por el aire, dirigiéndose hacia Scathach, quien todavía estaba inmovilizada contra la pared de la cocina, sujeta firmemente entre las garras de la criatura. La Guerrera luchaba en silencio absoluto, moviéndose con dificultad entre el puño del monstruo, arrastrándose hacia un lado y otro, deslizando los tacones de aguja sobre el suelo resbaladizo. Con los brazos pegados al cuerpo, Scathach era incapaz de utilizar sus espadas cortas.

Josh sabía que si se paraba un momento para pensar, no lograría asumir el significado de todo aquello. El hedor que desprendía la criatura le estaba provocando vómitos y el corazón le latía tan fuerte que apenas podía tomar aliento.

La lengua bífida pasó rozando la mesa, dejando una estela chamuscada sobre la madera. Tropezó contra una silla, atravesándola, mientras se dirigía directamente hacia la cabeza de la Guerrera.

Todo lo que tenía que hacer, se recordaba Josh una y otra vez, era pensar que la lengua del Nidhogg era como una pelota de fútbol. Sujetando la espada *Clarent* con ambas manos, tal y como le había mostrado Juana unos minutos antes, imitó un movimiento que su entrenador del colegio había estado intentando mostrarle a lo largo de la temporada.

Justo en el momento en que saltó, Josh se dio cuenta de que había calculado mal. La lengua se movía demasiado rápido y él estaba demasiado lejos. En un esfuerzo desesperado, lanzó la espada desde su brazo.

La punta de la espada se clavó en una de las bifurcaciones de la carnosa legua del Nidhogg.

Los años de entrenamiento de taekwondo no sirvieron de nada cuando Josh se desplomó sobre el suelo resbaladizo. El golpe había sido duro, pero aun así se las arregló para apoyar las palmas en el suelo y propulsar el cuerpo hacia delante, realizando una voltereta, e incorporándose sobre los pies, a pocos centímetros de aquella lengua carnosa. Y de la espada.

Agarrando la empuñadura, Josh utilizó todas sus fuerzas para extraer la espada de la lengua. Se despegó como si fuera una cinta de velcro y la lengua se enroscó y siseó mientras se introducía, una vez más, en la boca del monstruo. Josh sabía que, si se detenía, tanto él como Scathach morirían. Entonces sumergió el extremo de *Clarent* en el brazo de serpiente de la criatura, justo por encima de la muñeca. A medida que la espada se hundía lentamente en la piel del animal, empezó a vibrar, a producir un sonido agudo que puso los pelos de punta a Josh. Sintió cómo una ráfaga de aire caliente le recorría el brazo hasta llegar al pecho. Un instante más tarde, una oleada de fuerza y energía erradicó todos sus dolores y sufrimientos. Cuando arrancó la espada de la criatura, su aura empezó a resplandecer con un brillo dorado cegador y alrededor de la hoja de piedra del arma emergió un zarcillo de luz.

—Las garras, Josh. Córtale una garra —gruñó Scathach mientras Nidhogg la sacudía con fuerza. Las dos armas cortas resbalaron de las manos de la Guerrera, provocando un gran estruendo.

Josh arremetió contra el monstruo, intentando cortar una garra, pero la pesada espada de piedra se giró en el último momento, de forma que quedó clavada entre sus piernas. Lo volvió a intentar; esta vez la espada asestó un golpe al animal, arrancándole tiras de piel.

—¡Eh! Ten cuidado —gritó Scathach cuando la espada se le acercó peligrosamente a la cabeza—. Ésa es una de las armas que realmente puede matarme.

—Perdón —murmuró Josh, apretando los dientes—. Jamás había hecho algo así antes —confesó mientras atacaba una vez más la garra de la criatura. Las chispas saltaron al rostro de la Guerrera. Josh no pudo retener un segundo más la curiosidad y, entre gruñidos, preguntó—: ¿Por qué queremos una garra?

—Sólo podremos acabar con esta bestia si la matamos con una de sus propias garras —explicó Scathach con un tono de voz sorprendentemente calmado—. ¡Cuidado! ¡Retrocede!

Josh se giró en el mismo instante en que la gigantesca cabeza de la criatura embistió uno de los muros de la casa mientras su lengua blanca revoloteaba por el aire otra vez. Iba a por él. Se estaba moviendo demasiado rápido; no tenía escapatoria y, si realizaba algún tipo de movimiento, golpearía a Scatty. Josh plantó los pies con firmeza, envolvió a *Clarent* con ambas manos y sujetó la espada ante su rostro. Cerró los ojos para evitar contemplar el horror que se aproximaba y, de inmediato, los volvió a abrir. Si iba a perecer, lo haría con los ojos abiertos.

Aquello era como jugar a un videojuego, pensó, excepto que este juego era verdaderamente mortal. Casi a cámara lenta, el muchacho vislumbró cómo las dos bifurcaciones de la lengua atrapaban la espada, como si fueran a arrebatársela de las manos. Josh decidió sujetar con fuerza la empuñadura, determinado a no dejar escapar la espada.

Cuando la carne de la lengua de la bestia rozó la hoja de piedra, el efecto fue inmediato.

La criatura se quedó inmóvil, después empezó a convulsionarse y a sisear. El ácido de su lengua burbujeaba sobre la espada que, entre las manos de Josh, seguía vibrando como un diapasón. Un instante más tarde, empezó a desprender calor y a destellar brillos blancos. Josh apretó los ojos…

…Y detrás de sus ojos cerrados, el joven vislumbró una serie de imágenes: un horizonte maldito y en ruinas repleto de rocas negras; un paisaje bañado en piscinas de lava bermeja; el cielo hervía de nubes mugrientas que rociaban una lluvia de cenizas y piedras carbonizadas. Extendida en la bóveda celeste, pendida de las nubes, aparecía una especie de raíces de un árbol descomunal. Las raíces eran el origen de la ceniza blanca: estaban disolviéndose, marchitándose, muriéndose…

Nidhogg sacudió la lengua para alejarla de la espada.

Josh, completamente fascinado, abrió los ojos y, de forma simultánea, su aura empezó a brillar con más fuerza, con más intensidad. El muchacho quedó completamente cegado por la luz. Asustado, balanceando la espada ante él, empezó a dar pasos hacia atrás hasta toparse con la pared de la cocina. El resplandor de su aura le había opacado la vista. Josh quería frotarse los ojos, pero no se atrevía a aflojar la empuñadura. A su alrededor, el joven escuchaba cómo se desplomaban las piedras, cómo se agrietaba el yeso y cómo se rompía la madera. Entonces se dejó guiar por una corazonada y encogió los hombros, como si estuviera esperando a que algo le cayera sobre la cabeza.

—¿Scatty?

Pero no obtuvo respuesta.

Alzó el tono de voz:

—¡Scatty!

Entornando los ojos, deshaciéndose de los puntos negros que bailaban ante él, Josh avistó al monstruo arrastrando a Scathach fuera de la casa. Su lengua, ahora ennegrecida y de color marrón, le colgaba de un lado de la mandíbula. Sujetando a la Guerrera en un puño bien cerrado, dio media vuelta y se abrió paso a través del jardín devastado. Su alargada cola barría los escombros hacia un lado de la casa, rompiendo en mil pedazos el único cristal que permanecía intacto. Después, la criatura se incorporó sobre sus dos patas traseras, como un lagarto cogido por el pescuezo, y se dirigió hacia el vestíbulo, casi pisoteando a la figura ataviada con una armadura blanca que permanecía en la retaguardia. Sin dudarlo, aquella silueta desapareció tras la criatura.

Josh se tropezó con un agujero en un lado de la casa y se detuvo. Echó un vistazo por encima del hombro. Aquella cocina que unas horas antes tenía un aspecto familiar y agradable ahora estaba en ruinas. Después, miró hacia la espada y esbozó una sonrisa. Había logrado detener al monstruo. La tímida sonrisa se transformó en una carcajada. Había luchado y salvado a su hermana y a todos los demás que estaban en la casa… excepto a Scatty.

Respirando hondamente, Josh saltó sobre los escalones y salió corriendo hacia el jardín, dirigiéndose hacia el vestíbulo para perseguir los pasos del monstruo.

—No me puedo creer que esté haciendo esto —murmuró—. Ni siquiera me cae bien Scatty. Bueno, tampoco me cae mal... —se corrigió.

Capítulo 32

nicolás Maquiavelo siempre había sido un hombre cauteloso y prudente.

Había sobrevivido e incluso prosperado en la corte de los Médicis, famosa por sus atrocidades, en Florencia a lo largo del siglo XV, una época en que la intriga era un modo de vida y las muertes violentas y los asesinatos, el pan de cada día. Su libro más famoso, *El Príncipe*, fue el primero en sugerir que el uso de la astucia, los tapujos, las mentiras y los engaños eran perfectamente aceptables si se trataba de un gobernante.

Maquiavelo era un superviviente porque era sutil, prudente, listo y, sobre todas las cosas, astuto.

Entonces, ¿qué le había empujado a acudir a las Dísir? Las Valkirias no entendían el significado de sutil y no conocían la palabra cautela.

Su idea de inteligencia y astucia se había limitado a liberar a Nidhogg, un monstruo incontrolable, en el corazón de una ciudad moderna.

Y él lo había permitido.

Ahora, las calles retumbaban con el sonido de cristales haciéndose añicos, madera rompiéndose y edificios tambaleándose. Las alarmas de cada automóvil y casa del distrito habían empezado a sonar y había luces encendidas en las casas vecinas de aquel callejón por el que, de momento, no se había aventurado nadie.

—¿Qué está ocurriendo allí? —se preguntó Maquiavelo en voz alta.

—¿Nidhogg se está dando un festín con la Guerrera? —sugirió Dee distraídamente. Su teléfono móvil empezó a vibrar, abstrayéndole de lo verdaderamente importante.

—¡No, no lo está! —exclamó de forma repentina Maquiavelo. Abrió la puerta, se apeó del coche, agarró a Dee por el cuello y le arrastró fuera del coche. Después, gritó—: ¡Dagon! ¡Sal!

Dee intentó encontrar el suelo con los pies, pero el italiano seguía arrastrándole, alejándole del coche.

—¿Te has vuelto loco? —chilló el doctor.

De forma inesperada, se produjo una explosión de cristales y Dagon salió propulsado directamente hacia el parabrisas del coche. Se deslizó por la capota hasta aterrizar junto a Maquiavelo y Dee, pero el Mago ni siquiera miró a la criatura. En su lugar, contempló aquello que había asustado al italiano.

Nidhogg se desplazaba por la sinuosa callejuela, hacia ellos, apoyándose sobre sus dos patas traseras. Una silueta de cabellera pelirroja colgaba entre sus garras.

—¡Atrás! —exclamó Maquiavelo, arrojándose al suelo y empujando a Dee con él.

Nidhogg pisoteó sin vacilar el elegante coche negro de marca italiana. Una de sus patas traseras atropelló directamente el centro del techo, aplastándolo hasta el suelo. Las ventanillas reventaron, rociando cristales cual una metralleta mientras el coche se doblaba por la mitad, de forma que las ruedas delanteras y traseras no rozaban el suelo.

La criatura desapareció entre la oscuridad nocturna.

Un segundo más tarde, una Dísir blanca pasó casi volando por encima de los restos del coche, evitándolo con un salto, mientras seguía a la criatura.

—¿Dagon? —susurró Maquiavelo mientras se daba la vuelta—. Dagon, ¿dónde estás?

—Estoy aquí.

El conductor se enderezó lentamente. Finalmente se incorporó y se sacudió los cristales de su traje negro. Se quitó las gafas de sol, completamente destrozadas, y las lanzó al suelo. Arco iris de colores le recorrían la mirada.

—Estaba sujetando a Scathach —dijo mientras se aflojaba el nudo de la corbata y se desabrochaba el primer botón de su camisa blanca.

—¿Está muerta? —preguntó Maquiavelo.

—Hasta que no lo vea con mis propios ojos, no creeré su muerte.

—Estoy de acuerdo. A lo largo de los años han aparecido varios informes detallando su muerte. ¡Y entonces aparece! Necesitamos un cuerpo.

Dee se levantó de un charco de lodo; sospechaba que Maquiavelo le había arrojado allí a propósito. Vertió el agua que se le había introducido en el zapato.

—Si Nidhogg la tiene, entonces la Sombra está muerta. Hemos conseguido nuestro objetivo.

Dagon desvió su mirada bulbosa para mirar el rostro del Mago.

—¡Maldito arrogante! Es evidente que hay algo en la casa que le ha asustando, y por eso está corriendo. Y, obviamente, no puede ser la Sombra porque la lleva entre sus garras. Y recuerda, esta criatura no conoce el miedo. ¡Las tres Dísir entraron en ese edificio, y sólo una ha salido con vida! Algo terrible ha sucedido ahí dentro.

—Dagon tiene razón: esto es un desastre. Debemos reconsiderar nuestra estrategia —comentó Maquiavelo, volviéndose hacia su chófer—. Te prometí que si las Dísir fracasaban, Scathach era tuya.

Dagon asintió.

—Y siempre has cumplido tu palabra.

—Ya hace cuatrocientos años que trabajas conmigo, que estás a mi lado. Siempre has sido leal y por ello te debo mi vida y libertad. Por eso, te libero de mi servicio —dijo finalmente el italiano—. Encuentra el cuerpo de la Sombra... y si aún sigue con vida, entonces haz lo que debes hacer. Márchate. Cuídate, viejo amigo.

Dagon dio media vuelta de inmediato. Entonces, de forma repentina, se detuvo y echó la mirada atrás.

—¿Cómo me has llamado?

Maquiavelo sonrió.

—Viejo amigo. Ten cuidado —dijo en tono amable—. La Sombra es más que peligrosa y ha asesinado a muchos de mis amigos.

Dagon aceptó con un movimiento de cabeza. Se quitó los zapatos y los calcetines, dejando así al descubierto sus pies de tres dedos.

—Nidhogg se dirigirá hacia el río —informó Dagon, abriendo la boca en un intento de sonreír—. Y el agua es mi hogar.

Entonces echó a correr por las calles parisinas, apoyando los pies descalzos sobre el pavimento.

Maquiavelo miró hacia la casa. Dagon tenía razón; algo había aterrado a Nidhogg. ¿Qué había ocurrido allí dentro? ¿Dónde estaban las otras dos Dísir?

De repente, empezaron a escuchar unos pasos. Un segundo más tarde, avistaron a Josh Newman corriendo por el callejón, quien sujetaba la espada de piedra entre sus manos dejando una estela dorada a su paso. Sin mirar a la derecha ni a la izquierda, el muchacho pasó junto al coche destrozado sin inmutarse. Josh estaba concentrado en seguir las alarmas de los coches que se habían disparado cuando el monstruo había pasado por allí.

Maquiavelo miró a Dee.

—¿No es ése el chico norteamericano?

Dee afirmó con un gesto.

—¿Has visto lo que tenía entre las manos? Parecía una espada —comentó en voz baja—. ¿Una espada de piedra? ¿Crees que podría ser *Excalibur*?

—No era *Excalibur* —respondió Dee de inmediato.

—Sin duda, era una espada de piedra gris.

—Pero no era *Excalibur*.

—¿Cómo lo sabes? —preguntó Maquiavelo.

Dee hurgó bajo su abrigo y extrajo una espada de piedra corta, un arma idéntica a la que Josh empuñaba. La espada temblaba, vibraba casi de forma imperceptible.

—Porque yo poseo a *Excalibur* —contestó Dee—. El muchacho tiene su gemela, *Clarent*. Siempre sospechamos que Flamel la tenía.

Maquiavelo cerró los ojos e inclinó la cabeza ligeramente hacia atrás.

—*Clarent*. Con razón Nidhogg ha huido de la casa —dijo mientras sacudía la cabeza. ¿Podía empeorar todavía más la noche?

El teléfono de Dee volvió a vibrar y los dos hombres dieron un brinco. El Mago casi parte el teléfono cuando contestó.

—¿Qué? —gruñó.

Permaneció en silencio unos momentos, escuchando la

voz del otro lado de la línea. Después, colgó el teléfono con tranquilidad. Cuando volvió a hablar, su voz se había convertido en un suave susurro.

—Perenelle ha escapado. Ha huido de Alcatraz.

Sacudiendo una vez más la cabeza, Maquiavelo dio media vuelta y comenzó a caminar hacia los Campos Elíseos. Acababa de obtener la respuesta a su pregunta. La noche acababa de empeorar. Nicolas Flamel le asustaba, pero su esposa, Perenelle, le atemorizaba.

Capítulo 33

o soy ninguna jovencita! —exclamó Sophie Newman furiosa—. Y créeme que sé mucho más que sólo Magia del Fuego, Dísir.

El nombre le vino a la cabeza de forma repentina. Ahora, Sophie sabía todo aquello que la Bruja de Endor conocía sobre estas criaturas. La Bruja las despreciaba.

—Sé quiénes sois —dijo bruscamente mientras su mirada destellaba un brillo plateado—. Valkirias.

Incluso entre los Inmemoriales, las Dísir eran diferentes. Jamás habían habitado en Danu Talis, sino que habían preferido poblar las tierras heladas ubicadas en la parte más al norte del mundo, el hogar de vientos cortantes y hielo aguanieve. Los terribles años que siguieron después de la caída de Danu Talis, el mundo había girado sobre su propio eje y la Gran Helada había afectado a la mayor parte del planeta. De norte a sur, unas capas de hielo fluían por el paisaje, empujando así a los humanos hacia el diminuto cinturón verde que existía al borde del ecuador. Civilizaciones enteras desaparecieron, devastadas por los continuos cambios climáticos, las enfermedades y el hambre. El nivel de los mares subió, sumergiendo así a centenares de ciudades costeras y alterando el paisaje mientras el hielo invadía los pueblos y las ciudades del interior.

La civilización Dísir enseguida descubrió que su capacidad para sobrevivir en un clima nórdico les otorgaba cierta ventaja sobre otras razas y culturas, incapaces de sobrevivir a un invierno eterno. Grupos de guerreras salvajes rápidamente reclamaron la mayor parte del norte, esclavizando así a todo aquel que se enfrentara a ellas. En poco tiempo, las Dísir recibieron un segundo nombre: Valkirias, las Electoras de la Muerte.

En cuestión de poco tiempo, las Valkirias controlaban todo un imperio helado que rodeaba la mayor parte del hemisferio norte. Obligaban a los humanos a convertirse en esclavos, a venerarlas como diosas e incluso les exigían sacrificios. Las revueltas se suprimieron de forma brutal. A medida que la Edad de Hielo avanzaba, las Dísir empezaron a vigilar el hemisferio sur, poniendo sus miras sobre los vestigios de la civilización.

Mientras las imágenes temblaban y bailaban en el fondo de su inconsciente, Sophie contemplaba cómo el reino de las Dísir finalizó en una sola noche. Sabía lo que había ocurrido hacía milenios.

La Bruja de Endor había colaborado con el Inmemorial y repulsivo Cronos, quien podía manejar el tiempo a su antojo. Había tenido que sacrificar sus propios ojos para poder ver los giros del tiempo; sin embargo, jamás se arrepintió de haber tomado aquella decisión. Viajando a través del tiempo, la Bruja escogió una guerrera de cada milenio. Después, Cronos se sumergió en cada época para traer a cada una de las guerreras a la era de la Gran Helada.

Sophie sabía que la Bruja había pedido especialmente que su propia nieta, Scathach, acudiera para luchar contra las Dísir. Y fue precisamente la Sombra quien guio el ataque contra la fortaleza de las Dísir, una ciudad de hielo sólido ubicada casi en el extremo norte del planeta. Había asesinado a sangre fría a la reina Valkiria, Brynhildr, enviándola al corazón de un volcán activo lleno de lava.

Cuando el sol empezaba a asomar por el horizonte, el poder de las Valkirias se rompió para siempre, su ciudad congelada se derritió y sólo un puñado de ellas logró sobrevivir. Huyeron hacia un Mundo de Sombras congelado y aterrador al que ni tan siquiera Scathach se hubiera aventurado. Las Dísir que subsistieron al ataque denominaron la matanza como Ragnrök, la Fatalidad de los Dioses, y juraron venganza eterna a la Sombra.

Sophie se frotó las manos y un torbellino en miniatura emergió entre sus palmas. El fuego y el hielo habían destruido a una civilización Dísir en el pasado. ¿Qué ocurriría si utilizaba algo de la Magia del Fuego para calentar el viento? Justo cuando Sophie estaba meditando la idea, la Dísir dio un salto hacia delante, con la espada alzada sobre la cabeza y con ambas manos empuñando el arma.

—Dee ha dicho que te quiere viva, pero no ha dicho nada de ilesa… —gritó.

Sophie se acercó las manos a la boca, presionó el pulgar de su mano izquierda contra el gatillo de su muñeca y sopló con fuerza. El torbellino brincó en el suelo y comenzó a girar en espiral y a crecer. Dio un salto, después otro… y a continuación golpeó a la Dísir.

Sophie había sobrecalentado el aire hasta que alcanzara la temperatura de una caldera. El torbellino abrasador agarró a la Valkiria. La Dísir empezó a dar vueltas al son del ciclón hasta que, finalmente, salió disparada hacia el aire. Se desplomó sobre una araña de cristal, haciendo añicos todas las bombillas excepto una. Entre aquella oscuridad repentina, el torbellino que seguía danzando sobre el suelo resplandecía con un color anaranjado. La Valkiria se desmoronó sobre el suelo, pero inmediatamente se incorporó mientras fragmentos de cristales caían a su alrededor, simulando una lluvia de vidrios. Su tez pálida enseguida cobró un tono rojizo en las mejillas y un matiz bronceado en el rostro, mientras que sus cejas rubias estaban completamente chamuscadas. Sin musitar palabra, arremetió contra Sophie clavando la hoja de su espada justo en la barandilla donde la joven tenía apoyada la mano.

—¡Scatty!

Sophie escuchó la voz de su hermano pidiendo ayuda desde la cocina. ¡Estaba en peligro!

—¡Scatty! —escuchó otra vez.

La Valkiria se abalanzó sobre Sophie. Entonces otro torbellino ardiente colisionó contra la criatura, arrebatándole la espada de la mano y lanzándola hacia su hermana, quien había atrapado a Juana en una esquina. La guerrera francesa estaba acorralada, apoyada sobre las rodillas. Las dos Dísir se desplomaron sobre el suelo formando un estruendo metálico de espadas y armaduras.

—¡Juana, apártate! —exclamó Sophie.

Una neblina empezó a brotar de los dedos de Sophie y a deslizarse sobre el suelo; unas cuerdas y jirones gruesos de niebla envolvieron a las dos mujeres, atrapándolas entre cadenas de aire caliente. Con un terrible esfuerzo, Sophie se las arregló para espesar la niebla mientras la moldeaba para que rodeara completamente a las Dísir. Finalmente, ambas quedaron enrolladas por una capa de humo blanco, como si fueran momias.

Sophie podía sentir cómo se debilitaba, cómo el cansancio hacía mella en ella. Los párpados y los hombros le pesaban demasiado. Utilizó la poca energía que le quedaba, dio una palmada y bajó la temperatura del aire. El descenso de la temperatura fue tan rápido que en cuestión de segundos la niebla se había transformado en hielo sólido.

—Justo. Os sentiréis como en casa —susurró Sophie con la voz ronca.

La joven se desmoronó. Intentó ponerse en pie y, cuando al fin logró incorporarse para salir corriendo hacia la cocina, Juana la agarró del brazo y la frenó.

—No, nada de eso. Déjame a mí primero.

La mujer dio un paso hacia delante, hacia la puerta de la cocina, después echó un vistazo sobre su hombro, contemplando el bloque de hielo con las dos Dísir parcialmente visibles en su interior.

—Me has salvado la vida —dijo en voz baja.

—Tú las habrías vencido —respondió Sophie con seguridad.

—Quizá sí —reconoció Juana—, o quizá no. Ya no soy tan joven como antes. Pero aun así, tú me has salvado la vida —repitió—, y eso es una deuda que jamás olvidaré.

Alargando su brazo izquierdo, la guerrera francesa abrió la puerta de la cocina empujándola levemente. La puerta se abrió.

Y un instante más tarde se desprendieron todas las bisagras.

Capítulo 34

E l conde de Saint-Germain bajaba de su estudio por las escaleras pausadamente, con los auriculares colocados en los oídos y la mirada clavada en la pantalla de su reproductor MP3. Estaba intentando crear una nueva lista de reproducción: sus diez bandas sonoras favoritas. *Gladiator*, evidentemente… *La roca*… la inimitable *La guerra de las galaxias… El Cid*, cómo no… *El cuervo*, quizá…

Se detuvo en uno de los últimos peldaños y automáticamente se enderezó al ver que uno de los cuadros colgados en la pared estaba torcido. Bajó otro escalón y se percató de que su disco de oro enmarcado también estaba ligeramente ladeado. Echando un vistazo al pasillo, se dio cuenta de que todos los cuadros estaban mal colocados. Frunciendo el ceño, se quitó los auriculares…

Y entonces escuchó perfectamente a Josh gritar el nombre de Scatty…

Y percibió un estruendo metálico…

Y notó que el aire estaba cubierto por el dulce aroma de la vainilla y la lavanda…

Saint-Germain bajó corriendo los últimos peldaños hasta el piso de abajo. Entonces se cruzó con un Alquimista decaído y exhausto que permanecía en el umbral de la puerta de su habitación. En ese instante, el conde aminoró el paso, pero Nicolas le hizo gestos para que siguiera adelante.

—Rápido —murmuró.

Saint-Germain pasó volando a su lado y continuó corriendo hacia la última escalera de la casa, que conducía a la planta baja…

El vestíbulo estaba sumido en ruinas.

Los restos de la puerta de la entrada se desprendieron de las bisagras. Todo lo que quedaba de aquella araña de cristal era una única bombilla siseante. El papel pintado que decoraba las paredes estaba rasgado, dejando así al descubierto el yeso agrietado de debajo. La barandilla de la escalera estaba hecha trizas y de ella sólo brotaban astillas.

Y además había un bloque de hielo sólido en medio del recibidor. Saint-Germain se acercó a él con prudencia y rozó los dedos por la suave y helada superficie. Estaba tan fría que incluso los dedos se le engancharon. Lograba distinguir dos figuras ataviadas con una armadura blanca atrapadas en el interior del bloque, con los rostros congelados en una mueca aterradora; aquellas siluetas le seguían con su mirada azul brillante.

De repente, el conde percibió que algo se rompía en la cocina y salió corriendo hacia allí mientras creaba unos guantes de llamas azules entre las manos.

Si bien Saint-Germain consideraba que los daños del vestíbulo eran irreparables, la devastación de la cocina le dejó completamente boquiabierto.

Una de las paredes de la casa había desaparecido.

Sophie y Juana permanecían en medio de los escombros. Su esposa estaba sujetando a la joven temblorosa, mostrándole así su apoyo. La guerrera francesa llevaba un pijama de satén color esmeralda y todavía empuñaba su espada con un guantelete metálico. Se volvió mirando por encima del hombro en el momento en que su marido entró a la cocina.

—Te has perdido lo más divertido —dijo en francés.

—No he oído absolutamente nada —se disculpó el conde en el mismo idioma—. Explícame qué ha ocurrido aquí.

—Todo ha sucedido en cuestión de minutos. Sophie y yo escuchamos un alboroto en la parte de atrás del edificio. Bajamos corriendo cuando dos mujeres entraron por la puerta principal derribándola. Eran Dísir; enseguida dijeron que habían venido a por Scathach. Una me atacó y la otra se fijó en Sophie —explicó. Aunque estaba hablando en una oscura variante del francés, Juana de Arco bajó el tono de voz y susurró—: Francis... esta chica. Es extraordinaria. Combinó las magias: utilizó las Magias del Fuego y del Aire para derribar a las Valkirias. Después las envolvió en niebla y las congeló hasta formar un bloque de hielo.

Saint-Germain sacudió la cabeza.

—Es físicamente imposible utilizar más de una magia al mismo tiempo... —repuso; sin embargo, a medida que articulaba esta afirmación, su voz perdía intensidad.

Las pruebas que demostraban los poderes de Sophie yacían en el centro del vestíbulo. Existía una leyenda que relataba que los Inmemoriales más poderosos eran capaces de utilizar las magias elementales de forma simultánea. Según los mitos más ancestrales, ésta fue la razón, o una de las razones, por la que Danu Talis se hundió.

—Josh ha desaparecido —informó Sophie.

De pronto, se deshizo del abrazo de Juana y avanzó

hasta llegar junto al conde. Entonces miró más allá del hombro de Saint-Germain, donde se hallaba Flamel con un rostro cadavérico.

—Algo se ha llevado a Josh —dijo con un tono asustado y desesperado—. Y Scatty les ha seguido.

El Alquimista caminó arrastrando los pies hasta el centro de la sala, con los brazos alrededor de su cuerpo, como si tuviera frío, y miró a su alrededor. Después se inclinó para recoger las espadas cortas de la Sombra, que estaban ocultas entre los escombros. Cuando se volvió para mirar a los demás, todos comprobaron que al Alquimista se le habían humedecido los ojos con lágrimas.

—Lo siento —se disculpó—. De verdad, lo siento muchísimo. He traído el horror y la destrucción a vuestro hogar. Es imperdonable.

—Podemos reconstruir la casa —comentó el conde de forma despreocupada—. Es una excusa perfecta para remodelarla.

—Nicolas —interfirió Juana con tono serio—, ¿qué ha sucedido aquí?

El Alquimista arrastró la única silla que seguía intacta en la cocina y se desplomó sobre ella. Se inclinó ligeramente hacia delante, apoyando los codos sobre las rodillas, observando fijamente las espadas de la Sombra, girándolas una y otra vez entre sus manos.

—Las dos figuras atrapadas en el bloque de hielo son Dísir. Valkirias. Las enemigas acérrimas de Scathach, aunque jamás me ha confesado el porqué. Sé que la han perseguido a lo largo de los siglos y que siempre se han aliado con sus enemigos.

—¿Ellas han provocado todo esto? —preguntó Saint-Germain, mirando a su alrededor.

—No. Pero, evidentemente, han traído algo con ellas que ha desencadenado este desastre.

—¿Qué le ha ocurrido a Josh? —exigió Sophie—. No debería haberle dejado solo en la cocina; debería haberle esperado. Podría haber vencido a lo que fuera que había atacado la parte trasera de la casa.

Nicolas alzó una de las armas de Scathach.

—Creo que deberías preguntarte qué le ha ocurrido a la Guerrera. Desde que la conozco, y de eso hace varios siglos, jamás ha abandonado sus armas. Me temo que se la hayan llevado…

—Espadas… espadas… —murmuró Sophie mientras se alejaba de Juana y empezaba a buscar desesperadamente entre las ruinas de la cocina—. Cuando me despedí de Josh, él acababa de llegar de entrenar con la espada junto a Scatty y Juana. Y él tenía la espada de piedra que le entregaste.

En ese instante, Sophie evocó viento para alzar unos pedazos de yeso y despejar así el suelo. ¿Dónde estaba la espada? De repente, volvió a tener esperanzas. Si su hermano había sido capturado, entonces el arma debía de estar en el suelo. Se incorporó y miró alrededor de la cocina.

—*Clarent* no está aquí.

Saint-Germain pasó por encima del gigantesco agujero en el que antes se alzaba la puerta principal. El jardín estaba destrozado. Faltaba un pedazo de piedra de la fuente y el bebedero se hallaba partido por la mitad. Tardó unos instantes en reconocer un trozo de metal en forma de «U» que, horas antes, había sido la puerta trasera. En ese preciso momento, el conde se percató de que una de las paredes había desaparecido. De la antigua pared de casi tres metros apenas quedaba nada. Ha-

bía ladrillos agrietados y cubiertos de polvo esparcidos
por el jardín, como si alguien hubiera empujado la pared desde el otro lado.

—Algo grandioso, muy grandioso, ha estado en el jardín —dijo sin dirigirse a nadie en particular.

Flamel alzó la cabeza.

—¿Reconocéis algún olor? —preguntó.

Saint-Germain respiró profundamente.

—Serpiente —respondió sin vacilar—, pero no es el
hedor de Maquiavelo —concluyó mientras salía hacia
el jardín e inhalaba hondamente—. Aquí fuera el olor es
más intenso —comentó. Después, tosió y añadió—: Esta
peste es más nauseabunda, mucho más fétida… Es el
aroma de algo muy, muy antiguo.

Atraído por las alarmas de los automóviles, el conde
cruzó el jardín, se encaramó sobre uno de los muros destrozados y echó un vistazo hacia el callejón. Las sirenas de
casas y coches sonaban sin parar, sobre todo en el lado izquierdo, y algunas casas del final de la callejuela tenían
las luces encendidas. En la boca de la angosta calle, podía
vislumbrar los restos de un coche negro.

—Sea lo que sea lo que nos haya atacado —dijo mientras se dirigía hacia la cocina—, hay un coche de doscientos mil euros aparcado al final de la calle hecho trizas.

—Nidhogg —murmuró Flamel horrorizado. Después, asintió; ahora todo tenía sentido. Un instante
después, agregó—: Las Dísir han traído a Nidhogg. Pero
ni siquiera Maquiavelo se atrevería a traer algo así a
una ciudad. Es demasiado precavido.

—¿Nidhogg? —preguntaron Juana y Sophie al mismo tiempo, mirándose la una a la otra.

—Imagináoslo como una mezcla entre un dinosaurio

y una serpiente —explicó Flamel—. Probablemente, tiene más años que este planeta. En mi opinión, la criatura ha capturado a Scathach y Josh las ha seguido.

Sophie negó con la cabeza, muy segura de sí misma.

—Él jamás haría eso, le aterran las serpientes.

—Entonces, ¿dónde está? —preguntó Flamel—. ¿Dónde está *Clarent*? Es la única explicación, Sophie: ha cogido la espada y ha salido en busca de la Sombra.

—Pero yo escuché cómo pedía ayuda…

—Tú escuchabas que gritaba el nombre de Scathach, quizá estaba llamándola.

Saint-Germain asintió.

—Tiene sentido. Las Dísir sólo querían a Scathach. Nidhogg la atrapó y salió corriendo. Seguro que Josh les ha seguido.

—Quizá atrapó a Josh y fue Scathach quien les siguió —sugirió Sophie—. Eso es típico de ella.

—El monstruo no tiene interés alguno en Josh. Sencillamente, se lo habría engullido. No, él ha ido por decisión propia.

—Eso demuestra una gran valentía —confesó Juana.

—Pero Josh no es valiente… —empezó Sophie. Aunque justo cuando lo estaba diciendo, supo que eso no era completamente cierto. Siempre la había defendido en el colegio, la había protegido. Pero ¿por qué habría seguido a Scatty? Sophie sabía que a su hermano no le agradaba mucho la Guerrera.

—La gente cambia —dijo Juana—. Nadie permanece igual.

El ruido era más intenso ahora, una mezcla cacofónica de sirenas de policía, ambulancias y bomberos.

—Nicolas, Sophie, debéis iros —ordenó Saint-Germain rápidamente—. Creo que la policía está a punto de llegar; vendrán muchos agentes con una infinidad de preguntas. Y no creo que las podamos contestar. Si os encuentran aquí, sin papeles ni pasaporte, me temo que os arrestarán para interrogaros —dijo mientras sacaba una cartera de cuero sujeta al cinturón mediante una cadena—. Aquí tenéis algo suelto.

—No puedo… —empezó el Alquimista.

—Cógelo —insistió Saint-Germain—. No utilices tus tarjetas de crédito; Maquiavelo puede rastrear tus movimientos —continuó—. No sé cuánto tiempo estará aquí la policía. Si me deshago de ellos, me reuniré con vosotros esta tarde a las seis en la pirámide de cristal del Louvre. Si no estoy allí a las seis, intentaré acudir a medianoche y, si no aparezco, volveré a las seis de la madrugada.

—Muchas gracias, viejo amigo —agradeció Nicolas. Después, se volvió hacia Sophie y añadió—: Recoge algo de ropa para ti, también para Josh, y todo lo que creas que necesites; no regresaremos aquí.

—Te ayudaré —se ofreció Juana, saliendo rápidamente de la cocina junto a Sophie.

El Alquimista y su antiguo aprendiz permanecieron entre las ruinas de la cocina, escuchando cómo las dos mujeres subían las escaleras.

—¿Qué piensas hacer con el bloque de hielo del vestíbulo? —preguntó Nicolas.

—Tenemos un congelador horizontal enorme en el sótano. Intentaré ocultarlo allí hasta que se marche la policía. ¿Y las Dísir? ¿Crees que están muertas?

—Las Dísir son casi imposibles de matar. Sólo asegúrate de que el hielo no se derrita demasiado pronto.

—Una de estas noches lo trasladaré hasta el Sena y lo

lanzaré al río. Con algo de suerte, no se derretirá hasta alcanzar Rouen.

—¿Qué piensas contarle a la policía? —preguntó Flamel mientras señalaba con la mano la devastación que les rodeaba—. ¿Qué les dirás sobre esto?

—¿Explosión de gas? —sugirió Saint-Germain.

—Esa explicación cojea un poco —respondió el Alquimista con una sonrisa, recordando lo que le dijeron los mellizos cuando él expuso la misma sugerencia.

—¿Que cojea?

—Sí, y mucho.

—Entonces supongo que llegué a casa y me encontré con todo esto —dijo—, lo cual se acerca bastante a la realidad. No tengo ni idea de cómo ha ocurrido —añadió con una amplia sonrisa algo pícara y maliciosa—. Podría vender la historia y las fotografías a algún periódico. Fuerzas misteriosas destrozan la casa de una estrella del rock.

—Todo el mundo creerá que se trata de un truco publicitario.

—Sí, seguro que sí. ¿Y sabes qué? Justo acabo de editar mi nuevo disco. Creo que sería una publicidad ideal.

La puerta de la cocina se abrió y Sophie y Juana entraron. Ambas se habían cambiado de ropa. Ahora llevaban pantalones tejanos, camisetas de algodón y unas mochilas idénticas.

—Yo les acompañaré —dijo Juana antes de que Saint-Germain pudiera formular la pregunta—. Necesitan un guía y un guardaespaldas.

—¿Crees que merecería la pena discutir esto contigo? —preguntó el conde.

—No.

—Eso me temía —confesó mientras abrazaba a su esposa—. Por favor, ten cuidado, ten mucho cuidado. Si Maquiavelo o Dee se han atrevido a traer a esa criatura a la ciudad, significa que están desesperados. Y los hombres desesperados realizan actos estúpidos.

—Así es —convino Flamel—, así es. Y los hombres estúpidos cometen errores.

Capítulo 35

osh seguía observando por encima del hombro, intentando así orientarse. Cada vez se estaba alejando más de la casa de Saint-Germain y empezaba a preocuparle perderse. Pero ahora no podía volver atrás; no dejaría a Scatty en manos de aquella criatura. Si lograba localizar el Arco de Triunfo, ubicado en lo alto de los Campos Elíseos, Josh podría guiarse para llegar a la casa del conde. De forma alternativa, todo lo que tenía que hacer era seguir la estela de coches de policía, de bomberos y ambulancias que recorrían a toda prisa la avenida principal en la misma dirección que él.

Intentaba no reflexionar demasiado sobre lo que estaba haciendo porque, si lo hacía, eso significaba asumir que estaba persiguiendo a un monstruo con forma de dinosaurio por las calles de París, entonces se detendría y Scatty… Bien, no sabía exactamente lo que le ocurriría a la Guerrera. Pero fuera lo que fuese, no sería nada bueno.

Seguir a aquella criatura era más que sencillo. Nidhogg corría en línea recta, estrellándose así contra los infinitos callejones paralelos a los Campos Elíseos. Tras él, una estela de devastación. Pisoteaba los coches aparcados en la acera y corría por encima de los capós, dejándolos aplastados y llanos. Cuando se adentraba en una calle angosta, su cola golpeaba las contraventanas de las tiendas a ambos lados de la calle, haciendo añicos el cristal que las protegía. Las alarmas antirrobo se añadieron al estruendo de las demás sirenas.

De repente, una figura blanca captó toda su atención.

Josh había vislumbrado aquella figura blanca en el exterior de la casa de Saint-Germain. Supuso que era uno de los cuidadores del monstruo. Y ahora parecía como si también estuviera persiguiendo a la criatura… lo cual significaba que había perdido completamente el control. Alzó la mirada, intentando adivinar la hora. El cielo comenzaba a empalidecerse por los primeros rayos de sol, lo que significaba que estaba corriendo hacia el este. ¿Qué iba a suceder cuando la ciudad se despertara y encontrara un monstruo prehistórico correteando por las calles? Todos entrarían en un estado de pánico; sin duda, la policía y el ejército entrarían en acción. Josh había intentado abatir al monstruo con su espada; pero aquello no había servido de nada. Por eso, tenía la sensación de que las balas resultarían igual de inútiles.

Las calles cada vez se estrechaban más, convirtiéndose así en serpenteantes callejones, de forma que la criatura se vio obligada a reducir el paso porque se golpeaba con los muros de los edificios. Josh descubrió que estaba acercándose a la misteriosa figura blanca. Presumió que se trataba de un hombre, pero no estaba del todo seguro.

Ahora corría con facilidad y ni siquiera jadeaba; suponía que todas las semanas y meses de entrenamiento de fútbol empezaban a surtir efecto. Sus zapatillas de deporte no producían sonido alguno en el pavimento, de forma que el joven asumió que aquella figura no sospecharía que la seguían. Después de todo, ¿quién estaría lo suficientemente loco como para correr tras un monstruo con tan sólo una espada como protección? Sin embargo, a medida que se iba aproximando, empezó a distinguir que la silueta también llevaba una espada en una mano y algo parecido a un martillo gigantesco en la otra. Reconocía aquella arma del videojuego *World of Warcraft*: era un martillo de guerra, una variante feroz y mortal de la maza. Acercándose todavía más, Josh descubrió que aquella persona iba ataviada con una armadura de malla blanca, botas metálicas y un casco con velo de malla que le cubría el cuello. No obstante, ni siquiera se sorprendió.

Después, de forma inesperada, la figura cambió radicalmente.

Ante él, la persona que parecía una guerrera con armadura se transformó en una joven de cabellera rubia, poco mayor que él, que lucía una chaqueta de cuero, unos pantalones tejanos y unas botas. Sólo la espada y el martillo de guerra la hacían extraordinaria. De pronto, desapareció por una esquina.

Josh frenó el paso: no quería abalanzarse sobre una mujer con una espada y un martillo de guerra. Y, reflexionando sobre ello, llegó a la conclusión de que probablemente no sería tan joven.

Hubo una explosión de ladrillos y cristales y Josh retomó el ritmo y giró la esquina. Después, se detuvo. La criatura se había atascado en un callejón. Josh adelantó unos metros con precaución; parecía como si el monstruo se hubiera adentrado en una calle angosta como una lanza. Pero esa callejuela en particular se torcía al final y después se estrechaba. El monstruo se había quedado obstruido en el embudo del callejón, justo entre los dos edificios que se alzaban a ambos lados. Intentando propulsarse hacia delante, procuraba ejercer presión para salir de ahí. Embestía hacia un lado y el otro, rompiendo las paredes de ladrillo y los vidrios, que rociaban la calle. Se produjo un movimiento en una ventana cercana y Josh distinguió a un hombre que alargaba el cuello por la ventana, con una expresión de terror en el rostro, inmóvil al observar al monstruo embotellado delante de su casa. Un bloque de hormigón del tamaño de un sofá se desplomó sobre la cabeza de la criatura, pero, aparentemente, ésta ni tan siquiera se dio cuenta.

Josh no tenía la menor idea de qué hacer. Necesitaba llegar hasta Scatty, pero eso significaba adelantar a la criatura y, sencillamente, no había espacio suficiente. Observó cómo aquella joven rubia corría por el callejón. Sin vacilar, ésta saltó sobre la espalda del monstruo y trepó con destreza hacia su cabeza, con los brazos extendidos y las armas preparadas.

Josh intuyó que la joven estaba a punto de matar a la criatura, de forma que sintió una oleada de alivio. Quizá así podría alcanzar y salvar a Scatty.

Sentada a horcajadas sobre el cuello de la criatura, la mujer embistió al cuerpo inmóvil de la Guerrera.

El grito de horror de Josh se perdió entre el estruendo de sirenas.

—Señor, tenemos un informe sobre un… incidente —dijo un oficial de policía completamente pálido mientras entregaba el teléfono a Nicolás Maquiavelo—. El oficial de la RAID exige hablar con usted personalmente.

Dee agarró al italiano por el brazo y le zarandeó con brusquedad.

—¿Qué ocurre? —exigió Dee en un francés perfecto mientras Maquiavelo escuchaba atentamente la llamada. Intentando ahogar el ruido exterior, el italiano apoyó un dedo sobre el oído.

—No estoy seguro, señor. Debe tratarse de una equivocación, sin duda —informaba el agente mientras soltaba unas risas temblorosas—. A unas calles de aquí, la gente está denunciando que hay un… un monstruo atrapado entre dos edificios. Sé que es imposible… —Su voz perdió intensidad mientras se volvía para observar lo que una vez había sido un edificio de tres plantas y que ahora estaba reducido a escombros.

Maquiavelo devolvió el teléfono móvil al agente.

—Consígueme un coche —ordenó.

—¿Un coche?

—Sí, un coche y un mapa.

—Sí, señor. Puede coger el mío.

Ese agente en cuestión había sido de los primeros en atender las docenas de llamadas telefónicas de ciudadanos alarmados. Había vislumbrado a Maquiavelo y a Dee corriendo por el callejón donde se había producido la explosión y estaba convencido de que ellos habían tenido algo que ver. Sus gritos se habían apagado al descubrir que aquel anciano de cabello canoso ataviado con un traje negro era, de hecho, el presidente de la DGSE.

El agente entregó las llaves de su coche y un mapa Michelin viejo y cochambroso del centro de la capital francesa.

—Me temo que esto es todo lo que tengo.

Maquiavelo se lo arrebató de las manos.

—Puedes marcharte —comentó mientras hacía un gesto hacia la calle—. Ve allí y dirige el tráfico; no permitas que la prensa o el público se acerquen a la casa. ¿Está claro?

—Sí, señor.

El policía salió corriendo, agradecido de conservar su trabajo; nadie quería enfurecer al hombre más poderoso del país.

Maquiavelo extendió el mapa sobre el capó del coche.

—Estamos aquí —explicó a Dee—. Nidhogg se dirige directamente hacia el este, pero en algún punto cruzará los Campos Elíseos y correrá hacia el río. Si no cambia el rumbo, tengo una idea bastante razonable que funcionaría —presumió mientras señalaba un punto del mapa— cerca de aquí.

Los dos hombres entraron en el diminuto coche y Maquiavelo miró a su alrededor durante un instante, intentando entender todos los botones que había. No lograba recordar la última vez que había conducido un coche; Dagon siempre se había ocupado de eso. Finalmente, con un ruido chirriante, encendió el motor y dio un giro completamente ilegal para cambiar de dirección; después, los motores rugieron mientras el coche avanzaba hacia los Campos Elíseos, derrapando y dejando un rastro de goma quemada a su paso.

Dee permanecía en silencio en el asiento del copiloto, con una mano alrededor del cinturón de seguridad y la otra apoyada sobre el salpicadero.

—¿Quién te enseñó a conducir? —preguntó con voz poco estable mientras tomaban una curva.

—Karl Benz —respondió Maquiavelo con tono brusco—, hace mucho tiempo —añadió.

—¿Y cuántas ruedas tenía ese coche?

—Tres.

Dee apretó los ojos, cerrándolos, al ver que Maquiavelo atravesaba un cruce sin avistar a un camión que recogía la basura.

—Entonces, ¿qué haremos cuando lleguemos hasta Nidhogg? —preguntó, intentando centrarse en el problema y olvidarse de la temeraria conducción del italiano.

—Ése es tu problema —contestó Maquiavelo—. Después de todo, tú fuiste quien lo liberó.

—Pero tú invitaste a las Dísir aquí. Así que parte de la culpa es tuya.

Maquiavelo frenó de repente, derrapando el coche y deslizándolo hacia un lado. El motor se apagó y el coche se detuvo de forma repentina.

—¿Por qué hemos parado? —reclamó Dee.

Maquiavelo señaló hacia la ventanilla.

—Escucha.

—No escucho nada; sólo el ruido de las sirenas.

—Escucha —insistió Maquiavelo—. Algo se está aproximando —comentó mientras indicaba a mano izquierda—. Por allí.

Dee bajó la ventanilla del coche. Por encima de las sirenas de ambulancias, policías y bomberos, podía percibir el estruendo de piedras, ladrillos y cristales rompiéndose y desplomándose sobre el suelo.

Con impotencia, Josh observaba cómo aquella mujer, acomodada sobre la bestia, atacaba a Scatty con su espada.

En ese preciso instante, el monstruo encogió los hombros en otro intento de salir de entre los edificios que lo habían encasillado y la guerrera no pudo apuntar bien con la espada, de forma que ésta se acercó peligrosamente a la cabeza inconsciente de la Sombra. Escalando un poco más sobre el cuello del monstruo, la mujer agarró la piel gruesa, se inclinó hacia un lado, sobre el ojo de la criatura y apuntó con el extremo de su espada hacia Scatty. Una vez más, la criatura hizo perder el equilibrio a la mujer de armadura blanca y la espada acabó clavada en su extremidad delantera, cerca de la garra que envolvía el cuerpo de la Sombra. El monstruo no reaccionó, pero Josh contempló lo cerca que estaba la espada de Scatty. La mujer volvió a inclinarse hacia delante y esta vez Josh sabía que alcanzaría a Scathach.

¡Tenía que hacer algo! Era la única esperanza de Scatty. No podía quedarse ahí y ver cómo mataban a alguien que conocía. Entonces comenzó a correr. Recordó que, cuando habían estado en el jardín, el corte de la espada no había inmutado a la criatura; sin embargo, cuando había clavado la punta en su gruesa piel…

Sujetando la espada con ambas manos, tal y como le había enseñado Juana, Josh aceleró el paso y corrió a toda prisa hacia la criatura. Antes de clavarla en la cola del monstruo, Josh pudo sentir cómo la espada zumbaba entre sus manos.

De inmediato, una ola de calor empezó a subirle por los brazos y por el pecho. El aire comenzó a cubrirse por el ácido aroma de las naranjas y, un segundo más tarde, su aura empezó a resplandecer levemente de color dorado, aunque enseguida perdió intensidad, tiñéndose así de un color anaranjado, el mismo que desprendía la espada. *Clarent* seguía hundida en la piel gruesa y nudosa de la criatura.

Josh giró la espada y la extrajo de la criatura. Entre la piel grisácea y marrón de Nidhogg, la herida destacaba por su color rojo vivo y, en cuestión de segundos, empezó a endurecerse hasta convertirse en una costra negra. Esa sensación de ardor y escozor tardó unos momentos en fluir por el sistema nervioso de la criatura primitiva. De pronto, el monstruo se alzó apoyándose en las patas traseras, siseando y aullando de agonía. Logró desatascarse de los edificios y, de repente, empezaron a llover ladrillos, tejas y bigas de madera, lo que obligó a Josh a retroceder unos pasos y alejarse del peligro. Se echó al suelo y se cubrió la cabeza con las manos mientras los escombros rociaban el pavimento del callejón. En ese momento pensó que sería muy desafortunado morir por un golpe de teja. El repentino movimiento casi desplaza a la mujer de la espalda del monstruo. Tambaleándose, dejó escapar su martillo de guerra y, en un gesto desesperado, se agarró con firmeza de la espalda de la criatura para evitar que fuera propulsada ante ella. Tumbado en el suelo y con ladrillos lloviéndole a su alrededor, Josh vislumbró cómo la costra negra empezaba a extenderse por la cola del monstruo. Nidhogg volvió a gruñir y giró la esquina del callejón, dirigiéndose así hacia los Campos Elíseos. Josh sintió un alivio al ver que Scatty, débil y sin fuerzas, seguía entre las garras frontales de la criatura.

Josh respiró profundamente, se incorporó y cogió la espada una vez más. De forma automática, sintió cómo el poder vibraba por su cuerpo, agudizando cada uno de sus sentidos. Permaneció tambaleándose mientras un poder le devolvía la energía; entonces se dio media vuelta y salió corriendo tras los pasos del monstruo. Era una sensación increíble. Aunque aún no había amanecido del todo y el callejón estaba sumido en una oscuridad completa, Josh veía con nitidez y claridad. Podía distinguir entre la multitud de esencias de la ciudad el hedor rancio a serpiente que desprendía la criatura. Escuchaba con tal intensidad que incluso podía clasificar las sirenas de los servicios de emergencia; de hecho, incluso diferenciaba las alarmas de cada coche. Podía sentir las hendiduras irregulares del pavimento que pisaba con la suela de goma de sus zapatillas de deporte. Ondeó la espada en el aire. *Clarent* empezó a zumbar y, de forma instantánea, Josh imaginó que era capaz de escuchar susurros lejanos y adivinar palabras ajenas. Por primera vez en su vida, se sentía vivo: entonces supo que así se había sentido Sophie cuando Hécate había Despertado sus poderes. Pero, mientras su hermana había sentido temor y confusión por la explosión de sensaciones… él se sentía entusiasmado.

Quería esto. Más que cualquier otra cosa en el mundo.

Dagon se adentró por el callejón y, al avistar el martillo de guerra de la Dísir, lo recogió y salió en busca del muchacho.

Dagon había visto el destello del aura del chico y sabía que, sin duda alguna, era un aura poderosa. Ahora bien, que esos mellizos fueran en realidad los que relataba la leyenda, era otro asunto. Evidentemente, el Alquimista y Dee parecían estar convencidos de ello. Pero Dagon intuía que Maquiavelo, uno de los humanos más brillantes y destacados de todos con los que se había asociado, no estaba del todo seguro. Además, el fugaz vistazo que consiguió del aura del joven no era suficiente para convencerle. Las auras plateadas y doradas eran poco habituales, aunque no tan extrañas como el aura negra. Dagon se había cruzado, al menos, con cuatro mellizos a lo largo de los siglos que desprendían el aura del sol y de la luna, al igual que decenas de seres individuales.

Pero ni el Mago inglés ni Maquiavelo sabían que Dagon había visto con sus propios ojos a los mellizos originales.

Él había regresado a Danu Talis para librar la Batalla Final. Había llevado la armadura de su padre en un día favorable, cuando todos sabían que el destino de la isla pendía de un hilo. Al igual que los demás, Dagon también se atemorizó al contemplar que unas luces plateadas y doradas destellaban desde la cima de la Pirámide del Sol, exponiendo así el poder fundamental. Las magias elementales devastaron el paisaje ancestral y sumergieron la isla en el corazón del mundo.

Desde entonces, Dagon apenas dormía; de hecho no tenía ni tan siquiera una cama. Al igual que un tiburón, podía dormir y continuar moviéndose al mismo tiempo. Raras veces soñaba, aunque cuando lo hacía, los sueños siempre eran los mismos: una pesadilla vívida de aquella época en que los cielos ardieron con luces plateadas y doradas y el mundo llegó a su fin.

Había pasado muchos años al servicio de Maquiavelo. Había visto maravillas y terrores a lo largo de los siglos y, juntos, habían presenciado algunos de los acontecimientos más significativos e interesantes de la historia contemporánea.

Y Dagon empezaba a pensar que aquella noche podría ser una de las más memorables.

—Bueno, esto es algo que no se ve todos los días —murmuró Dee.

El Mago y Maquiavelo observaban atónitos a Nidhogg, que acababa de aparecer por la esquina de un edificio ubicado en los Campos Elíseos. La criatura pisoteó los
árboles que adornaban las aceras de la avenida y cruzó la
calle. Aún llevaba a Scatty entre las garras y una Dísir
pendía de su espalda. Los dos inmortales contemplaban
cómo su cola movediza tumbaba los semáforos y destro-
zaba todas las señales de tráfico.

—Se está dirigiendo al río —informó Maquiavelo.

—Me pregunto qué le habrá ocurrido al chico —musitó Dee.

—Quizá se haya perdido —empezó Maquiavelo—, o
haya sido pisoteado por Nidhogg. O quizá no le ha ocurrido nada —añadió mientras Josh Newman emergía de
entre los árboles y seguía los pasos de la criatura. Miró
rápidamente a ambos lados, pero no había ni un solo vehículo transitando por la avenida, así que cruzó sin prestar más atención a un coche de policía mal aparcado en
una curva. Con la espada entre sus manos, Josh dejaba una
estela de neblina dorada tras de él.

—El chico es todo un superviviente —dijo Dee con
tono de admiración—. Y también es valiente.

Segundos más tarde, Dagon apareció del sinuoso callejón, persiguiendo a Josh. Llevaba un martillo de guerra.
Reconociendo a Dee y a Maquiavelo en el interior del coche, alzó la otra mano, a modo de saludo, o de despedida.

—¿Y ahora, qué? —preguntó Dee.

Maquiavelo giró la llave en el interruptor y arrancó
el coche en primera marcha. El coche avanzaba a sacudidas; después, el motor empezó a producir un estruendo
cuando el italiano apretó el acelerador.

—La Rue de Marignan lleva a la Avenue Montaigne.

Creo que puedo llegar allí antes que Nidhogg —comentó mientras encendía la sirena.

Dee asintió con la cabeza.

—Quizá debas cambiar de marcha —comentó mientras esbozaba una sonrisa apenas perceptible—. Así el coche podrá ir más rápido.

Capítulo 36

l garaje no está adjunto a la casa? —preguntó Sophie mientras se acomodaba en el asiento trasero del diminuto Citroën 2CV de color rojo y negro. Nicolas estaba delante, junto a Juana.

—Estos garajes eran antiguos establos. Hace siglos, los establos nunca estaban cerca de la casa. Supongo que a los burgueses no les gustaba vivir con el olor a estiércol de caballo. No está tan mal, aunque puede ser un tanto molesto si está lloviendo y sabes que aún te quedan tres manzanas a pie para llegar a casa. Si Francis y yo salimos algún día por la noche, en general, preferimos ir en metro.

Juana sacó el coche del garaje y giró a mano derecha, alejándose así de la casa en ruinas, que enseguida fue rodeada por ambulancias, coches de policía, camiones de bomberos y prensa. Cuando los demás se marcharon, Francis fue a su habitación para cambiarse de ropa; creía que ese tipo de publicidad beneficiaria las ventas de su nuevo disco.

—Atravesaremos los Campos Elíseos y después nos dirigiremos hacia el río —expuso Juana mientras maniobraba con destreza el Citroën por el serpenteante callejón—. ¿Estás seguro de que Nidhogg irá allí?

Nicolas respondió con un suspiro.

—Eso es lo que intuyo —admitió—. Jamás lo he visto,

de hecho no conozco a nadie que lo haya contemplado con sus propios ojos y haya sobrevivido, pero he tropezado con criaturas parecidas a él durante mis viajes. Todas ellas estaban relacionadas con lagartos marinos, como el mosasauro. Está asustado, quizá incluso hasta herido. Se dirigirá hacia cualquier lugar húmedo en busca de frío y barro.

Sophie se inclinó ligeramente hacia delante, asomándose entre los dos asientos delanteros. Deliberadamente, centró su atención en Nidhogg, intentando, de forma desesperada, encontrar algo entre los recuerdos de la Bruja que pudiera serle de ayuda. Pero incluso la Bruja conocía pocas cosas sobre esa criatura primitiva, excepto que estaba encerrada entre las raíces del Árbol del Mundo, el árbol que Dee había destruido con...

—*Excalibur* —suspiró.

El Alquimista se giró en el asiento para mirar a la jovencita.

—¿Qué ocurre?

Sophie frunció el ceño, intentando recordar.

—Antes, Josh me ha comentado que Dee destruyó el Yggdrasill gracias a *Excalibur*.

Flamel asintió.

—Y tú me has dicho que la espada *Clarent* es la hermana gemela de *Excalibur*.

—Así es.

—¿Comparten los mismos poderes? —preguntó.

De repente, la mirada grisácea del Alquimista brilló.

—Entonces te estarás preguntando que si *Excalibur* pudo destruir algo tan ancestral como el Árbol del Mundo, *Clarent* sería capaz de eliminar a Nidhogg... —razonó lentamente—. Las armas ancestrales son anteriores a los Inmemoriales. Nadie sabe de dónde provienen, aunque no cabe la menor duda de que los Inmemoriales han utilizado algunas. El hecho de que las armas sigan hoy en día rondando por nuestras manos demuestra lo indestructibles que son —explicó—. Estoy completamente seguro de que *Clarent* podría herir y, posiblemente, matar a Nidhogg.

—¿Crees que debe de estar herido ahora? —preguntó Juana. Acababa de avistar un agujero sobre el que antes debía alzarse un semáforo. Las bocinas de los coches sonaban tras ellos.

—Algo le ha asustado, y por eso ha salido despavorido de la casa.

—Entonces, ¿lo estás confirmando? —preguntó.

Flamel afirmó con un gesto con la cabeza.

—Sabemos que Scatty jamás rozaría esa espada. Por esta razón, Josh ha debido herir a la criatura lo suficientemente como para que salga corriendo por París. Y ahora nosotros estamos persiguiendo a esa bestia.

—¿Y Maquiavelo y Dee? —vaciló Juana.

—Probablemente también la estén persiguiendo.

Juana cruzó dos manzanas y condujo en dirección a los Campos Elíseos.

—Esperemos que no logren alcanzarlo.

De repente, a Sophie se le cruzó una idea por la cabeza.

—Dee se encontró con Josh… —empezó. Pero al darse cuenta de sus palabras, enseguida se contuvo.

—En Ojai. Lo sé —continuó Flamel sorprendiéndola—. Él me lo contó todo.

Sophie recostó la espalda sobre el respaldo del asiento, asombrada de que su hermano se lo hubiera confesado al Alquimista. Sus mejillas se enrojecieron.

—Creo que Dee le causó buena impresión a Josh —comentó. Incluso se sentía algo avergonzada por decirle esto a Nicolas, como si, en cierto modo, estuviera traicionando a su hermano, pero insistió; no había tiempo para más secretos. Entonces, añadió—: Dee le contó algunas cosas sobre ti... Creo... creo que Josh le creyó...

—Lo sé —dijo el Alquimista en voz baja—. El Mago inglés puede ser muy persuasivo.

Juana aminoró la velocidad hasta frenar.

—Esto no es buena señal —murmuró—. No debería haber tanto tráfico a estas horas.

Estaban atrapados en un atasco terrible. El embotellamiento se extendía hasta los Campos Elíseos. Por segundo día consecutivo, el tráfico en las avenidas y calles principales de París se había paralizado por completo. La gente se había apeado de sus vehículos para observar el gigantesco agujero que había en un costado de un edificio al otro lado de la calle. La policía acababa de llegar e intentaba controlar la situación, desviando el tráfico para permitir que los servicios de emergencia pudieran acceder al edificio.

Juana de Arco se inclinó hacia el volante, evaluando la situación con una mirada fría y gris.

—Cruzó la calle y tomó este camino —dijo Juana mientras ponía el intermitente y giraba hacia la derecha, dirigiéndose hacia la estrecha Rue de Marignan, dejando atrás un par de semáforos destrozados—. No les veo.

Nicolas se alzó levemente del asiento, intentado mirar lo más lejos posible de aquella calle.

—¿Adónde conduce esta calle?

—A la Rue François, al lado de la Avenue Montaigne —respondió Juana—. He paseado y recorrido en bicicleta e incluso en coche estas calles durante décadas. Las conozco como la palma de mi mano.

Pasaron junto a una docena de coches; cada uno tenía una marca diferente del paso de Nidhogg: carpintería metálica convertida en papel de aluminio, ventanillas agrietadas o rotas en mil pedazos. Una pelota metálica, que antaño había sido una bicicleta, estaba aplastada en el pavimento, aunque seguía atada a una verja gracias a una cadena.

—Juana —dijo Nicolas en voz baja—. Creo que deberías darte prisa.

—No me gusta conducir rápido —contestó, mirando de reojo al Alquimista. Sin embargo, la expresión del rostro de Nicolas le hizo pisar con fuerza el pedal del acelerador. El diminuto motor gruñó y el coche salió disparado hacia delante. Después, Juana, preguntó—: ¿Qué ocurre?

Nicolas se mordisqueó el labio inferior.

—Me acabo de acordar de otro posible problema —admitió finalmente.

—¿Qué tipo de problema? —preguntaron Juana y Sophie de forma simultánea.

—Un problema grave.

—¿Peor que Nidhogg?

Juana agarró la palanca de cambios y cambió de marcha, hasta la quinta. Sophie no distinguió ninguna diferencia; de hecho, creía que caminando llegarían antes. Se mecía en su asiento, un tanto frenética y preocupada. Necesitaban encontrar a su hermano lo antes posible.

—Le entregué las dos últimas páginas —explicó Flamel. Se giró en el asiento para mirar a Sophie—. ¿Crees que tu hermano las tiene consigo?

—Probablemente —respondió de inmediato. Después asintió, y continuó—: Sí, estoy segura. La última vez que hablamos las llevaba debajo de la camiseta.

—¿Y cómo ha acabado Josh protegiendo las páginas

del Códex? —quiso saber Juana—. Pensé que jamás las perderías de vista.

—Yo mismo se las entregué.

—¿Tú se las diste? —preguntó, sorprendida—. ¿Por qué?

Nicolas apartó la mirada y observó la calle, repleta de pruebas que demostraban que la criatura había pasado por ahí. Cuando volvió a mirar a Juana, su rostro se había convertido en una máscara lúgubre.

—Supuse que como era la única persona entre nosotros que no era ni inmortal, ni un Inmemorial ni un Despertado, no se vería involucrado en los conflictos a los que nos enfrentábamos, y que, por ello, él no sería un objetivo: sólo es un humano. Pensé que las páginas estarían a salvo con él.

Había algo en su explicación que incomodaba a Sophie, pero no sabía exactamente el qué.

—Josh jamás le daría las páginas a Dee —anunció muy segura.

Nicolas se volvió otra vez para mirar a la jovencita. Su mirada pálida era realmente aterradora.

—Oh, créeme: Dee siempre consigue lo que quiere y todo aquello que no puede tener, sencillamente lo destruye.

Capítulo 37

maquiavelo condujo lentamente el coche hacia una curva. Echó el freno de mano, pero decidió no apagar el motor, de forma que el coche avanzó a sacudidas y se detuvo cuando el motor se caló. Estaban en un aparcamiento situado a orillas del río Sena, cerca del lugar donde Maquiavelo había anticipado que aparecería Nidhogg. Durante unos instantes, el único sonido que escuchaban era el motor, pero entonces Dee dejó escapar el aliento en forma de suspiro.

—Eres el peor conductor que he visto en mi vida.

—Bueno, hemos llegado hasta aquí, ¿no es así? Sabes perfectamente que explicar todo esto va a ser una ardua tarea —añadió el italiano, cambiando radicalmente de tema.

Era un maestro en las artes más arcanas y complejas, había manipulado a la sociedad y a la política durante más de medio milenio, hablaba con fluidez más de una docena de lenguas, era capaz de programar en cinco lenguajes informáticos diferentes y era uno de los expertos mundiales de física cuántica. Y, sin embargo, no sabía conducir un vehículo. Resultaba embarazoso. Bajando la ventanilla del conductor, una brisa fresca penetró en el interior del automóvil.

—Puedo imponer una censura sobre la prensa, por supuesto, apoyándome en que se trata de un tema de seguridad nacional, pero este asunto se nos está yendo de las manos y ya es demasiado público —comentó—. Probablemente ya haya un vídeo de Nidhogg colgado en Internet.

—La gente se lo tomará como una broma —dijo Dee, confiado—. Creí que nos habíamos metido en un buen lío cuando alguien captó imágenes del abominable Hombre de las Nieves. No obstante, todo el mundo se lo tomó como una broma pesada. Si algo he aprendido con el paso de los años, es que los humanos son expertos en ignorar lo que está delante de sus narices. Han hecho caso omiso de nuestra propia existencia durante siglos, encasillando a los Inmemoriales y su época en mitos y leyendas, a pesar de las pruebas que han ido hallando. Además —añadió con tono engreído mientras se acariciaba la barba—, todo está saliendo bien. Tenemos casi todo el libro; cuando al fin consigamos las dos páginas restantes, traeremos de vuelta a los Oscuros Inmemoriales, que transformarán este mundo en lo que se merece. Ya no tendrás que preocuparte por problemas insignificantes, como la prensa.

—Me da la sensación de que te olvidas de otros problemas, como el Alquimista y Perenelle. No son problemas insignificantes.

Dee sacó el teléfono de su bolsillo y lo ondeó en el aire.

—Oh, de eso ya me he ocupado. He hecho una llamada. Al fin he hecho lo que debía haber hecho hace muchos años.

Maquiavelo echó un vistazo al Mago, pero no musitó palabra. Según su experiencia, la gente solía hablar sencillamente para llenar el silencio en una conversación y sabía que Dee era un tipo de hombre que disfrutaba escuchando el sonido de su propia voz.

John Dee observaba atentamente el río Sena a través de un parabrisas sucio. A unos kilómetros del río, justo antes de que se perdiera en una curva, la majestuosa catedral gótica de Notre Dame empezaba a perfilarse con los primeros rayos del sol.

—Conocí por primera vez al matrimonio Flamel en esta ciudad, hace más de cinco siglos. Yo era su aprendiz; esto no lo sabías, ¿verdad? Supongo que esto no consta en tus legendarios archivos. Oh, no me digas que te has sorprendido —dijo Dee entre carcajadas mientras contemplaba la expresión de asombro en el rostro de Maquiavelo—. Mis archivos están más actualizados —añadió—. Pero así es, estudié junto con el legendario Alquimista, en esta misma ciudad. Al poco tiempo de convivir con ellos supe que Perenelle era más poderosa, más peligrosa, que su marido. ¿Alguna vez la has visto? —preguntó de forma repentina

—Sí —respondió Maquiavelo con voz temblorosa. Seguía desconcertado. No se esperaba que los Inmemoriales, ¿o sólo Dee?, supieran de la existencia de sus archivos secretos. Después, continuó—: Sí, pero sólo la he visto una vez. Luchamos; ella venció —dijo secamente—. Me causó una gran impresión.

—Perenelle es una mujer extraordinaria; una mujer única. Incluso en su época ya gozaba de una reputación formidable. No puedo imaginarme lo que podría haber conseguido si hubiera escogido estar a nuestro lado. No me explico qué ve en el Alquimista.

—Jamás has entendido la capacidad humana de amar, ¿verdad? —preguntó Maquiavelo en voz baja.

—Tengo entendido que Nicolas sobrevive y prospera gracias a la Hechicera. Para destruir a Nicolas, todo lo que debemos hacer es acabar con Perenelle. Mi maestro y yo siempre lo hemos sabido, pero creímos que si lográbamos capturar a ambos, su conocimiento merecía el riesgo de dejarlos con vida.

—¿Y ahora?

—Ahora ese riesgo no merece la pena. Esta noche —añadió con un murmuro—, al fin he hecho algo que debía haber hecho hace mucho tiempo.

Parecía que Dee sintiera algo de arrepentimiento.

—John —interrumpió Maquiavelo mientras se giraba en el asiento para contemplar al Mago inglés—. ¿Qué has hecho?

—He enviado a Morrigan a Alcatraz. Perenelle no verá otro amanecer.

Capítulo 38

Finalmente Josh alcanzó al monstruo a orillas del río Sena.

No sabía cuánto había corrido, probablemente kilómetros, pero sabía que eso era algo que, sencillamente, no era capaz de hacer. Había esprintado toda la última calle; creía haber visto un cartel que anunciaba la Rue de Marignan. Había corrido sin esforzarse y ahora, al girar a mano izquierda hacia la Avenue Montaigne, ni siquiera le costaba respirar.

Era la espada.

Había sentido un zumbido en sus manos mientras corría; era como una especie de suspiro que producía promesas vagas. Antes de arremeter contra el monstruo, había sujetado la espada ante él y los susurros cobraron más intensidad y sus manos empezaron a temblar. Cuando desplazó la espada hacia la bestia, los murmullos se desvanecieron.

La espada le atraía hacia la criatura.

Siguiendo el rastro de destrucción que dejaba el monstruo tras de sí por la estrecha callejuela, Josh se cruzó con una serie de ciudadanos parisinos, algunos confundidos, otros asombrados y otros, sencillamente, aterrorizados. En ese momento, Josh descubrió unos pensamientos extraños e inquietantes que danzaban en lo más profundo de su consciencia:

… Estaba en un mundo sin tierra, en un mundo cubierto por un vasto océano que se había engullido planetas enteros. En aquel océano habitaban criaturas que hacían a Nidhogg algo minúsculo e insignificante…

… Estaba balanceándose en el aire, en un lugar repleto de edificios diminutos y criaturas minúsculas. Sentía un dolor terrible y unas llamas increíbles le abrasaban la columna vertebral…

… Él era…

Nidhogg.

El nombre apareció en sus consciencia y la idea de que, en cierto modo, estuviera experimentando los pensamientos del monstruo le hizo disminuir el ritmo de sus pasos. Sabía que este fenómeno debía estar relacionado con la espada. Unos momentos antes, cuando la lengua de la bestia había rozado el arma, Josh había vislumbrado una instantánea de un mundo ajeno y, después de clavar la espada en la piel de la criatura, había apreciado ciertos aspectos de una vida que iba mucho más allá de su propia experiencia.

Cayó en la cuenta de que, en realidad, estaba contemplando aquello que la criatura, Nidhogg, había vivido en una época pasada. Y ahora, en aquel preciso instante, estaba experimentando sus sentimientos.

No había otra explicación; todo esto estaba relacionado con la espada.

Y si esta arma era la hermana gemela de *Excalibur*, se preguntaba Josh, ¿aquella ancestral espada también transmitiría sentimientos, emociones e impresiones cuando se empuñaba? ¿Qué habría sentido Dee al hundir

Excalibur en el tronco del antiguo Yggdrasill? ¿Qué paisajes habría visto, qué habría experimentado y aprendido? Al fin, Josh llegó a preguntarse si, en realidad, Dee había destruido el Árbol del Mundo por aquella razón: ¿lo habría derruido para experimentar la sabiduría que contenía en su interior?

Josh echó un rápido vistazo a la espada de piedra y un repentino escalofrío le recorrió el cuerpo. Un arma con tales características le otorgaría poderes inimaginables, una tentación algo espantosa. ¿La necesidad de utilizarla una y otra vez para recibir más conocimiento se tornaría incontrolable? Era una idea aterradora.

Pero ¿por qué se la habría entregado el Alquimista?

La respuesta se le ocurrió de inmediato: ¡porque Flamel no tenía la menor idea! La espada era un fragmento de piedra; pero cuando rozaba algo... entonces cobraba vida propia. Josh hizo un gesto con la cabeza; ahora sabía por qué Saint-Germain, Juana y Scatty no podían rozar el arma.

Mientras corría por la calle, en dirección al río parisino, Josh pensó en qué ocurriría si intentaba matar a Nidhogg con *Clarent*. ¿Qué sentiría? ¿Qué experimentaría?

¿Qué sabría?

Nidhogg emergió de entre unos árboles y cruzó a zancadas la calle, dirigiéndose así hacia los Campos Elíseos. Se detuvo en el aparcamiento ubicado en el muelle, casi delante de Dee y Maquiavelo, y adoptó su postura habitual, apoyando las cuatro patas en el suelo. Balanceaba la cabeza de un lado a otro, con la lengua colgando de un costado del hocico. Estaba tan cerca que incluso el Mago y el italiano pudieron contemplar el cuerpo inerte de Scatty atrapado entre sus garras y a la Dísir sentada a horcajadas sobre el cuello de la criatura. La cola de la bestia parecía un látigo que azotaba a los coches aparcados, empotrándolos contra un gigantesco autobús. Varios neumáticos explotaron produciendo un sonido ensordecedor.

—Creo que deberíamos apearnos del coche —empezó Dee mientras, al mismo tiempo, alargaba la mano para alcanzar la puerta. El Mago inglés tenía la mirada clavada en la peligrosa cola del monstruo cuando, de repente, un vehículo BMW quedó como un acordeón.

Casi de forma instantánea, Maquiavelo agarró con fuerza a Dee, impidiendo así que abriera la puerta del coche.

—Ni se te ocurra moverte. No hagas nada que llame su atención.

—Pero la cola...

—Le duele, por eso no para de retorcerla y azotarla. Pero al parecer está empezando a calmarse.

Dee giró la cabeza muy lentamente. Maquiavelo tenía razón: algo le había ocurrido a Nidhogg en la cola. Una tercera parte se había teñido de negro; de hecho, parecía un bloque de piedra. Mientras Dee intentaba averiguar qué le habría sucedido, unas burbujeantes venas negras trepaban por la piel de la criatura, cubriéndola poco a poco de una capa sólida. De inmediato, el doctor John Dee supo lo que había ocurrido.

—El chico ha atacado a la bestia con *Clarent* —dijo sin tan siquiera volverse para mirar a Maquiavelo—. Eso es lo que ha causado la reacción.

—Tenía entendido, según tu información, que *Clarent* era la Espada de Fuego, no la Espada de Piedra.

—El fuego puede adoptar muchas formas —explicó Dee—. ¿Quién sabe la reacción que tuvo la energía de la espada con algo como Nidhogg?

El Mago no apartó la vista de la cola de la bestia, observando así cómo una corteza negra y gruesa se expandía por la piel. Al endurecerse, Dee pudo avistar un destello de fuego rojo.

—Corteza de lava —comentó un tanto maravillado—, es corteza de lava. El fuego está quemándole por debajo de la piel.

—Ahora me explico el dolor —murmuró Maquiavelo.

—Da la sensación de que incluso lo lamentes.

—Jamás canjeé mi humanidad por vida eterna, doctor. Nunca he olvidado mis raíces —confesó con tono serio y un tanto despectivo—. Has trabajado tan duro para ser como tu maestro Inmemorial que has olvidado cómo siente un ser humano, cómo es un ser humano. Y nosotros, los humanos —añadió, enfatizando la última palabra—, tenemos la capacidad de sentir el dolor y el sufrimiento de otra criatura. Es lo que diferencia a los humanos de los Inmemoriales, lo que les hace seres únicos.

—Y también es la debilidad que, al final, les destruirá —recalcó Dee—. Déjame recordarte que esa criatura no es humana. Podría pisotearte sin tan siquiera darse cuenta. Pero no discutamos ahora; no cuando estamos a punto de salir victoriosos. Es posible que el chico nos haya resuelto el problema. Nidhogg está convirtiéndose en piedra lentamente —mencionó mientras soltaba una carcajada de satisfacción—. Si salta ahora al río, el peso de su cola le arrastrará hasta al fondo, y a Scathach también —declaró mientras dedicaba una mirada despectiva hacia Maquiavelo—. Supongo que tu sentido de humanidad no se extenderá y no sentirás lástima por la Sombra.

Maquiavelo hizo una mueca.

—El hecho de saber que Scathach yace en el fondo del Sena envuelta entre las garras de la criatura me haría muy feliz.

Los dos inmortales permanecieron en el interior del coche, inmóviles, mientras vigilaban a la criatura, que avanzaba muy poco a poco debido al peso que arrastraba en la cola. Lo único que la separaba del agua era uno de esos barcos con cristal, los *Bateaux-Mouches*, que los turistas cogían para navegar por el río.

Dee asintió en dirección al barco.

—Cuando se suba a ese barco, éste se hundirá, y Nidhogg y Scathach desaparecerán entre las aguas del Sena para siempre.

—¿Y la Dísir?

—Estoy seguro de que puede nadar.

Maquiavelo dejó escapar una sonrisa irónica.

—Entonces estamos esperando que…

—… que se suba al barco —finalizó Dee en el mismo momento en que Josh apareció en el muelle arbolado y atravesaba el aparcamiento donde permanecían todavía el inglés y el italiano.

A medida que Josh se aproximaba a la criatura, la espada que empuñaba con su mano derecha empezó a arder, a desprender unas enormes llamaradas de la hoja. Su aura empezó a crepitar y a resplandecer de color dorado, llenando la atmósfera del inconfundible aroma de las naranjas.

De repente, la Dísir se deslizó de la espalda del monstruo. Justo antes de que pisara el suelo, toda su vestimenta se volvió de un color claro y limpio. Empezó a rodear a Josh; sus rasgos parecían estar sacados de una máscara salvaje y horrenda.

—Estás convirtiéndote en un incordio, chico —gruñó en un inglés apenas comprensible. Empuñando su espada con ambas manos, la Valkiria arremetió contra Josh mientras amenazaba—: Acabaré contigo en un momento.

Capítulo 39

Unos densos bancos de niebla rodeaban la bahía de San Francisco.

Perenelle Flamel, con los brazos cruzados sobre el pecho, contemplaba un cielo nocturno repleto de pájaros. Una enorme bandada de aves revoloteaba sobre la ciudad; fácilmente podía confundirse con una nube oscura cuando, de repente, como gotas de tinta, se formaron tres bandadas diferentes que alzaron su vuelo hacia la bahía, dirigiéndose así directamente hacia la isla. Sabía que en algún lugar en el corazón de esa bandada se hallaba la Diosa Cuervo. Morrigan venía hacia Alcatraz.

Perenelle permanecía en las ruinas del hogar del alcaide después de arreglárselas finalmente para escapar de una masa de arañas. Aunque se había incendiado hacía ya más de tres décadas, Perenelle podía percibir los olores fantasmagóricos de madera carbonizada, yeso agrietado y tuberías derretidas. La Hechicera sabía que si reducía sus defensas y se concentraba, podría escuchar las voces de los alcaides, y sus correspondientes familias, que, a lo largo de los años, habían ocupado esa parte del edificio.

Ensombreciendo sus ojos verdes y entornándolos, Perenelle concentró toda su atención en los pájaros que se acercaban, en un intento de distinguirlos de la noche y averiguar cuánto tiempo tardarían en aterrizar en la isla. La bandada era gigantesca y la densidad de la niebla le imposibilitaba adivinar el tamaño de las aves o la distancia a la que se encontraban. Pero supuso que tenía entre diez y quince minutos antes de que aterrizaran en Alcatraz. Unió el dedo meñique con el pulgar. Un único destello blanco crepitó entre ellos. Perenelle asintió con la cabeza. Estaba empezando a recuperar sus poderes, pero no lo suficientemente rápido. Continuarían cobrando más fuerza ahora que estaba lejos de la esfinge, pero su aura se recuperaba más lentamente por la noche. Además, también sabía que no tenía la energía ni las fuerzas suficientes para derrotar a Morrigan y sus mascotas.

Pero eso no significaba que estuviera completamente indefensa; una vida de estudio le había enseñado muchas cosas útiles.

La Hechicera sintió cómo una brisa fresca le erizaba su larga cabellera en el preciso instante en que Juan Manuel de Ayala apareció ante ella. El fantasma estaba suspendido en el aire y cobraba sustancia y definición entre las partículas de polvo y gotas de agua de la niebla. Al igual que muchos otros fantasmas con quienes se había cruzado, llevaba prendas de ropa con las que, durante su vida, se había sentido cómodo: una camisa de lino blanco muy holgada y unos pantalones hasta la rodilla. Tal y como ocurría con la mayoría de fantasmas, Juan carecía de pies. En vida, las personas apenas miraban sus pies.

—*Éste fue uno de los lugares más hermosos del planeta, ¿no crees?* —dijo mientras clavaba su mirada húmeda en la ciudad de San Francisco.

—Y aún lo es —respondió Perenelle, volviéndose para contemplar la bahía donde las luces de la ciudad brillaban intensamente—. Nicolas y yo la hemos considerado nuestro hogar durante la última década.

—*¡Oh, no me refiero a la ciudad!* —comentó De Ayala.

Perenelle desvió su mirada hacia el fantasma.

—Entonces, ¿a qué te refieres? —preguntó Perenelle—. Es una vista preciosa.

—*Hace muchos años, aquí, en este mismo lugar, observé quizá un millar de hogueras ardiendo a orillas de esta bahía. Cada fuego representaba una familia. En aquel entonces conocía a todos los que habitaban en la bahía* —relató el español mientras su rostro se convertía en una mueca de dolor y sufrimiento—. *Me enseñaron todo lo que sé sobre esta tierra, sobre este lugar y me hablaron sobre sus dioses y espíritus. Creo que es por ellos que mantengo este lazo tan estrecho con la isla. Ahora, todo lo que avisto son luces; no puedo ver las estrellas, ni las tribus o los individuos acurrucándose alrededor de sus hogueras. ¿Dónde quedó el lugar que amé?*

Perenelle contempló las luces en la distancia.

—Aún está ahí. Sólo que ha crecido.

—*Ha cambiado tanto que apenas lo reconozco* —musitó De Ayala—, *y el cambio no ha sido a mejor.*

—Juan, yo también he visto los cambios que ha sufrido el mundo —dijo Perenelle en tono bajo y calmado—. Pero me gusta creer que los cambios siempre son a mejor. Soy mayor que tú. Nací en una época en que un dolor de muelas podía matarte, en que la esperanza de vida era muy corta y la muerte siempre era dolorosa. Mientras tú descubrías esta isla, la esperanza de vida media de un adulto sano no superaba los treinta y cinco años. Hoy en día, es el doble. Los dolores de muelas ya no matan… bueno, en general —añadió con una carcajada. Convencer a Nicolas para que acudiera al dentista era algo prácticamente imposible. Después, continuó—: Los seres humanos han realizado grandes avances durante el último siglo; han creado verdaderas maravillas.

De Ayala flotaba y merodeaba alrededor de Perenelle.

—*Y en su afán de crear maravillas, han ignorado las maravillas que les rodean, han desatendido los misterios, la belleza. Los mitos y leyendas caminan inadvertidos entre ellos, desoídos, irreconocibles. No siempre fue así.*

—No, no siempre fue así —asintió Perenelle con tristeza.

Observó otra vez la bahía. La ciudad empezaba a desaparecer entre la niebla y las luces cobraban un aspecto mágico y etéreo. En esos momentos, resultaba más sencillo imaginarse cómo debía de haber sido esa tierra en el pasado… y cómo sería si los Oscuros Inmemoriales reclamaban otra vez el planeta. En épocas pasadas, la raza humana había reconocido la existencia de criaturas y otras razas, como los Vampiros o los Gigantes, que vivían entre las sombras. Hubo un tiempo en que seres tan poderosos como dioses habitaban en los corazones de las montañas o en lo más profundo de los bosques impenetrables. Había devoradores de muertos caminando por el planeta; los lobos vagaban por el bosque y bajo los puentes merodeaban criaturas más aterradoras que los troles. Cuando los viajeros regresaban de tierras lejanas, traían historias y relatos sobre monstruos y bestias que habían vislumbrado, maravillas que habían visto con sus propios ojos, y nadie dudaba de su veracidad. Hoy en día, incluso con fotografías, vídeos o declaraciones de testigos que afirmaban algo extraordinario o ultramundano, la gente seguía dudando, clasificando las pruebas como bromas pesadas.

—*Y ahora una de esas terribles maravillas se está aproximando a mi isla* —dijo Juan con tono melancólico—. *Siento cómo se acerca. ¿Quién es?*

—Morrigan, la Diosa Cuervo.

De Ayala apartó la mirada de la bahía y se volvió hacia Perenelle.

—*He oído hablar de ella; algunos marineros irlandeses y escoceses que formaban parte de mi tripulación la temían. Viene a por ti, ¿verdad?*

—Así es —confirmó la Hechicera con una sonrisa irónica.

—*¿Qué hará la Diosa?*

Perenelle ladeó la cabeza, considerando así la pregunta.

—Bueno, han intentado encarcelarme. Y han fracasado en el intento. Imagino que los maestros de Dee habrán optado por una solución más permanente —supuso mientras soltaba una carcajada temblorosa—. He estado en situaciones más delicadas… —comentó con la voz quebrada. Tragó saliva y continuó—: Pero siempre he tenido a Nicolas a mi lado. Juntos éramos invencibles. Ojalá estuviera junto a mí ahora.

Entonces inhaló hondamente, calmando la respiración y alzando las manos a la altura de su rostro. Unos zarcillos de humo de su aura blanca emergieron de las yemas de sus dedos.

—Pero yo soy la inmortal Perenelle Flamel, y no pereceré sin luchar.

—*Dime cómo puedo ayudarte* —se ofreció De Ayala.

—Ya me has ayudado bastante. Gracias a ti he podido despistar a la Esfinge y huir.

—*Ésta es mi isla. Y ahora tú estás bajo mi protección* —declaró el guardia con pesar—. *Sin embargo, no creo*

que esos pájaros se asusten con los golpes de puertas. Y no
hay mucho más que pueda hacer por ti.

Perenelle Flamel caminó de un lado al otro de la casa en ruinas. Se detuvo ante una de las ventanas rectangulares y observó la cárcel. Ahora que había anochecido, apenas distinguía el contorno vago y siniestro de la prisión del cielo púrpura. Evaluó su situación: estaba atrapada en una isla repleta de arañas; había una esfinge que recorría los pasillos de la cárcel, y en los calabozos habitaban criaturas sacadas de los mitos más oscuros de la tierra. Además, sus poderes estaban increíblemente mermados y Morrigan estaba en camino. Hacía unos instantes le había dicho a De Ayala que había estado en situaciones más delicadas, pero ahora no lograba recordar ninguna de ellas.

El fantasma apareció junto a Perenelle.

—*¿Qué puedo hacer para ayudarte?*

—¿Cómo conoces de bien esta isla? —preguntó.

—*¡Ajá! Conozco cada centímetro de ella. Conozco los lugares secretos, los túneles cavados por los prisioneros, los pasillos ocultos, las habitaciones tapiadas, las antiguas cuevas indígenas socavadas en la roca. Podría esconderte y nadie jamás te encontraría.*

—Morrigan es ingeniosa… y además no olvides las arañas. Me encontrarían.

El fantasma, que seguía suspendido en el aire, se deslizó ante la Hechicera. Sólo su mirada, de un color marrón, resultaba visible en la noche.

—*Oh, pero las arañas no están bajo el control de Dee.*

Perenelle dio un paso atrás, sorprendida.

—¿De veras?

—*Empezaron a aparecer hará ya un par de semanas. Comencé a fijarme en las telarañas entretejidas sobre las puertas, sobre las escaleras. Cada mañana, había más y más arañas. Llegaron con el viento. Entonces, avisté a unos guardias de aspecto humano… aunque no eran humanos. Eran criaturas de tez pálida y blanquecina.*

—Homúnculos —soltó Perenelle al mismo tiempo que se estremecía—. Son bestias que Dee cría en tinajas de grasa. ¿Qué se hizo de ellas?

—*Se les ha encomendado la tarea de limpiar las telarañas y despejar las puertas. Una de ellas se tropezó y quedó atrapada en una telaraña* —narró De Ayala mientras esbozaba una tímida sonrisa—. *Todo lo que queda de aquella criatura son pedazos de ropa. Ni siquiera huesos* —finalizó con un susurro aterrador.

—Eso es porque los homúnculos no tienen huesos —esclareció Perenelle sin darle mayor importancia—. Entonces, ¿quién controla las arañas?

De Ayala desvió la mirada hacia la cárcel.

—*No estoy seguro…*

—Creí que sabías todo lo que ocurría en esta isla —se burló Perenelle.

—*En lo más profundo de la cárcel, en los cimientos carcomidos por las olas, hay una colección de cuevas subterráneas. Tengo entendido que los primeros habitantes nativos de la isla las utilizaban para almacenar objetos. Hace cuestión de un mes, el pequeño hombre inglés…*

—¿Dee?

—*Sí, Dee. Él trajo algo a la isla en la oscuridad de la noche. Lo encerró en aquellas cuevas y después protegió toda la zona con sígiles mágicos. Ni tan siquiera yo puedo sobrepasar esas barreras de protección. Pero estoy convencido de que aquello que está atrayendo las arañas a la isla está encerrado en esas cuevas.*

—¿Puedes llevarme hasta allí? —preguntó Perenelle enseguida. Lograba escuchar el murmuro del movimiento de cientos de alas acercándose.

—No —respondió de forma cortante De Ayala—. *El pasillo está repleto de arañas y quién sabe cuántas otras trampas habrá colocado Dee.*

Automáticamente Perenelle alargó la mano para agarrar el brazo del marinero; sin embargo, traspasó el humo fantasmagórico de Juan de Ayala.

—Si Dee ha enterrado algo en los calabozos secretos de Alcatraz y lo ha protegido con una magia que ni siquiera un espíritu sin solidez puede sobrepasar, entonces debemos saber de qué se trata —dijo con una sonrisa—. ¿Alguna vez has oído el dicho «el enemigo de mi enemigo es mi amigo»?

—No, *pero sí he oído «la imprudencia es la hija de la ignorancia».*

—Rápido; vamos antes de que llegue Morrigan. Llévame otra vez a Alcatraz.

Capítulo 40

La espada de la Dísir se movió como un rayo sobre la cabeza de Josh.

Todo estaba sucediendo tan deprisa que Josh no tuvo tiempo ni de asustarse. El muchacho vislumbró el ágil movimiento de la guerrera y reaccionó de forma instintiva, levantando y girando a *Clarent*, sujetándola horizontalmente sobre su cabeza. La espada de la Dísir, de hoja ancha y gruesa, colisionó con la espada de piedra provocando una explosión de chispas. Éstas rociaron el cabello del chico, ardiendo así cada pedacito del rostro que rozaban. El dolor enfureció a Josh, pero la fuerza del impacto le hizo desplomarse sobre las rodillas. En ese preciso instante, la guerrera dio un paso hacia atrás y empezó a girar la espada por encima de su cabeza. La hoja de la espada producía un sonido sibilante al cortar el aire que separaba a Josh y a la Dísir. Entonces, Josh sintió un pinchazo en el estómago y supo que no sería capaz de esquivar la embestida de la joven.

Clarent vibraba en el puño de Josh.

Se dio la vuelta.

Y se movió.

Una oleada de calor hormigueante le recorrió la mano, dejando completamente impresionado al joven; el espasmo

provocó que Josh apretara todavía más los dedos, sujetando así con más firmeza la empuñadura del arma. De repente, la espada empezó a moverse bruscamente y salió
disparada hacia el arma metálica de la Dísir. Se produjo,
una vez más, un estallido de chispas.

Con una mirada atónita, la Dísir de ojos azules se alejó
del muchacho.

—Ningún humano posee tal capacidad —comentó en
un susurró—. ¿Quién eres?

Josh se incorporó temblorosamente hasta ponerse en
pie. No estaba seguro de lo que acababa de suceder; lo
único que sabía es que todo aquello tenía relación con la
famosa espada. Aquella espada había tomado el control de
la situación; le había salvado la vida. Desvió su mirada hacia la terrorífica guerrera. Seguía sujetando a *Clarent* con
ambas manos e intentaba imitar la postura que habían
adoptado Juana y Scatty horas antes. Sin embargo, la espada continuaba temblando en su mano, moviéndose sin
parar.

—Soy Josh Newman —anunció.

—Jamás había oído hablar de ti —respondió la mujer
con tono despectivo. Echó una mirada rápida hacia Nidhogg, que se arrastraba torpemente hacia el agua. La cola,
ahora completamente cubierta por una capa de piedra, pe-
saba tanto que apenas conseguía moverse.

—Quizá nunca habías oído hablar de mí —contestó
Josh—, pero esto —añadió mientras alzaba la espada— es
Clarent.

En ese momento, la guerrera abrió sus ojos azules de
par en par, mostrando así su sorpresa.

—Por lo que veo, de ella sí has oído hablar.

Girando la espada con una sóla mano, la Dísir empezó

a acercarse lentamente a Josh. Él no dejaba de girar para seguir frente a frente con la joven. Sabía lo que ella intentaba hacer: quería que él se diera la vuelta de forma que estuviera de espaldas al monstruo. No obstante, Josh no sabía cómo evitar que tal cosa sucediera. Cuando su espalda estuvo a pocos centímetros de la piel pedregosa de la bestia, la Dísir se detuvo.

—En manos de un maestro, esa espada puede ser peligrosa —dijo la Valkiria.

—Yo no soy ningún maestro —gritó Josh, orgulloso de que la voz no le temblara—. Pero tampoco necesito serlo. Scathach me dijo que esta espada podía acabar con su vida. En ese momento no entendí sus palabras, pero ahora sí. Y si *Clarent* puede matarla, entonces debo suponer que tiene el mismo efecto sobre ti —presumió. Después, hizo un gesto con el pulgar, señalando el Nidhogg que estaba detrás de él y añadió—: Mira lo que le he hecho a este monstruo con tan sólo un corte. Todo lo que tengo que hacer es arañarte con ella.

Entonces la espada empezó a temblar entre sus manos, zumbando como si le estuviera dando la razón a Josh.

—Ni siquiera puedes acercarte lo suficiente para eso —se burló la Dísir que, al mismo tiempo, se preparaba para atacar. Empezó a ondear la espada ante ella realizando unos movimientos ágiles y rápidos. De repente, se abalanzó sobre el muchacho con una ráfaga de golpes.

Josh no tuvo tiempo ni para tomar aliento. Intentó esquivar tres de las embestidas; *Clarent* se movía de tal forma que interceptaba cada uno de los golpes que venían de la espada metálica de la Dísir. Cada vez que ambas espadas se cruzaban, se producía una lluvia de chispas y, tras cada ataque, Josh se veía obligado a retroceder mientras la fuerza del golpe le recorría el cuerpo entero. La Valkiria era, sencillamente, demasiado veloz. La siguiente embestida colisionó directamente en el brazo del joven, justo entre el hombro y el codo. *Clarent* hizo el intento de esquivar la espada metálica en el último instante, de modo que, al final, sólo le golpeó la parte plana de la hoja de la espada en vez de la afilada punta. De forma instantánea, el brazo se le paralizó desde el hombro hasta la punta de los dedos y sintió náuseas por el dolor, el temor y el hecho de saber que estaba a punto de morir. *Clarent* se soltó de sus manos y se desplomó sobre el suelo.

Cuando la mujer sonrió, Josh pudo vislumbrar que sus dientes eran como finas agujas de coser.

—Sencillo, demasiado sencillo. Una espada legendaria no te convierte en un espadachín.

Sopesando su espada, avanzó hacia el chico, empujándolo hacia la piel de piedra de Nidhogg. Josh apretó los ojos mientras la Valkiria levantaba los brazos y pronunciaba un grito de guerra.

—¡*Odin*!

—Sophie —murmuró Josh.

—¡Josh!

A dos manzanas, atrapada en un embudo inmóvil, Sophie Newman se sobresaltó en la parte trasera del coche al sentir un pinchazo en el estómago que se extendió hasta el pecho. El corazón le latía a mil por hora.

Nicolas se volvió y agarró la mano de la joven.

—¿Qué ocurre?

Sophie tenía los ojos llenos de lágrimas.

—Josh —articuló la joven con dificultad. Apenas podía

pronunciar una palabra. Un segundo más tarde, añadió—:
Josh está en peligro, en un peligro terrible.

La atmósfera del coche se cubrió rápidamente por el
rico aroma de la vainilla mientras el aura de Sophie resplandecía. Diminutos destellos danzaban entre su cabello,
crepitando como si fuera celofán.

—¡Tenemos que ir hasta él!

—No estamos yendo a ningún sitio —dijo Juana con
aire severo. El tráfico en aquel estrecho callejón estaba
completamente paralizado.

Un dolor se había asentado en el estómago de Sophie:
le espantaba la idea de que su hermano estuviera a punto
de morir.

—Por la acera —señaló Nicolas decidido—. Ve por ahí.

—Pero los peatones…

—Pueden apartarse de nuestro camino. Utiliza la bocina —ordenó mientras se volvía hacia Sophie—. Llegaremos en unos minutos.

En ese instante, Juana abandonó el pavimento y subió el
vehículo a la acera haciendo sonar la bocina una y otra vez.

—Es demasiado tarde. Debe haber algo que puedas hacer —suplicó Sophie desesperada—. ¿Verdad?

Nicolas Flamel, que ahora lucía un aspecto agotado y
envejecido por las pronunciadas líneas de expresión que
habían aparecido en su frente y contorno de ojos, sacudió
la cabeza con tristeza.

—No hay nada que pueda hacer —admitió finalmente.

Una lámina destellante y crepitante de llamas blancas
y amarillas parpadeó hasta cobrar solidez entre Josh y la
Dísir. El calor era tan intenso que obligó a Josh a acercarse

aún más a las garras de Nidhogg. Aun así, no pudo evitar que le quemara las cejas y las pestañas. La Valkiria también tuvo que retroceder, cegada por la luz brillante de las llamas.

—¡Josh!

Alguien gritaba su nombre, pero las terroríficas llamas rugían ante él.

La proximidad del fuego despertó al monstruo. Dio un tembloroso paso hacia delante y el movimiento de la pata trasera empujó a Josh. Para evitar la caída, Josh apoyó las palmas y las rodillas en el suelo. Ahora se encontraba peligrosamente cerca de las llamas… cuando, de forma inesperada, se desvanecieron. El hedor a huevos podridos era atroz y sentía un gran escozor en la nariz y en los ojos. Sin embargo, entre lágrimas, vislumbró a *Clarent* y alargó la mano en el mismo momento en que alguien volvía a gritar su nombre.

—¡Josh!

La Dísir se abalanzó una vez más sobre Josh, empuñando su espada. Una lanza sólida de llamas amarillentas se clavó en el cuerpo de la Valkiria, explotando entre su armadura blanca que, de inmediato, comenzó a oxidarse y deshacerse. Y entonces volvió a crearse otro muro de llamas que separaba a la guerrera del muchacho.

—Josh.

Una mano se posó sobre el hombro de Josh. De forma casi instantánea, el joven dio un salto por el miedo y el terrible dolor que sentía en el hombro. Alzó la mirada y se topó con el doctor John Dee, que estaba ligeramente inclinado hacia él.

Un humo mugriento y de color amarillo emergía entre las manos del Mago, que estaban cubiertas por unos guantes grises hechos trizas. Su traje elegante cosido a mano ahora no era más que harapos rotos. Dee sonrió de forma amable.

—Será mejor que nos marchemos lo antes posible —dijo mientras señalaba el muro de llamas—. No puedo mantener esto eternamente.

Mientras el Mago inglés pronunciaba estas palabras, la espada metálica de la Valkiria brotaba entre las llamaradas. Dee ayudó a Josh a ponerse en pie y le condujo hacia atrás.

—Espera —interrumpió Josh con la voz ronca—. Scatty... —Tosió, se aclaró la garganta y continuó—: Scatty está atrapada...

—Ha escapado —explicó rápidamente Dee mientras abrazaba al muchacho, mostrándole así su apoyo y conduciéndole directamente hacia el coche de policía.

—¿Escapado? —farfulló Josh algo confundido.

—Nidhogg perdió el control y la dejó escapar en el momento en que yo estaba creando esa cortina de fuego entre tú y la Dísir. Vi cómo se retorcía entre las garras de la bestia, lograba salir de ahí y corría en dirección contraria al muelle.

—¿Ella... ella ha huido?

Aquello no tenía mucho sentido. La última vez que Josh había logrado vislumbrar a la Guerrera, su cuerpo yacía sin fuerzas e inconsciente. Intentó concentrarse, pero tenía un dolor punzante en la cabeza y sentía la piel tirante por las llamas.

—Incluso la legendaria Guerrera no ha podido vencer a Nidhogg. Los verdaderos héroes sobreviven a la batalla porque saben escoger el momento idóneo para huir.

—¿Me ha abandonado?

—Dudo que se hubiera dado cuenta de que tú estabas

ahí —dijo enseguida Dee mientras invitaba a Josh a subirse a la parte trasera de un coche patrulla mal aparcado. Dee se deslizó a su lado rápidamente. Después, dio unas palmaditas en el hombro de aquel anciano de cabello canoso y ordenó—: Vámonos.

Josh se acomodó con la espalda completamente erguida.

—Esperad… *Clarent* está ahí —dijo.

—Confía en mí —declaró Dee—, no quieras volver a por ella.

El doctor John Dee recostó la espalda sobre el respaldo del asiento y Josh pudo mirar a través de la ventanilla. La Dísir, que tan sólo unos minutos antes había lucido una armadura de malla prístina, intentaba cruzar a zancadas el muro de llamas, que ya había empezado a perder intensidad. Vislumbró al muchacho en el interior el coche y salió corriendo hacia él, gritando palabras en un idioma ininteligible que más bien parecían aullidos de un lobo.

—Nicolás —se apresuró en decir Dee—. Está muy enfadada. Deberíamos irnos ya.

Josh apartó la vista de la Valkiria y miró al conductor. Le espeluznó comprobar que se trataba del mismo hombre que había visto en las escaleras del Sagrado Corazón.

Maquiavelo giró la llave en el contacto de un modo tan salvaje que el motor de arranque chirrió. El coche avanzó dando tumbos, con sacudidas, y después se detuvo.

—Genial —murmuró Dee—. Esto es lo último.

Josh miraba atentamente cómo el Mago se apoyaba sobre la ventanilla, se acercaba la mano a la boca y soplaba con fuerza. Una esfera amarilla de humo salió rodando de entre su palma y cayó sobre el suelo. Rebotó un par de veces, como si fuera una pelota de goma, y después, cuando había alcanzado la misma altura que la cabeza de la Dísir, explotó. Unas hebras gruesas y pegajosas con la misma consistencia que la miel salpicaron a la Valkiria. Después, treparon por sus piernas, pegando así a la guerrera al suelo.

—Esto la mantendrá entretenida… —empezó Dee.

Sin embargo, la espada de la guerrera atravesó fácilmente las hebras.

—O quizá no.

Josh cayó en la cuenta de que Maquiavelo había intentado arrancar el motor otra vez, pero no lo había conseguido.

—Permíteme —musitó mientras trepaba por el asiento del conductor y Maquiavelo se deslizaba hacia el asiento del copiloto.

Aún le dolía el hombro derecho, pero al menos volvía a sentir los dedos de las manos y no creía que se hubiera roto ningún hueso. Iba a tener un moratón enorme; otro más para su colección. Girando la llave en el contacto, Josh pisó el acelerador y, de forma inmediata, echó marcha atrás en el mismo momento en que la Dísir alcanzaba el vehículo. De repente, agradeció haber aprendido a conducir en el Volvo abollado de su padre. La espada se clavó en la puerta, perforando el metal, de forma que la punta quedó a unos centímetros de la pierna de Josh. A medida que el coche chirriaba, la Valkiria se puso en pie y sujetó su arma con ambas manos. La hoja metálica de la espada rasgó la puerta y el guardabarros, desconchando el metal como si fuera papel. Además, también rajó el neumático más cercano al conductor, que explotó produciendo un ruido ensordecedor.

—¡Continúa! —exclamó Dee.

—¡No pienso frenar! —prometió Josh.

El motor del vehículo chirriaba mientras, al mismo tiempo, el neumático frontal golpeaba con fuerza el suelo. Pero Josh había logrado alejarse del muelle…

… en el mismo instante en que Juana apareció en el otro extremo con el Citroën.

Juana frenó de repente, de forma que el coche derrapó en las piedras aún húmedas. Sophie, Nicolas y Juana contemplaban, algo confundidos, a Josh conduciendo marcha atrás un coche patrulla a gran velocidad, alejándose así de Nidhogg y de la Dísir. Pudieron ver con claridad a Dee y Maquiavelo en el interior del coche mientras ejecutaba un giro y salía a toda velocidad del aparcamiento.

Durante un instante, la Dísir permaneció en el muelle. Parecía perdida y desconcertada. Después, se dio cuenta de la presencia de los recién llegados. Dando media vuelta, corrió hacia ellos con la espada girando sobre su cabeza y produciendo un grito de guerra bárbaro.

Capítulo 41

Yo me ocuparé de esto —prometió Juana.

Daba la sensación de que incluso le satisfacía la idea. Rozó la manga de Flamel y asintió hacia el lugar donde la Guerrera aún permanecía atrapada entre las garras de Nidhogg.

—Id a por Scathach —ordenó.

Ahora, el monstruo estaba a menos de dos metros del borde del muelle y seguía arrastrándose ansiosamente hacia el agua. La joven francesa agarró su espada y se apeó del coche con un brinco ágil.

—Más humanos con espadas —musitó la Dísir.

—No sólo humanos cualesquiera —añadió Juana mientras giraba su arma y acariciaba los restos de la malla oxidada de los hombros de la Valkiria—. ¡Soy Juana de Arco!

La espada larga que empuñaba empezó a girar y a retorcerse, creando una rueda de acero que provocó que la Dísir diera varios pasos atrás. Aquella joven atacaba con ferocidad.

—Soy la Doncella de Orleans.

Sophie y Nicolas se aproximaban cautelosamente hacia la bestia. Sophie se fijó en que la cola estaba completamente cubierta por una capa de piedra negra que empezaba a extenderse por la espalda y por las piernas traseras de la criatura. El peso de aquella cola de piedra mantenía clavado a Nidhogg en el suelo. Sophie pudo ver cómo sus gigantescos músculos se tensaban mientras intentaba arrastrarse hacia el agua. Las garras y la cola de piedra dejaban tras de sí una estela de hendiduras en el pavimento.

—¡Sophie! —exclamó Flamel—. ¡Necesito ayuda!

—Pero Josh... —empezó la joven, algo distraída.

—Josh se ha ido —interrumpió bruscamente Nicolas.

Con un movimiento ágil, el Alquimista rescató a *Clarent* del suelo. Flamel no pudo evitar soltar un aullido al notar el ardor del arma. Empezó a correr hacia la criatura y, cuando estuvo lo suficientemente cerca, clavó en Nidhogg la espada. El arma se balanceaba de modo inofensivo sobre la piel de piedra del animal.

—Sophie, ayúdame a liberar a Scatty y después iremos en busca de Josh. Utiliza tus poderes.

El Alquimista arremetió otra vez contra la bestia, pero sus esfuerzos no sirvieron para nada. Sus peores miedos estaban haciéndose realidad: Dee había conseguido llevarse a Josh... y Josh tenía consigo las dos páginas del Códex que el Mago necesitaba. Nicolas miró por encima del hombro. Sophie permanecía inmóvil; parecía asustada y estaba atónita.

—¡Sophie! ¡Ayúdame!

Obedientemente, Sophie levantó las manos, presionó el pulgar en su tatuaje e intentó evocar la Magia del Fuego. No ocurrió nada. No podía concentrarse; estaba demasiado preocupada por su hermano. ¿Qué estaría haciendo Josh? ¿Por qué habría decidido marcharse junto con Dee y Maquiavelo? Era imposible que le hubieran obligado a hacerlo… ¡él estaba conduciendo el coche!

—¡Sophie! —gritó una vez más Nicolas.

No obstante, Sophie sabía que su hermano había estado en peligro, en un peligro terrible. Tenía esa corazonada. Siempre que Josh se metía en un lío, Sophie lo adivinaba. Cuando casi se ahoga en la playa Pakala, en Kauai, ella se había despertado jadeando y sin aliento; cuando se rompió las costillas en un campo de fútbol en Pittsburg, ella sintió un pinchazo en el costado izquierdo.

—¡Sophie!

¿Qué había sucedido? Unos instantes antes Josh estaba en una situación fatídica… y ahora…

—¡Sophie! —repitió Flamel.

—¿Qué? —respondió tajante Sophie volviéndose hacia el Alquimista. De repente, sintió una oleada de ira; Josh tenía razón, había estado en lo cierto siempre. Todo esto era culpa de Nicolas Flamel.

—Sophie —dijo Nicolas en tono más amable y considerado—. Necesito que me ayudes. No puedo hacerlo yo solo.

Sophie miró fijamente al Alquimista. Se encontraba agachado sobre el suelo, rodeado por un vapor fresco y verdoso. Una hebra gruesa de color esmeralda estaba atada alrededor de una de las piernas descomunales de la criatura. Sin embargo, el otro extremo se perdía en el pavimento, lo cual demostraba que Flamel había intentado atrapar a la bestia. Otra cuerda de humo, menos sólida y más delgada que la primera, rodeaba una de las patas traseras del monstruo. Nidhogg dio un paso hacia delante y el cabo verde se disolvió en el aire. Si daba unos pasos más, se llevaría a Scathach, su amiga, a las profundidades del río. Sophie no iba a permitir que tal cosa sucediera.

El temor y la cólera dejaron que Sophie se concentrara. Cuando presionó su tatuaje, unas llamas brotaron de cada uno de sus dedos. Lanzó llamaradas plateadas hacia la espalda de Nidhogg, pero aquello no surtió efecto. Después roció el monstruo con un granizo diminuto y ardiente, pero, al parecer, el monstruo ni se dio cuenta.

El fuego no había funcionado, así que Sophie se decantó por utilizar la Magia del Aire. Sin embargo, los tornados en miniatura que lanzaba a la criatura no sirvieron para nada. Hurgando entre los recuerdos de la Bruja, intentó evocar un truco que Hécate había utilizado contra la Horda Mongola. La joven dio vida a un viento cortante y lo envió directamente hacia los ojos de Nidhogg. La criatura pestañeó durante un segundo, de forma que un párpado protector se deslizó sobre su gigantesco ojo.

—¡No funciona nada! —gritó mientras el monstruo arrastraba a Scatty hacia el río—. ¡No funciona nada!

La Dísir inició su ataque contra la joven francesa. Juana se agachó, y la espada de la Valkiria pasó silbando sobre su cabeza. Finalmente, la espada metálica colisionó contra el Citroën, destrozando por completo el parabrisas.

Juana estaba furiosa; le encantaba su Charleston de 2CV. Francis había querido regalarle un coche nuevo por su cumpleaños, en enero. Le había entregado un montón de jugosos catálogos de los que debía escoger el coche que más le gustara. Ella ni siquiera echó un vistazo a los catálogos; le dijo que siempre había querido un coche clásico de estilo francés. Su marido había buscado por toda Europa el modelo perfecto e invirtió una pequeña fortuna en restaurarlo para conseguir su aspecto prístino original. Cuando se lo entregó, el coche estaba envuelto en un lazo gigante de color azul, blanco y rojo.

Una segunda embestida de la Dísir aplastó el capó del coche; y una tercera arrancó el pequeño foco redondo que colgaba sobre la rueda frontal derecha, como si se tratara de un ojo. La luz parpadeó y se fundió.

—¿Sabes —preguntó Juana con una mirada colérica mientras esquivaba los golpes de la Valkiria— lo difícil que es encontrar las partes originales de este coche?

La Dísir retrocedió, intentando desesperadamente defenderse de la espada de Juana mientras fragmentos de su malla metálica salían volando cada vez que el arma de la francesa rozaba su armadura. Intentaba imitar estilos de lucha diferentes para defenderse, pero no había nada lo suficientemente efectivo.

—Te darás cuenta —continuó Juana mientras empujaba a la Valkiria hacia la orilla del río— de que no tengo un estilo de lucha determinado. Eso es porque me entrenó la mejor guerrera de todas: Scathach, la Sombra.

—Es posible que me derrotes —dijo la Dísir—, pero mis hermanas vendrán a vengar mi muerte.

—Tus hermanas —añadió Juana con un ataque salvaje que partió en dos la espada de la Dísir—. ¿Te refieres a las dos Valkirias que en este preciso momento están atrapadas en un iceberg?

La Dísir vaciló, meciéndose sobre el borde del muro.

—Imposible. Somos invencibles.

—Todo el mundo puede ser derrotado.

La hoja plana de la espada de Juana golpeó el casco de la Dísir, dejándola así completamente aturdida. Entonces

Juana empujó con el hombro a la guerrera, que seguía meciéndose en el borde del muro, y la envió directamente al Sena.

—Sólo las ideas son inmortales —susurró.

Todavía empuñando los restos de su espada, la Valkiria desapareció entre las turbias aguas del río, pero un instante antes, al caerse sobre el Sena, salpicó a Scathach de los pies a la cabeza.

Sophie estaba perpleja. Su magia no había funcionado contra Nidhogg... entonces, ¿Josh cómo había...? Él no tenía poderes.

Era la espada: él tenía la espada.

Sophie arrebató a *Clarent* de la mano de Flamel. De forma inmediata, su aura cobró vida, crepitando y resplandeciendo una luz plateada alrededor de su cuerpo. Sintió una oleada de emociones, un embrollo de pensamientos, de ideas desagradables, de conceptos oscuros. Eran los recuerdos y emociones de los hombres y mujeres que habían empuñado esa espada a lo largo de los siglos. Indignada, la joven estuvo a punto de lanzar el arma, pero sabía que, probablemente, era la única oportunidad para Scathach. La cola de Nidhogg presentaba una herida, así que Josh debía haber hundido ahí la espada. Pero ella había visto con sus propios ojos cómo el Alquimista había arremetido con *Clarent* sin obtener resultados.

A menos que...

Corriendo hacia el monstruo, Sophie clavó la punta de la espada en su hombro.

El efecto fue inmediato. Unas llamas rojizas y negruzcas ardieron en el interior del corte que había provocado la espada y, casi de forma instantánea, la piel de la bestia empezó a endurecerse. El aura de Sophie destellaba ahora con más intensidad y, de repente, su cerebro se llenó de visiones imposibles y recuerdos increíbles. Entonces su aura se sobrecargó, parpadeó antes de explotar y lanzó a la joven por los aires. Sophie intentó gritar antes de colisionar directamente con el techo de lona del Citroën de Juana. Las costuras que lo mantenían sujeto a la estructura del vehículo se descosieron rápidamente, de forma que el cuerpo de Sophie acabó recostado en el asiento del copiloto.

Nidhogg empezó a tener espasmos y, a medida que su piel se endurecía, abrió las garras.

Juana de Arco se inmiscuyó entre las patas del monstruo, agarró a Scatty por la cintura y la liberó, ignorando que los pies de la criatura estaban a tan sólo unos centímetros de su cabeza.

Nidhogg bramó; un sonido que encendió todas las alarmas de seguridad de los hogares parisinos. Todas las alarmas de los coches ubicados en el aparcamiento empezaron a sonar estrepitosamente. La bestia intentó girar la cabeza para seguir los pasos de Juana, pero su ancestral piel se estaba empezando a solidificar, convirtiéndose así en piedra negra. Abrió la boca y mostró sus dientes afilados y puntiagudos.

De repente, una parte del muelle empezó a agrietarse; las rocas que sujetaban el peso de la criatura empezaron a romperse hasta convertirse en polvo. Nidhogg inclinó la cabeza ligeramente hacia delante y colisionó directamente con el barco turístico, partiéndolo por la mitad. El monstruo desapareció entre las aguas del Sena en una descomunal explosión de agua que produjo unas olas jamás vistas en el río parisino.

Tendida sobre el muelle, muy cerca de la orilla, y empapada de la cabeza a los pies, Scathach se despertó.

—Hacía siglos que no me sentía tan mal —murmuró mientras intentaba incorporarse sin conseguirlo. Juana la ayudó a adoptar una postura más cómoda y la sujetó para que no se cayera. Instantes después, la Guerrera continuó—: Lo último que recuerdo… Nidhogg… Josh.

—Él intentó salvarte —dijo Flamel mientras se acercaba a las dos guerreras cojeando y con un aspecto débil—. Apuñaló a Nidhogg, le mantuvo ocupado hasta que nosotros conseguimos llegar hasta aquí. Después Juana luchó contra la Dísir por ti.

—Todos luchamos por ti —añadió Juana. Entonces rodeó con el brazo a Sophie.

La joven se las había arreglado para salir del abollado y destrozado coche. Estaba herida y magullada y tenía un arañazo que le recorría el antebrazo. Sin embargo, había salido ilesa.

—Finalmente Sophie venció a Nidhogg.

La Guerrera, poco a poco, se puso en pie. Empezó a girar la cabeza hacia un lado y otro, intentando destensar los músculos del cuello.

—¿Y Josh? —preguntó mientras buscaba a su alrededor. Con una mirada de preocupación y alarma, añadió—: ¿Dónde está Josh?

—Está con Dee y Maquiavelo —explicó Flamel, que tenía la tez grisácea por el cansancio—. No sabemos muy bien por qué.

—Ahora debemos ir por ellos —dijo enseguida Sophie.

—El coche patrulla que conducen no está en sus mejores condiciones, no habrán ido muy lejos —comentó Flamel. Desvió la mirada hacia el Citroën y agregó—:

Mucho me temo que el tuyo tampoco está en sus mejores condiciones.

—Y me encantaba ese coche… —murmuró Juana.

—Salgamos de aquí —dijo Scathach en tono decidido—. La policía inundará este lugar de un momento a otro.

Y entonces, cual tiburón emergiendo de entre las olas, Dagon surgió del río Sena. Alzándose sobre las aguas, con un aspecto semejante al de un pez, abrió las branquias, envolvió a Scathach entre sus garras y la arrastró hacia el río con él.

—Finalmente, Sombra. Finalmente.

Ambos desaparecieron en el agua sin apenas salpicar.

Capítulo 42

erenelle siguió al fantasma de Alcatraz, que la condujo a través de las mazmorras laberínticas y en ruinas de la famosa cárcel. Intentó adaptar la mirada a la sombría oscuridad de la prisión, agachándose para no golpearse con vigas caídas y manteniéndose constantemente alerta por si aquellas criaturas se despertaban. No creía que la esfinge se atreviera a aventurarse por esos rincones de Alcatraz, pues, a pesar de su apariencia aterradora, las esfinges eran criaturas cobardes, temerosas de la oscuridad. Sin embargo, la mayoría de los seres que había vislumbrado en el interior de los calabozos eran criaturas nocturnas.

La entrada al túnel se hallaba justo debajo de la torre que, antaño, había contenido el suministro de agua potable de toda la isla. Su estructura metálica estaba oxidada, carcomida por la sal marina. De ella, caían gotas de ácido que se acumulaban formando diminutos charcos. No obstante, el suelo de la torre era suntuoso, exuberante, repleto de plantas que se alimentaban de esa misma agua.

De Ayala señaló un claro irregular cercano a una de las patas metálicas del suministrador.

—*Encontrarás un pozo que conduce directamente hacia el túnel. Existe otra entrada al túnel excavada en el*

acantilado —dijo—, *pero sólo se puede acceder en barco*
y si la marea está baja. Así encarceló Dee a su prisionero
en esta isla. No tiene la menor idea de esta entrada.

Perenelle encontró una barra de metal oxidado y la
utilizó para apartar la suciedad, destapando así el hormigón roto y agrietado que se escondía debajo. Utilizando el
borde de la barra metálica, empezó a excavar la inmundicia. La Hechicera seguía alzando la vista, intentando esti-
mar lo cerca que estaban los pájaros de la isla. Sin embargo, el viento soplaba con tal fuerza sobre aquellas
torres, colándose por las estructuras metálicas de agua,
que le resultaba prácticamente imposible distinguir otros
ruidos. La niebla que cubría la ciudad de San Francisco y
el puente Golden Gate había alcanzado la isla, envolviendo la cárcel en una nube marina que humedeció todas
las superficies de Alcatraz.

Cuando al fin apartó toda la inmundicia, De Ayala se
deslizó hacia un punto determinado.

—*Justo ahí* —susurró en el oído a Perenelle—. *Los*
prisioneros descubrieron la existencia de un túnel y se
las arreglaron para cavar un hueco hacia él. Sabían que
décadas de este constante goteo de la torre habrían
ablandado el suelo e incluso habrían devorado muchas
piedras. Pero cuando finalmente llegaron al túnel, la
marea estaba alta, de forma que se inundó. Abandona-
ron sus esfuerzos —explicó. Después esbozó una sonrisa
enorme—. *Tendrían que haber esperado a que bajara la*
marea.

Perenelle siguió raspando el suelo, destapando la piedra rota que seguía escondida debajo. Atascó la barra metálica bajo el borde de un bloque y presionó con fuerza.
La piedra ni siquiera se movió un ápice. Volvió a empu-

jar con ambas manos y, al ver que seguía sin funcionar, levantó una piedra y la golpeó con la barra de metal: el tintineo retumbó por toda la isla, tocando como una campana.

—Oh, esto es imposible —murmuró. Se resistía a hacer uso de sus poderes, pues tal acción indicaría su ubicación a la esfinge, pero no le quedaba otra opción. Ahuecando la palma de su mano derecha, Perenelle permitió que su aura se concentrara en el ángulo cóncavo que había formado. Después, con sumo cuidado, posó la mano sobre la piedra, giró la mano y dejó que su energía vertiera de su palma sobre el granito. Una masa grumosa de roca líquida se desprendió y desapareció entre las sombras.

—*Llevo muerto mucho tiempo; pensé que había visto maravillas, pero jamás había contemplado algo así* —dijo De Ayala completamente asombrado.

—Un mago escita me enseñó este hechizo a cambio de salvarle la vida. En realidad, es bastante sencillo —admitió. Se inclinó hacia el agujero pero enseguida se echó hacia atrás con los ojos húmedos y añadió—: Oh, dios mío, ¡apesta!

El fantasma de Juan Manuel de Ayala planeó directamente sobre el agujero. Se dio la vuelta y sonrió, mostrando así, una vez más, su perfecta dentadura.

—*Yo no huelo nada.*

—Créeme; alégrate de no olerlo —murmuró Perenelle mientras sacudía la cabeza; los fantasmas solían tener un sentido del humor muy peculiar. El túnel apestaba a pescado podrido y a algas marinas, a ave rancia y a excrementos de murciélagos, a pulpa de madera y a metal oxidado. Sin embargo, también se distinguía otro hedor, más intenso y acre, casi como el vinagre. Perenelle se agachó, rasgó un pedazo de su vestido y se lo llevó a la nariz a modo de máscara.

—*Hay una escalera, si es que se puede denominar así* —informó De Ayala—. *Pero ten cuidado, estoy seguro de que está oxidada* —comentó. Después miró hacia arriba repentinamente y continuó—: *Los pájaros han llegado al extremo sur de la isla. Pero hay algo más. Algo maligno. Puedo sentirlo.*

—Morrigan —anunció Perenelle.

La Hechicera se inclinó hacia el agujero y chasqueó los dedos. Una delicada pluma de luz blanca emergió de entre sus dedos, deslizándose hacia el agujero y desapareciendo en la oscuridad. A su paso, dejó una estela parpadeante nívea por las mugrientas paredes. Aquella pluma había iluminado la angosta escalera, que, al final, resultó ser una serie de clavos colocados en ángulos diferentes en la pared. Los clavos, de poco más de diez centímetros, estaban cubiertos por una gruesa capa de humedad y óxido. Se agachó, agarró un clavo y tiró con fuerza para comprobar su firmeza. Al parecer, era bastante sólido.

Perenelle se dio media vuelta y deslizó una pierna por la apertura. Apoyó el pie sobre uno de los clavos y, de forma inmediata, se resbaló. Retirando la pierna del agujero, se quitó los zapatos planos y se los ató al cinturón. Desde ahí percibía el aleteo de los pájaros. Debían de ser miles, quizá decenas de miles. Y todos ellos se estaban aproximando. Sabía que su pequeño gasto de energía para derretir la piedra e iluminar el interior del túnel habría revelado a Morrigan su posición. En pocos instantes los pájaros llegarían…

Perenelle introdujo una vez más la pierna en el agujero y rozó el clavo con su pie descalzo. Estaba frío y viscoso, pero al menos podía sujetarse con más firmeza. Agarrándose a la hierba, descendió mientras con el otro pie se apoyaba en otro clavo. Bajó otro escalón, sujetándose con la mano izquierda en otro clavo. Perenelle gesticuló una mueca de dolor. Era una sensación nauseabunda y asquerosa. Y entonces no pudo evitar esbozar una tierna sonrisa; cuánto había cambiado. Cuando era niña y, por aquel entonces, vivía en Quimper, en Francia, chapoteaba por los lagos, pescando mariscos con la mano y comiéndoselos crudos. Había merodeado descalza por calles cubiertas de mugre y barro que cubrían hasta el tobillo.

Analizando el clavo antes de seguir descendiendo, Perenelle logró introducirse por completo en el agujero. Llegada a cierto punto, un clavo se desprendió bajo sus pies y se perdió tintineando por la oscuridad. Parecía que jamás iba a tocar el suelo. Se recostó sobre aquella pared mugrienta y su vestido veraniego de tela fina se empapó. Sujetándose de forma desesperada, agarró otro clavo. Sintió cómo se le resbalaba entre las manos y, durante un segundo, pensó que iba a escurrirse de la pared. Pero logró agarrarse.

—*Por los pelos. Creí que estabas a punto de entrar en mi mundo* —dijo el fantasma De Ayala, materializándose entre la oscuridad justo ante su rostro.

—No soy tan fácil de matar —respondió Perenelle sin parar de descender por aquella extraña escalinata—. Aunque sería irónico si, después de haber sobrevivido durante décadas a los ataques de Dee y sus Oscuros Inmemoriales, pereciera en una caída —explicó. Contempló la silueta vaga del rostro que aparecía ante ella y añadió—: ¿Qué está sucediendo ahí arriba?

Levantó ligeramente la cabeza en dirección a la boca del agujero, visible por los zarcillos de neblina gris que se inmiscuían por él.

—*La isla está cubierta de pájaros* —respondió De Ayala—. *Quizá haya un centenar de miles; están posados sobre todas las superficies de la isla. La Diosa Cuervo se ha dirigido hacia el corazón de la prisión; sin duda, está buscando a la esfinge.*

—No tenemos mucho tiempo —avisó Perenelle.

Descendió otro peldaño y, de forma inesperada, su pie se hundió hasta el tobillo de un barro empalagoso. Al fin había llegado al término de aquel angosto agujero. El barro estaba helado, y sentía cómo ese frío empezaba a extenderse hacia sus huesos. Algo trepaba sobre sus tobillos.

—¿Hacia dónde?

Apareció el brazo de De Ayala, de un color blanco cadavérico, señalando hacia la izquierda. En ese instante se percató de que estaba sobre la boca de un túnel mal cavado con una pequeña pendiente. El brillo fantasmagórico de De Ayala iluminó la capa de telarañas que envolvía las paredes. Eran tan densas que incluso uno podía confundirlas con paredes pintadas de color plateado.

—*No puedo ir más allá* —dijo De Ayala con una voz que parecía emerger de las paredes—. *Dee ha colocado encantamientos de seguridad y sígiles increíblemente poderosos en el túnel; no puedo cruzarlo. El calabozo que estás buscando está a unos diez pasos hacia delante, a mano izquierda.*

Aunque Perenelle prefería no utilizar sus poderes mágicos, no tenía otra opción. Evidentemente, no iba a vagar por aquel puente en una oscuridad absoluta. Chasqueó los dedos y una burbuja de fuego blanco cobró vida sobre su hombro derecho. Desprendía un brillo opalescente que iluminaba el túnel, mostrando cada detalle de cada una de las telarañas. Esa red se entretejía más estrechamente en la entrada del túnel. Podía vislumbrar cómo las propias telarañas cubrían otras telarañas. La Hechicera se preguntaba cuántas arañas habría allí.

Perenelle dio un paso hacia delante, con la luz todavía en su hombro y, de repente, vio la primera protección que Dee había colocado a lo largo del túnel. Una colección de lanzas de madera con punta metálica estaba implantada bajo el suelo embarrado. El extremo metálico de cada espada mostraba el dibujo de un símbolo ancestral de poder, un jeroglífico cuadrado que podría haber pertenecido a la cultura maya de Centroamérica. Perenelle lograba distinguir al menos una docena de lanzas, cada una de ellas con un símbolo tallado diferente. Sabía que, de forma individual, los símbolos carecían de significado. Sin embargo, unidos formaban una increíble red zigzagueante de poder que recorría el pasillo con rayos de luz negra apenas perceptibles. Aquello le recordó a las alarmas láser que solían utilizar los bancos. Ese poder no tenía efectos sobre los humanos, de forma que todo lo que sentía era un temblor y una tensión en el cuello. No obstante, resultaba una barrera impenetrable para cualquier miembro de la Raza Inmemorial, de la Última Generación y de las Criaturas. Incluso De Ayala, un fantasma, no lograba penetrarla.

Perenelle reconoció algunos de los símbolos de las lanzas; los había visto antes en el Códex y también grabados en los muros de las ruinas de Palenque, en México. La mayoría de ellos eran anteriores a la raza humana; muchos eran incluso más ancestrales que los Inmemoriales y pertenecían a una raza que había habitado el planeta hacía milenios. Se trataba de Palabras de Poder, de antiguos Símbolos de Seguridad, diseñados para proteger, o mantener aislado, algo que o bien era increíblemente valioso o bien extraordinariamente peligroso.

Y a la Hechicera le daba la sensación de que sería lo último.

También se preguntaba dónde habría descubierto Dee aquellas palabras.

Abriéndose paso entre el barro mugriento, Perenelle dio su primer paso hacia el túnel. Todas las telarañas susurraron y temblaron, el mismo sonido que el crujir de las hojas. «Debe haber un millón de arañas aquí», pensó Perenelle. Pero no la asustaban; se había encontrado con criaturas mucho más aterradoras que las arañas. Aunque no le cabía la menor duda de que, probablemente, habría arañas reclusas marrones, viudas negras e incluso suramericanas entre aquella masa de arácnidos. Un mordisco de una podría, sin dudarlo, inmovilizarla e incluso matarla.

Perenelle desenterró una de las lanzas de entre el barro y la utilizó para apartar las redes. El símbolo cuadrado emitió un resplandor rojo y, al rozarlas, las delicadas telarañas sisearon y se retorcieron. Una sombra hirviente, que supuso que era una masa de arañas, se deslizó hacia la oscuridad. Avanzando lentamente por el estrecho túnel, extraía cada una de las lanzas que se encontraba. De este modo, se iba deshaciendo de todas las Palabras de Poder a su paso, desmantelando de forma gradual el patrón mágico. Si Dee se había tomado tantas molestias para atrapar algo en un calabozo, significaba que no era capaz de controlarlo. Perenelle quería descubrir de qué se trataba y liberarlo. Pero a medida que se aproximaba, mientras la burbuja le iluminaba el pasillo, otra idea se le cruzó por la cabeza: ¿acaso Dee había encarcelado algo que incluso ella debía temer, algo ancestral, algo horrible? No sabía si estaba cometiendo un gran error.

Los barrotes y la entrada del calabozo estaban pintados con símbolos que, al mirarlos, provocaban un escozor en los ojos. Discordantes y angulares, parecían retorcerse sobre la roca, como la escritura del Libro de Abraham. Las letras del célebre libro formaban palabras en lenguas que ella entendía, o, como mínimo, reconocía; en cambio, estos símbolos adoptaban formas inimaginables.

Perenelle se inclinó hacia delante, cogió un puñado de barro y lo lanzó hacia las letras que, de forma instantánea, se borraron. Cuando al fin había limpiado las Palabras de Poder primitivas, dio un paso hacia delante y envió la burbuja de luz hacia el interior de la celda.

La Hechicera tardó unos instantes en asumir lo que estaban viendo sus ojos. En ese momento, consideró que desmantelar aquellas pautas protectoras de poder podía haber sido, en realidad, un error terrible.

La celda era un capullo enorme de telarañas entretejidas. En el centro del calabozo, colgada desde una única hebra de seda, había una araña. La criatura era gigantesca, fácilmente del mismo tamaño que la torre hidráulica que dominaba la isla. Parecía una tarántula, pero un cabello erizado de color púrpura con mechones grisáceos le cubría el cuerpo entero. Cada una de sus ocho patas era más gruesa que la propia Perenelle. En el centro del cuerpo se distinguía una cabeza casi humana. Era un rostro redondo, sin las facciones muy marcadas; sin orejas, sin nariz y con tan sólo una fisura horizontal que hacía las veces de boca. Al igual que una tarántula, tenía ocho ojos ubicados en la parte frontal del cráneo.

Uno por uno, la criatura abrió sus ojos. Cada uno mostraba una tonalidad diferente del color púrpura. Todos se clavaron en el rostro de la Hechicera. Entonces, la bestia abrió la boca, mostrando dos colmillos como lanzas.

—Madame Perenelle. Hechicera —ceceó.

—Aerop-Enap —anunció maravillada al reconocer a la araña Inmemorial—. Creí que habías muerto.

—¡Querrás decir que creíste que podías matarme!

Las telarañas se retorcieron y de repente la espantosa bestia se lanzó hacia Perenelle.

Capítulo 43

l doctor John Dee, acomodado en el asiento trasero del coche patrulla, se recostó sobre el respaldo.

—Gira aquí —le indicó a Josh. Al ver la expresión del chico, añadió—: Por favor.

Josh pisó el freno y el coche se deslizó chirriando. El neumático delantero ya estaba completamente destrozado, de forma que la rueda giraba sobre la llanta metálica, levantando así multitud de chispas a su paso.

—Ahora aquí.

Dee señaló hacia un angosto callejón. En ambos lados se alineaba una colección de cubos de basura de plástico. Vigilándole a través del espejo retrovisor, Josh veía cómo el inglés se retorcía continuamente en el asiento situado detrás de él.

—¿Nos está siguiendo? —preguntó Maquiavelo.

—No la veo —contestó Dee de forma concisa—, pero creo que deberíamos alejarnos de las callejuelas.

Josh encogió los hombros para controlar el coche.

—En estas condiciones, no llegaremos muy lejos —empezó.

En ese preciso instante, colisionó con el primer cubo de basura que, al caerse, volcó un segundo cubo y un tercero, esparciendo restos de basura por el suelo. Giró el volante con brusquedad para esquivar un cubo que se aproximaba rodando y el motor empezó a producir un estruendo seco y alarmante. El coche vibró durante unos segundos y, de forma inesperada, se detuvo, en el mismo instante en que del capó empezó a salir humo.

—Tenemos que salir de aquí —dijo rápidamente Josh—, creo que el coche va a estallar.

El joven se apeó del coche mientras Maquiavelo y Dee hacían lo mismo. El trío se dio media vuelta y empezó a correr por el callejón, alejándose así del vehículo. Después de unas doce zancadas, el coche estalló en llamas. Un humo negro y espeso empezó a subir en espiral desde el vehículo hacia el cielo.

—Perfecto —soltó Dee en tono amargo—, ahora definitivamente la Dísir sabe dónde estamos. Y no creo que esté muy contenta.

—Contigo no, eso te lo aseguro —añadió Maquiavelo con una sonrisa irónica.

—¿Conmigo? —repitió Dee asombrado.

—No he sido yo quien la ha envuelto en llamas —recordó el italiano.

Era como escuchar a un par de niños peleándose.

—¡Ya basta! —exclamó Josh. Se acercó a los dos hombres y preguntó—: ¿Quién era aquella… aquella mujer?

—Ella —contestó Maquiavelo con una sonrisa— era una Valkiria.

—¿Una Valkiria?

—También conocida como Dísir.

—¿Una Dísir?

Josh se percató de que la respuesta no le sorprendía. De hecho, le era indiferente cómo se llamara aquella mujer; lo que realmente le atormentaba era que ella hubiera intentado partirle en dos con una espada. «Quizá esto sea un sueño», pensó de repente. Quizá todo lo que había ocurrido desde el instante en que Dee y los golems habían entrado en la librería no era más que una pesadilla. Y entonces movió el brazo derecho y sintió un fuerte dolor en el hombro. No pudo evitar gesticular una mueca de sufrimiento. La piel del rostro la tenía rígida y tirante y, al humedecerse los labios, que estaban completamente agrietados, se dio cuenta de que aquello no era un mero sueño. Estaba despierto y aquello era una auténtica pesadilla.

Josh dio un paso hacia atrás. Echó un rápido vistazo al callejón. A un lado se alzaban edificios y, al otro, lo que parecía un hotel. Las paredes estaban embadurnadas de decenas de grafitis e incluso algunos de los cubos de basura también estaban decorados del mismo modo. De puntillas, el muchacho intentó vislumbrar el horizonte de París, en busca de la torre Eiffel o el Sagrado Corazón, algún monumento emblemático que le diera una pista de dónde se hallaba.

—Debo volver —dijo mientras se alejaba de los dos hombres desaliñados. Según Flamel, ellos eran el enemigo, sobre todo Dee. Y precisamente Dee acababa de salvarle de una Dísir.

Dee se volvió para mirar al chico.

—¿Por qué, Josh? ¿Dónde quieres ir?

—Junto a mi hermana.

—¿Y junto a Flamel y Saint-Germain, también? Dime una cosa: ¿qué van a hacer ellos por ti?

Josh retrocedió otro paso. Él mismo había visto al Mago arrojar lanzas de fuego en dos ocasiones, en la librería y aquí, en París, pero no sabía qué distancia podían alcanzar. No muy lejos, se figuró. Uno o dos pasos más y se daría media vuelta para salir de ese callejón. Podría parar a la primera persona que se encontrara y pedirle indicaciones para llegar a la torre Eiffel. Josh creía recordar que la expresión francesa para preguntar «¿dónde está..?» era «*où est...?*» o quizá era «*qui est?*», o eso significaba «¿quién es?». Hizo un gesto de negación con la cabeza; en esos momentos se arrepentía de no haber prestado más atención a sus clases de francés.

—No intentéis detenerme —dijo mientras se daba la vuelta.

—¿Qué se siente? —preguntó Dee de repente.

Josh se giró lentamente para mirar al Mago. Instantáneamente supo a qué se estaba refiriendo. El joven, de modo automático, curvó los dedos, como si estuviera sujetando la empuñadura de una espada.

—¿Qué se siente al empuñar a *Clarent*, al notar que su poder puro se transmite? ¿Ha sido como conocer los pensamientos y las emociones de la criatura que acababas de apuñalar? —preguntó Dee. Entonces, del interior de su traje negro hecho jirones sacó a la hermana gemela de *Clarent*: *Excalibur*. Y continuó—: Es una sensación impresionante, ¿verdad? —Giró el arma entre las manos y un zarcillo de energía azul negruzco envolvió la célebre espada de piedra—. Sé que has debido experimentar los pensamientos, las emociones e incluso los recuerdos de Nidhogg.

Josh asintió con la cabeza. Aún recordaba esas sensaciones de forma vívida. Los pensamientos, los paisajes, eran tan ajenos, tan extraños que ni siquiera hubiera sido capaz de imaginarlos jamás.

—Durante un instante supiste cómo se siente un dios:

ver mundos más allá de la imaginación, experimentar emociones ajenas. Has contemplado el pasado, un pasado ancestral. Es posible que incluso hayas visto el Mundo de Sombras de Nidhogg.

Josh afirmó con la cabeza. Se preguntaba cómo era posible que Dee supiera todo eso.

El Mago se acercó al joven.

—Durante un instante, Josh, fue como si te hubieran Despertado, aunque las sensaciones fueron mucho menos intensas —añadió rápidamente—. ¿Verdaderamente quieres que tus poderes sean Despertados?

Josh asintió. Se sentía sin aliento y el corazón le bombeaba con fuerza en el pecho. Dee tenía razón; durante los momentos en que había empuñado a *Clarent*, se había sentido vivo, realmente vivo.

—Pero eso no es posible —respondió enseguida.

Dee soltó una carcajada.

—Oh, sí. Se puede hacer hoy mismo —finalizó el Mago con aire triunfante.

—Pero Flamel dijo… —empezó Josh. El muchacho notaba cómo el corazón le latía con emoción y nerviosismo. Si alguien pudiera Despertar sus poderes…

—Flamel dice muchas cosas. Creo que ya no sabe discernir entre la verdad y la mentira.

—¿Acaso tú sí? —preguntó bruscamente Josh.

—Siempre —respondió mientras señalaba con el pulgar hacia Maquiavelo, que permanecía inmóvil detrás—. El italiano no es amigo mío —dijo en voz baja, mirando fijamente al joven, que seguía algo confundido y turbado—, así que pregúntaselo tú mismo: pregúntale si tus poderes podrían ser Despertados en cuestión de horas.

Josh se volvió para observar a Nicolás Maquiavelo. El

hombre de cabello canoso parecía estar preocupado, pero enseguida asintió dándole la razón al Mago.

—El Mago inglés está en lo cierto: tus poderes podrían ser Despertados hoy mismo. Imagino que tardaríamos una hora en encontrar a alguien que estuviera dispuesto a hacerlo.

Con una sonrisa triunfante, Dee se volvió hacia Josh.

—Depende de ti. Dame una respuesta: ¿quieres volver junto a Flamel y sus vagas promesas, o prefieres que alguien Despierte tus poderes?

Mientras se daba la vuelta y seguía el rastro de los zarcillos de energía negra que envolvían la hoja de piedra de *Excalibur*, Josh supo la respuesta. Recordó las sensaciones, las emociones y el poder que había sentido recorrer por su cuerpo cuando empuñó a *Clarent*. Y Dee afirmaba que todo aquello era una mínima parte comparado con el Despertar.

—Necesito una respuesta —exigió Dee.

Josh Newman respiró profundamente.

—¿Qué tengo que hacer?

Capítulo 44

uana condujo el Citroën abollado hacia la boca del callejón y lo aparcó cuidadosamente de tal modo que bloqueó la entrada. Inclinada hacia el volante, estiró el cuello rastreando la callejuela, buscando un movimiento y preguntándose si aquello debía de ser una trampa.

Seguir a Josh había sido extraordinariamente sencillo; todo lo que había tenido que hacer era seguir la gran grieta que se abría en el pavimento por el roce de la llanta metálica del coche patrulla que conducía. Hubo un momento de pánico en que Juana le perdió la pista entre un laberinto de callejuelas secundarias, pero entonces una columna de humo negro apareció sobre los tejados. Se dirigió hacia el punto donde emergía la columna y divisó en medio de un escondido callejón un coche patrulla ardiendo.

—Quedaos aquí —ordenó a un Flamel exhausto y a una Sophie pálida mientras se apeaba del coche. Juana de Arco empuñaba su espada con la mano derecha. Caminó por el callejón, golpeando suavemente la hoja de su espada contra la palma de su mano izquierda. Sabía perfectamente que habían llegado demasiado tarde y que Dee, Maquiavelo y Josh ya se habrían ido. Sin embargo, prefirió no correr riesgos y ser precavida.

Avanzando silenciosamente hasta el centro del callejón, Juana vigilaba cautelosamente los cubos de basura, pues alguien podía estar escondido ahí. En ese instante, Juana se percató de que aún estaba aturdida por la desaparición de Scatty. Un momento antes había estado junto a su vieja amiga y, un segundo más tarde, aquella criatura más marina que humana brotó de las aguas y arrastró a Scathach con ella.

Juana se enjugó las lágrimas. Conocía a Scathach desde hacía más de cinco siglos. A lo largo de los primeros años, ambas guerreras habían sido inseparables. Habían vivido aventuras por todo el mundo, habían visitado países aún sin explorar por Occidente, se habían topado con tribus cuyo modo de vida era el mismo que aquel de los ancestros. Habían descubierto islas perdidas, ciudades ocultas y países olvidados. Scatty le había mostrado algunos Mundos de Sombras donde, juntas, habían luchado contra criaturas que sólo existían en los mitos humanos más oscuros. Juana sabía que nada podía sobrevivir a la Sombra… Sin embargo, la propia Scathach siempre había afirmado que podía ser vencida y que pese a ser inmortal, no era invulnerable. Juana siempre se había imaginado que cuando su amiga finalmente descansara en paz sería en medio de un acontecimiento dramático e inolvidable… no por ser arrastrada a las turbias aguas de un río por una criatura.

Juana lloraba la pérdida de su gran amiga, pero ahora no era el momento de llorar. Todavía no.

Juana de Arco había sido una guerrera desde su época adolescente. En aquel entonces dirigió todo el ejército francés a la batalla. Había visto a muchos amigos perecer en la lucha y había aprendido que, si concentraba su atención en sus muertes, sería incapaz de luchar. Ahora, era necesario que protegiera a Nicolas y a la chica. Más tarde, ya habría tiempo para llorar la muerte de Scathach, la Sombra, y también para ir en busca de la criatura que Flamel había denominado Dagon. Alzó la espada en su mano.

La *petite* mujer francesa pasó junto a los restos de un coche patrulla y se agachó para leer, de forma experta, el rastro y las señales sobre las piedras. Escuchó cómo Sophie y Nicolas se apeaban del Citroën abollado y destartalado y se acercaban pisoteando charcos de aceite y agua mugrienta. Nicolas empuñaba a *Clarent*. Juana percibió el inconfundible temblor mientras se aproximaban y se preguntó si la espada seguiría conectada con el muchacho.

—Salieron corriendo del coche y se detuvieron aquí —explicó sin desviar la vista del pavimento—. Dee y Maquiavelo estaban frente a Josh. Él estaba aquí —señaló—. Pasaron corriendo por estos charcos; podréis ver con claridad el perfil de sus zapatos en el suelo.

Sophie y Flamel se inclinaron y observaron atentamente el suelo. Ambos asintieron, aunque Juana sabía que no habían vislumbrado nada en absoluto.

—Mirad, esto es interesante —continuó—. En este punto las pisadas de Josh están apuntando hacia el lado derecho del callejón y, por lo que veo, estaba de puntillas, como si estuviera a punto de salir corriendo. Pero mirad aquí —dijo mientras señalaba unas huellas de talones sobre el suelo que únicamente ella lograba distinguir—. Los tres se fueron juntos. Dee y Josh delante y Maquiavelo detrás, siguiéndoles.

—¿Puedes seguirles el rastro? —preguntó Flamel.

Juana se encogió de hombros.

—Quizá hasta el fondo del callejón, pero más allá de eso... —informó. Entonces se encogió de hombros y enseguida se irguió—. No, es imposible; hay demasiadas huellas ajenas.

—¿Qué vamos a hacer? —murmuró Nicolas—. ¿Cómo vamos a encontrar a Josh?

Juana desvió su mirada hacia Sophie.

—Nosotros no podemos... pero Sophie sí.

—¿Cómo? —preguntó la joven.

Juana movió la mano formando una línea horizontal ante ella. Una estela de luz permaneció en el aire y el nauseabundo callejón se cubrió del aroma de la lavanda.

—Ella es su hermana melliza: ella podrá seguir su aura.

Nicolas Flamel agarró a Sophie por los hombros, obligándola a que lo mirara a los ojos.

—¡Sophie! —exclamó—. Sophie, mírame.

Sophie abrió los ojos, completamente teñidos de rojo e intentó contemplar al Alquimista. Estaba adormecida. Scatty había desaparecido del mapa y Maquiavelo y Dee habían secuestrado a su hermano. Todo el plan estaba desbaratándose por momentos.

—Sophie —repitió Nicolas esta vez más calmado, clavando su mirada pálida en la de la joven—. Necesito que seas fuerte ahora.

—¿Qué sentido tiene? —preguntó—. Todos han desaparecido.

—No han desaparecido —dijo Nicolas muy seguro de sus palabras.

—Pero Scatty... —hipó Sophie.

—… es una de las mujeres más peligrosas del mundo —finalizó Flamel. Ha sobrevivido durante más de dos mil años y ha luchado contra bestias infinitamente más peligrosas que Dagon.

Sophie no estaba segura de si Nicolas estaba intentando convencerla a ella o a sí mismo.

—Vi cómo aquella cosa la sumergía en el agua y hemos estado esperando al menos diez minutos. Y ella no ha salido a la superficie. Seguro que se ha ahogado.

Sophie tosió mientras los ojos se le llenaban de lágrimas una vez más. Le picaba la garganta, como si hubiera vomitado.

—Yo mismo he visto cómo Scathach ha superado situaciones peores, mucho peores —continuó Nicolas intentando sonreír—. ¡Dagon la ha cogido por sorpresa! Scatty es como un felino: odia el agua. El Sena fluye con mucha rapidez; probablemente se hayan deslizado río abajo. Ella nos encontrará.

—Pero ¿cómo? No tiene la menor idea de dónde estamos —dijo Sophie. Detestaba la forma en que los adultos mentían. Era tan evidente.

—Sophie —anunció Nicolas con tono serio—. Si Scathach está viva, nos encontrará. Confía en mí.

En ese preciso instante, Sophie se dio cuenta de que no confiaba en el Alquimista.

Juana abrazó a Sophie y le apretó suavemente el hombro.

—Nicolas tiene razón. Scatty es… —empezó. Juana no pudo contener la sonrisa. El rostro se le iluminó y continuó—: Es extraordinaria. Una vez, su tía la abandonó en uno de los Mundos de Sombras del Infierno: tardó siglos en encontrar la salida. Pero lo consiguió.

Sophie asintió. Sabía que lo que decían era verdad; la Bruja de Endor sabía más sobre su nieta que el Alquimista o Juana. Sin embargo, no se equivocaba al afirmar que ambos estaban terriblemente preocupados por la Sombra.

—Ahora, Sophie —resumió Nicolas—. Necesito que encuentres a tu hermano.

—¿Yo? ¿Cómo?

—Estoy escuchando sirenas —avisó rápidamente Juana mientras miraba hacia el otro lado del callejón—, muchas sirenas.

Flamel ignoró el comentario. Tenía la mirada clavada en los ojos azules de Sophie.

—Tú puedes encontrarle —insistió—. Tú eres su hermana melliza: es una conexión más allá de la sangre. Siempre has sabido cuándo estaba en un lío, ¿verdad?

Sophie afirmó con la cabeza.

—Nicolas… —repitió Juana—, no tenemos mucho tiempo.

—Siempre has sentido su dolor, notado cuándo estaba triste o deprimido.

Sophie asintió otra vez.

—Os une un vínculo muy fuerte y, precisamente por eso, puedes encontrarlo —finalizó el Alquimista.

Después giró a la muchacha de forma que quedó mirando hacia el fondo del callejón.

—Josh estaba de pie justo aquí —dijo mientras señalaba un punto en concreto—. Maquiavelo y Dee estaban por aquí.

Sophie estaba confundida y comenzaba a sentirse molesta.

—Pero se han ido. Se lo han llevado.

—No creo que le forzaran a ir a ningún sitio; supongo que se fue con ellos por voluntad propia —dijo Nicolas en voz baja.

Esas palabras dejaron completamente aturdida a Sophie. Josh jamás la hubiera abandonado, ¿o sí?

—Pero ¿por qué?

Flamel encogió los hombros.

—¿Quién sabe? Dee siempre ha sido muy persuasivo y Maquiavelo es todo un maestro de la manipulación. Pero podemos encontrarlos, de eso no me cabe la menor duda. Tus sentidos han sido Despertados, Sophie. Vuelve a mirar; imagina a Josh enfrente de ti, míralo…

Sophie respiró profundamente y cerró los ojos; después, los volvió a abrir. No lograba ver nada fuera de lo habitual; estaba en un callejón decorado con grafitis, repleto de cubos de basura a ambos lados y aquella columna de humo que emergía del coche patrulla se enroscaba alrededor de su cuerpo.

—Su aura es dorada —continuó Flamel—, la de Dee es amarilla… la de Maquiavelo es grisácea o de un blanco sucio…

Sophie comenzó a agitar la cabeza.

—No veo nada —empezó.

—Entonces permíteme que te ayude.

Nicolas posó una mano sobre su hombro y, de repente, el hedor del coche en llamas se sustituyó por el refrescante aroma a menta. Instantáneamente, el aura de Sophie resplandeció alrededor de su cuerpo, crepitando y echando chispas, como si se tratara de fuegos artificiales. Su aura pura plateada se entremezcló con el verde esmeralda del aura de Flamel.

Y entonces vio… algo.

Justo enfrente de ella, Sophie podía apreciar la figura de su hermano. Un contorno fantasmagórico e insustancial compuesto por hebras de motas de polvo dorado. Al moverse, dejaba un rastro dorado en el aire. Ahora que la joven sabía lo que buscaba, también lograba distinguir el rastro de las auras de Maquiavelo y Dee.

Parpadeó lentamente, con temor a que aquellas imágenes se desvanecieran; sin embargo, permanecieron pendidas en el aire ante ella y, además, los colores se intensificaron. El aura de Josh brillaba sobre las demás. Alargó la mano, intentando rozar el brazo dorado de su hermano. La neblina dorada se esfumó, como si una ráfaga de viento hubiera pasado sobre ella.

—Puedo verles —anunció Sophie todavía atónita. Jamás podría haberse imaginado que sería capaz de hacer algo así. Después, añadió—: Puedo ver sus perfiles.

—¿Hacia dónde han ido? —preguntó Nicolas.

Sophie siguió los reflejos de colores suspendidos en el aire; se dirigían hacia el fondo del callejón.

—Por aquí —señaló mientras se encaminaba hacia el final de la callejuela. Nicolas no dudó en seguir sus pasos muy de cerca.

Juana de Arco echó un último vistazo a su coche preferido, completamente abollado, y les siguió.

—¿Qué estás pensando? —preguntó Flamel.

—Estoy pensando que cuando todo esto acabe, voy a arreglar este coche para que vuelva a parecer nuevo. Nunca volveré a sacarlo del garaje.

—Algo anda mal —comentó Flamel mientras serpenteaban por las sinuosas calles parisinas.

Sophie concentraba su atención en seguir la estela dorada de su hermano e ignoró al Alquimista.

—Estaba pensando lo mismo —convino Juana—. La ciudad está demasiado tranquila.

—Exacto.

Flamel miró a su alrededor. ¿Dónde estaban los parisinos que iban a trabajar y los turistas decididos a visitar los monumentos más emblemáticos de la ciudad por la mañana? Las pocas personas que merodeaban por las calles pasaban de largo mientras conversaban alegremente entre sí. Se oían sirenas por todas partes y la policía había invadido cada calle de la ciudad. Y entonces Nicolas cayó en la cuenta de que, probablemente, el alboroto que había formado Nidhogg se habría convertido en noticia de última hora. Los telediarios estarían avisando a la población, prohibiéndoles que se acercaran a ciertas calles. Se preguntaba qué excusa se habrían inventado las autoridades para explicar tal caos.

Sophie se abría paso ciegamente entre la multitud, siguiendo el rastro fantasmagórico de las auras de Josh, Dee y Maquiavelo. Chocaba con gente continuamente y se disculpaba, pero jamás apartó la vista de aquellas estelas de luces. Y entonces se fijó en que los rayos de sol eran más intensos y cada vez le costaba más distinguir las siluetas de los tres hombres. Empezaba a darse cuenta de que le quedaba poco tiempo.

Juana de Arco se unió al Alquimista.

—¿Realmente puede distinguir el rastro de sus auras? —preguntó en un francés arcaico.

—Así es —respondió Nicolas en la misma lengua—.

La chica es extraordinariamente poderosa: no se imagina hasta dónde llegan sus poderes.

—¿Tienes idea de hacia dónde vamos? —preguntó Juana mientras observaba a su alrededor. Se figuró que estaban en algún punto de las inmediaciones del Palais de Tokyo. Sin embargo, al seguir la grieta provocada por el coche patrulla con todo detalle, no había prestado demasiada atención al paisaje.

—No lo sé —dijo Nicolas, frunciendo el ceño—. Sólo me pregunto por qué razón nos estamos dirigiendo hacia este laberinto de callejones. Yo pensaba que Maquiavelo quería mantener al chico bajo custodia.

—Nicolas, lo quieren para sí mismos, o mejor dicho, los Inmemoriales lo quieren. ¿Qué dice la profecía? «Los dos que son uno y el uno que lo es todo.» Según el Códex, «uno para salvar el mundo, el otro para destruirlo.» El chico es un premio —dijo Juana, desviando la mirada hacia Sophie y añadió—: Y ella, también.

Juana de Arco posó delicadamente la mano sobre el brazo del Alquimista.

—Sabes que no podemos permitir que ambos caigan en manos de Dee.

El rostro de Flamel cobró el terrible aspecto de una máscara.

—Lo sé.

—¿Qué piensas hacer?

—Lo que sea necesario.

Juana extrajo un teléfono móvil de color negro.

—Voy a llamar a Francis; quiero decirle que estamos bien —explicó. Miró a su alrededor en busca de algún edificio significativo—. Quizá él sepa dónde estamos.

Sophie giró a mano izquierda y se adentró en un sinuoso callejón; era tan angosto que apenas podían pasar dos personas juntas. En la oscuridad, podía distinguir la estela de luz con más claridad. Incluso podía detallar el perfil de su hermano. De repente, se animó; quizá podrían dar con él.

Entonces, de forma repentina, las auras se desvanecieron.

Se detuvo, confundida a la par que asustada. ¿Qué había ocurrido? Mirando atrás, podía vislumbrar perfectamente sus auras suspendidas en el aire. Una dorada y otra amarilla juntas, de Josh y Dee, y una grisácea que permanecía detrás.

Todos se reunieron en el centro de la callejuela. Sophie podía apreciar el perfil de su hermano ante ella. Entornando los ojos, concentrándose, intentó focalizar su atención en su aura...

Él estaba mirando hacia abajo, boquiabierto.

Sophie dio un paso hacia atrás. Justo bajo sus pies, se hallaba la tapa de una alcantarilla con las letras I. C. D. cinceladas en el metal. Unas motas multicolor perfilaban cada letra de un matiz diferente.

—¿Sophie? —dijo Flamel.

De repente, sintió una ola de emoción: era el alivio de saber que no había perdido a su hermano.

—Han descendido por aquí —respondió.

—¿Hacia abajo? —preguntó el Alquimista mientras empalidecía. Bajó el tono de voz y susurró—: ¿Estás segura?

—Sin duda —afirmó un tanto asustada por la expresión de Flamel—. ¿Por qué? ¿Qué ocurre? ¿Qué hay ahí abajo? ¿Cloacas?

—Cloacas... y cosas peores.

El Alquimista había cobrado un aspecto anciano y cansado.

—Bajo nuestros pies se hallan las célebres y legendarias catacumbas de París —murmuró.

Juana se agachó y señaló un punto de la tapa de la alcantarilla donde el musgo se había arrancado.

—Alguien la ha abierto recientemente —anunció mientras desviaba la mirada hacia Nicolas y Sophie—. Tienes razón: se lo han llevado al Imperio de la Muerte.

Capítulo 45

h, para ya!

Perenelle atizó un golpe en la cabeza de la araña Inmemorial con la lanza que llevaba en la mano. El ancestral símbolo de poder se iluminó de color rojo y el insecto se introdujo rápidamente en el interior del calabozo. La parte superior de su cráneo chisporroteaba a la vez que emergía un humo grisáceo en forma de espiral.

—¡Eso ha dolido! —exclamó Aerop-Enap, más molesta que herida—. Siempre estás intentando hacerme daño. La última vez que nos vimos casi acabas conmigo.

—Y déjame que te recuerde que la última vez que coincidimos tus seguidores intentaron sacrificarme y activaron un volcán extinguido. Obviamente, estaba un poco enfadada.

—Bueno, tú derruiste una montaña entera sobre mí —replicó Aerop-Enap en un ceceo muy peculiar producido por los colmillos—. Podrías haberme matado.

—Era sólo una montañita —recordó Perenelle a la criatura. Creía que Aerop-Enap era una hembra, pero no estaba del todo segura. Después, añadió—: Has sobrevivido a situaciones mucho peores.

Los ocho ojos de Aerop-Enap estaban clavados sobre la lanza que sujetaba Perenelle.

—¿Al menos podrías decirme dónde estoy?

—En Alcatraz. O mejor dicho, en lo más profundo de Alcatraz, una isla en la bahía de San Francisco, en la Costa Oeste de Norteamérica.

—¿En el Nuevo Mundo? —preguntó la araña.

—Así es, en el Nuevo Mundo —contestó Perenelle con una sonrisa. La solitaria araña Inmemorial solía hibernar durante siglos, de forma que a menudo se perdía grandes épocas de la historia humana.

—¿Qué estás haciendo tú aquí?

—Soy una prisionera, al igual que tú —confesó. Después dio un paso hacia atrás y añadió—: Si dejo de apuntarte con la lanza, no harás nada estúpido, ¿verdad?

—¿Como qué?

—Como abalanzarte sobre mí.

Todos los pelos que cubrían las patas de Aerop-Enap se erizaron y se desprendieron al unísono.

—¿Tregua? —sugirió la araña Inmemorial.

Perenelle afirmó haciendo un gesto con la cabeza.

—Tregua. Al parecer, tenemos un enemigo común.

Aerop-Enap se deslizó hacia la puerta de la celda.

—¿Sabes cómo he llegado hasta aquí?

—Pensé que serías tú quien me contestara a mí esa pregunta —dijo Perenelle.

Sin apartar una mirada cautelosa de la lanza, el arácnido dio un paso indeciso hacia el pasillo.

—El último lugar que recuerdo es la isla Igup, en el archipiélago de Polinesia —añadió.

—Micronesia —corrigió Perenelle—. El nombre cambió hace más de ciento cincuenta años. ¿Cuánto tiempo has estado dormitando, Vieja Araña? —preguntó, llamando a la criatura por su nombre común.

—No estoy segura… ¿Cuándo fue la última vez que nos vimos y tuvimos ese pequeño malentendido? En años humanos, Hechicera.

—Cuando Nicolas y yo estábamos en Pohnpei investigando las ruinas de Nan Madol —contestó inmediatamente Perenelle. Tenía una memoria extraordinaria, casi perfecta. Y después, agregó—: Eso fue hace más de doscientos años.

—Supongo que por aquel entonces decidí echarme una siestecilla —explicó Aerop-Enap, saliendo completamente de la celda. Tras ella, millones de arañas empezaron a hervir en el interior del calabozo—. Recuerdo haberme despertado de aquel sueño tan agradable… Y ver al Mago Dee. Pero no estaba solo. Alguien más, algo más, estaba con él. Le estaba instruyendo.

—¿Quién? —preguntó enseguida Perenelle—. Intenta recordar, Vieja Araña, esto es muy importante.

Aerop-Enap cerró cada uno de los ojos e intentó rememorar lo que había sucedido.

—Algo me lo impide —dijo mientras abría los ojos de forma simultánea—. Algo poderoso. Quienquiera que sea estaba protegido por un campo mágico increíblemente poderoso —continuó mientras miraba hacia un lado y el otro del pasillo—. ¿Por aquí?

—Por aquí —confirmó la Hechicera, señalando con la lanza.

Aunque Aerop-Enap había pronunciado la palabra «tregua», Perenelle no estaba preparada para enfrentarse desarmada a uno de los Inmemoriales más poderosos.

—Me pregunto por qué te quería como prisionera.

Una idea repentina se le cruzó por la cabeza. Se detuvo de forma tan inesperada que la araña Inmemorial no pudo evitar chocarse con ella, casi empujándola hacia el suelo embarrado y mugriento.

—Si tuvieras que tomar una decisión, Vieja Araña, si tuvieras que escoger entre el regreso de los Inmemoriales a este mundo o dejarlo en manos de los humanos, ¿por qué opción te decantarías?

—Hechicera —empezó Aerop-Enap, mostrando sus aterradores colmillos al intentar dibujar una sonrisa—, yo fui uno de los Inmemoriales que votó que deberíamos dejar la tierra a los simios. Reconocí que nuestro tiempo en este planeta había llegado a su fin; y por nuestra arrogancia, casi lo destruimos. Era el momento perfecto para retirarnos y dar paso a la raza humana.

—Entonces, ¿no estarías a favor del regreso de los Inmemoriales?

—No.

—¿Y si se produjera una batalla, te situarías al lado de los Inmemoriales o de los humanos?

—Hechicera —continuó la araña Inmemorial con tono serio y contundente—, en ocasiones pasadas he defendido a los humanos. Junto con mis familiares, Hécate y la Bruja de Endor, hemos ayudado a la civilización de este planeta. A pesar de mi aspecto, mi lealtad se debe a la especie humana.

—Ésa es la razón por la que Dee te ha capturado. No podía permitirse que alguien tan poderoso como tú se posicionara junto a la raza humana en una batalla.

—Entonces debo suponer que la confrontación está cerca. Sin embargo, Dee y los Oscuros Inmemoriales estarán atados de pies y manos hasta que consigan el Libro de… ¿Están en posesión del Libro?

—De la mayor parte de él —confirmó Perenelle con

tono triste—. Deberías conocer el resto de la historia. ¿Estás familiarizada con la profecía de los mellizos?

—Por supuesto. El viejo loco de Abraham siempre estaba parloteando sobre los mellizos y garabateando sus indescifrables profecías en el Códex. Jamás le creí una sola palabra. Y durante todos los años que lo conocí, jamás acertó una sola cosa.

—Nicolas ha encontrado a los mellizos.

—Ah —suspiró Aerop-Enap. Durante unos instantes, la araña Inmemorial no musitó una sola palabra. Después, parpadeó sus ocho ojos al mismo tiempo y finalizó—: Al menos Abraham tenía razón en algo; bueno, eso puede ser un comienzo.

Mientas Perenelle caminaba con dificultad entre un fango que le alcanzaba el tobillo y asumía lo que había descubierto en las catacumbas de Alcatraz, se dio cuenta de que, pese a su tamaño descomunal, la araña Inmemorial reptaba fácilmente sobre la mugre. Tras ellos, las paredes y los techos hervían con millones de arañas que seguían a Aerop-Enap.

—Me pregunto por qué Dee no intentó matarte.

—No puede hacerlo —dijo Aerop-Enap como si tal cosa fuera un hecho—. Mi fallecimiento enviaría olas a través de una miríada de Mundos de Sombras. A diferencia de Hécate, tengo amigos, y muchos de ellos no dudarían en investigar mi muerte. Créeme, Dee no quiere que eso ocurra.

Aerop-Enap se detuvo frente a la primera de las lanzas que Perenelle había desenterrado. Con una pata la agarró y examinó el jeroglífico pintado sobre la punta de la lanza.

—Qué curioso —ceceó—. Estas Palabras de Poder ya eran consideradas ancestrales en la época en que los Inmemoriales gobernaban la tierra. Pensé que las habríamos destruido a ambas. ¿Cómo es posible que el Mago inglés haya redescubierto estos símbolos?

—Yo me hago la misma pregunta —confesó Perenelle. Giró la lanza en su mano para observar el jeroglífico cuadrado y añadió—: Quizá haya copiado el hechizo de algún lugar.

—No —respondió rápidamente Aerop-Enap—. Las palabras por sí solas son poderosas, cierto, pero Dee las ha colocado siguiendo un patrón particular que le ha ayudado a mantenerme atrapada en el calabozo. Cada vez que intentaba escapar, era como correr hacia un muro de piedra. He visto esa cenefa antes, antes de la caída de Danu Talis. De hecho, ahora que lo pienso, la última vez que vi ese patrón fue antes de la creación de la isla, en el fondo del océano. Alguien instruyó a Dee; alguien que sabía cómo crear esas protecciones mágicas, alguien que, al igual que yo, las había contemplado antes.

—Nadie sabe quién es el maestro de Dee, el Inmemorial a quien sirve —dijo Perenelle con aire pensativo—. Nicolas ha pasado décadas intentando descubrir, en vano, quién controla al Mago.

—Alguien ancestral —respondió Aerop-Enap—, alguien tan ancestral como yo, o incluso más. Quizá es uno de los Grandes Inmemoriales —añadió mientras parpadeaba con los ojos de forma simultánea—. Pero es imposible; ninguno de ellos sobrevivió a la caída de Danu Talis.

—Tú sí.

—Yo no soy uno de los Grandes Inmemoriales —replicó el arácnido.

Alcanzaron el final del túnel y De Ayala apareció justo delante de ellas. Era un fantasma desde hacía siglos; había visto maravillas y monstruos, pero jamás había contemplado algo parecido a Aerop-Enap. El aspecto de la gigantesca criatura le dejó sin palabras.

—Juan —dijo Perenelle con amabilidad—, dime.

—*La Diosa Cuervo está aquí* —respondió finalmente el fantasma—. *Está exactamente encima de nosotros, posada sobre la torre hidráulica, como un buitre. Está esperándote. Ha tenido una discusión con la esfinge* —añadió De Ayala—. *La esfinge insistía en que los Inmemoriales te habían entregado a ella; Morrigan, en cambio, afirmaba que Dee le había prometido que tú eras suya.*

—Qué alegría estar tan reclamada —dijo la Hechicera mientras alzaba la mirada. A continuación, contempló a Aerop-Enap y añadió—: ¿Crees que sabe que estás aquí?

—Es muy poco probable —respondió la Vieja Araña—. Dee no tiene por qué decírselo. Con tantas criaturas mágicas y míticas en la isla, Morrigan no podrá distinguir mi aura.

Perenelle esbozó una sonrisa que iluminó su rostro.

—¿Le damos una sorpresa?

Capítulo 46

Josh Newman se detuvo y tragó saliva. En cualquier momento iba a vomitar. Aunque bajo tierra la temperatura era fresca y el aire húmedo, Josh no cesaba de sudar, de forma que el cabello se acoplaba al cráneo y sentía la camiseta mojada y congelada. Al principio se había asustado, después se había aterrado y, finalmente, se había quedado de piedra.

Descender a las cloacas había sido una mala idea. Dee había abierto la tapa de la alcantarilla de un tirón sin realizar esfuerzo aparente. Un segundo más tarde, la lanzó como si fuera una pluma que una brisa hedionda hubiera soplado. Después, el Mago se deslizó por el agujero, seguido por Josh y, en la retaguardia, por Maquiavelo. Habían bajado por una escalera metálica que conducía a un túnel tan angosto que se vieron obligados a caminar en fila india. De hecho, los techos eran tan bajos que sólo Dee podía andar completamente erguido. Al poner los pies en el suelo, el joven sintió cómo las zapatillas de deporte se empapaban de repente de un agua congelada y mugrienta. El hedor era insoportable, de modo que Josh intentó no pensar sobre lo que debía vadear por ese riachuelo.

La peste a huevos podridos del azufre cubrió ligeramente los demás olores de la alcantarilla en el momento en que Dee creó una burbuja de luz azul. Flotaba y danzaba en el aire, a unos treinta centímetros enfrente del Mago, mostrando el interior del estrecho y arqueado túnel. Desprendía una luz pálida que iluminaba una oscuridad que parecía impenetrable. A medida que avanzaban, Josh lograba distinguir cosas que se movían y puntos destellantes de luz bermeja que se desplazaban por las sombras. Tenía la esperanza de que sólo fueran ratas.

—No me… —empezó Josh. Su voz retumbó de forma distorsionada en el interior del túnel. Después, continuó—: La verdad es que no me gustan mucho los sitios cerrados.

—A mí tampoco —añadió Maquiavelo enseguida—. Pasé algún tiempo en la cárcel, hace muchos años. Jamás lo olvidaré.

—¿Era peor que esto? —preguntó Josh con la voz quebrada.

—Sí, peor.

Maquiavelo caminaba detrás de Josh y se inclinó ligeramente hacia delante para añadir:

—Intenta mantener la calma. Éste es un túnel de mantenimiento; llegaremos a las verdaderas cloacas en unos minutos.

Josh respiró hondamente y sintió arcadas. No podía olvidar que sólo debía respirar por la boca.

—¿Acaso eso nos será de gran ayuda? —murmuró apretando los dientes.

—Las cloacas de París son un espejo de las calles de la ciudad —explicó Maquiavelo. Josh sentía el aliento del italiano en la nuca. Después, continuó—: Las cloacas más grandes miden casi cinco metros de altura.

Maquiavelo tenía razón; unos instantes más tarde abandonaron aquel túnel claustrofóbico y angosto y se adentraron en una cloaca arqueada tan ancha que incluso podría caber un coche. Los muros de ladrillo se hallaban iluminados y repletos de tuberías de diversas clases. En algún punto a lo lejos, el agua salpicaba y gorgoteaba.

Josh empezó a deshacerse del sentimiento claustrofóbico. A veces, Sophie se asustaba en espacios abiertos y extensos; en cambio, él sufría en espacios cerrados y diminutos. Agorafobia y claustrofobia. Inhaló profundamente; el aire aún estaba teñido del hedor de aguas residuales, pero al menos podía respirar. Levantó la parte frontal de su camiseta negra, se la acercó a la nariz y la olió: apestaba. Cuando saliera de ahí, si es que lograba salir de ahí, tendría que quemar toda la ropa, incluyendo los pantalones tejanos de diseño que Saint-Germain le había regalado. Rápidamente la soltó, pues cayó en la cuenta de que había expuesto a sus acompañantes la bolsa de cuero que contenía las dos páginas del Códex. Sin importar lo que ocurriera, Josh estaba decidido a no entregar las páginas a Dee, no hasta que estuviera seguro, muy, muy, muy seguro, de que los motivos del Mago eran honestos.

—¿Dónde estamos? —preguntó Josh, mirando a Maquiavelo. Dee se había desplazado hacia el centro de la cloaca; la burbuja sólida de color blanco daba vueltas sobre la palma de su mano.

El italiano miró a su alrededor.

—No tengo la menor idea —admitió—. En París, hay alrededor de dos mil cien kilómetros de alcantarillado. Pero no te preocupes, no nos perderemos. La mayoría de las cloacas tienen un cartel con indicaciones.

—¿Carteles con indicaciones en las cloacas?

—Las cloacas de París representan una de las grandes

maravillas de esta ciudad —explicó Maquiavelo con una sonrisa.

—¡Venid! —exclamó Maquiavelo. Su voz retumbó por el túnel.

—¿Sabes hacia dónde vamos? —preguntó Josh en voz baja. Por su propia experiencia, el muchacho sabía que necesitaba estar distraído; si comenzaba a pensar en lo angostos que eran los túneles y en el peso que soportaban, su claustrofobia le dejaría paralizado.

—Estamos descendiendo hacia la parte más profunda y antigua de las catacumbas de París. Estás a punto de ser Despertado.

—¿Sabes a quién vamos a visitar?

El rostro impasible de Maquiavelo se convirtió en una terrible mueca.

—Sí, pero sólo por su reputación. Jamás lo he visto —susurró mientras agarraba a Josh por la manga y le estiraba.

—Aún no es demasiado tarde para dar marcha atrás —avisó.

Josh, atónito, parpadeó.

—No creo que a Dee le gustara.

—Probablemente no —asintió Maquiavelo con una sonrisa irónica.

Josh estaba perplejo. Dee le había confesado que Maquiavelo no era amigo suyo y resultaba más que evidente que los dos hombres no coincidían en sus opiniones.

—Pero creí que Dee y tú pertenecíais al mismo bando.

—Ambos estamos al servicio de los Inmemoriales, eso es cierto… pero jamás he aprobado los métodos del Mago inglés.

Delante de ellos, Dee se dirigió hacia un túnel más estrecho y se detuvo ante una puerta metálica un tanto angosta protegida por un candado muy grueso. Apretó el cerrojo de la cerradura de metal con unos dedos que desprendían un olor rancio y la puerta se abrió.

—Rápido —dijo con aire impaciente.

—Esta… esta persona que vamos a visitar —empezó Josh en voz baja— ¿realmente puede Despertar mis poderes?

—De eso no me cabe la menor duda —respondió Maquiavelo en un susurro—. ¿Es tan importante para ti este Despertar? —preguntó. En ese instante, el muchacho se dio cuenta de que Maquiavelo le estaba observando muy de cerca.

—Los poderes de mi hermana, de mi hermana melliza, fueron Despertados —explicó lentamente—. Quiero… necesito tener mis poderes Despertados para poderme sentir otra vez unido a ella —relató. Miró a aquel hombre de cabello canoso y añadió—: ¿Tiene sentido?

Maquiavelo asintió sin gesticular ninguna expresión.

—Pero, Josh, ¿es ésa la única razón?

El chico le miró durante unos instantes antes de apartar la vista. Maquiavelo tenía razón; ésa no era la única razón. Cuando había empuñado a *Clarent*, había experimentado durante un breve tiempo una sensación única en que sus sentidos se habían agudizado intensamente. Durante esos pocos segundos, se había sentido increíblemente vivo, completo… y, sobre todas las cosas, quería volver a vivir esa sensación otra vez.

Dee les condujo hacia otro túnel aún más angosto, si cabe, que el primero. Josh empezó a notar cómo se le formaba un nudo en el estómago y cómo el corazón le latía con fuerza. El túnel se retorcía y giraba continuamente. En su interior contenía decenas de escalones de piedra añeja y poco uniformes que descendieron con sumo cuidado. Las paredes parecían estar fabricadas con un material blando que se desmenuzaba con tan sólo rozarlo. En algunos puntos era tan angosto que Josh se veía obligado a retorcerse para poder pasar. Se quedó atascado durante unos instantes en una curva particularmente estrecha y, de inmediato, le entró pánico y se quedó sin respiración. Entonces Dee le agarró por un brazo y, de forma brusca y tosca, tiró de él, rompiéndole un pedazo de la camiseta.

—Casi hemos llegado —murmuró el Mago. Levantó ligeramente el brazo y la burbuja de luz brillante y cegadora se alzó en el aire, iluminando así el enladrillado del túnel.

—Espera un segundo; deja que recupere el aliento.

Josh se inclinó hacia delante, apoyó las manos sobre las rodillas e inhaló profundamente. Cayó en la cuenta de que, mientras siguiera concentrado en aquella bolita de luz y no pensara en lo estrecho que era aquel túnel, todo iría bien.

—¿Cómo sabes hacia dónde vamos? —resolló—. ¿Has estado antes?

—Una vez estuve aquí… pero de eso hace ya mucho tiempo —respondió Dee con una gran sonrisa—. Ahora mismo, me limito únicamente a seguir la luz.

La luz blanca iluminó el rostro del Mago inglés, transformando su sonrisa en algo espeluznante.

En ese momento, Josh se acordó de un truco que le había enseñado su entrenador de fútbol. Se colocó las manos sobre el estómago y apretó con fuerza al mismo tiempo que respiraba y se erguía. La sensación de náuseas enseguida desapareció.

—¿A quién vamos a ver? —preguntó.

—Paciencia, humano, paciencia —contestó Dee mientras desviaba la mirada hacia Maquiavelo—. No me cabe la menor duda de que nuestro amigo italiano estará de acuerdo. Una de las grandes ventajas de ser inmortal es que uno aprende a ser paciente. Tal y como dice el dicho «las cosas buenas llegan a quien espera».

—No siempre son buenas cosas —musitó Maquiavelo cuando Dee se dio la vuelta.

Al final del angosto túnel se hallaba una puerta metálica. Daba la sensación de que nadie la había abierto en décadas, pues estaba completamente oxidada e incrustada en un muro de piedra caliza húmeda y goteante. Gracias al resplandor de la burbuja de Dee, Josh observó que el óxido había teñido la piedra del color de la sangre reseca.

La burbuja de luz se balanceaba en al aire mientras el Mago recorría con una uña, que desprendía un destello amarillento, la silueta de la puerta. Un segundo más tarde, la puerta metálica se despojó de su marco y un hedor a huevos podridos cubrió el putrefacto olor de aguas residuales.

—¿Qué hay ahí? —preguntó Josh.

Ahora que ya había logrado controlar el temor, empezaba a sentirse emocionado. Cuando al fin fuera Despertado, se las ingeniaría para salir de ahí y regresar al lado de Sophie. Se volvió hacia Maquiavelo, pero el italiano sacudió la cabeza y señaló hacia Dee.

—¿Doctor Dee?

El Mago agarró la puerta y, con una fuerza sobrehumana, la alzó como si de una pluma se tratara. Alrededor del marco, las piedras más blandas se desmoronaron y el yeso se desconchó a su alrededor.

—Si estoy en lo cierto, y casi siempre lo estoy —añadió el doctor John Dee—, esto nos dirigirá hacia las catacumbas de París.

Entonces Dee apoyó la puerta delicadamente sobre el muro y se adentró en aquel agujero.

Josh agachó la cabeza, se encorvó y siguió sus pasos.

—Jamás había oído hablar de ellas.

—Muy pocas personas que no vivan en París saben de su existencia —respondió Maquiavelo—. Junto con las cloacas, representan una de las maravillas de esta ciudad. Más de veinticinco kilómetros de túneles laberínticos y misteriosos. Estas catacumbas antaño fueron minas de piedra caliza. Y ahora están repletas de...

Josh penetró en el túnel, irguió el cuerpo y miró a su alrededor.

—... de huesos.

El muchacho sintió cómo se le hacía un nudo en el estómago y tragó saliva; el sabor era ácido y amargo. Justo encima de su cabeza, todo lo que alcanzaba a vislumbrar en aquel túnel sombrío, las paredes, el techo arqueado e incluso el suelo, estaba compuesto de huesos humanos.

Capítulo 47

nicolas acababa de levantar la tapa de la alcantarilla cuando, de repente, el teléfono de Juana empezó a sonar con una canción tan aguda que ninguno pudo evitar sentir un sobresalto. El Alquimista colocó otra vez la tapa en su lugar, separándose ligeramente del agujero para no pillarse los dedos de los pies.

—Es Francis —dijo Juana mientras abría la tapa del teléfono. Juana de Arco pronunció un francés rápido y veloz y, de forma inesperada, colgó el teléfono. Enseguida, añadió—: Está de camino. Me ha dicho que bajo ningún concepto descendamos a las catacumbas sin él.

—Pero no podemos esperar más —protestó Sophie.

—Sophie tiene razón. Deberíamos… —empezó Nicolas.

—Le esperaremos —interrumpió Juana con el tono de voz que antaño solía utilizar para dar órdenes a ejércitos. Se puso en pie sobre la tapa de la alcantarilla.

—Entonces escaparán —protestó Sophie, desesperada.

—Francis me ha dicho que sabe perfectamente hacia dónde van —confesó Juana en voz baja. Se dio la vuelta hacia al Alquimista y añadió—: Y que tú también lo sabes. ¿Es cierto?

Nicolas respiró hondamente y después confirmó las sospechas de Juana con un movimiento de cabeza. Los primeros rayos de sol iluminaron un rostro cansado y cadavérico. Tenía las ojeras amoratadas e hinchadas.

—Me temo que sí.

—¿Dónde? —preguntó Sophie.

La joven intentaba mantener la calma. Ella siempre había sabido controlar mejor su temperamento que su hermano, pero en aquel instante estaba a punto de coger impulso y gritar a pleno pulmón. Si el Alquimista sabía hacia dónde iba Josh, ¿por qué no se dirigían ya hacia allí?

—Dee quiere que los poderes de Josh sean Despertados —explicó Flamel lentamente, intentando escoger las palabras con sumo cuidado.

Sophie frunció el ceño, algo confundida.

—¿Es entonces tan malo? ¿Acaso no es lo que queríamos?

—Sí, es lo que queríamos, pero no como lo queríamos —recalcó Nicolas. Aunque su rostro permanecía impasible, se podía apreciar algo de dolor en su mirada. Y continuó—: La persona, o el ser, que Despierta los poderes de una persona puede convertirse en una influencia. Es un proceso muy peligroso. Incluso puede llegar a ser mortal.

Sophie se volvió poco a poco.

—Y, sin embargo, tú estabas dispuesto a permitir que Hécate nos Despertara tanto a Josh como a mí.

Su hermano había tenido razón desde el principio: Flamel les había puesto en peligro. Ahora lo veía.

—Era necesario para vuestra propia protección. Es cierto, hay riesgos, pero ninguno de vosotros estaba en peligro junto a la Diosa.

—¿Qué tipo de riesgos?

—La mayoría de los Inmemoriales jamás muestran generosidad hacia lo que ellos denominan «humanos». Muy pocos están dispuestos a entregar ese regalo sin ningún tipo de condición —explicó Flamel—. El mejor de los dones que los Inmemoriales pueden conceder es la inmortalidad. Los humanos quieren vivir eternamente. Tanto Dee como Maquiavelo están al servicio de los Oscuros Inmemoriales, quienes les otorgaron el obsequio de la inmortalidad.

—¿Al servicio? —preguntó Sophie, mirando al Alquimista y a Juana de Arco.

—Son sus sirvientes —explicó Juana amablemente—, algunos incluso les llamarían esclavos. Es el precio que deben pagar a cambio de su inmortalidad y poderes.

El teléfono de Juana volvió a sonar con el mismo timbre.

—¿François?

—Sophie —continuó Nicolas Flamel en voz baja—, el don de la inmortalidad puede desposeerse en cualquier momento. Si tal cosa sucede, recuperarán todos los años pasados en cuestión de segundos. Algunos Inmemoriales esclavizan a los humanos que Despiertan y les convierten en muertos vivientes.

—Pero Hécate no me hizo inmortal cuando Despertó mis poderes —discutió Sophie.

—A diferencia de la Bruja de Endor, Hécate no tiene interés alguno en que los humanos sobrevivan generaciones. Siempre se ha mantenido neutral en las guerras libradas entre aquellos que defienden la raza humana y los Oscuros Inmemoriales —relató el Alquimista con una sonrisa—. Quizá si hubiera escogido un bando, todavía seguiría con vida.

Sophie observó la mirada pálida del Alquimista. Pensaba que si Flamel no hubiera ido al Mundo de Sombras de Hécate, la Inmemorial seguiría con vida.

—Entonces, estás diciendo que Josh está en peligro —dijo finalmente.

—En un peligro terrible.

Sophie clavó la mirada en el rostro de Nicolas. Josh estaba en peligro no por culpa de Dee o Maquiavelo, sino porque Nicolas Flamel les había colocado a ambos en esta horrible situación. Él afirmaba protegerles; le había creído sin dudar de él. Pero ahora… ahora no sabía qué pensar.

—Venid —ordenó Juana. Colgó el teléfono, agarró a Sophie por la mano y la arrastró por el callejón. Después, añadió—: Francis está en camino.

Flamel echó un último vistazo a la tapa de la alcantarilla, guardó a *Clarent* bajo el abrigo y salió corriendo hacia ellas.

Juana les condujo hacia la Avenue du President Wilson, después giró hacia la izquierda, hacia la Rue Debrousse y se dirigió directamente hacia el río. Se percibían las sirenas de innumerables coches patrulla y ambulancias. En el cielo planeaban varios helicópteros de policía, que vigilaban de cerca la ciudad. Las calles parisinas estaban desocupadas, vacías, y de las pocas personas que pululaban por la ciudad ninguna prestaba atención a los tres individuos que corrían en busca de cobijo.

Sophie empezó a tiritar; todo aquello era demasiado surrealista. Se parecía a un documental de guerra que había visto en el *Discovery Channel.*

Al fondo de la Rue Debrousse, estaba Saint-Germain esperándoles en un BMW anodino de color negro que pedía a gritos una mano de agua. La puerta del copiloto y las

traseras estaban ligeramente abiertas y la ventanilla pola-
rizada del conductor se deslizaba hacia abajo a medida que
se aproximaban al vehículo. Saint-Germain sonreía abiertamente, mostrando así su satisfacción.

—Nicolas, deberías venir más a menudo; la ciudad está
sumida en un caos terrible. Esto es espeluznantemente
emocionante. No disfrutaba tanto desde hacía siglos.

Juana se acomodó junto a su marido, mientras Nicolas
y Sophie se sentaban atrás. Saint-Germain encendió el
motor, pero Nicolas se inclinó hacia delante y le apretó
el hombro.

—No tan rápido. Lo último que necesitamos es llamar
la atención —avisó.

—Pero las calles están sumidas en el pánico, así que
tampoco deberíamos ir despacio —señaló Saint-Germain.
Condujo el coche desde la curva hacia la Avenue de New
York. Tenía una mano apoyada sobre el volante y la otra
abrazada al asiento del copiloto, de forma que se giraba
continuamente para poder conversar con el Alquimista.

Completamente paralizada, Sophie se recostó sobre
la ventanilla, contemplando cómo fluía el río a su izquierda. A lo lejos, al otro lado del Sena, lograba distinguir la ya familiar silueta de la torre Eiffel, que emergía
de entre los tejados parisinos. Estaba agotada y la cabeza
le daba vueltas.

Ya no sabía qué pensar sobre el Alquimista. Nicolas no
podía ser mala persona, ¿verdad? Saint-Germain y Juana,
y Scatty también, le respetaban, eso era evidente. Incluso
Hécate y la Bruja le tenían cierta estima. Unos pensamientos que sabía que no eran propios merodeaban por
su conciencia; sin embargo, cuando intentaba concentrarse en ellos, se desvanecían sin más. Eran los recuerdos

de la Bruja de Endor y, de forma instintiva, Sophie supo que eran significativos. Estaban relacionados con las catacumbas y la criatura que habitaba en sus profundidades...

—De forma oficial, la policía está informando que una parte de las catacumbas se ha derrumbado y que algunos edificios se han venido abajo —decía Saint-Germain—. Afirman que las cloacas se han reventado y que sustancias químicas como el metano, el dióxido de carbono y el gas monóxido están invadiendo la ciudad. El centro de París está siendo acordonado y evacuado. Están aconsejando a los ciudadanos que no salgan de sus casas.

Nicolas se recostó sobre el respaldo de cuero y cerró los ojos.

—¿Ha habido algún herido? —preguntó.

—Algunos cortes y contusiones, pero nada grave.

Juana sacudió la cabeza, mostrando así su sorpresa.

—Teniendo en cuenta lo que andaba suelto por la ciudad, eso es un milagro.

—¿Alguna especulación sobre Nidhogg? —preguntó Nicolas.

—No le han mencionado aún en los principales canales de noticias, pero algunos blogs ya muestran fotografías tomadas con teléfono móvil, y los periódicos *Le Monde* y *Le Figaro* afirman tener imágenes en exclusiva de lo que ellos mismos denominan «La Criatura de las Catacumbas» y «La Bestia del Foso».

Sophie se inclinó ligeramente hacia delante, siguiendo la conversación. Primero observaba a Nicolas, después a Saint-Germain y luego otra vez al Alquimista.

—Pronto el mundo entero conocerá la verdad. ¿Qué ocurrirá entonces?

—Nada —respondieron los dos hombres a la vez.

—¿Nada? Pero eso es imposible.

Juana, acomodada en el asiento del copiloto, se volvió.

—Pero eso es exactamente lo que ocurrirá. Todo esto lo encubrirán.

Sophie desvió la mirada hacia Flamel y éste, a modo de respuesta, asintió con la cabeza.

—Sophie, la mayoría de las personas no lo van a creer. Lo considerarán como una broma pesada o una travesura. A aquellos que crean que es cierto se les tildará de teorizadores de la conspiración. Y puedes estar segura de que la gente de Maquiavelo ya está trabajando para confiscar y destruir cada imagen.

—En un par de horas —añadió Saint-Germain—, los acontecimientos de esta mañana se relacionarán sencillamente con un accidente desafortunado. Todo el mundo se burlará de las imágenes en que aparezca el monstruo.

Sophie negó con la cabeza, no podía creer lo que oía.

—Pero no puedes ocultar algo así para siempre.

—Los Inmemoriales lo han estado haciendo durante milenios —contestó Saint-Germain mientras ladeaba el retrovisor para observar a la joven. En la oscuridad del interior del coche, los ojos azules del italiano parecían destellar. Después, continuó—: Y no olvides que la raza humana no suele estar dispuesta a creer en la magia. No quieren reconocer que los mitos y las leyendas estaban basados en la verdad.

Juana alargó el brazo y posó su mano delicadamente sobre el brazo de su marido.

—No estoy de acuerdo; los seres humanos siempre han creído en la magia. Sin embargo, esta creencia ha disminuido durante los últimos siglos. Creo que en realidad quieren creer, porque en el fondo saben que es cierto. Saben que la magia, en verdad, existe.

—Yo solía creer en la magia —agregó Sophie en voz baja.

Desvió una vez más la mirada hacia la capital francesa. Sin embargo, en el reflejo del cristal distinguió una habitación de niña: se trataba de su propia habitación quizá cinco o seis años atrás. No lograba acordarse de dónde estaba, tal vez en su casa de Scottsdale, o puede que en la de Naleigh; se habían trasladado tanto por aquel entonces que apenas recordaba todas sus habitaciones. Estaba sentada sobre la cama, rodeada de sus libros favoritos.

—Cuando era una niña, leía cuentos sobre princesas y brujas, sobre caballeros y magos. Aunque sabía que eran cuentos, quería que esa magia fuera real —añadió. Se volvió hacia el Alquimista y preguntó—: ¿Acaso todos los cuentos de hadas son reales?

Flamel afirmó con un gesto de cabeza.

—No todos los cuentos de hadas, pero todas las leyendas se basan en una verdad; cada mito tiene una base real.

—¿Incluso los más tenebrosos?

—Ésos en especial.

Un nuevo trío de helicópteros planeaba sobre sus cabezas. El estruendo de los rotores hacía vibrar el interior del vehículo. Flamel esperó a que se alejaran y después se inclinó hacia delante.

—¿Hacia dónde vamos?

Saint-Germain señaló primero hacia delante y después hacia la derecha.

—Hay una entrada secreta a las catacumbas en los jardines Trocadero. Conduce directamente hacia los túneles prohibidos. He comprobado viejos mapas; creo que la ruta que Dee ha escogido les llevará primero por las cloacas y, después, a los túneles. Nos ahorraremos algo de tiempo si tomamos este atajo.

Nicolas Flamel se acomodó en el asiento trasero, alargó el brazo y acarició la mano de Sophie.

—Todo va a salir bien —prometió.

Pero Sophie ya no le creía.

La entrada a las catacumbas parisinas era una rejilla de hierro forjado ubicada en el suelo que fácilmente pasaba desapercibida. La rejilla, parcialmente cubierta de musgo y hierba, estaba escondida entre unos árboles del jardín, justo detrás de un carrusel de colores vivos y alegres, en una de las esquinas de Trocadero. En general, esos maravillosos jardines recibían la visita de centenares de turistas, pero esa mañana en particular estaban desiertos. Los caballitos de madera del carrusel, incrustados en una marquesina de rayas azules y blancas, se balanceaban hacia arriba y abajo sin ningún niño sentado en sus lomos.

Saint-Germain descubrió un sendero y les condujo hacia una pequeña parcela de hierba completamente reseca por el sol veraniego. El conde se detuvo ante la rejilla metálica rectangular.

—No la utilizo desde el 1941.

Se arrodilló ante la rejilla, agarró con fuerza los barrotes y tiró de ellos. Sin embargo, su esfuerzo no sirvió para nada.

Juana miró a Sophie.

—Cuando Francis y yo luchamos en la Resistencia francesa contra los alemanes, utilizamos las catacumbas como base. De ese modo, podíamos aparecer en cualquier lugar de la ciudad —explicó mientras daba unos golpecitos a la rejilla con la punta del pie—. Éste era uno de nuestros sitios favoritos. Incluso durante la guerra, estos jardines siempre estaban repletos de gente. Así, podíamos mezclarnos fácilmente con la muchedumbre.

De repente, la atmósfera se cubrió del rico aroma otoñal de las hojas quemadas. En ese instante, las manos de Francis empezaron a desprender una oleada de calor. El metal se fundió y unas gotas de líquido plateado desaparecieron en la oscuridad del agujero. Saint-Germain agarró los restos que habían quedado de la rejilla y los lanzó hacia un lado. Después, se adentró en el agujero.

—Hay una escalera.

—Sophie, ahora tú —dijo Nicolas—. Yo iré detrás de ti. Juana, ¿te importaría encargarte de la retaguardia?

Juana aceptó la proposición sin poner obstáculo. Entonces cogió uno de los bancos de madera que decoraban los jardines y lo arrastró hacia ellos.

—Lo colocaré sobre el agujero antes de bajar. No queremos más intrusos inesperados, ¿verdad? —dijo con una sonrisa.

Sophie se adentró en el agujero con sumo cuidado, intentando encontrar los peldaños de la escalera. Empezó a descender de forma cautelosa. Ella esperaba encontrar un lugar apestoso y nauseabundo, pero en cambio sólo olía a sequedad y a cerrado. La joven empezó a contar los peldaños, pero perdió la cuenta cuando alcanzó los setenta pasos. Sin embargo, el cuadrado de cielo que avistaba cada vez era más pequeño, así que suponía que se encontraban a varios metros bajo tierra. No estaba asustada; al menos, no por ella. Los túneles y los lugares estrechos no le despertaban ningún temor o angustia, pero a su hermano le aterrorizaban los sitios pequeños: ¿cómo se estaría sintiendo ahora? Notaba miles de mariposas revolotear en su estómago; estaba mareada. De repente, sintió la boca reseca y supo, de forma instintiva e indudable, que así era como Josh se estaba sintiendo en ese preciso momento. Sophie sabía que Josh estaba aterrado.

Capítulo 48

uesos —susurró Josh paralizado mientras contemplaba las paredes del túnel.

El muro que se alzaba ante él estaba compuesto por centenares de calaveras amarillentas y blanquecinas, decoloradas por el paso del tiempo. Dee avanzó a zancadas por el pasillo mientras su esfera de luz iluminaba las sombras, que danzaban y se retorcían. Ese baile continuo de sombras y luces hacía parecer que las cuencas vacías de las calaveras le siguieran.

Josh había crecido rodeado de huesos; de hecho, no le atemorizaban. El estudio de su padre estaba repleto de esqueletos.

Cuando eran niños, él y Sophie solían jugar en almacenes de museos llenos de restos óseos, pero todos ellos pertenecían a especies animales o a dinosaurios. Incluso una vez Josh ayudó a unir los diminutos huesos de la rabadilla de un raptor que, más tarde, se expuso al público en el Museo Norteamericano de Historia Natural. No obstante, estos huesos… eran… eran…

—¿Son todos huesos humanos? —murmuró.

—Así es —respondió Maquiavelo en voz baja con acento italiano—. Aquí se hallan los restos óseos de al menos seis millones de cuerpos. Quizá más. Originalmente, estas catacumbas eran gigantescas minas de piedra caliza —explicó mientras señalaba con el pulgar hacia arriba—. El mismo material utilizado para construir la ciudad. La capital francesa está construida sobre un laberinto de túneles.

—¿Cómo lograban descender hasta aquí? —preguntó Josh con la voz temblorosa. Se aclaró la garganta, cruzó los brazos sobre el pecho e intentó mostrar una actitud despreocupada, como si, en realidad, no estuviera absolutamente aterrorizado. Después, añadió—: Los huesos parecen viejos; ¿cuánto tiempo han estado aquí?

—Unos doscientos años solamente —dijo Maquiavelo, sorprendiendo al muchacho—. A finales del siglo XVIII, los cementerios de París estaban desbordándose. Yo mismo vivía aquí en aquel entonces —añadió, haciendo una mueca—. Jamás vi algo parecido a aquello. Había tantos cuerpos sin vida que algunos cementerios se convirtieron en montañas de tierra con huesos que sobresalían. Posiblemente, París era una de las ciudades más bellas del mundo, pero también la más asquerosa. Peor que Londres, ¡y eso ya es decir! —explicó mientas soltaba una carcajada que retumbó una y otra vez en los muros de huesos—. El hedor era indescriptible y créeme cuando te digo que las ratas eran del mismo tamaño que los perros. Las enfermedades empezaron a abundar y los brotes de plagas eran el pan de cada día. Al final, las autoridades reconocieron que los cementerios, rebosantes de muertos, guardaban algún tipo de relación con el contagio. Así que se decidió vaciar los cementerios y trasladar los huesos a las canteras vacías.

Josh se esforzaba por no pensar que estaba rodeado de los esqueletos de personas que, seguramente, habían perecido por alguna enfermedad terrible.

—¿Quién hizo los diseños? —preguntó mientras señalaba hacia un dibujo en particular que representaba un sol. Se habían utilizado varios huesos de diversas longitudes para evocar los rayos del sol.

Maquiavelo se encogió de hombros.

—¿Quién sabe? Alguien que deseaba venerar a los muertos, quizá; alguien que intentaba dar sentido a lo que debía ser un caos increíble. Los seres humanos siempre se las ingenian para dar orden al caos —añadió.

Josh le miró.

—Tú les llamas… nos llamas, «seres humanos».

Se volvió en busca de Dee, pero el Mago ya había llegado al fondo del túnel y estaba demasiado lejos para percibir las palabras de Josh.

—Dee nos llama «humanos».

—No me confundas con Dee —replicó Maquiavelo con una sonrisa glacial.

Josh estaba confundido. ¿Quién era más poderoso, Dee o Maquiavelo? Desde un principio, el joven había creído que el Mago, pero empezaba a sospechar que el italiano poseía más control.

—Scathach dijo que tú eras más peligroso y más astuto que el doctor John Dee —soltó, pensando en voz alta.

La sonrisa de Maquiavelo desprendía satisfacción y orgullo.

—Es lo más bonito que me ha dicho nunca.

—¿Es verdad? ¿Eres más peligroso que Dee?

Maquiavelo se tomó unos instantes para considerar. Después esbozó una sonrisa y el hedor a serpiente cubrió el aire del túnel.

—Absolutamente.

—Deprisa; por aquí —ordenó el doctor Dee. La estrechez de los muros y los techos hacía que la voz del Mago perdiera intensidad. Se dio la vuelta y siguió caminando por ese túnel recubierto de esqueletos iluminado únicamente con la esfera de luz. Josh estuvo tentado a correr tras él, pues no estaba dispuesto a quedarse solo en la más absoluta oscuridad. Pero entonces Maquiavelo chasqueó los dedos y una llama elegante que emitía un resplandor grisáceo apareció en la palma de su mano.

—Todos los túneles no son como éste —continuó Maquiavelo mientras señalaba los huesos estratégicamente colocados en los muros formando diseños extravagantes—. Los más angostos sencillamente están repletos de trastos, de cosas viejas.

Tomaron una curva en el túnel y se toparon con Dee, que les estaba esperando impacientemente. Se volvió y siguió su camino sin pronunciar una sola palabra.

Josh centró toda su atención en la espalda de Dee y en la burbuja de luz que se balanceaba sobre su hombro mientras se adentraban en las catacumbas parisinas; eso le ayudaba a ignorar las paredes que parecían estrecharse con cada paso. Mientras se desplazaba por el túnel, el joven se percató de que algunos de los huesos contenían fechas inscritas sobre ellos, arañazos de siglos atrás. También era consciente de que las únicas pisadas sobre la gruesa capa de polvo que cubría el suelo pertenecían a los diminutos pies de Dee. Estos túneles no se utilizaban desde hacía mucho tiempo.

—¿La gente puede visitar estos túneles? —preguntó Josh a Maquiavelo. Sólo quería entablar una conversación para romper un silencio que le resultaba sofocante.

—Sí. Algunas partes de las catacumbas están abiertas al público —respondió el italiano, manteniendo la mano alzada. La llama seguía iluminando los diseños fabricados a partir de huesos humanos que decoraban los muros y que, entre sombras, parecían cobrar vida. Maquiavelo continuó—: Sin embargo, varios kilómetros de catacumbas ni siquiera aparecen en los mapas. Explorar estos túneles es peligroso e ilegal, por supuesto, pero la gente se arriesga y se aventura. Esas personas reciben el nombre de *cataphiles*. Existe incluso una unidad de policía especial, los *cataflics*, que patrullan por estos túneles.

Maquiavelo ondeó la mano sobre los muros que les rodeaban; la llama empezó a danzar frenéticamente; sin embargo, el fuego no se extinguió.

—Pero aquí no nos tropezaremos con ninguno de ellos. Esta zona es completamente desconocida. Estamos en lo más profundo de la ciudad, en una de las primeras minas de piedra caliza que se excavaron hace ya varios siglos.

—En lo más profundo de la ciudad —repitió Josh en voz baja.

Hizo un movimiento con los hombros, pues le daba la sensación de que podía sentir el peso de París sobre él, las toneladas de tierra, de hormigón y de hierro haciendo presión sobre su cuerpo. La claustrofobia empezaba a amenazarle, a abrumarle. Las paredes palpitaban, vibraban. Tenía la garganta reseca y los labios agrietados.

—Creo —murmuró a Maquiavelo—, creo que me gustaría volver a la superficie, si es posible.

El italiano parpadeó, mostrando así su asombro.

—No, Josh, no es posible.

Maquiavelo alargó la mano y estrechó el hombro de Josh, demostrándole su apoyo, y el joven sintió una ola de calor por todo su cuerpo. El aura de Josh crepitó y el aire del túnel se llenó de la esencia a naranjas y del fétido olor de serpiente.

—Es demasiado tarde para eso —añadió el italiano con tono afable. Y susurró—: Hemos descendido demasiado… no hay vuelta atrás. Abandonarás las catacumbas de París con tus poderes Despertados o…

—¿O qué? —preguntó Josh horrorizado al darse cuenta de cómo iba a finalizar la frase el italiano.

—O jamás las abandonarás —acabó Maquiavelo.

Giraron por una curva y emprendieron un nuevo camino por un túnel interminable. Las paredes lucían una decoración con huesos humanos aún más ornamentada, formando unas cenefas cuadradas que Josh reconoció. Guardaban cierto parecido con unos dibujos que había contemplado en el estudio de su padre y que había relacionado con jeroglíficos mayas o aztecas; pero ¿qué hacían unas grafías de origen mesoamericano en las catacumbas de París?

Dee les estaba esperando al final del túnel. Su mirada gris resplandecía y destellaba ante aquella luz reflejada, que también le otorgaba un aspecto poco saludable a su rostro. Ahora, su acento inglés se veía más pronunciado en sus frases. Sin embargo, las palabras se desvanecían en el aire, de forma que resultaba muy difícil entenderle. Josh no sabía si el Mago estaba emocionado o nervioso, lo cual le asustaba todavía más.

—Éste es un día crucial para ti, chico, un día glorioso. No sólo porque tus poderes están a punto de ser Despertados, sino porque estás a punto de conocer a uno de los pocos Inmemoriales que la humanidad aún mantiene en el recuerdo. Es un gran honor para ti.

Entonces dio una palmada. Agachando la cabeza, levantó la mano y la esfera de luz iluminó dos columnas arqueadas que parecían formar la estructura del marco de una puerta. Tras el agujero, sólo había oscuridad absoluta. Dee retrocedió un paso y ordenó:

—Tú primero.

Josh dudó y, de forma simultánea, el italiano le agarró por el brazo.

—Pase lo que pase, jamás muestres temor, mantén siempre la calma. Tu vida, y tu cordura, dependen de eso. ¿Lo entiendes?

—Sin temor, mantener la calma —repitió Josh. Empezaba a hiperventilarse. Y repitió una vez más—: Sin temor, mantener la calma.

—Ahora, ve.

Maquiavelo soltó el brazo del chico y le empujó ligeramente hacia el Mago y la entrada de huesos.

—Deja que Despierte tus poderes —comentó—. Espero que merezca la pena.

Había algo en el tono de voz del italiano que le hizo mirar atrás. El rostro de Maquiavelo expresaba lástima, pena. Josh se detuvo repentinamente. El Mago inglés le clavó su mirada grisácea y esbozó una horripilante sonrisa. Alzó las cejas y preguntó:

—¿No quieres ser Despertado?

Josh sólo tenía una respuesta a esa pregunta.

Desviando una vez más la mirada hacia Maquiavelo, alzó la mano a modo de despedida y atravesó el umbral de aquel marco, adentrándose en la más absoluta oscuridad. Dee siguió sus pasos, de forma que la esfera que planeaba sobre su hombro le iluminó el camino.

El chico descubrió que estaba en un aposento circular que parecía estar tallado en un único hueso de tamaño descomunal: las paredes arqueadas, la bóveda amarillenta e incluso el suelo descolorido compartían el mismo matiz y textura que las paredes de huesos del túnel anterior.

Dee posó la mano sobre la espalda de Josh y le impulsó hacia delante. Los últimos días le habían enseñado a anticiparse a las sorpresas, como maravillas del mundo, criaturas y monstruos. Pero esto, esto era... sencillamente decepcionante.

La habitación estaba vacía, excepto por un pedestal rectangular de piedra ubicado en el centro del aposento. La burbuja de luz se deslizó hacia la plataforma, iluminando cada detalle de su decoración. Sobre un bloque de piedra caliza se alzaba una gigantesca estatua de un hombre ataviado con una armadura de cuero y metal; las manos, cubiertas por un guantelete, empuñaban una espada de dimensiones descomunales que, al menos, medía un metro y medio de largo. Apoyándose sobre las puntas de los pies, Josh averiguó que la cabeza de la estatua estaba cubierta por un casco que ocultaba completamente el rostro.

Josh miró a su alrededor. El Mago inglés estaba a la derecha de la entrada y Maquiavelo, que acababa de entrar en el aposento, se deslizó hacia la izquierda. Ambos observaban atentamente al chico.

—¿Qué... qué sucede ahora? —preguntó.

Ninguno respondió su duda. El italiano se cruzó de brazos y estiró ligeramente el cuello hacia un lado mientras, al mismo tiempo, entornaba los ojos.

—¿Quién es? —preguntó Josh mientras señalaba con el pulgar hacia la estatua.

No esperaba que Dee le facilitara una respuesta, pero cuando se volvió hacia Maquiavelo en busca de una explicación, se percató de que el italiano no le miraba a él, sino a algo situado detrás de él. Se dio media vuelta... y dos criaturas extraídas de una pesadilla emergieron de entre las sombras.

Aquellas criaturas parecían la personificación del color blanco, pues desde su tez casi transparente hasta el cabello que rozaba el suelo eran de color blanco. Era imposible decidir si eran de género masculino o femenino. Fácilmente, aquellas bestias eran del mismo tamaño que un crío pequeño, extremadamente delgadas, con cabezas desproporcionadas, frentes demasiado anchas y barbillas puntiagudas. Además, sobre la cabeza sobresalían unas orejas enormes y unos cuernos diminutos. Sus ojos, circulares y sin pupilas, se clavaron en Josh. Cuando las criaturas dieron un paso hacia delante, el joven cayó en la cuenta de que sus piernas no eran normales. Los muslos estaban curvados hacia atrás; las piernas parecían sobresalir a la altura de las rodillas y, al final, se convertían en patas de cabra.

Las criaturas se separaron al aproximarse al pedestal. Instintivamente, Josh hizo el ademán de dar un paso atrás, pero entonces recordó el consejo de Maquiavelo y se mantuvo en el mismo lugar. Respirando hondamente, se fijó en la criatura más cercana y descubrió que no era tan aterradora como le había parecido al principio: era tan diminuta que incluso parecía frágil y vulnerable. Creía saber qué eran; había visto imágenes de ellas en algunos fragmentos de cerámica de origen griego y romano sobre las estanterías del estudio de su madre. Eran faunos, o quizá sátiros; Josh no sabía exactamente la diferencia entre ambas criaturas.

Las bestias rodearon poco a poco a Josh, rozándole con unas manos gélidas y de dedos largos. Con sus uñas negras y mugrientas le acariciaban la camiseta y le pellizcaban la tela de sus pantalones tejanos. Hablaban entre ellas, parloteando con una voz aguda, casi inaudible. Con un dedo, extremadamente frío, le tocaron la piel del estómago y, de repente, su aura se encendió y crepitó.

—¡Eh! —exclamó.

Las criaturas se sobresaltaron y dieron un paso atrás, pero aquel roce había provocado que el corazón le latiera a mil por hora. De pronto, todos los miedos que había imaginado y cada pesadilla que le aterrorizaba empezaron a salir a la superficie. Josh no pudo evitar empezar a jadear, temblar y sudar frío. El segundo fauno se acercó a él y colocó una de sus manos glaciales sobre el rostro de Josh. De repente, el corazón se le paralizó y el estómago se le revolvió. Había entrado en pánico.

Las dos criaturas se abrazaron y comenzaron a brincar por el aposento. Sus cuerpos se sacudían, vibraban, como si estuvieran carcajeándose.

—Josh.

La voz dominante de Maquiavelo atravesó el pánico del joven y silenció a las criaturas.

—Josh. Escúchame. Escucha mi voz, concéntrate. Los sátiros son criaturas simples que se alimentan de las emociones humanas más básicas: una se nutre del miedo, y la otra se satisface del pánico. Son Phobos y Deimos.

Al mencionar sus nombres, los dos sátiros retrocedieron, perdiéndose entre las sombras. Sólo sus ojos líquidos y redondos permanecían visibles.

—Son los Guardianes del Dios Durmiente.

Y entonces, la estatua se sentó y giró la cabeza para mirar a Josh. En el interior del casco, dos ojos de un rojo sangriento ardían.

Capítulo 49

s un Mundo de Sombras? —susurró Sophie con una voz entrecortada que dejaba al descubierto su temor.

Se hallaba en la entrada de un túnel angosto cuyas paredes estaban decoradas con lo que, a primera vista, parecían huesos de esqueletos humanos. Una bombilla de baja potencia iluminaba el diminuto espacio con una luz amarilla y un tanto opaca.

Juana le apretó el brazo y sonrió con cariño.

—No. Todavía estamos en el mundo real. Bienvenida a las catacumbas de París.

De repente, la mirada de Sophie se tornó plateada y la sabiduría de la Bruja volvió a recorrer su cuerpo. La Bruja de Endor conocía estas catacumbas como la palma de su mano.

Sophie dio un paso hacia atrás al vislumbrar una colección de imágenes que se apoderaron de su consciencia: hombres y mujeres vestidos con harapos andrajosos extrayendo piedra de las minas, vigilados por guardias que llevaban los mismos uniformes que los centuriones del Imperio romano.

—Son canteras —murmuró.

—De eso hace ya mucho tiempo —empezó Nicolas—.

Ahora son una tumba que alberga millones de cuerpos de ciudadanos parisinos…

—El Dios Durmiente —dijo Sophie con la voz temblorosa. Se trataba de un Inmemorial que la Bruja detestaba a la vez que sentía lástima por él.

Saint-Germain y Juana de Arco se sorprendieron al descubrir el conocimiento de la joven. Incluso Flamel parecía estar asombrado.

Sophie empezó a tiritar. Se envolvió los brazos alrededor del cuerpo, intentando así mantenerse erguida mientras unos pensamientos oscuros se le pasaban por la cabeza. Hubo un tiempo en que el Dios Durmiente había sido un Inmemorial…

… En un campo de batalla ardiendo, contempló a un único guerrero con armadura de cuero y metal, empuñando una espada tan larga como él mismo, combatiendo criaturas extraídas de la era jurásica.

… A las puertas de una ciudad ancestral, el guerrero con armadura de cuero y metal se enfrentaba solo a una extensa horda de bestias mientras, por una de las puertas traseras, huía una columna de refugiados.

… En la escalera de una pirámide tan esbelta que apenas parecía real, el guerrero defendía a una mujer y a su hijo de criaturas que eran un híbrido entre serpientes y pájaros.

—Sophie…

La joven estaba temblando y los dientes le castañeaban. Las imágenes dieron un giro radical; la brillante armadura de cuero y metal se tornó mugrienta, cubierta de barro, rayada y teñida de óxido. El guerrero, también, sufrió varios cambios.

… El guerrero se dirigía a toda prisa hacia una aldea

primitiva, aullando como una bestia mientras un grupo de humanos envueltos en pieles de animales huían de él o se encogían de miedo.

… El guerrero encabezaba un enorme ejército; una mezcla de criaturas y hombres abalanzándose sobre una ciudad ubicada en el corazón de un desierto aislado y vacío.

… El guerrero permanecía en el corazón de una biblioteca gigantesca repleta de cartas de navegación, pergaminos y libros con cubiertas de metal, de tela y de corteza de árbol. La biblioteca ardía con tal intensidad que los libros de tapa metálica se derritieron. Con su espada, arremetía contra unas estanterías rebosantes de libros que se desplomaron sobre las llamas.

—¡Sophie!

El aura de la joven parpadeó y crepitó como si se tratara de celofán mientras el Alquimista la agarraba de los hombros y la zarandeó.

—¡Sophie!

La voz de Nicolas la hizo salir de aquel estado de trance.

—He visto… he visto… —empezó con voz ronca. Tenía la garganta seca y se había mordido con tal fuerza el interior de la mejilla que incluso todavía percibía el sabor metálico y desagradable de la sangre.

—No puedo imaginarme lo que has visto —dijo con tono amable—, pero creo que sé a quién has visto.

—¿Quién era? —preguntó la joven casi sin aliento—. ¿Quién era el guerrero de armadura de cuero y metal?

Sabía que si concentraba su atención sobre aquel hombre, los recuerdos de la Bruja le proporcionarían su nombre; pero también sabía que le mostrarían el mundo violento del guerrero, y prefería no verlo.

—El Inmemorial Marte Vengador.

—El Dios de la Guerra —añadió Juana de Arco con amargura.

Manteniéndose completamente inmóvil, Sophie alzó su mano izquierda y señaló hacia un pasillo muy estrecho.

—Está ahí abajo —informó en voz baja.

—¿Cómo lo sabes? —preguntó Saint-Germain.

—Puedo sentirle —respondió la joven todavía estremecida. Se sacudió los brazos con fuerza y añadió—: Es como si algo frío y pegajoso recorriera mi piel. Esa sensación proviene de ahí abajo.

—Este túnel nos conduce al corazón secreto de las catacumbas —continuó el conde—, a la antigua y perdida ciudad romana de Lutetia.

Saint-Germain se frotó las manos enérgicamente, rociando el suelo de chispas, y después emprendió su camino por el túnel, seguido por su esposa, Juana. Sophie estaba a punto de dar un paso hacia delante cuando, de repente, se detuvo y miró al Alquimista.

—¿Qué le ocurrió a Marte? Cuando lo vi por primera vez, pensé que era el defensor de la humanidad. ¿Qué le hizo cambiar?

Nicolas hizo un gesto de negación con la cabeza.

—Nadie lo sabe. Quizá la respuesta yace en los recuerdos de la Bruja —sugirió—. Estoy seguro de que se conocían.

Sophie empezó a mover la cabeza.

—No me hagas pensar en él… —rogó, pero ya era demasiado tarde.

Incluso mientras el Alquimista le mencionaba su sugerencia, una serie de imágenes terribles se le cruzaron en la mente. Observó a un hombre alto y apuesto que permanecía en lo más alto de una pirámide con escalinatas interminables. Tenía los brazos extendidos hacia los cielos. En sus hombros llevaba una capa espectacular de plumas multicolores. A los pies de la pirámide, se extendía una ciudad de piedra rodeada por una jungla densa e impenetrable. La ciudad estaba de celebración: las calles se hallaban atestadas de personas que llevaban ropas de colores vivos y alegres, joyería muy vistosa y capas de plumas extravagantes. La única ausencia de color estaba en una línea de hombres y mujeres vestidos con togas blancas que permanecían en el centro de una de las calles principales. Fijándose un poco más, Sophie se percató de que estaban encadenados entre sí, con sogas de cuero alrededor del cuello. Unos guardias con látigos y lanas les dirigían hacia la pirámide.

Sophie inhaló temblorosamente, abrió los ojos y las imágenes se desvanecieron.

—La Bruja y él se conocían —dijo con voz gélida.

Sin embargo, no le confesó al Alquimista que sabía que la Bruja de Endor, antaño, había amado a Marte... pero eso fue mucho tiempo atrás; antes de que él cambiara; antes de que él se convirtiera en Marte Vengador. El Vengador.

Capítulo 50

Ave, Marte, el Señor de la Guerra —dijo Dee en voz alta.

Absolutamente inmóvil por el miedo, Josh contemplaba cómo aquel casco se volvía lentamente en dirección al Mago. El aura del doctor John Dee se iluminó de inmediato, cobrando un matiz amarillento y una textura vaporosa a su alrededor. En el interior del casco del dios, una luz roja brillaba. De repente, volvió a girar la cabeza y, de forma simultánea, la piedra rechinó. La estatua clavó la mirada en el joven. Los dos sátiros de tez fantasmagórica, Phobos y Deimos, emergieron de las sombras y se agacharon tras el pedestal, contemplando a Josh intensamente. Con sólo echarles un vistazo, Josh sentía oleadas de temor recorrerle el cuerpo. Estaba seguro de que había vislumbrado a uno de ellos relamiéndose los labios con una lengua del mismo color que una magulladura. De forma deliberada, Josh apartó la mirada de los sátiros y se concentró en el Inmemorial.

—Jamás muestres temor —le había dicho Maquiavelo—, mantén la calma.

Pero era más sencillo decirlo que hacerlo. Justo delante de él, tan cerca que incluso podía rozarle, se alzaba el Inmemorial que los romanos habían venerado como el Dios de la Guerra. Josh jamás había oído hablar de Hécate o de la Bruja de Endor, con lo cual el efecto no había sido el mismo. Este Inmemorial era diferente. Ahora sabía a qué se había referido Dee al decir que era un Inmemorial recordado por la raza humana. Era el propio Marte, el Inmemorial que poseía un mes y un planeta en su honor.

Josh intentó respirar profundamente y calmar los latidos del corazón, pero estaba temblando tanto que apenas era capaz de inhalar aire. Sus piernas parecían hechas de gelatina y tenía la sensación de que, en cualquier momento, se desplomaría sobre el suelo. Apretando las mandíbulas, el joven trató de respirar por la nariz, intentando recordar alguno de los ejercicios de respiración que había aprendido en las clases de artes marciales. Cerró los ojos y envolvió los brazos alrededor de su cuerpo, como si se abrazara. Debería ser capaz de hacer esto: ya había contemplado a Inmemoriales antes; se había topado con muertos vivientes e incluso había luchado contra un monstruo primitivo. Esto no podía ser tan complicado.

El muchacho se enderezó, abrió los ojos y desvió la mirada hacia la estatua de Marte... Pero ya no era una estatua. Era un ser vivo. Su piel estaba recubierta por una capa grisácea sólida. El único detalle de color se encontraba en sus ojos, que desprendían un brillo bermejo tras un visor que ocultaba completamente su rostro.

—Gran Marte, ha llegado el momento —dijo Dee—, el momento en que los Inmemoriales regresen al mundo de los humanos —explicó. Tomó aliento y, de forma dramática, anunció—: Tenemos el Códex.

Josh recordó el pergamino que llevaba bajo la camiseta. ¿Qué le sucedería si sabían que él poseía las dos últimas páginas? ¿Todavía querrían Despertar sus poderes?

Al mencionar el Códex, la cabeza del Inmemorial se giró bruscamente hacia Dee. Los ojos le brillaron con más intensidad mientras unos zarcillos de humo bermejo emergían de la hendidura del casco.

—La profecía está a punto de cumplirse —continuó el Mago rápidamente—. Pronto podremos llevar a cabo la Invocación Final. Pronto podremos liberar a los Inmemoriales Perdidos y devolverles al lugar que les corresponde, como soberanos del mundo. Pronto convertiremos este mundo en el paraíso que fue.

Con un sonido chirriante de fondo, Marte balanceó las piernas en el pedestal y se volvió para colocarse cara a cara con el joven. Josh se percató de que, al moverse, el Inmemorial desprendía unas escamas de piel de piedra que rociaban el suelo.

Dee alzó el tono de voz y continuó:

—La primera profecía que el Códex anuncia ya se ha hecho realidad. Hemos encontrado a los dos que son uno. Hemos averiguado quiénes son los mellizos de la profecía —explicó mientras señalaba a Josh—. Este humano posee un aura pura de color dorado; la de su hermana es indudablemente plateada.

Marte ladeó ligeramente la cabeza para mirar a Josh una vez más y después alargó la mano. Estaba a más de medio metro de distancia, pero, aun así, su aura se encendió silenciosamente. El resplandor iluminó el interior del aposento, tiñendo de color dorado las paredes de hueso, provocando que Phobos y Deimos se escabulleran en busca de cobijo en la oscuridad más sombría tras el pedestal. De repente, el aire se cubrió del aroma de las naranjas.

Entornando los ojos para ver más allá de la luz cegadora que emergía de su propia piel, sintiendo cómo el cabello se le erizaba y crepitaba a causa de la electricidad estática, Josh observaba atónito a Marte. La costra de piedra empezaba a desprenderse de la yema de sus dedos, dejando así al descubierto una piel bronceada y muscular. El aura del Inmemorial también se iluminó, de forma que la silueta de la estatua quedó sumida en una neblina de color púrpura. La piel saludable del dios empezó a teñirse repentinamente de un brillo escarlata mientras diminutos destellos brotaban de su aura y se sumergían en su piel, cubriéndola poco a poco de una costra de piedra. Josh frunció el ceño; daba la sensación de que el aura del dios se estuviera solidificando a su alrededor, formando un caparazón.

—Los poderes de la chica han sido Despertados —prosiguió Dee con una voz que retumbaba en la cámara—. Los del chico todavía no. Si realmente queremos vencer, si queremos que los Inmemoriales regresen a este mundo, debemos Despertar los poderes del muchacho. Marte Vengador, ¿despertarías al joven?

La deidad clavó su espada en el suelo, de forma que la punta quedó hundida entre los huesos humanos. Con ambas manos alrededor de la empuñadura, Marte Vengador se inclinó hacia delante para mirar a Josh.

«Jamás muestres temor; mantén la calma». Josh se enderezó y después desvió la mirada directamente hacia la abertura rectangular del casco de piedra. Durante un segundo, Josh creyó haber visto una mirada de color azul. Pero enseguida desapareció; en su lugar dos ojos bermejos resplandecieron con fuerza. El aura de Josh perdió intensidad y, de forma inmediata, los dos sátiros se aproximaron y treparon por el pedestal para reunirse con la deidad. Sus miradas hambrientas eran inequívocas.

—Mellizos.

Josh tardó unos instantes en darse cuenta de que Marte había hablado. La voz del dios era sorprendentemente suave y agradable.

—¿Mellizos? —preguntó.

—S… sí —tartamudeó el joven—. Tengo una hermana melliza, Sophie.

—Una vez tuve mellizos… hace ya mucho tiempo —informó Marte con un tono de voz perdido y lejano.

El resplandor carmesí se desvaneció y su mirada volvió a cobrar un tono añil.

—Eran unos buenos chicos —añadió. Josh no sabía exactamente a quién se estaba dirigiendo la deidad. Después preguntó—: ¿Quién es el mayor? ¿Tú o tu hermana?

—Sophie —respondió Josh sin poder evitar una tierna sonrisa—. Pero sólo veintiocho segundos.

—¿Quieres a tu hermana? —preguntó Marte.

Sorprendido, Josh dijo:

—Sí… bueno, quiero decir, sí, por supuesto que sí —concluyó finalmente—. Ella es mi hermana.

Marte asintió con la cabeza.

—Rómulo, mi hijo menor, dijo las mismas palabras que tú. Me juró que quería a su hermano, Remo. Y después lo asesinó.

El aposento quedó sumido en un silencio absoluto.

Fijándose en el interior del casco, Josh fue testigo de cómo la mirada azul de Marte Vengador se humedecía. De inmediato, los ojos del joven se llenaron de lágrimas compasivas. Las lágrimas del dios se evaporizaron y sus ojos volvieron a teñirse del color de la sangre.

—Yo mismo Desperté las auras de mis hijos, les di acceso a poderes y habilidades más allá de los humanos. Todos sus sentidos y emociones se realzaron, incluyendo los sentimientos del dolor, miedo y amor —explicó. Después, hizo una pausa y, más tarde, añadió—: Siempre se habían mantenido unidos, muy unidos, hasta que Desperté sus sentidos. Eso les destruyó —comentó. Se produjo una pausa más larga y agregó—: Quizá sería mejor si no te Despertara. Por tu propio bien y por el de tu hermana.

Josh pestañeó, mostrando su sorpresa y se volvió hacia Dee y Maquiavelo. El rostro del italiano permanecía impasible, pero el Mago parecía tan asombrado como él. ¿Acaso Marte estaba rechazando Despertarle?

—Señor Marte —empezó Dee—, el chico debe ser Despertado...

—La decisión será sólo suya —interrumpió Marte.

—Exijo...

El destello bermejo de su mirada se tornó incandescente.

—¡Tú exiges!

—En nombre de mi maestro, por supuesto —corrigió Dee rápidamente—. Mi maestro exige...

—Tu maestro no está en capacidad de realizar exigencias, Mago —murmuró Marte—. Y si vuelves a musitar otra palabra, liberaré a mis acompañantes.

En ese preciso instante, Phobos y Deimos se encaramaron sobre los hombros de la deidad para observar al Mago inglés. Ambos babeaban ansiosamente.

—Es una muerte terrible. Es tu decisión, no permitas que nadie te influencie. Puedo Despertar tus sentidos. Puedo hacer de ti un ser muy poderoso, peligrosamente poderoso —recalcó. Ahora, en el centro de sus ojos escarlata se percibía una luz amarillenta. Segundos más tarde, Marte preguntó—: ¿Eso es lo que quieres?

—Sí —confirmó Josh sin dudar.

—Tiene un precio, al igual que todo.

—Lo pagaré —añadió de inmediato. Sin embargo, no tenía la menor idea del precio que exigía el Dios de la Guerra.

Marte asintió con la cabeza y la piedra del casco crujió.

—Una buena respuesta; la respuesta correcta. Haberme preguntado sobre el precio habría sido un error terrible.

Phobos y Deimos cacarearon y Josh asumió que aquello eran carcajadas. Enseguida supuso que otros mortales habrían pagado un precio por intentar negociar con el Dios Durmiente.

—Llegará el momento en que deba recordarte que estás en deuda conmigo —explicó el dios. Después miró más allá del chico y preguntó—: ¿Quién será el mentor del chico?

—Yo —dijeron Maquiavelo y Dee simultáneamente.

Josh se volvió hacia los dos inmortales, un tanto asombrado por su respuesta. Entre los dos, el joven prefería que Maquiavelo se convirtiera en su mentor.

—Mago, es tuyo —anunció Marte después de tomarse unos momentos para considerar su decisión—. Puedo leer tus intenciones y tus motivos con claridad. Estás decidido a utilizar al chico para traer de vuelta a los Inmemoriales; de eso, no me cabe la menor duda. En cambio, tú… —añadió a la vez que ladeaba la cabeza hacia Maquiavelo—. No soy capaz de leer tu aura; no sé lo que quieres. Quizá sea porque aún no has tomado una decisión.

Las rocas se partieron y se agrietaron cuando el dios se levantó. Medía más de dos metros de altura y la cabeza casi rozaba la bóveda de la cámara.

—Arrodíllate —ordenó Marte a Josh.

El joven enseguida plegó las rodillas y la deidad extrajo su enorme espada del suelo y la aproximó al rostro de Josh. Al mirar la punta del arma de Marte, Josh entornó los ojos. Estaba tan cerca que incluso podía distinguir en qué lugares la hoja estaba desconchada y vislumbrar una estela en espiral que decoraba el centro de la espada.

—¿Cuál es el nombre de tu clan y cómo se llaman tus padres?

El muchacho tenía los labios tan resecos que apenas podía pronunciar palabra.

—¿El nombre de mi clan? Oh, mi nombre de familia es Newman. Mi padre se llama Richard y mi madre, Sara.

De pronto, recordó que Hécate le había formulado las mismas preguntas a Sophie. Aquello había ocurrido tan sólo dos días antes, pero le parecía una eternidad.

El timbre de la voz del dios cambió, cobró más fuerza, más intensidad. El volumen de su voz hizo que incluso le vibraran los huesos.

—Josh, hijo de Richard y Sara, del Clan Newman, de la raza humana. Yo te concedo un Despertar. Has reconocido que no hay don sin precio. Si decides no pagar el precio correspondiente, te destruiré a ti y todo lo que te rodea.

—Pagaré —replicó rápidamente Josh mientras la sangre le tronaba en la cabeza y la adrenalina le recorría el cuerpo.

—Sé que lo harás.

Un segundo más tarde, la deidad movió la espada: primero rozó el hombro derecho de Josh, después el izquierdo y finalmente volvió a acariciar el derecho. Su aura se iluminó, perfilando así el contorno de su cuerpo. Unos zarcillos de neblina dorada empezaron a emerger de entre su cabellera dorada y la esencia cítrica se hizo más intensa.

—De ahora en adelante, oirás con claridad...

Y un humillo se enroscó en los oídos del chico.

—Saborearás con pureza...

Josh abrió la boca y se aclaró la garganta. Surgió una bocanada de humillo del mismo color que el azafrán y unos diminutos destellos de color ámbar danzaron entre sus dientes.

—Sentirás con sensibilidad...

El joven alzó las manos. Brillaban con tal fuerza que incluso parecían transparentes. Las chispas se enroscaban entre los dedos. Las uñas, mordidas de forma irregular, fácilmente podían confundirse con espejos.

—Olerás con intensidad...

La cabeza de Josh estaba envuelta por una neblina dorada. Se escurría entre las ventanillas de la nariz; de este modo, daba la sensación de que estuviera respirando llamaradas de fuego. Su aura se había tornado más densa, más brillante y más reflectante.

La espada del Dios de la Guerra se movió otra vez, golpeando suavemente los hombros del joven.

—De veras, tu aura es una de las más poderosas que jamás he visto —confesó Marte en voz baja—. Hay algo más que puedo otorgarte, otro don, sin condición alguna. Es posible que lo encuentres útil durante los próximos días.

Alargando la mano izquierda, la deidad la posó sobre la cabeza del chico. De forma instantánea, el aura de Josh se encendió emitiendo una luz incandescente. Serpentinas y burbujas de fuego amarillo enroscaron su cuerpo y se arrastraron por la habitación. Phobos y Deimos, al observar tal explosión de luz y calor, huyeron despavoridos tras el pedestal de piedra. Sin embargo, los segundos que estuvieron expuestos a la luz fueron suficientes como para enrojecer su piel y chamuscar su cabello. La abrasadora luz obligó a Dee a agacharse y a taparse los ojos con las manos. Se enroscó, hundiendo el rostro entre sus manos mientras unas esferas ardientes recorrían el suelo, el techo y las paredes del aposento, dejando tras de sí unas marcas sobre el hueso pulido.

Tan sólo Maquiavelo había logrado escapar de la fuerza del estallido de luz. Se había girado e inmiscuido por la puerta justo en el instante en que Marte rozó al chico. Agachándose, se escondió entre las oscuras sombras mientras observaba cómo unas serpentinas de un amarillo cegador rebotaban entre las paredes y esferas de energía sólida resplandecían en el pasillo. Parpadeó varias veces, intentando esclarecer las imágenes que se aparecían ante él. Maquiavelo había sido testigo de otros Despertares, pero nunca había contemplado uno tan dramático. ¿Qué le estaba haciendo Marte al chico? ¿Qué don le estaba concediendo?

Entonces, con una visión borrosa, vislumbró una figura plateada que se materializaba al otro lado del pasillo.

Y la dulce esencia a vainilla cubrió el aire de las catacumbas.

Capítulo 51

Posada sobre la torre hidráulica de la cárcel de Alcatraz, rodeada por descomunales cuervos, Morrigan canturreaba en voz baja una canción que escucharon por primera vez los humanos más primitivos y que, con el paso del tiempo, acabó dejando huella en el ADN de la raza humana. Era un ritmo lento y agradable, perdido y lastimero, bello y… completamente aterrador. Se trataba de la Canción de Morrigan: un llanto compuesto para inspirar miedo y terror. En los campos de batalla de todo el mundo, solía ser el último sonido que un ser humano escuchaba antes de perecer.

Morrigan se abrigó con su capa de plumas negras y contempló fijamente la bahía de la ciudad sumida en niebla. Podía sentir el calor de una multitud de humanos, podía ver el resplandor de casi un millón de auras que habitaban en la ciudad de San Francisco. Cada aura perfilaba la silueta de un humano; algunos repletos de temores y preocupaciones, otros llenos de emociones suculentas y sabrosas. Se frotó las manos y se rozó los labios con los dedos. Sus ancestros se habían nutrido de la raza humana: habían absorbido sus recuerdos y saboreado sus sentimientos como si se trataran de vinos de aguja. Pronto… oh, muy pronto, ella tendría la libertad de hacerlo otra vez.

Pero antes tenía un banquete para deleitarse.

Horas antes, había recibido una llamada de Dee. Al fin, él y sus Inmemoriales se habían convencido de que era demasiado peligroso permitir que Nicolas y Perenelle siguieran con vida; el Mago le había dado permiso para asesinar a la Hechicera.

Morrigan poseía un nido de cóndor ubicado en el pico más alto de las montañas de San Bernardino. Llevaría hasta allí a Perenelle y durante los días siguientes agotaría cada uno de sus recuerdos y emociones. La Hechicera había vivido durante casi siete siglos; había viajado por todo el planeta e incluso había visitado Mundos de Sombras; había sido testigo de maravillas y experimentado terrores. Y, por si fuera poco, esa mujer tenía una memoria extraordinaria; recordaría todo, cada sentimiento, cada idea y cada miedo. Y Morrigan se recrearía con todos y cada uno de ellos. Cuando acabara con ella, la legendaria y célebre Perenelle Flamel se convertiría en poco más que una criatura absurda y estúpida. La Diosa Cuervo inclinó ligeramente la cabeza hacia atrás y abrió la boca, mostrando unos colmillos blancos que se hundían en sus labios oscuros, dejando al descubierto una lengua diminuta y oscura. Pronto.

Morrigan sabía que la Hechicera se encontraba en alguno de los túneles del interior de la torre hidráulica. La otra entrada se realizaba a través de un túnel por el que sólo se podía acceder cuando la marea estaba baja. Y, aunque la marea no repuntaría en horas, las rocas y el acantilado estaban cubiertos por cuervos con picos como cuchillas de afeitar.

Morrigan abrió las aletas de la nariz.

Además del inconfundible aroma a sal y yodo del

océano, el hedor metálico del óxido y la putrefacción y el olor rancio de innumerables pájaros, la Diosa Cuervo percibió otra esencia… una esencia que no pertenecía a este lugar ni a este siglo. Algo ancestral y amargo.

El viento cambió y la niebla siguió su paso. Unas gotas de humedad salada empezaron a brillar repentinamente a lo largo de un hilo de una red plateada. Morrigan parpadeó su mirada negro azabache. Otro hilo empezó a ondear en el aire, después otro, y más tarde otro, entrecruzándose entre sí para formar una colección de círculos. Parecían telarañas.

Eran telarañas.

Se estaba poniendo en pie cuando, de forma inesperada, una monstruosa araña emergió del agujero que había bajo sus pies y aterrizó sobre la torre metálica, clavando sus patas recubiertas de púas en el metal. Se escabulló hacia la Diosa Cuervo.

La multitud de pájaros rodearon la torre hidráulica, cacareando estridentemente… cuando se quedaron atrapados entre la gigantesca telaraña plateada. No pudieron evitar desplomarse sobre su oscura dueña, enredándola en un conjunto de plumas e hilos de telaraña pegajosos. Morrigan desgarró la telaraña con sus uñas afiladas, recogió su capa oscura y se dispuso a alzar el vuelo cuando la gigantesca araña se encaramó a la torre hidráulica y le frenó el despegue inmovilizándola con una de sus patas.

Perenelle Flamel, sentada a horcajadas sobre la espalda de la araña y con una lanza en la mano, se encorvó ligeramente y sonrió a Morrigan.

—Supongo que me estabas buscando.

Capítulo 52

Sophie corrió.

Ya no sentía miedo; las náuseas y debilidad que se habían apoderado de ella habían desaparecido. Sencillamente, tenía que encontrar a su hermano. Josh estaba directamente delante de ella, en un aposento al final del túnel. Incluso podía distinguir el resplandor dorado de su aura iluminando la oscuridad y percibir su apetitosa esencia a naranjas.

Empujando a Nicolas, a Juana y al conde e ignorando sus advertencias y súplicas para que se detuviera, Sophie corrió hacia la entrada arqueada. Siempre había sido buena atleta e incluso había participado en varias carreras de cien metros lisos en las diferentes escuelas a las que había asistido. Sin embargo, ahora parecía volar por el pasillo. Con cada zancada, su aura, impulsada por la ira y la decisión, brillaba con más intensidad, destellando y crepitando. Sus agudizados sentidos se pusieron en marcha; sus pupilas se encogieron hasta transformarse en puntos y después se expandieron hasta tomar la forma de discos plateados. Instantáneamente, las sombras se desvanecieron y Sophie pudo vislumbrar la penumbrosa catacumba con todo detalle. Su sentido del olfato se vio abrumado por la explosión de aromas diferentes: serpiente y azufre, putrefacción y moho; sin embargo, la esencia más intensa era, sin duda alguna, la que desprendía el aura de su hermano, el perfume a naranjas.

Entonces supo que ya era demasiado tarde: Josh había sido Despertado.

Haciendo caso omiso del hombre agazapado en el suelo que se hallaba fuera de la habitación, Sophie no vaciló en cruzar el umbral de la entrada. De inmediato, su aura se endureció convirtiéndose en un caparazón metálico mientras unas serpentinas de llamas doradas que rebotaban por las paredes la rociaban con chispas. Aferrándose al marco de la puerta, Sophie intentaba evitar ser propulsada hacia el exterior de la habitación.

—Josh —murmuró. La joven estaba atónita por lo que había visto.

Josh estaba arrodillado en el suelo ante algo que sólo podía ser Marte. El gigantesco Inmemorial estaba empuñando una espada descomunal en su mano izquierda, con el extremo rozando la bóveda y con la mano derecha colocada sobre la cabeza de su hermano. El aura de Josh ardía en llamas y daba la sensación de que aquellas llamaradas le protegían en un capullo de luz dorada. El fuego amarillo se enroscaba alrededor de su cuerpo, destellando esferas y zarcillos de energía. Las serpentinas salpicaban las paredes y la bóveda, rasgando pedazos de hueso, dejando al descubierto un muro blanco.

—¡Josh! —exclamó Sophie.

La deidad giró la cabeza lentamente hacia Sophie y le clavó su mirada escarlata.

—Márchate —ordenó Marte.

Sophie negó con la cabeza.

—No me iré sin mi hermano —replicó a la vez que rechinaba los dientes. No estaba dispuesta a abandonar a su hermano; jamás lo había hecho.

—Él ya no es tu hermano mellizo —añadió Marte—. Ahora, sois diferentes.

—Josh siempre será mi hermano mellizo —respondió Sophie.

Adentrándose otra vez en el aposento, la joven lanzó una oleada de neblina gélida que emergió de su cuerpo y que cubrió a su hermano y al célebre Inmemorial. La neblina siseó y chisporroteó al rozar el aura de Josh, de forma que una humareda sucia empezó a ascender a la bóveda de la habitación. La niebla se congeló alrededor de la piel de Marte y la joven logró vislumbrar diminutos cristales que brillaban en la luz ámbar.

El dios bajó lentamente la espada.

—¿Tienes la menor idea de quién soy? —preguntó con un tono de voz suave, casi amable—. Si lo supieras, me temerías.

—Eres Marte Vengador —respondió Sophie lentamente. La sabiduría de la Bruja de Endor le facilitaba la información. Y continuó—: Y antes de que los romanos te veneraran como tal, los griegos te conocían bajo el nombre de Ares e incluso antes, en la época de Babilonia, tu nombre era Nergal.

—¿Quién eres?

El Inmemorial apartó la mano de la cabeza de Josh y, de inmediato, el aura del joven se desvaneció y las llamas se extinguieron.

Josh se tambaleó y Sophie se lanzó al suelo para impedir que su hermano se desplomara contra él. En el momento en que tocó a Josh, su propia aura desapareció, dejándola así completamente vulnerable. Ahora, aquella sensación de miedo se había esfumado; no sentía nada, excepto alivio por haberse reunido otra vez con su hermano mellizo. Agachada en el suelo, acunando a su hermano entre los brazos, Sophie alzó la mirada para contemplar al dios guerrero.

—Y antes de recibir el nombre de Nergal, eras el defensor de la raza humana: eras Huitzilopochtli. Tú fuiste quien condujiste a los esclavos humanos a un lugar seguro cuando Danu Talis se sumergió entre las olas.

El dios se tambaleó y retrocedió varios pasos. Con la parte trasera de las rodillas se tropezó con el pedestal y, de repente, se sentó. El peso de su cuerpo hizo crujir la piedra.

—¿Cómo lo sabes? —preguntó con un tono de voz que mostraba algo de miedo.

—Porque tú conociste a la Bruja de Endor.

Sophie se enderezó, se puso en pie e intentó erguir a su hermano. Josh tenía los ojos abiertos, pero tenía la cabeza inclinada hacia atrás, de forma que sólo el blanco resultaba visible.

—La Bruja de Endor me ha entregado todos sus recuerdos —continuó Sophie—. Sé lo que hiciste… y por qué ella te maldijo.

Alargando el brazo, la joven acarició la piel de piedra del dios. Se encendió una chispa.

—Sé por qué le hizo esto a tu aura.

Colocando el brazo de su hermano alrededor de sus hombros, se volvió dándole la espalda a la deidad. Flamel, Saint-Germain y Juana estaban reunidos en la puerta arqueada de la entrada.

La espada de Juana apuntaba directamente a Dee, quien permanecía inmóvil en el suelo. Ninguno de ellos musitó palabra.

—Si en tu interior yace la sabiduría de la Bruja —añadió rápidamente Marte casi en tono de súplica—, entonces conocerás sus encantamientos y hechizos. Sabrás cómo liberarme de esta maldición.

Nicolas se abalanzó sobre Sophie para ayudarla a sujetar a Josh, pero la joven no permitió que nadie se lo arrebatara de los brazos. Echando un vistazo por encima del hombro, se dirigió al dios en tono bajo.

—Tienes razón, sé cómo liberarte.

—Entonces, hazlo —mandó Marte—. Hazlo y te daré lo que más desees. ¡Puedo otorgarte cualquier cosa, lo que quieras!

Sophie se tomó unos instantes para considerar la oferta.

—¿Puedes despojarnos de nuestros sentidos Despertados? ¿Puedes hacer que mi hermano y yo volvamos a ser personas normales y corrientes?

Se produjo un largo silencio antes de que la deidad volviera a pronunciarse.

—No. Eso no puedo hacerlo.

—Entonces no hay nada que puedas hacer por nosotros.

Sophie se dio la vuelta y, con la ayuda de Saint-Germain, arrastró a su hermano hacia el pasillo. Juana también se escabulló del aposento, dirigiéndose hacia el túnel, de forma que el único que permanecía ante la entrada era Nicolas Flamel.

—¡Espera!

La voz de la deidad emergió de entre las sombras y el aposento tembló. Phobos y Deimos se movieron sigilosamente entre la oscuridad y treparon por el pedestal mientras parloteaban ruidosamente.

—Invertirás esta maldición o… —empezó el dios.

Nicolas dio un paso hacia delante.

—¿O qué?

—Ninguno de vosotros abandonará estas catacumbas con vida —ladró Marte—. No lo permitiré. ¡Yo soy Marte Vengador!

La mirada oculta de la deidad se encendió del color de la sangre y dio un paso hacia delante mientras balanceaba su gigantesca espada ante él.

—¿Quién eres tú para contrariarme?

—Soy Nicolas Flamel. Y tú eres un Inmemorial —añadió— que cometió el error de creerse un dios.

Chasqueó los dedos y unas motas de polvo de color esmeralda empezaron a pulular por el suelo de hueso. Se deslizaban por un suelo resbaladizo y pulido, dejando tras de sí pequeñas estelas verdes.

—Soy el Alquimista… y permíteme que te presente el secreto mejor guardado de la alquimia: la transmutación.

Y entonces se volvió hacia el túnel y desapareció entre las sombras.

—¡No!

Marte dio un paso hacia delante y, de inmediato, se hundió en el suelo que, de repente, se había tornado suave y gelatinoso. La deidad dio otro paso tembloroso y su pie se sumergió otra vez en el hueso derretido. Se desplomó, golpeando el suelo con tal fuerza que incluso pedazos de esos huesos que ahora parecían de mantequilla quedaron esparcidos por las paredes.

Momentos antes, con su espada había desconchado un pedazo de un muro. Marte empezó a moverse con dificultad para recuperar el equilibrio, pero el suelo se había transformado en un cenagal de hueso pegajoso. Apoyando las manos sobre las rodillas, la deidad se incorporó y clavó la mirada en el doctor John Dee, quien intentaba alejarse a gatas del líquido.

—¡Esto es por tu culpa, Mago! —aulló salvajemente. El aposento vibró al mismo son que su rabia. Polvo de hueso y pedazos de piedra ancestral empezaron a rociar el suelo. Después, añadió—: Tú eres el responsable.

Dee se incorporó y se asomó por el marco de la entrada, sacudiéndose la viscosa gelatina de las manos e intentando quitársela de los pantalones.

—Tráeme al chicho y a la chica —ordenó Marte—, y te perdonaré. Tráeme a los mellizos. O atente a las consecuencias.

—¿A las consecuencias? —repitió Dee incrédulo.

—Te destruiré: ni siquiera tu maestro Inmemorial será capaz de protegerte de mi cólera.

—¡No oses amenazarme! —exclamó Dee con un terrible gruñido—. Y no necesito que mi Inmemorial me proteja.

—Témeme, Mago. Te has convertido en mi enemigo.

—¿Sabes lo que hago con aquellos que me asustan? —preguntó el Mago—. ¡Los destruyo!

De repente, el aposento se cubrió del inconfundible hedor del azufre y las paredes de hueso empezaron a derretirse y a fundirse como si fueran helado.

—Flamel no es el único alquimista que conoce el secreto de la transmutación —anunció mientras la bóveda de la cámara se tornaba blanda y líquida. Unas enormes gotas rociaban el suelo, cubriendo así a la deidad de un manto amarillento y gelatinoso.

—¡Destruidle! —aulló Marte. Phobos y Deimos saltaron del pedestal hacia la espalda del Inmemorial, mostrando sus afilados colmillos y clavando la mirada en Dee.

El Mago pronunció una única palabra de poder y chasqueó los dedos: de inmediato, el líquido se endureció.

Nicolás Maquiavelo apareció en la entrada. Se cruzó de brazos y observó el aposento. En el centro, como si intentara emerger del suelo y con los dos sátiros sobre su espalda, se hallaba la figura de Marte Vengador, atrapado en hueso.

—Ahora, las catacumbas de París tienen otra estatua misteriosa de hueso —dijo el italiano. Dee se volvió, ignorándolo. Pero Maquiavelo continuó—: Primero asesinaste a Hécate y ahora, a Marte. Yo tenía entendido que estabas de nuestro lado. Supongo que sabes que somos hombres muertos. Hemos fracasado en el intento de capturar a Flamel y a los mellizos. Nuestros maestros no nos perdonarán.

—Todavía no hemos fracasado —respondió Dee, que se había desplazado al fondo del túnel—. Sé adónde conduce este túnel. Sé cómo podemos capturarles —informó. Después, se detuvo, miró hacia atrás y, muy despacio, casi a regañadientes, agregó—: Pero… Nicolás… necesitaremos trabajar juntos. Necesitaremos combinar nuestros poderes.

—¿Qué tienes en mente? —preguntó Maquiavelo.

—Juntos, podemos liberar a los Guardianes de la Ciudad.

Capítulo 53

morrigan intentaba con todas sus fuerzas incorporarse, pero una telaraña del mismo grosor que su brazo rodeaba su cintura y se enroscaba por sus piernas, inmovilizándolas, de forma que le era imposible ponerse en pie. Empezó a deslizarse hacia un lado y otro de la torre hidráulica cuando una segunda y una tercera telaraña se entretejieron a su alrededor, envolviéndola desde el cuello hasta los pies, dejándola con el mismo aspecto que una momia. Perenelle saltó de la espalda de Aerop-Enap y se agachó junto a la Diosa Cuervo. El extremo de la lanza vibraba con energía y un humillo rojo y blanco emergía en espiral por el aire nocturno.

—Supongo que en este momento tienes ganas de gritar —dijo Perenelle con una sonrisa irónica—. Adelante.

Morrigan no se contuvo. Separó las mandíbulas y la Diosa Cuervo dejó ver unos dientes salvajes. Entonces aulló.

Un llanto aterrador retumbó por toda la isla. Todo pedazo de vidrio que había sobrevivido al paso del tiempo en Alcatraz se hizo añicos y la torre hidráulica se tambaleó. Más allá de la bahía, la ciudad de San Francisco se despertó con un sinfín de alarmas de negocios, de hogares y de coches que estallaron por el sonido cacofónico. Todos los perros que estaban a un radio de quince quilómetros de la isla empezaron a aullar lastimosamente.

Sin embargo, el grito también atrajo al resto de la bandada de pájaros que alzaron el vuelo en un cielo nocturno produciendo unos cacareos estridentes. Casi de forma inmediata, la mayoría quedaron enredados entre los hilos de una nube de telarañas que colgaba en el aire, uniendo edificios desolados, tejiendo cada ventana abierta. En el instante en que los pájaros se desplomaron sobre el suelo, una oleada de arañas de todo tipo de tamaño y forma se abalanzó sobre ellos, cubriéndolos con telarañas plateadas. En cuestión de momentos, la isla volvió a quedar sumida en un silencio absoluto.

Un puñado de cuervos logró escapar. Seis de ellos planeaban sobre la isla, intentando evitar las guirnaldas y redes de telaraña pegajosa. Los pájaros se dirigían hacia la bahía de San Francisco, hacia el puente, alzaban el vuelo y después se giraban para descender en picado y atacar. Volaban por encima de las telarañas y daban vueltas alrededor de la torre hidráulica. Doce ojos negros se fijaron en Perenelle. Unos picos afilados y unos colmillos punzantes se aproximaban a la mujer.

Arrodillada junto a Morrigan, Perenelle vio reflejado el movimiento en la mirada oscura de su adversaria. La Hechicera encendió el extremo de la lanza con una única palabra y la giró entre su mano, dejando una estela triangular en la neblina que les cubría. Los pájaros salvajes cruzaron el triángulo... y cambiaron.

Seis huevos perfectos quedaron atrapados en el aire por varias hebras de telaraña plateada.

—El desayuno —comentó Aerop-Enap con aire satisfecho, mientras descendía de la torre.

Perenelle se sentó junto a la Diosa Cuervo, que seguía zarandeándose. Descansando la lanza sobre las rodillas, la Hechicera echó un vistazo a la bahía, hacia la ciudad que durante más de una década había considerado su hogar.

—¿Qué hacemos ahora, Hechicera? —preguntó Morrigan.

—No tengo la menor idea —respondió Perenelle con sinceridad—. Al parecer, Alcatraz me pertenece —añadió algo perpleja—. Bueno, a mí y a Aerop-Enap.

—A menos que domines el arte del vuelo, estás atrapada aquí —gruñó Morrigan—. Esta cárcel es propiedad de Dee. Los turistas no pueden visitar este lugar; no hay excursionistas ni barcos de pesca. Sigues siendo una prisionera, igual que cuando estabas encerrada en tu calabozo. Y la esfinge patrulla los pasillos de abajo. Sin duda, te está buscando.

La Hechicera sonrió.

—Puede intentarlo —replicó mientras giraba la lanza, que zumbaba en el aire—. Me pregunto en qué podría convertirla: en una niña, en un cachorro de león o en un huevo de pájaro.

—Sabes que Dee volverá, y con refuerzos. Seguro que traerá a su ejército de monstruos.

—Le estaré esperando —prometió Perenelle.

—No puedes vencerle —dijo bruscamente Morrigan.

—Eso es lo que nos han dicho docenas de veces a Nicolas y a mí. Y fíjate, aquí seguimos.

—¿Qué piensas hacer conmigo? —preguntó la Diosa Cuervo finalmente—. A menos que me mates, sabes que jamás descansaré hasta verte sin vida.

Perenelle esbozó una sonrisa. Se acercó la punta de la

lanza a los labios y sopló suavemente hasta que la lanza cobró un resplandor escarlata.

—Me pregunto en qué te convertiría a ti. ¿En pájaro o en huevo?

—Yo nací, no salí de un cascarón —respondió Morrigan—. No puedes amenazarme con la muerte. No me asusta.

La Hechicera se puso en pie y clavó la punta de la lanza en el suelo.

—No tenía pensado matarte. Había pensado un castigo mucho más apropiado para ti.

Entonces alzó la mirada hacia el cielo y una brisa le acarició el cabello, erizándoselo.

—A menudo me pregunto cómo debe de ser poder volar, planear silenciosamente por los cielos.

—No hay una sensación más plena —añadió honestamente Morrigan.

La sonrisa de Perenelle era glacial.

—Justo lo que me imaginaba. Por eso, voy a arrebatarte lo que consideras más preciado: tu capacidad y libertad de volar. He encontrado una celda maravillosa sólo para ti.

—Ningún calabozo puede encerrarme —desafió Morrigan con tono despectivo.

—Fue diseñada para atrapar a Aerop-Enap —dijo Perenelle—. En lo más profundo de la cárcel. Jamás podrás volver a ver la luz del sol o volar por los cielos.

Morrigan volvió a aullar y se retorció de un lado a otro. La torre hidráulica vibró y tembló, pero las hebras de la telaraña eran irrompibles. Entonces, de forma repentina, la Diosa Cuervo se quedó en silencio. La brisa marina empezó a soplar y la niebla rodeó a las dos mujeres. Ambas podían percibir las lejanas alarmas de los hogares de San Francisco.

Morrigan empezó a toser. Perenelle tardó unos instantes en darse cuenta de que, en realidad, la Diosa Cuervo estaba soltando carcajadas. Aunque sabía que la respuesta no iba a ser agradable, Perenelle preguntó:

—¿Se puede saber qué te parece tan divertido?

—Es posible que me hayas vencido —comentó Morrigan entre risas—, pero tú estás muriéndote poco a poco. Tu rostro y tus manos reflejan tu envejecimiento.

Perenelle alzó la mano y giró la lanza para que le iluminara la tez. Se quedó completamente atónita al descubrir unas manchas marrones sobre sus manos. Se rozó el rostro y el cuello, palpando las nuevas arrugas.

—¿Cuánto tiempo queda hasta que la fórmula alquímica se evapore, Hechicera? ¿Cuánto tiempo te queda hasta que te marchites y tu piel se arrugue? ¿Quedan días o semanas?

—Pueden ocurrir muchas cosas en cuestión de días.

—Hechicera, escúchame. Escucha la verdad. El Mago está en París. Ha capturado al chico y ha liberado a Nidhogg sobre tu marido y los demás —informó. Soltó un par de carcajadas y añadió—: Me encargaron la misión de matarte porque tú y tu marido ya no servís para nada. Los mellizos son la clave del futuro.

Perenelle se inclinó hacia Morrigan. La lanza emitió un resplandor carmesí que iluminó sus rostros.

—Tienes razón. Los mellizos son la clave del futuro… pero el futuro de quién: ¿de los Oscuros Inmemoriales o de la raza humana?

Capítulo 54

nicolás Maquiavelo dio un paso hacia delante, algo tembloroso, y se asomó para contemplar las vistas de la ciudad de París. Estaba en el tejado de la catedral de estilo gótico conocida por todos como Notre Dame; desde allí se avistaba el río Sena y el Pont au Double y justo delante de él aparecía la extensa *parvis*, la plaza. Agarrándose firmemente al enladrillado ornamentado, inhaló hondamente y dejó que se le desacelerara el ritmo cardíaco. Acababa de ascender mil y un peldaños, desde las catacumbas hasta el techo de la catedral. Se habían adentrado por una ruta secreta que, según Dee, él había utilizado varias veces antes. A Maquiavelo le gustaba pensar que estaba en buena forma, era un vegetariano estricto y hacía ejercicio todos los días. Sin embargo, esa subida le había dejado exhausto. También estaba algo molesto por el hecho de que tal ascenso agotador no hubiera provocado ningún cansancio en el Mago inglés.

—¿Cuándo dices que fue la última vez que subiste hasta aquí? —preguntó el italiano.

—No te lo he dicho —respondió tajantemente Dee. Estaba a la izquierda de Maquiavelo, en las sombras de la torre sur. Y añadió—: Pero por si es de tu interés, fue en 1575. Me reuní con Morrigan justo ahí. Fue precisamente en este tejado donde descubrí la verdadera naturaleza de Nicolas Flamel y conocí la existencia del Libro de Abraham. No estaría mal que todo se acabará aquí.

Maquiavelo se inclinó ligeramente hacia delante y se volvió a asomar. Estaba justo encima del rosetón del área oeste. La plaza que lograba avistar debería estar repleta de turistas; en cambio, estaba completamente desierta.

—¿Y cómo sabes que Flamel y los demás vendrán hasta aquí? —preguntó.

Dee esbozó una horripilante sonrisa, mostrando sus diminutos dientes.

—Sabemos que el chico sufre de claustrofobia. Sus sentidos acaban de ser Despertados. Cuando se despierte del trance en que le ha dejado Marte, empezará a sentir miedo y sus sentidos, ahora agudizados, sólo añadirán más terror. Por el bien de su sensatez, Flamel se verá obligado a llevarle a la superficie lo antes posible. Sé que hay un pasadizo secreto que conduce desde la ciudad romana hasta la catedral —explicó mientras señalaba a cinco figuras que se tropezaban con la puerta central de la catedral—. ¿Ves? —dijo con aire triunfal—. Yo jamás me equivoco. ¿Sabes lo que tenemos que hacer? —preguntó, mirando a Maquiavelo.

El italiano afirmó con un gesto.

—Sí, lo sé.

—No parece que la idea te entusiasme.

—Desfigurar un monumento histórico es un crimen.

—¿Acaso asesinar no lo es? —preguntó Dee.

—Bueno, las personas siempre pueden reemplazarse.

Y

—Déjame sentarme —jadeó Josh. Sin esperar ninguna respuesta, se retorció, deshaciéndose del apoyo de su hermana y de Saint-Germain y se recostó sobre una piedra circular ubicada sobre la plaza de adoquín. Dobló las piernas, acercándose las rodillas al pecho, apoyó la barbilla sobre las rótulas y colocó los brazos alrededor de las espinillas. Temblaba con tal energía que incluso los talones daban golpecitos suaves a la piedra del pavimento.

—De veras, no deberíamos detenernos —dijo rápidamente Flamel, mirando a su alrededor.

—Danos un minuto —respondió bruscamente Sophie. Se arrodilló junto a su hermano y alargó la mano para acariciarle. Pero al aproximarse, una chispa crepitó entre sus dedos y el brazo de Josh y ambos se sobresaltaron.

—Sé perfectamente lo que estás sintiendo —dijo Sophie con tono amable—. Todo es excesivamente… brillante, ruidoso, agudo. La ropa te pesa, las texturas se tornan ásperas, los zapatos te aprietan demasiado. Pero créeme, te acostumbrarás. Esas sensaciones se desvanecen.

Josh estaba viviendo una situación que ella misma había experimentado hacía tan sólo un par de días.

—La cabeza me da vueltas —murmuró Josh—. Me da la impresión de que está a punto de explotar, como si la información se desbordara. Además no puedo dejar de pensar en todas esas imágenes…

La joven frunció el ceño. Aquello no pintaba bien. Sophie recordaba perfectamente que tenía los sentidos abrumados, demasiado agudos. Pero fue en el momento en que la Bruja de Endor le transmitió toda su sabiduría cuando sintió que la cabeza le iba a estallar. Entonces, le vino una idea a la cabeza. Cuando entró corriendo al aposento de hueso, había sido testigo de cómo la gigantesca mano del Inmemorial estaba posada sobre la cabeza de su hermano.

—Josh —dijo en voz baja—. Cuando Marte Despertó tus poderes, ¿qué dijo?

Su hermano sacudió la cabeza.

—No lo sé.

—Piensa —ordenó Sophie. Entonces se percató de que su hermano estaba gesticulando una mueca de dolor. En voz baja, añadió—: Por favor, Josh. Es muy importante.

—Tú no eres mi jefa —murmuró el joven mientras dibujaba una sonrisa.

—Lo sé —respondió Sophie—, pero todavía soy tu hermana mayor… ¡dímelo!

Josh arrugó la frente.

—Dijo… dijo que el Despertar no era un regalo, sino un don por el que debería pagar más tarde.

—¿Qué más?

—Dijo… dijo que mi aura era una de las más poderosas que jamás había visto.

Josh había estado mirando a la deidad mientras ésta pronunciaba las palabras. En aquel momento, su sentido visual estaba Despertado, con lo cual pudo distinguir con todo detalle el casco y el diseño ornamental que decoraba su armadura de cuero.

—Dijo que me entregaría algo que quizá me resultaría útil durante los próximos días.

—¿Y?

—No tengo la menor idea de a qué se refería. Cuando posó la mano sobre mi cabeza, sentí como si intentara aplastarme contra el suelo. La presión era increíble.

—Te ha transmitido algo —anunció Sophie con tono de preocupación—. ¡Nicolas!

Sin embargo, no obtuvo respuesta. Se volvió para mirar al Alquimista y se encontró a Nicolas, Saint-Germain y Juana de Arco observando fijamente la gran catedral.

—Sophie —intervino Nicolas con tranquilidad y sin apartar la mirada—, ayuda a tu hermano a incorporarse. Necesitamos irnos de aquí ya, antes de que sea demasiado tarde.

Su tono calmado y razonable le asustaba más que un estridente aullido. Sujetando a su hermano con ambos brazos e ignorando el chasquido que producían sus auras al unirse, le enderezó y ambos se dieron la vuelta. Ante ellos se alzaban tres monstruos achaparrados.

—Creo que ya es demasiado tarde.

A lo largo de los siglos, el doctor John Dee había aprendido a animar criaturas como los golems y a crear y controlar simulacros y homúnculos. Una de las primeras destrezas que Maquiavelo dominó fue la capacidad de controlar un tulpa. El proceso era sorprendentemente parecido; la única diferencia eran los materiales.

Ambos podían dar vida a lo inanimado.

Ahora, el Mago y el italiano estaban el uno junto al otro sobre el tejado de Notre Dame y sus voluntades eran mutuas.

Una por una, las esperpénticas gárgolas y grutescos de Notre Dame cobraron vida.

Las gárgolas, que vertían riachuelos de agua, fueron las primeras en moverse.

Individualmente, en parejas, en docenas y, de forma repentina, en centenares, se desprendieron de los muros de la catedral. Reptando desde lugares ocultos, como aleros escondidos o canalones olvidados, dragones y serpientes, cabras y monos, gatos y perros, criaturas y monstruos, se deslizaron hacia la entrada del edificio.

Más tarde, los grutescos, las espantosas estatuas talladas en piedra, empezaron a retorcerse. Leones, tigres, simios y osos se arrancaban de la mampostería medieval y se encaramaban por el monumental edificio.

—Esto está mal, muy mal —musitó Saint-Germain.

Un león de piedra se deslizó al pavimento, colocándose enfrente de la puerta central de la catedral. Empezó a caminar y sus garras de piedra rechinaron en los pulidos y suaves adoquines.

Saint-Germain extendió la mano y el león se convirtió en simple pasto de las llamas. Sin embargo, el fuego no tuvo efecto sobre él; sólo chamuscó excrementos de paloma y mugre que se habían acumulado durante siglos. El león no frenó su paso. El conde intentó utilizar varias formas de fuego, dardos en llamas, bolas de fuego, látigos ardientes. Pero todos sus esfuerzos fueron en vano.

Más y más gárgolas se desplomaban sobre el suelo. Algunas, por el impacto, se rompían en mil pedazos, pero la mayoría lograba sobrevivir. Se expandieron por toda la plaza. Entonces, en cuestión de segundos, empezaron a rodear a los cinco individuos, estrechando el lazo. Algunas de las criaturas estaban talladas de forma excepcional; otras, en cambio, parecían pedazos de piedra mal esculpida. Las gárgolas de mayor tamaño se desplazaban con más lentitud, a diferencia de las más pequeñas, que correteaban de un lado para otro. No obstante, todas se deslizaban sin producir el menor ruido, a parte de los rasguños que arañaban en la piedra del pavimento.

Una criatura que era mitad humana, mitad cabra se arrastró distanciándose de la multitud. Se apoyó en las cuatro patas y empezó a trotar directamente hacia Saint-Germain, apuntándole con los cuernos curvados. Juana saltó e intentó herir a la criatura clavándole la espada en el cuello, lo cual produjo un estallido de chispas. La embestida no sirvió ni para detener a la criatura. El conde se las arregló para hacerse a un lado en el último segundo y después cometió el error de dar una palmada a la bestia en el trasero cuando pasó. La mano le escocía. El hombre-cabra intentó detenerse y, sobre el pavimento, se resbaló, se cayó y se rompió uno de los cuernos.

Nicolas empuñó a *Clarent* con ambas manos. El Alquimista se preguntaba qué criatura le atacaría primero. Un oso con rostro de mujer se abalanzó sobre él con las garras extendidas. Arremetió con *Clarent* entre las manos, pero la espada rebotó en la piel de piedra de la criatura. Rápidamente intentó clavar la espada una vez más, pero la vibración del golpe le dejó el brazo entumecido. El oso alzó una zarpa que pasó por encima de la cabeza del Alquimista. La bestia perdió el equilibrio y Nicolas no vaciló en correr hacia ella y lanzarse encima. El oso se derrumbó sobre el suelo. Las zarpas golpearon los adoquines, haciéndolos añicos al tratar de incorporarse.

Junto a su hermano, Sophie intentaba desesperadamente protegerlo creando una colección de diminutos torbellinos. Las gárgolas se balancearon sobre el pavimento, pero el encantamiento no sirvió más que para lanzar hojas de periódico al cielo.

—Nicolas —dijo Saint-Germain preocupado mientras el círculo de criaturas se acercaba cada vez más—. Un poco de magia, algo de alquimia, nos resultaría muy útil ahora.

Nicolas alzó la mano derecha. Una diminuta esfera de vidrio color esmeralda se formó en su palma. Entonces se rompió y un líquido del mismo color empezó a fluir por su piel.

—No tengo fuerza suficiente —respondió el Alquimista con tono triste—. El hechizo de la transmutación de las catacumbas me ha dejado exhausto.

Las gárgolas serpenteaban, se aproximaban mientras, a cada paso, se percibía el rechinar de las piedras. Diminutos grutescos se pulverizaban cuando se inmiscuían entre las patas de una criatura.

—Nos arrastrarán consigo —murmuró Saint-Germain.

—Dee debe estar controlándolas —farfulló Saint-Germain.

Josh se abalanzó hacia su hermana, tapándose los oídos. Cada paso, cada chirrido de piedra era una agonía para sus oídos.

—Hay demasiadas gárgolas para que sólo un hombre las controle —añadió Juana—. Sin duda, se trata de Dee y Maquiavelo.

—Deben estar por aquí cerca —dijo Nicolas.

—Muy cerca —convino Juana.

—Un comandante siempre sube a la cima —soltó repentinamente Josh, sorprendiéndose a sí mismo por su conocimiento.

—Lo que significa que están en el tejado de la catedral —concluyó Flamel.

Entonces Juana señaló hacia ese preciso lugar.

—Los veo. Ahí, entre las torres, justo encima del rosetón.

Le pasó la espada a su marido y permitió que su aura resplandeciera alrededor de su cuerpo. El aire se llenó de la suave esencia de la lavanda. Su aura se endureció, cobrando forma y solidificándose y, de repente, un arco se formó en su mano izquierda mientras una flecha aparecía en su derecha. Haciendo impulso con su brazo derecho, envió la lanza hacia el aire.

—Nos han visto —informó Maquiavelo. Enormes gotas de sudor le recorrían el rostro y los labios se habían tornado de color púrpura por el esfuerzo que le suponía controlar a las criaturas de piedra.

—No importa —respondió Dee mientras se asomaba por la barandilla—. No son tan poderosos.

En la plaza, los cinco humanos permanecían en un círculo mientras las estatuas de piedra se aproximaban a ellos.

—Entonces, acabemos con ellos de una vez —dijo Maquiavelo mientras rechinaba los dientes—. Pero recuerda, necesitamos a los mellizos con vida.

De repente, se quedó sin palabras al vislumbrar cómo algo esbelto, brillante y arqueado se dirigía hacia su cara.

—Es una lanza —soltó un tanto perplejo. Entonces se detuvo y dejó escapar un gruñido cuando la lanza se clavó profundamente en su muslo. La pierna, desde la cadera hasta el tobillo, se quedó paralizada. Se tambaleó y se cayó sobre el tejado de la catedral, cubriéndose la pierna con las manos. Lo más sorprendente es que no había ni rastro de sangre, aunque el dolor era insoportable.

En la plaza, al menos la mitad de las criaturas se quedaron inmóviles o se volcaron de forma inesperada. Se desplomaron sobre el suelo y, las de detrás, se vinieron abajo al tropezarse con ellas. La roca se hizo añicos y la piedra explotó convirtiéndose en polvo. Pero el resto de las criaturas continuaron su camino, aproximándose a los cinco individuos.

Otra docena de lanzas plateadas salieron disparadas desde la plaza. Se clavaron de forma inofensiva contra el muro de la catedral.

—¡Maquiavelo! —aulló Dee.

—No puedo…

Era imposible describir el dolor que sentía en la pierna y unas enormes lágrimas le recorrían las mejillas.

—No puedo concentrarme…

—Entonces yo mismo acabaré con esto.

—El chico y la chica —dijo Maquiavelo con tono débil—. Los necesitamos con vida…

—No necesariamente. Soy un nigromante. Puedo reanimar sus cadáveres.

—¡No! —exclamó Maquiavelo.

Dee ignoró el comentario por completo. Centrándose en su extraordinaria voluntad, el Mago dio una única orden a las gárgolas.

—Matadlos. Matadlos a todos.

Las criaturas avanzaron en tropel.

—¡Otra vez, Juana! —gritó Flamel—. ¡Dispara otra vez!

—No puedo —reconoció Juana de Arco, cuya tez había cobrado un matiz grisáceo a causa de su cansancio—. Las lanzas las creo a partir de mi aura. Ya no me queda nada.

Las gárgolas se aproximaban cada vez más, provocando chirridos y arañazos a su paso. Su alcance de movimiento era limitado; algunas tenían pezuñas y dientes, otras cuernos o colas con púas, pero no dudarían en aplastar a cualquier ser humano que se cruzara en su camino.

Josh cogió un diminuto grutesco tan desgastado por el paso del tiempo que apenas era un pedazo de piedra. Lo lanzó hacia la masa de criaturas. Golpeó directamente a una gárgola y ambos se hicieron añicos. El estruendo era insoportable. Sin embargo, en ese instante se percató de que las criaturas podían destruirse. Tapándose los oídos con las manos, entornó los ojos y, gracias a su agudizado sentido de la vista, vislumbró cada detalle de la figura. Las criaturas de piedra eran invulnerables al acero y a la magia… No obstante, era un hecho que la piedra podía desgastarse y que, además, era un material frágil. ¿Qué podía destruir la piedra?

De repente una idea se le cruzó por la memoria, aunque no era su propia memoria… se trataba de una ciudad ancestral en que los muros se desmoronaban, se pulverizaban...

—¡Tengo una idea! —exclamó.

—Espero que sea buena —avisó Saint-Germain—. ¿Es magia?

—No, es química básica —informó Josh, mirando al conde—. Francis, ¿a qué temperatura puedes calentar el fuego que creas?

—A temperaturas imposibles.

—Sophie, ¿a qué temperatura puedes enfriar una brisa?

—A temperaturas increíbles —respondió. De repente, la joven supo lo que estaba sugiriendo su hermano: había llevado a cabo el mismo experimento en clase de química.

—¡Hacedlo ahora! —gritó Josh.

Un dragón tallado en piedra con alas de murciélago desconchadas se tambaleaba hacia ellos. Saint-Germain desató toda la fuerza de la Magia del Fuego contra la cabeza de la criatura, cubriéndola así en llamas, calentándola a temperaturas insospechadas. Entonces Sophie dejó escapar una brisa de aire ártico.

La cabeza del dragón se agrietó y, en cuestión de segundos, explotó.

—¡Caliente y frío! —exclamó el joven—. ¡Caliente y frío!

—Expansión y contracción —comentó Nicolas con una risa temblorosa. Alzó la mirada para contemplar a Dee, que permanecía en la barandilla del tejado de la catedral, y añadió—: Uno de los principios básicos de la alquimia.

Saint-Germain bañó a un verraco que se aproximaba

galopando hacia ellos con sus llamas y Sophie lo aclaró con un viento glacial. Instantáneamente, sus patas se convirtieron en polvo.

—¡Más caliente! —gritó Josh—. Necesitamos que el fuego sea más ardiente. Y la brisa aún más gélida —le ordenó a su hermana.

—Lo intentaré —susurró Sophie. Los párpados le empezaban a pesar por el cansancio acumulado. Y agregó—: No sé qué más puedo hacer. Ayúdame, déjame que absorba parte de tu energía.

Josh se colocó detrás de su hermana melliza y posó las manos sobre los hombros de Sophie. Sus auras, una plateada y la otra dorada, se iluminaron, se entremezclaron, se entrelazaron. Juana de Arco, al darse cuenta de la acción de los mellizos, se acercó a su marido inmediatamente e imitó el movimiento. De forma instantánea, sus auras, roja y plateada, resplandecieron alrededor de su silueta. En el momento en que Saint-Germain lanzó una columna de fuego sobre las gárgolas, las criaturas de piedra empezaron a derretirse incluso antes de que una brisa ártica y una neblina gélida les abatieran. Al principio, la piedra empezó a agrietarse; después, los ladrillos ancestrales explotaron, y, finalmente, la roca se fundió bajo el ardor de las llamas. Pero cuando los vientos helados les rozaron, el efecto fue dramático. Las estatuas de piedra explotaron, se hicieron añicos y se convirtieron en polvo. La primera fila de figuras desapareció, después la segunda y la tercera, hasta que un muro de piedra derruida se formó alrededor de los cinco individuos.

Y, entonces, cuando Saint-Germain y su esposa se desplomaron, Sophie y Josh continuaron soplando un aire gélido sobre las pocas criaturas que seguían en pie. Las gárgolas habían servido como caños de agua y, por esa razón, la piedra se había tornado blanca y porosa. Aprovechándose de la energía de su hermano para ensalzar sus poderes, Sophie congeló la humedad que contenía la piedra y las criaturas estallaron.

—Los dos que son uno —murmuró Nicolas, que permanecía agachado sobre los adoquines. Miró a los mellizos. Sus auras resplandecían brillantemente a su alrededor, entrelazando sus colores. Su poder era increíble y, al parecer, inagotable. Sabía que un poder así podría controlar, modificar o incluso destruir el mundo.

Y justo en el instante en que una gárgola monstruosa estalló y las auras de los mellizos se desvanecieron, el Alquimista, por primera vez, dudó que el Despertar hubiera sido la decisión más acertada.

En lo más alto de Notre Dame, Dee y Maquiavelo contemplaban cómo Flamel y los demás se abrían paso ante las ruinas de decenas de gárgolas de piedra y se dirigían hacia el puente.

—Estamos metidos en un buen lío —refunfuñó Maquiavelo entre dientes. La espada había desaparecido de su muslo, pero aún tenía la pierna completamente adormecida.

—¿Estamos? —repitió Dee—. Esto, todo esto, es única y exclusivamente culpa tuya, Nicolás. O, al menos, eso es lo que yo diré. Y sabes lo que pasará después, ¿verdad?

Maquiavelo se enderezó, se puso en pie y, asomándose por la barandilla sin apoyar la pierna, dijo:

—Yo diré otra cosa.

—Nadie te creerá —anunció Dee con confianza, apartando la mirada—. Todos sabemos que eres un maestro de la mentira.

Maquiavelo se metió la mano en el bolsillo y extrajo una grabadora digital microscópica.

—Qué suerte que lo tenga todo grabado —dijo mientras señalaba la grabadora—. Ha registrado cada una de tus palabras.

Dee se quedó paralizado. Lentamente, se volvió hacia el italiano y contempló la diminuta grabadora.

—¿Cada palabra?

—Cada palabra —repitió Maquiavelo con una sonrisa—. Creo que los Inmemoriales creerán mi versión.

Dee clavó la mirada en Maquiavelo y, unos segundos más tarde, asintió.

—¿Qué quieres?

Maquiavelo hizo un gesto señalando la devastación que había en la plaza. Su sonrisa era realmente aterradora.

—Mira lo que esos mellizos son capaces de hacer… Acaban de ser Despertados y ni siquiera han recibido una formación y un entrenamiento apropiado todavía.

—¿Qué estás sugiriendo? —preguntó Dee.

—Entre nosotros. Tanto tú como yo tenemos recursos extraordinarios. Si trabajáramos unidos, en vez de uno contra el otro, seríamos capaces de encontrarlos, capturarlos y formarlos.

—¡Formarlos!

Los ojos de Maquiavelo brillaban intensamente.

—Son los mellizos de la leyenda. «Los dos que son uno y el uno que lo es todo.» Cuando dominen las magias elementales, serán imparables. Aquel que los controle tendrá el mundo a sus pies.

El Mago desvió la mirada hacia la plaza y entornó los ojos, siguiendo el rastro de Flamel entre el polvo.

—¿Crees que el Alquimista lo sabe?

Maquiavelo soltó una carcajada.

—Por supuesto que lo sabe. Si no, ¿por qué crees que los está formando?

LUNES,

4 de junio

Capítulo 55

A las 12:13 exactamente, el tren *Eurostar* salía de la estación Gare du Nord, emprendiendo así un viaje de dos horas y veinte minutos hacia la estación londinense de Saint Pancras.

Nicolas Flamel estaba sentado justo delante de Sophie y Josh. El grupo se había acomodado en una mesa de un vagón de primera clase del tren. Saint-Germain había comprado los billetes utilizando una tarjeta de crédito no rastreable y les había proporcionado pasaportes franceses cuyas fotografías no reflejaban un solo rasgo de los mellizos. Sin embargo, en la fotografía del pasaporte del Alquimista aparecía un hombre joven con una larga cabellera color azabache.

—Diles que has envejecido mucho en los últimos años —dijo Saint-Germain en tono burlón.

Juana de Arco se había pasado la mañana de compras y había obsequiado a Sophie y Josh con una mochila repleta de ropa y artículos de aseo. Cuando Josh abrió la suya, descubrió el diminuto ordenador portátil que el conde le había entregado el día anterior. ¿Había ocurrido ayer? Daba la sensación de que habían pasado siglos.

Nicolas abrió el periódico cuando el tren partió de la estación y se puso para leer unas gafas muy baratas que había comprado en la farmacia. Alzó el periódico francés *Le Monde*, de forma que los mellizos pudieron distinguir la portada; mostraba una fotografía de la devastación que había provocado Nidhogg.

—Aquí dicen —leyó lentamente Nicolas— que una sección de las catacumbas se derrumbó. —Después giró la página. Una gigantesca imagen que ocupaba la mitad de la página mostraba columnas de piedra destruidas en la plaza ubicada a los pies de la catedral de Notre Dame. Continuó leyendo—: «Los expertos afirman que la pulverización y la desintegración de varias de las gárgolas y grutescos más celebres de París fueron consecuencia de una lluvia ácida que debilitó las esculturas. Los dos acontecimientos no tienen relación alguna». —Después, dobló el periódico.

—Entonces, tenías razón —musitó Sophie. Estaba apoyada sobre el cristal de la ventana, agotada y exhausta, aunque había dormido más de diez horas. Y añadió—: Dee y Maquiavelo se las han arreglado para ocultar lo ocurrido.

La joven miró a través de la ventana mientras el tren traqueteaba por un laberinto de raíles interconectados.

—Un monstruo se paseaba ayer por las calles de París, las gárgolas descendieron de los edificios… y aun así, no aparece en la prensa. Es como si nunca hubiera sucedido —agregó Sophie.

—Pero sucedió —dijo Flamel con tono serio—. Tú has aprendido la Magia del Fuego y los poderes de Josh han sido Despertados. Ayer, ambos descubristeis el poder que podéis conseguir juntos.

—Y Scathach murió —interrumpió Josh.

La expresión vacía de Nicolas Flamel confundía a la

vez que fastidiaba al joven. Miró a su hermana y, unos segundos más tarde, al Alquimista.

—Scatty —anunció con tono de enfado—, ¿os acordáis de ella? Se ahogó en el Sena.

—¿Ahogarse? —dijo Nicolas con una sonrisa mientras las arrugas del contorno de ojos y de la frente se hacían más profundas—. Es un vampiro, Josh. No necesita respirar aire para sobrevivir. Aunque me apuesto lo que sea a que estaba furiosa; detesta mojarse —añadió—. Pobre Dagon: no tuvo ni una oportunidad.

Nicolas Flamel se acomodó en su asiento de cuero y cerró los ojos.

—Haremos una breve parada a las afueras de Londres. Después, utilizaremos el mapa de las líneas telúricas para volver a San Francisco y buscar a Perenelle.

—¿Por qué vamos a Inglaterra? —preguntó Josh.

—Vamos a visitar al humano inmortal más ancestral del mundo —anunció el Alquimista—. Voy a intentar convencerle para que os forme a los dos en la Magia del Agua.

—¿De quién se trata? —volvió a preguntar Josh mientras alcanzaba su nuevo portátil. Los vagones de primera clase contaban con una red inalámbrica.

—Gilgamés, el Rey.

—————— *Fin del Segundo Libro* ——————

Nota del autor

Las catacumbas de París

Las catacumbas de París que Sophie y Josh exploran existen en la realidad, al igual que el extraordinario sistema de alcantarillado que, tal y como observa Maquiavelo, contiene señales con indicaciones. Aunque la capital francesa recibe a millones de turistas cada año, la mayoría de ellos ignora la extensa red de túneles que se halla debajo de la ciudad.

Oficialmente, se denominan «*les carrières de Paris*», las minas de París, pero se conocen comúnmente bajo el nombre de catacumbas. Además, representan una de las maravillas de la ciudad parisina. Las vistas que descubren los mellizos en el interior de las catacumbas, como las paredes de huesos o los espectaculares diseños creados con calaveras, están abiertas al público. Datan del siglo XVIII, momento en que los cuerpos y los huesos del Cimetière des Innocents, que entonces estaba desbordado, se exhumaron y transportaron a los túneles y cavernas de piedra caliza. Siguieron llegando cuerpos de otros cementerios y, hoy en día, se estima que esta extraña necrópolis contiene alrededor de siete millones de cuerpos. Nadie sabe quién fue el autor de las impresionantes composiciones artísticas realizadas con huesos; quizá un obrero que deseaba crear un monumento a aquellos fallecidos que no poseían una lápida que indicara su ubicación. Las paredes, construidas únicamente con huesos humanos, también lucen diseños con calaveras, lo cual resulta re-

almente espeluznante y, en algunos casos, reciben una ilumina-
ción idónea para lograr un efecto dramático.

Probablemente, los romanos fueron los primeros en extraer
piedra caliza para construir lo que, más tarde, se convertiría en
Lutetia, el primer asentamiento romano sobre la Ile de la Cité.
En el lugar donde hoy en día se alza la catedral de Notre Dame,
antaño se construyó un monumento dedicado al dios romano
Júpiter. Desde el siglo X en adelante, la piedra caliza comenzó a
extraerse de forma extensa para fabricar las paredes citadinas y
para construir Notre Dame y el palacio original del Louvre. Durante mucho tiempo las catacumbas parisinas sirvieron como
lugar de almacenamiento para contrabandistas y ofrecieron cobijo a multitud de personas sin hogar. Más recientemente, tanto
el ejército alemán como la Resistencia francesa tuvieron bases
en los túneles durante la Segunda Guerra Mundial. En el siglo
actual, los *cataflics*, la unidad de policía que patrulla bajo tierra,
han encontrado galerías de arte ilegales e incluso una sala de
cine ocultas en lo más profundo.

Oficialmente, las catacumbas se denominan *L'Ossuaire de
Denfert Rochereau*, y la entrada se halla justamente al otro lado
de la parada de metro Denfert Rochereau. Sólo hay una pequeña sección abierta al público; los túneles son traicioneros y
estrechos. Además, tienden a inundarse y están repletos de cuevas subterráneas y pozos.

Son, al fin y al cabo, un escondite perfecto para un Dios
Durmiente.

Agradecimientos

La lista es mucho más larga, pero *El Mago* no podría haberse escrito sin el apoyo de muchas personas...

Krista Marino, Beverly Horowitz, Jocelyn Lange y Christine Labov de Delacorte Press por su ayuda, paciencia y perseverancia...

Barry Krost de BKM y Frank Weimann de Literary Group, por ofrecerme su apoyo y consejos...

Quisiera hacer una mención especial a:

Libby Lavella, quien le otorgó a Perenelle una voz...

Sarah Baczewski, quien me entrega las mejores notas...

Jeromy Rober, quien creó la imagen...

Michael Carrol, el primero y el último en leer el libro...

Y, finalmente, no quiero olvidar a:

Claudette, Brooks, Robin, Mitch, Chris, Elaine, David, Judith, Trista, Cappy, Andrea, Ron y, por supuesto, Ahmet, ¡por todo lo demás!

Sé que he olvidado a alguien...

Michael Scott

Nació en Irlanda y empezó a escribir hace veinticinco años. Es uno de los autores más exitosos y prolíficos de su país. En su haber tiene más de cien títulos que abarcan desde la fantasía a la ciencia ficción y el folclore. Escribe tanto para adultos como para jóvenes y es, asimismo, un reputado guionista y productor televisivo.

Rocaeditorial ha publicado ya cinco novelas de la serie Los Secretos del Inmortal Nicolas Flamel y de la que por primera vez se editan en formato bolsillo *El alquimista* y *El Mago*.